王刚作品

喀什噶尔

作家出版社

图书在版编目（CIP）数据

喀什噶尔 / 王刚 著. -- 北京 ：作家出版社，2016. 5
ISBN 978-7-5063-8926-6

Ⅰ．①喀… Ⅱ．①王… Ⅲ．①长篇小说 – 中国 – 当代
Ⅳ．①I247.5

中国版本图书馆CIP数据核字（2016）第101591号

喀什噶尔

作　　者：王　刚
特约编辑：周昌义
责任编辑：兴　安
装帧设计：原本广告
出版发行：作家出版社
社　　址：北京农展馆南里10号　　　邮　　编：100125
电话传真：86–10–65930756（出版发行部）
　　　　　86–10–65004079（总编室）
　　　　　86–10–65015116（邮购部）
E–mail:zuojia@zuojia.net.cn
http://www.haozuojia.com（作家在线）
印　　刷：三河市北燕印装有限公司
成品尺寸：142×210
字　　数：280千
印　　张：12.75
版　　次：2016年6月第1版
印　　次：2016年6月第1次印刷
ISBN　978–7–5063–8926–6
定　　价：38.00元

此文写于新疆天山北坡吉木萨尔新地乡，那儿有我童年记忆里美丽动人的雪山、河谷、溪流、森林。

歌声离我远去

你有你的喀什噶尔，我有我的喀什噶尔。

——题记

第一章

1

　　我是在喀什噶尔的舞台上第一次见到王蓝蓝的，那是我在喀什噶尔第一个阳光明媚的早晨，她穿着没有领章帽徽的军装，长长的头发搭在脸前，让我无法看见她的脸。身边有无数的声音在咒骂她，说她是一个破鞋。在我青春的时候，破鞋是一个让我又冲动又忧伤的词汇。冲动是因为美丽，忧伤还是因为美丽。

　　那年，我17岁。

　　喀什噶尔有个疏勒县，成千上万的人聚集在一起，他们正在充满苏联味道的南疆军区礼堂开会，听候宣判破鞋王蓝蓝的作风问题。什么叫作风问题，今天的17岁以下的女孩儿、男孩儿还懂吗？就是一个女人和一个男人的性行为问题。那天礼堂门口已经绿树成荫，大树小树都长出了浓密的叶子，王蓝蓝出来的时候，我正好感觉到了浓烈的沙枣花香气，从外边的花园里飘来，我开始以为她的身上就是这么充满了芬芳。与她一起被宣判的还有一个男人，他叫袁德方。他是王蓝蓝的情人——情人，多么美好的词汇，那时中国人有情人吗？

2

喀什噶尔，我在喀什噶尔有半年都没有说过话，我像是一个没有舌头只有喉咙的人，把所有内心的语言都压抑在嗓子里。母亲是湖南湘潭人，她总是用毛主席的口音对我说：你就是不说话，别人也不会把你当哑巴卖了。父亲是山东人，他用山东话对我说：你就是不说话，别人也不会把你当哑巴卖了。我是新疆人，我从10岁起就总是用新疆话对自己说：你就是不说话，别人也不会把你当哑巴卖了。

所以，在去喀什噶尔之前，我就把自己当作哑巴。那儿是一个熔炉，父亲、母亲生活在熔炉里，已经很多年了。当他们不得不把自己的这个儿子送到熔炉里去的时候，告诉我最多的就是：少说话，多干事，最好不要说话。可是咋办呢，我就是一个爱说话的儿娃子，我不说话就会憋死。

3

雪山上似乎突然有了回音，那是高音喇叭发出的，没有低音，甚至没有中音，只有高音：

把杀人犯、流氓分子、叛国投敌犯、反革命分子袁德方、王蓝蓝带上来——

一切都很安静，雪山上红彤彤的太阳被初夏的暖风吹走了，人们的呼吸就像是初春里昆虫的叫声，那么虚无。我极力睁大眼睛，看着台上，袁德方戴着手铐和脚镣，从幕布的左侧走出来。在他身后有两个矮个儿军人，时刻在盯着他。王蓝蓝只戴着手铐，没有脚镣，她身后也有两个军人。袁德方走得很慢，王蓝蓝在他身后，他们蹒跚着，像是莫里哀喜剧中的男女演员，很快就要到他们说台词的时候了，观众那时已经充满期待。

我已经能看清楚袁德方了，他离我最多只有3米，我看他的时候，他竟然也在看我。舞台上的犯人竟然也能与人对视？吓了我一跳。我发现自己跟这个男性罪犯长得竟然有些像。他有一个大头，我也有一个大头。大头让我们显得有些粗鲁。我有细腻的眼神，他也有细腻的眼神，这种眼神让我们显得有些无端的骄傲和与众不同的忧愁。

那个叫王蓝蓝的女人就站在我眼前，说不清为什么，她的出现让我灵魂颤抖。她很细腻消瘦，脸色苍白，在灯光下有些泛青。她是一个单眼皮的女孩子，留着短头发。她没有看我，我却一直看着她。我期待着她的目光过来与我相接，但是她没有，她只是看着地面。我的心在狂跳，这个女孩儿是一个犯人，我为什么被她冲击得有些坐立不安？如同那些多情善感的男人一样，我对美丽的女人总是充满同情，无论她是天使还是罪犯。王蓝蓝站在台上，显然她没有害怕。爱情让她内心涌动着无限光芒，她的脸上即使现在也有一丝丝微笑。

我身边有许多女兵，其中甚至有她——我八一中学的校友，五班的她，可是，我必须承认，在王蓝蓝出现的那一刻，我忘了世界上所有的女人。我的眼睛里只有这个罪犯。

4

风把我带到了褐色的、土黄色的喀什噶尔。那时，我从窗外山下的雪野上看到了风。那时不叫喀什噶尔，维吾尔族人这样叫它，塞提妮莎（你现在在哪里，阿巴斯，你现在还会去为他扫墓吗？你自己也有孩子了吧？他们上的是维吾尔族学校，还是汉族学校？）才这样叫它，我们只是叫它哈（喀）什。是天山把我们分开的，乌鲁木齐在北疆，喀什在南疆。你们这些口里人肯定想不到，我从乌鲁木齐到哈（喀）什走了7天。我从乌鲁木齐过乌拉泊，过干沟，从库米什到了库尔勒，然后是拜城、库车、阿克苏、阿图什。你看，我在说出这些地名时，都不需要看地图，它们如同音阶一样从远处传来，回响在我的骨头里。不是大调音阶，是小调音阶，而且是e小调。就是颜色有些暗暗的绿那种。在进入喀什噶尔时，我看见了艾德莱斯绸缎在满天飘舞，女孩儿像鲜花一样穿着裙子，吾斯坦博依街里全是毛驴车，尘土滚滚如同战场上的浓烟，巨大的木头轮子仿佛让我的眼睛回到了遥远的古代。那是在黄昏，艾提尕尔清真寺里突然传出了"阿安拉——"，那时，我身边的人们跪倒了一片。远方有太阳，天空清澈，我被惊呆了。

5

喀什噶尔东边那个小镇，他们叫汉城。

我是穿着便服进入汉城的，那时候我还没有穿上军装。你们不要误会，这儿的人都把疏勒县叫汉城，离喀什噶尔9公里，走在街上几乎全是军人，我要去的军营就在那儿。在那个大门里边。就这样，那个孩子17岁走进军营时，还穿着便装，他渴望穿上军装，他想那身军装都想疯了。他在乌鲁木齐看着那些穿上军装的女孩儿时，内心总会紧紧地收缩着，无边的愁绪会像流云一样经过他的心脏。他发誓要跟她们在一起，不仅仅是感受那些充满淡淡的花香气息，还要听听她们窃窃私语时究竟说了些什么。

当时他感觉到有些头晕，老兵们在欢迎这个新兵，周围人的热情让他陷入了紧张和忧虑，他们都穿着军装，领章和帽徽闪闪放光。时尚就是这样，只要它出现了，你就会跟随着它，我的青春不能自主，我是时尚的奴隶。我还没有穿上军装，但是我很快就会穿上军装。尽管周围穿军装的都是男人，我还没有看见女兵，但是他们的军装已经包围了我，我虽然还没有看清楚他们的脸，可是草绿的，略略有些偏黄的颜色让我晕眩了。终于到了，我的未来竟然让我自己看见了，在乌鲁木齐骑着自行车从北门走向南门时还没有看见，现在，刚刚进了喀什来到疏勒县的汉城，刚走进这个军营小院子，刚刚坐在这间宿舍里别人的床上时，我就看见了自己的未来。那时，天渐渐黑下来，新疆维吾尔自治区南疆的夕阳在我的感觉中第一次沉没了，我没有好意思看窗外，我的眼睛不好意思看任何地方，军装包围了它，还有那些老兵们的笑脸。他们的笑脸迎着灯光。只要早一天穿上军装，就是你的老兵。你身边充满了老兵，他们对你说话，你也在说话，可是，你不知道自己在说什么……

6

大提琴，是大提琴，我能听见声音，坐着汽车走进大门时我就听见了，现在那声音更近了，曲子我很熟悉，《哈萨克人民歌唱毛主席》。错了，应该叫《萨丽哈最听毛主席的话》，改编成的大提琴独奏曲。《哈萨克人民歌唱毛主席》应该是另一首歌，究竟是歌唱，还是歌颂？现在有些想不起来了，真是奇怪，记得那么清楚的东西，竟然变得模糊。

我站在三道深紫色的幕布旁边，看见那个叫艾一兵的女孩儿，她家住在新疆军区歌舞团的院里。那个院落是所有男生最向往的地方，他们向往那个地方就如同他们向往天安门一样，不，应该说他们向往新疆军区歌舞团的院落就如同你们今天向往纽约一样。走在纽约55街、57街、59街，当你终于看见中央公园和它边上要卖到500万美金的公寓，你就知道我说的新疆军区歌舞团院落……是什么意思了。

那是我们八一中学的舞台，是后台，有墨绿色的幕布，还有舞台中璀璨的灯光，高一年级的同学正在准备上台，她就从那个院落里走出来，又走进去。我知道她是五班的，而且，我知道她拉大提琴。她穿着哈萨克少女的衣裳，正要上场。她已经上场了，显然不是拉琴而是舞蹈：东方升起金彩霞，草原盛开大寨花，哈萨克青年有志气，萨丽哈——

她是骑马上台的，她手里拿着马鞭，跳着马步，像奔跑在草原上。是新疆的草原，不是内蒙古的草原。她就那样跳着绕场一周，下边在喧闹，她完全不顾，苍白的脸上有喜悦的笑容。对了，少女们从来都是那样笑的，跟她们长大之后完全不一样。我这样一说你们就明白了。我有些激动，忍不住走到第一道幕的侧面，那时她正好转过来，我们的目光碰上了，当时火花四溅，她很快地把眼睛移向了别处。她手中的马鞭子掉了下来，在舞台的地板上滚了好几下，在下边同学放声的嘲笑中，她的脸上竟然仍然是微笑。她没有去捡马鞭子，而是继续学着骑马的姿态。音乐变得狂放起来，哈萨克男青年上场，她躲在他们身后并捡起了那个失落的马鞭，她仿佛完全没有听到台下的喊声……中学时代结束了，《哈萨克人民歌唱毛主席》从北疆传到了南疆，不知道那首大提琴独奏曲QQ音乐上有没有，反正喀什噶尔有，南疆军区有，我们文工团的那个小院有，尽管小院的天空已经完全黑了下来。那时，我听见了尖锐的哨音，听见身边有人说全体集合，列队。

7

人们疾速集结在院内的空场上，我随着他们一起朝外跑，并站在了他们身边。那时，我看见了过来的女兵们，是一群少女，她们都穿着军装，那衣服穿在她们身上普遍过大，而她们的身体瘦小。

她们走得有些慢，站在队列前边的领导严厉地说：快。她们跑起来，军装和头发开始跳跃，有人在笑，有人没有笑，她们在喘气，我头一次这么近地感觉到女兵们在喘气。

我看见了她。真的是她。

8

董军工是最让我恐惧的人。我年轻时，只要是想起他，总会感觉到紧张，即使离开了军队也仍然保持着这种感觉。此时此刻，他就站在我们所有人的正面，并看着我们每一个人。已经很安静了，天上月亮很亮。

刚才还在我身边微笑的人突然喊口令：立正。我听到了一声巨响，那是鞋与鞋的碰撞，是左脚去撞右脚，他们在瞬间全部都绷紧了身体。我当时就被吓了一跳，原来当兵是这样！

我们又来了一位新的同志。掌声当时越过黑暗，向我扑面而来。让我温暖又恐惧，与这些陌生人在一起，我是那么不适应。我们乐队终于有长笛，又有竹笛了。黑子、李生走了以后，我们一直在等，没有长笛，乐队好像少了一大块儿。董军工说到这儿，感觉到了自己的幽默，就独自笑起来，于是大家也都笑了，他们充分利用这个时机自由呼吸，放松身体然后大口深呼吸，特别是那些女兵们，她们好像特别想笑，只有她们才最先意识到了领导的风趣。董军工突然收住了自己的笑，像是紧急刹住的车轮，让其他人笑的惯性涌到了他的后方，他们的笑声如同他们的人一样，控制不住自己了，跌倒了，满地都是被抑制被压抑的笑声，笑声如同被放生的小兔子那样在院子里来回跳动。

董军工站在前方，他很厉害，显然所有人都怕他。他的声音不大，有些嘶哑，但是，他的声音与他的目光都有穿越黑暗的能力。

要知道，在任何时代，穿越黑暗都是不容易的。

明天军区要开公判大会，通知我们全体参加。即使在黑暗中，他也看到了我没有穿军装，问：为什么没有为他领回军装？有一个人出列回答：曾协理员探家还没有回来。

那就让谁先把军装借给他穿，马群，你们俩个儿差不多，你借给他。公判大会是严肃的，大家要着装整齐……

公判大会，这是我进入军营那个夜晚最响亮的词汇，如同那天晚上在喀什上空出现的圆月亮——中国的月亮其实很圆——你看你看明天要开公判大会！

9

解散了，她似乎在等我，当我们平行时，她看着我笑了，八一中学的校友终于在南疆见面了。

早就听说你要来。她说。

为什么一直没有收到你的回信？我说。

太忙了。

忙什么？

很快你就知道了。

我们站在黑暗中，那时我感觉到她的眼睛很亮。

她走了，我看着她的背影。

我的眼睛也有她这么亮吗？

我是不是让你们把两个女孩儿搞混了？她们一个叫王蓝蓝，一个叫艾一兵。艾一兵是我的同学，王蓝蓝是一个罪犯，她注定要出现在我当兵第一个早晨的公判大会上。

10

公判大会，我一生开过不知道多少次，特别是在童年时代，几乎每天都要开。青春期来临，公判大会似乎少多了，有时甚至都忘记了。可是，那次在军区礼堂的公判大会，早已刻在了我的心上，就像是泰森胳膊上的毛主席像，是永远无法洗掉了。与童年时在会场的兴奋不同，我头一次在公判大会上感觉到了忧伤。童年开始，我就同情坏人，那次更是因为同情而有些想哭。

早晨，1977年5月9日的早晨，初夏的空气很透明，艾一兵把马群的军装递给了我，我很快地穿上之后，她开始皱着眉头为我别领章，她是用别针，很费劲，但是她的脸上有微笑。

我当时已经想着去照镜子了，她又帮我把帽徽戴上，那时，没有人注意我。只有我自己走到了镜子面前。穿着军装的我完全不一样了，差一点让自己认不出来。军装不仅仅时尚，还让相貌平平的我突然变得英俊起来，我平生头一次像女人那样深情地望着自己，那时我还不知道有自恋这样的词汇，只是对自己满意得无法言说。

就这样，我身上穿着别人的军装，像是一只披着狼皮的羊。日光暖洋洋地洒在这只羊身上。公判大会让我兴奋，真的渴望看到一群军装在一起开这样的会，他们一定比地方的人更有秩序，更有爆发力。

当我青春蓬勃时，总是听老人说，记忆其实是一个很靠不住的东西——尤其是一个老人的回忆。我当时还不信，自己经历的事情怎么会忘却呢？现在轮到我了，记忆真的靠不住了。在林荫路上，我们列队走向会场，是礼堂，还是一个大的操场？既有灿烂的阳光，又有璀璨的灯光，阳光和蓝天说明是在外边，是在一个跟我们八一中学一样的运动场，璀璨的灯光说明是在军区八一礼堂，也跟我们八一中学一样，有很厚的幕布，那是"文革"前留下的丝绒质地的，无论是阳光下还是灯光下舞台上的中心人物都会显得孤单而醒目。

　　我们走进会场时，听到歌声此起彼伏，就像是进入了一个疯狂的赛歌大会，今天你只有在足球场上才能感受到那种狂欢的热烈。草绿色的军装已经充斥了整个空间，我们来得有些晚了，我们的队列越过许许多多的士兵，走到了前排。那时，歌声音量已经明显变得有些小了，所有的人都在看着我们的女兵，如果目光有更大的力量，如果男人们的愿望能够实现，这些女兵的衣服一定会被所有目光当场扒下来的。她们骄傲地走着，男人的渴望让她们的骄傲更骄傲，她们突然显出了从未有过的身材，前挺后撅，曲线出来了，性感出来了，她们个个的脸都有些桃红了。但是，她们很严肃，因为她们没有忘记自己是一个军人。听命令——坐下！！于是，我们坐在了整个会场的第一排，舞台上的灯光可以直接照耀在我的脸上，我从来都没有这样靠近舞台，如果我在台上表演，我总是朝下看着观众，我拿着长笛，边吹边看着他们。现在，我当了观众，第一排的观众，原来坐在第一排的观众感觉是这样的……

　　时光久远，我已经想不起公判大会的必要程序，外边的落雪正闪着光，许许多多的颗粒在闪耀，阳光让雪地泛着刺眼的亮丽，也在有的地方留下阴影。我知道，白雪上的树枝完全能够过滤时间，树上刚刚落下的一只鸟让我想起了何秉贤这个人。当时他走上台来，手里拿着一摞很厚的稿子，我当时还不知道他以后会成为我与其他几位女兵的英语老师。他是天津外院毕业的吗？可能是的，那本《许国璋英语》都翻烂了，他的读音直到现在都在耳边回荡。他是军区对外联络处的干事，袁德方是他的处长。

　　何秉贤的原话我记不清了。他的气势是夸张的，看起来，他对自己的处长充满仇恨，他是有才能的，他善于抓住自己领导的弱点，一一列举，他的记忆力很好，这个人当翻译，不搞艺术实在可惜。

袁德方的确杀人了。他爱上了政治部的打字员、后来是机要员的王蓝蓝。他们两个人在军营里悄悄相爱。何秉贤仔细还原他们相爱的情节。办公室里、去十二医院的路上、喀什噶尔的小巷深处，都有他们偷情的印迹。他们爱了两年，终于被爱情烧焦了：先是只要有机会就在一起，以后是没有机会也要在一起，最后是不在一起毋宁死。

袁德方终于提出离婚，据说，那个叫作妻子的女人还是十二医院的大夫，也是上过大学的，请你们注意我此时说话的分量，上过大学可不是一句普通的话。在那个时代，上大学那就意味着她是一个知识分子。毛主席讨厌知识分子，但是，人民喜欢，他们表面骂知识分子，内心却充满敬仰。袁德方的妻子，这个知识分子女人不同意离婚。

11

王蓝蓝杀人事件在一个清晨，离我来部队差不多有两个月。我是5月8号参军，那他们就应该是在3月初。南疆的3月与北疆不同。北疆3月初千里冰封，河流里全是冰块，水完全在冰层下面。可是，喀什噶尔不同，那儿的河流刚过春节，就化开了。

袁德方在那个早晨，提出来要送妻子去上班。妻子以为听错了，有些受宠若惊，甚至有幸福的感觉。

你们也看出来了，应该叫袁德方杀人事件，可是当时，我们那儿人人都叫王蓝蓝杀人事件。

我们军区的西门是我当兵第一次走进的宽门，后来我知道，那对于我来说，其实是一个窄门。从西门出去，朝北走，经过那个维吾尔族纺织姑娘们做工的地方。说到这些维吾尔族纺织姑娘，我还曾经为她们写过一首歌，可惜，词曲现在都忘了。只是隐约记得苏联有一首歌，叫《纺织姑娘》：在那油灯下，灯火在闪耀，年轻的纺织姑娘，坐在窗口旁……

袁德方跟我的心情不一样，我可以长久地坐在那儿观察这些维吾尔女孩子，她们的美丽深深地吸引着我。我可以直视着她们的眼睛，可以看着她们在木制的古老的纺织机前劳作，我不必害怕她们说我是一个作风有问题的男青年。我似乎就在那儿等着，袁德方终于走过来。

他领着自己的妻子，朝北走400多米后，就到了那条小河。水流湍急，他并不急着在这儿下手，他要领着自己两个孩子的母亲朝东去，那儿很快就要出太阳了。河流渐渐有些曲折起来，河边有些树了，再往前走，就有一些树林。不是密林，仅仅是一些杨树、沙枣树，还有些不知道叫什么的灌木。袁德方就在那儿下手了。他掏出一个手榴弹，朝自己已经共同生活了15年的妻子的脑袋砸去，他一共砸了三下，然后，把那个女人推进了河里。

袁德方那天有会议要参加，而且在会上还要发言，他既开了会，也发了言。可是，那个叫作妻子的女人没有死，她被河水冲荡着，渐渐清醒了。她在河水里放声大哭，她浑身湿着，头上还在流血，她坚强地走回军区。哨兵认识她，她在医院为他们看过病，他们惊讶地看着这个发疯的女人朝朱司令员家那边冲过去。

朱司令正要出门，他忘了带保温杯，他让自己的儿子朱小南医生去拿。这时，司令员和儿子都看到了那个冲撞过来的女人。她哭喊着袁德方杀人，然后，就昏倒在了司令员的车前。

12

离开会场的最后一刻，袁德方紧闭的嘴突然张开了，他在刹那间爆发，声音响彻了云空，让蓝天更蓝，亮光更亮，人们都听到了他歇斯底里的喊叫：杀人是我自己决定的，王蓝蓝根本不知道。你们放过她吧，我求你们啦——

我在袁德方的号叫中看着王蓝蓝，奇迹出现了，也就是在那一秒，王蓝蓝的目光与我相对了，然后，像那种情景中所有女人一样，她哭了。

·

第二章

1

　　一个少年他离开乌鲁木齐去游荡，他去喀什，流浪新疆。他从小生长在乌鲁木齐，喝天山雪水长大，他现在要去喀什噶尔，要去喝吐曼河水。那个17岁的少年很快就要看见吐曼河上的雾了，他要在喀什喝昆仑山融化的雪水。

　　他是一个很爱说话的少年，他渴望表达自己的内心，他面对身边的人总是有说不完的话，即使身边全都是告密者，他也愿意不停地对他们说。应该说那还是一个告密者的时代，蓝天白云下几乎人人都喜欢告密，人们愿意把告密信写在作业本上、稿纸上、五线谱纸上、档案袋上，还有他们的舌头上。所以，一个人如果能不说话，就是这个世界上最幸福的人；如果他是一个爱说话的人，那他注定就是一个背运的人，如果他是一个爱说话的17岁的孩子，那他就是一个让爸爸妈妈操碎心的家伙。

　　从17岁多到18岁，我半年多都不太说话，逢人便微笑着，眼睛里边充满谦和，留下了一个雷锋般笑眯眯的面容。是的，我那时穿着军装，一个小兵，脸上总是带着微笑，嗓子里吭吭吭地发出声音，舌头藏匿在深处。我要进步，我要前途，我要少说话多做事，我要给别人留下好印象。我要提干我要入党，我要让自己身上的军装和领章帽徽闪闪发光，这就是一个17岁的男孩子的全部愿望，他就是为了这些理想才去的喀什噶尔。他在喀什噶尔足足有1000多天，看到了喀什噶尔的日出日落，还有黄昏星。

在北京有白云有蓝天的日子里，喀什噶尔的黄昏星在闪闪发光，它让我回忆起别人把我当哑巴卖了的美好日子。伴随着这些日子有那么浓郁的沙枣花香，是艾捷克拉出的最欢快的声音，是热瓦甫弹奏时用十二木卡姆曲调真心歌颂伟大领袖毛主席和英明领袖华主席。啊，我的艾捷克，啊，我的热瓦甫——

2

喀什噶尔，那个17岁的男人开始总是把它想象成乐园，有苹果树、梨树，还有满天满地的沙枣花儿。那是一个挺自信的人，他早就把自己当成男人了。喀什噶尔，喀什，我只是想告诉你，我现在是多么想你。我说话你肯定听不见，但是，风说话，雪说话，风雪里有我的话，你听见了吧？

巴赫、莫扎特、贝多芬、柴可夫斯基、德彪西甚至还有里姆斯基-科萨科夫的音乐声从院子里不同的角落里传过来，让你感觉到蓝天白云下有欧洲的小镇。那是一个完全透不过气的时代，没有空气，没有感情，没有清澈的水流，什么都没有。但是，在所有这些乐器的声音里，新鲜空气，无比新鲜的空气像穿过山谷的风，像流过草原的水，像融化在戈壁的雪，像徜徉在蔚蓝里的云朵。它们填满我们的时间和我们的心灵，让我现在突然热泪盈眶。我们青春冷漠的时光，竟然被这些夜曲、回旋曲、协奏曲、独奏曲烘烤得暖洋洋的。

小排练室里传出来，它穿过高高的白杨树，也穿过司令部，政治部大楼（后勤部大楼在后花园那边）弥漫了大院内的每一个角落。小提琴、大提琴、中提琴、大贝斯、长笛、黑管、双簧管、大管、小号、圆号、长号、手风琴……像是树叶一样漂浮在水面上，以后，我的眼前曾经无数次地出现过这个画面，是它们发出了像水波一样的音乐，音乐又把它们涌动着，在水里来回荡漾。

在所有的乐器声中，终于有了长笛的声音，也有了笛子的声音。那个17岁的男孩子天天穿着别人的军装，坐在乐队里边。他已经适应了立正稍息，成为一名军人。周围人对他的好奇心已经消失了，他们早已习惯了长笛的声音。就好像这个乐队天生就有长笛，只是他偶尔吹高音时，声音有些特别尖厉，她们才会看他一下。

17岁的男人还说自己是一个孩子，或者男孩儿，是不是有些自恋？他在这个乐队里，其实应该是中等年龄。3个拉小提琴的女孩儿都不比他大：15岁的江奇、17岁的陈想、16岁的唐娄宜。比他大的有22岁的龙泽，还有21岁的洪新民。洪新民如果不指挥时，也会拉琴。22岁，那是多么衰老的年纪，在我那时的感觉里，不，在我们那时的感觉里，如果你过了20岁，那你就已经完了。拉手风琴的华沙才13岁。

3

你为什么还不把军装还给马群，他在后边说你了。

我还没有领上新军装，马群说我坏话了？

你自己应该抓紧，不要老是靠别人。

昨天去了，曾协理员还没有回来。

今天回来了，他老婆也一起来了。他老婆很漂亮。

马群说我什么了？

这你就别问了，组织上要求的最重要的一条，就是不要在后边说人坏话，也不要传闲话。

我看看她，发现她与在学校时，确实很不一样。她成熟了，尽管我感觉在她草绿色的军装后面的乳房不大。

对话是在政治部食堂里发生的，我刚抢完面条，她与我并排站着。我看看那边的马群，有些不好意思。

她又说：过几天就要演出了，你要笛子独奏，你准备好了吗？

那有什么好准备的。在哪儿演出？

在南疆军区礼堂，在那天开公判大会的地方。王蓝蓝好可怜，没有把好生活作风这一关，政治前途没有了，把一辈子都葬送了。

你认识王蓝蓝？

当然认识，她当兵路过乌鲁木齐，还到我们家来过。你觉得她可怜吗？

我点头，说：我要是认识她就好了。

为什么？

也没什么，就是想跟她说说话。

她笑了，没有再说什么，打算转身离开我，坐到乔静扬她们那边去。

马群到底说我什么了？他骂我了？

这儿是革命部队，又不是国民党的旧军队，怎么能随便骂人呢？不会的。

我当时有些吃惊，发现她真的变了，似乎她的胸部也比一分钟之前稍高了一些。

然后，她小声说：他说半个月过去了，他看着你把他的军装都穿旧了。

我松了一口气。要跟同志们搞好关系，不能随便得罪人，父母总这么教导我。我从心里愿意跟一切人搞好关系，马群没有骂我，只是说了这样一句话，我放心了。

你为什么上午不到乐队排练？只有一个大提琴不好听，低音弱。

我在舞蹈队排练呢。

你应该搞乐器，舞蹈没前途，只能吃青春饭。

我两样都搞。

应该选择一样，那样才精。

领导要求一专多能，要尽可能做多一些工作。

我又看看她，觉得这话有些陌生，但是，她说得很自然，她丝毫也没有察觉出我的不适应。即使是一个17岁的男孩子，也对16岁女孩子嘴里说出了这话，感觉到了强烈的不适应。

4

如果没有记错，正式演出排练的音乐作品应该是《北京喜讯到边塞》。今天想想，这个名字无论如何都有些奇怪，北京的什么喜讯能到边塞呢？铜管乐声强大起来，小号、长号、圆号、鼓声、黑管、长笛，甚至有大提琴、大贝司的声音。指挥在上边大声喊着，强，再强，对，强，强——

高潮到了，整个房间都要被震垮了，大家的脸上有了笑容。他们被自己的声音愉悦着，旁边的那张世界地图在注视着他们，北京喜讯就要到边塞了。他们真的应该是一群很幸福的孩子，他们没有去农村，而是来到了军队，他们用乐器把北京的喜讯送到了狂欢的边塞，他们终于高潮了。

5

他们是学员，解释一下什么是学员，部队专业文艺单位的战士。今天有搞文艺的将军——唱歌的唱歌将军、写诗的诗歌将军、编舞的舞蹈将军，而他们那时都仅仅是学员。从学员到将军，这是一条多么光辉的道路。

新疆维吾尔自治区南疆军区文工团。我现在强调一下，那是一个有40人编制的、专业的而不是业余的、属于军队的小型文工团。他们没有活动在北京、上海哪怕是乌鲁木齐的花花世界，他们穿着球鞋和战士服，走戈壁大漠、蛮荒哨所。阿里要去，帕米尔高原也要去，喀喇昆仑山也要去，他们是专门为兵服务的。战士们听不见人说话，我们就要去，让他听听我们说话。不但说话，还要唱歌，要让那些在边防哨所无比寂寞的士兵们知道，祖国没有忘记他们。

6

晚上快要熄灯了，乐器声也停了，突然，有人在门外叫我。我出了宿舍，一看是她，艾一兵。

她看着我，手里拿着一套军装，笑着说：没有影响你休息吧？

我说：新军装？

她说：这是新的，把马群的还给他吧。

你帮我领了？

曾协理员是我爸爸接来的兵，他们是好朋友，我刚才去他们家了。不一样了，他妻子来了，她挺傲慢的，高干子女嘛，很漂亮。

我接过军装，仔细看着，说：谢谢你，老同学。

不，要叫战友。她严肃地说。

然后，她说：试试，合适吗？你应该是这个号。

我穿上了外套，有些大。我说：不大吧？

她说：不大。

我又说：大了。

她说：大了？

我说：军装领回来了，还能换吗？

她说：唉，你明天自己去换吧，你站在宿舍窗口，就能看见他们家，就在那排平房。我累了，今天很累了。

他们家是第几个门？

从右边数第5个。

我望着她的背影，感觉到她真的很瘦，她消失在黑夜里，她是一个好战友。

好战友这三个字，突然让我笑了。我看着军装，太大了，突然感觉到一刻都不愿意等待，就出了院门，朝那排平房跑去。

我想今天就把军装还给曾协理员，明天他就能为我换回来。

不知道为什么，回忆里喀什噶尔的夜晚总是有很明亮的月亮，我跑着，天空里的暗蓝色让我总是能嗅到艾一兵身上淡淡的甜味。小女孩儿身上都是有甜味的，你与她在一起时，可能没有感觉，可是，你只要与她一分开，那甜味就会一直包围着你，就像月光包围着你一样。

他就站在门前了，我是说，那个叫作曾协理员的人。也许我有些急促，是不是敲门声过于响，他脸上的表情有些惊愕。他没有让我进去，所以我不得不仍然站在门外，让月光笼罩着我。

他说，你找谁？

我说，艾一兵让我来找你，换军装。

艾一兵？她刚走，领的是你的军装吗？

太大了。我看着他说。

他脸上的表情缓和了，他让我进了屋子。

那是我第一次走进这个屋子，当时我还不知道这间屋子以后会决定我的命运。

灯光柔和，有个深咖啡色的柜子，上边有镜子。镜子前边摆着一张照片，那是一个无比美丽的女人。还有一张大床，上边竟然还铺着一块很大的深蓝色的花布。我看着那个照片里的女人，突然意识到身边这个比白杨树还高的男人非常幸福。

我一直在盼着这个人回来，他就是曾协理员。他管着军装。现在，这个无比幸运的男人回来了，他刚从北京回来。一个说着北京话的男人竟然会到我们喀什噶尔来，你理解这种精神吗？反正我不理解。无论有什么原因，为什么要离开北京呢，北京我从来没有去过，但我这一生中总会去北京的。北京太好了，它不光有天安门，还有中央乐团！

　　那时，我还不知道这个比王洪文还要英俊的男人不仅来到了喀什，而且，他已经是阿里的副参谋长了。他为我调换军装的几天后，就要去西藏阿里高原任职了。曾协理员，曾副参谋长，直到现在我在想起这个人时，都会说曾副参谋长。

　　"艾一兵"这个女孩子的名字让他心情不错，他对我说，你坐下，会抽烟吗？

　　我摇头说不会，然后，又忍不住再次看着那个摆在柜子上的女人照片。她被镜子里的光线环绕，脸上有了许多层次，她在笑，让黑白照片变得有色彩了。

　　我当时还不知道曾副参谋长要带回他的妻子。那个照片里的女人，她就是那个幸运男人的妻子。我换军装那天，对于这个男人充满好奇心。我当时什么都不知道，其实，这个女人很快就要出现了，她会走在我们南疆军区的院子里，她会让喀什噶尔的黄昏和夕阳充满暖暖暖暖的光斑，那里你甚至可以看见你从来没有见过的大海。

　　他没有为我倒茶，他独自吸烟。他有些好奇地看着我，说：你跟艾一兵是同学？

　　我们都在八一中学，她是五班的，我是三班的。

　　她挺关心你嘛！

　　我忘记了自己是怎么离开那间屋子的，好像他送我时，与身边的白杨树站在一起，完全分不清谁是他谁是树了。他那么高，树也那么高，让疏勒县夜空里的白云与随风摇动的树叶混淆在一起。

我回到宿舍，管乐班长龙泽看着我说：你的军装呢？

还给曾协理员了，让他换去。太大了。

你跟艾一兵是同学？

我们都在八一中学，她是五班的，我是三班的。

她挺关心你嘛！

我看着他，一时不知道该说什么，因为刚才那个那么幸运的高个儿男人，那个北京来的人，也是这么问我。他们是什么意思？

熄灯了，躺在床上睡不着，眼前出现了王蓝蓝，又出现了艾一兵，她们都是女兵，都很瘦，她们让我当兵的最初的日子充满柔情。

7

我还在朦胧中，隐约听见扫帚来回扫地的声音，噢，扫帚大叔又来了。睁眼看，天还黑着。又闭上眼睛，想再睡一会儿，但是，尿憋了。我对那种声音充满好奇，谁是这个扫帚大叔呢？自从走进军营，每天都被这种声音唤醒。热瓦甫很快就要响起来，许光华可能已经来了，他是早晨带队领操的人，很快就要出操了，先出去看看吧。那时朝鲜电影作为伟大的电影，朝鲜人民作为时尚的人民，与朝鲜有关的鲜花盛开的村庄……那样的美好日子还没有过去，朝鲜电影里有一个扫帚大叔，其实是一个美国特务。他为了美国人的利益潜伏在朝鲜，勤劳是他最美丽的花衣裳。他永远拿一把大扫帚扫地，人们都叫他"扫帚大叔"。我每天都是被这种声音叫醒的。

8

　　外边天还有些黑暗，是黎明前的黑暗，我披着衣服，感觉到微微的凉爽，朝着声音的方向走去。从我们宿舍朝南走，经过一棵高大的槐树，朝西一拐就是厕所的大门，进了大门，男左女右。走到槐树下时，扫帚声音更大了。这个人的力气一定很大，因为你能听出来扫帚划动的半径非常辽阔，一把扫帚上能感觉到地大物博的起伏。突然听到一阵小鸟叫，晨曦中，太阳淡淡的香味就要来临了。我怀着感激之情继续朝西走了几步，就要进入厕所外的大门时，朦胧中，竟然看到一个瘦弱的身影。她的军装显得大，她的小辫子来回晃悠，显然她已经很会扫地。她没有听到我的脚步声，她专注，投入，完全是专业人士。那时，我已经知道她是谁了，但是，我没有叫她，她也没有回头。我有意识地放慢、放轻脚步。17岁时，我就知道对女人应该心细一些，特别是当她们已经很委屈、很疲惫、很无奈、很伤心、很绝望的时候。

　　她终于回头了。果然是艾一兵，脸色苍白的艾一兵。在学校时，每当我们男生在打雪仗，她从我们身边面带微笑经过时，她的脸就已经是苍白的了。你们老是回忆说，那些少女脸色红润，那是你们北京老八中的，还有北京女子师范的红卫兵吧。你们北京人待遇高，我们乌鲁木齐的少女不一样，她们在我的眼睛里总是苍白，那种病态的苍白几乎影响了我一生的美感。

　　我站在她身后，看着她，已经半天了。

　　她的眼神里很平静，没有我想象的委屈。

　　我看着她，忘了自己是因为憋尿才离开被窝的。

　　那时，天蒙蒙亮了，东方出现了鱼肚白，我在那天才总算是突然知道了什么是鱼肚白。那就是晨光让一个女孩子脸上的汗水清晰地映照在你的面前。

她继续扫。我没有离开，也没有走进男厕所，只是想陪着她。她突然停下来，有些好奇，不解地看着我。

我说：昨天晚上，你不是说很累了吗？

热瓦甫响了，许光华来了，时间变得急促了。

她更快地扫起来，她说：快，要出操了。我也不希望大家都知道是我干的。

我仍然站着，心中有千言万语想对她说。

她说：别站这儿，让同志们看见影响不好。

我非常不情愿地进了男厕所，这才重新感受到尿憋，可是，更加吸引我的是，男厕所显然也刚打扫过，干净之极，是她打扫了男厕所吗？我边尿边问自己：为什么？

我出来时，她就要离开了，我说：男厕所你也打扫？

怕什么？早上又没人。

她走了，肩膀上扛着那把大扫帚。她走得坚定，扫帚没晃，头发没晃，只有那身草绿色的军装在晃。从上到下的军装都在晃，让我眼前一片绿色的麦田、麦地、麦浪。

我看见她在黎明时的背影，就要消失在女兵宿舍那边，那时初升的太阳正好照耀着她，我看不清她的身材，像在八一中学时那样的好身材，只是她"压出了我皮袍下面藏着的小"来。当时，我与鲁迅先生产生了相同的崇高感。

我刚进宿舍，里边还有些朦胧，班长小声而又严肃地说：起床，出操。

以后，麦田这个词汇开始流行，无论画面上是多么安恬的金黄色，我的眼前却永远是绿色，是那种军装的颜色。

9

星期六晚上演出，舞台与八一中学的一样绚烂，我甚至有些激动，因为我终于穿上了新军装，并且，把马群的军装还给了他。但是，我忘了洗，知道吗？我没有给别人洗干净，就直接还给他了，我只是想要尽快还给他。我不知道自己已经犯了错误。

舞台上的灯光有多种颜色，如果你们没有我的经历是无法知道的，那种老式的苏联式的剧场舞台是那么复杂而有神秘气息，这是你们今天这些歌星们在电视台的演播厅内完全无法体会的。

陈旧的木地板上散发出了古典油漆的悠远的香味，后台里有许多不知道是哪些年放置的旧木箱，它们颜色漆黑，上边偶尔还有苏联字体。几步之外看人就要凭轮廓去猜，后台幕布一层层的，不同的乐器从不同的角落里发出声响。让你产生莫名的兴奋。

我们演出开始是革命歌曲大联唱，从战争年代一直唱到和平年代，一首首红光闪闪的歌从站在后边的合唱者、也包括我们乐队演奏员的胸腔里重重地涌出来，我们真是太热爱红色了，因为红色里边包含有无数的、感人至深的故事和童话。

几乎每个人都上场了，连董军工都上了，他甚至也化了妆，显得有几分女性色彩。合唱者跟乐队一起，填充了整个舞台，幕布一拉开，下边就骚动起来。他们在议论什么呢？他们感觉到我们化妆后漂亮吗？激情澎湃的歌声穿透力是很强的，我一边吹着长笛，一边朝她看。我发现她真的充满热情，她的眼睛里闪着光亮，她的脸色更加苍白，别人都有了红颜色在脸上，只有她更加苍白，是因为她比别人更激动吗？

都是哪些歌呢？从解放军进行曲一直到解放台湾。最后一句一定是我们一定要解放台湾。记忆太深刻了，前边竟然是一段长笛的骚勒，你们可能不太知道骚勒这个词，就是独奏的意思。独奏懂吧？就是整个乐队静下来，为我陪衬，让我长笛的音乐飘出来，从后台传到前台，再传到观众席。然后，会从礼堂的门传出去，飘到疏勒县的天空上，再从天空穿过天空，一直到喀什噶尔，到乌鲁木齐，说不定能飘到我日夜渴望的北京。那儿有天安门，有中央乐团，有总政歌舞团、歌剧团，有北京军区战友文工团。我吹得非常专注，所有的人都在听我，那是一段很适合表现的音区，即使上了高音，也才是从 F 到 A，那是我气息最舒服的地方。而且声音可以控制，既有穿透力，又有清晰的充满女性柔情的声音。也许我的情怀没有错，就是一曲颂歌，台湾就被我们解放了。

长笛是没有政治的，我的长笛也没有政治，只是一种声音。以后，别人告诉我，其实没有那么多人在关注你吹的长笛，你不过是自作多情而已。我不信，都那么安静了，他们在听什么？他们在思考问题？我那天都吹得那么成功，他们还有什么问题值得思考？

10

那是在演小话剧。内容是解放军医生救了维吾尔族的小孩，孩子的爷爷，一个维吾尔白胡子老头来给解放军送好吃的。如果没有记错的话，维吾尔老头是欧阳小宝演的，他会说相声，老头被他演得惟妙惟肖，他只要说一句话台下就会笑起来。

我在后台却有些神魂颠倒，我茫然地溜达着，新疆说溜达这个词不知道你们懂不懂。你的眼睛好像看见了，其实什么也没有看；你的脑子在想事情，却什么也没有想；你跟观众一起随着欧阳小宝的表达笑，却根本没有笑。而且，你觉得让一个维吾尔族老人说那么多客气话，有些不真实。真实是什么不知道。反正就不是欧阳小宝这样。以后，我把自己的这个想法告诉了欧阳小宝，他说：艺术是来源于生活，又高于生活的。他爸爸是新疆歌舞话剧院的总导演，当年他们家是从北京来新疆的，他爸爸甚至是王蒙的朋友。你想想，他说话能不正确吗？

可是，比他爸爸更重要的新疆文化名人是孔部长，他儿子孔星星说：新疆歌舞话剧院哪里有什么总导演？某一部歌舞剧、大型歌舞可能会有一个总导演，那都是临时的。

孔星星天天吹长号，没有人敢惹他，因为他吹的是一支有背景的长号。

欧阳小宝在台上如此放松，相声造就了他，艺术造就了他，爸爸造就了他，源于生活又高于生活造就了他，他最后一句台词是：来，伊里哈木，吃饱了吗？吃饱了跟你大（爸）一起抬木头。为解放军架桥——

音乐声起，是那种老式录音机放的音乐，出问题了，音乐变调了，颤颤悠悠。可是，没有人注意，大家拼命为欧阳小宝鼓掌。

我就是在那个时候走上台的，没有人安排我上台，可是，我却上台了。那是严重的事故，是所有人都完全想不到的，我当时像是一个思想者那样，沉吟着走着很慢的步伐，没有任何准备，就从第二条幕布那儿走上了舞台。

观众们看着我，那1000多人都看着我，他们对欧阳小宝的热情还没有完全散尽，又看到一个士兵模样的人走上台来，以为我要演一个什么节目了，都期待地看着我。这构成了一个巨大的悬念。这个与观众没有任何互动的年轻人究竟想干什么？

我却像梦游者、思想者、彷徨者那样地在舞台上走着。我的思绪中什么都有，就是没有意识到自己已经不合时宜地上了舞台。观众一直默默地察看着我，仿佛我是一个将要对他们宣布重大消息的人。我什么也不知道，仍然轻松地走在舞台上。观众里有人失去了耐心，他们窃窃私语，渐渐地，他们的怀疑声强大起来。人类质疑一切事物都是这样，要有先驱，是他们最先发现了某些不合理。

这时，舞台上侧幕旁已经聚集了很多人，他们看着我，都非常焦急。有人想提醒我，又不敢。他们宁愿我这样一直走过舞台，不要慌乱，别人还以为这是故意安排的，是从北京观摩后学来的最新的舞台调度方式。

她突然出现在我对面的侧幕旁，无比惊讶地看着我，甚至有了某种恐惧的表情。她伸出左手指着我，张着嘴咬着字却不敢发出声音。这在瞬间我醒了。我突然就慌了，身体开始有些抽筋，整个人都失控了。怎么讲，我当时就像是被惊吓的老鼠一样，刹那间跑起来，朝着她的方向，朝着舞台上幕布里边。

"轰"的一声，观众们从来没有这么齐心地笑过，整个剧场因为共振，几乎要翻腾了。太可笑了，比欧阳小宝的白胡子老头可笑多了。然后，有人带头喊叫，许多人都开始鼓掌。

董军工大声在后台喊：拉幕，拉幕——

我终于进了侧幕，以为进了安全地带，却被所有人堵截，他们早已聚集在舞台两边，有人在笑，比如说欧阳小宝、星星、杨健……以后我知道了，笑的几个人都是干部子女，最差也是总导演的儿子。其他人没有笑，他们的脸上好像有愤怒，因为，我破坏了他们刚才费劲取得的美好效果，后台像受了刺激的人那样瘫痪了，所有人都不知所措。

董军工站在拉上幕布的舞台中央，说：不要慌乱。然后，他指着报幕员说：出去报幕。

董军工走到我面前，看着我。我已经被吓呆了，木鸡一般看着领导。他很严肃，突然，我发现他有些想笑，因为他的脸开始扭曲。终于，他没忍得住，突然笑起来，整个脸都歪着说：调整、调、调整、整，好情绪，继续演出。

那时，幕布再次拉开了，像是打开了一扇夏天的窗户，所有热浪都涌上来。尽管许多人都在笑，可是，我内心却有无法抗拒的犯罪感。舞台上，像是夏夜的星空，灯光很亮，从不同的方向照射着我，那是我当兵后的第一次演出，似乎给我的人生打了个底子，让我的生命色彩本该严肃时，却总是滑稽，我本想成为一个圣人，一个思想家，一个严肃的长者，却永远在当小丑。

第三章

1

阿然保代，阿然保黛？

那首先是一个哨所的名字，什么叫哨所？解释一下，就是说那儿是边境线，是国境线，有人在那儿站岗放哨，目的是什么？不能让任何人随便进入国家。阿然保黛应该是一个地名，它在一座高高的山上，人们都管那座山叫帕米尔高原。

帕米尔高原有许多山，阿然保黛只是其中一座。即使是遇上我那么让人悲伤的中学时代，帕米尔高原也在地理课上学过。久违了，我的中学时代，久违了，色彩绚烂充满诗情画意的地理课，我就要去真正的帕米尔高原了。

你肯定知道帕米尔高原，却不会知道阿然保黛。我跟你们不一样，我对于阿然保黛的记忆就如同你对一个少女的记忆，有情感，有色彩，有肉体，有她的呼吸。

2

疏勒县城，我说过我第一次走进汉城的感受。那是一个黄昏，这也是一个黄昏。我在县电影院前吃了一个维吾尔族式的冰淇淋，与你们今天在北京吃的完全不一样。那个时候没有冰箱，维吾尔小贩从哪儿来的冰呢？不知道。如同清代的皇宫里，经常要用冰，太监总是能从外边抬进来大块的冰。这儿不一样，不是北京，不是皇宫，在同样没有冰箱的年代他们从哪儿来的冰？他们不是太监，他们是一个欢乐的、苦难的、载歌载舞的民族，却也能从驴车上扛下来大块大块的冰，然后用锥子把冰捣碎，再用人工的旋转机器把碎冰磨得更碎，几乎成了冰糊。加入牛奶、蜂蜜、葡萄干、核桃，那是我吃过最好的冰淇淋。如果你有机会去喀什噶尔，一定要尝尝，我说话是负责任的。

其实，人是不应该随便享受的，因为你只要是享受，就必须有承受。那天，在疏勒县，就是在充分享受了之后，我回到军区，走进了我们那个小院，才看到了人们脸上的严肃和庄严，才知道我出事了。

3

每个人都在写遗书。

其实，那是老兵对我们开玩笑说的，它叫请战书。老兵们喜欢说不是遗书，胜似遗书。

就要出去演出了，只要演出，必写遗书。这很让人想不通，演出就演出嘛，又不是去送死，为什么要写遗书？你说对了，演出是去最危险的地方，有死的可能，是要准备好随时有可能降临到你头上的牺牲。

你们可能不知道，我不想死，尤其是不愿意在那么年轻的时候就去死，尤其不愿意为自己不认识的人去死。别说不认识的人，就是为自己认识的人，比如说，自己最亲的父亲母亲，还有姐姐和哥哥，我都不愿意为他们去死。我才17岁，学习了许多年的音乐，认识了简谱、五线谱，甚至钢琴谱，比你们任何人都更早知道了巴赫、门德尔松、里姆斯基-科萨科夫（因为吹长号的星星有一本他写的《我的音乐生活》）。可是，一个17岁的男孩子，他不想死，这话当时完全说不出口。现在，你可以对许多人说，你不想死，你还年轻，还没有见过女人的那个东西，你如果死了，就太冤枉了。这不对，这简直是残害人性。你现在对别人说这话，别人往往以为你是没事找事。最多说你是忧郁症。那个时候不行，那个时候你不能对任何人说。

整个宿舍里，没有人说话。他们在写，认真地在写。

你为什么还不写？

我犹豫着，想了想，说：我的钢笔坏了，我去借支钢笔。

我的钢笔真坏了，过了干沟那天，库尔勒就要到了，我仿佛真的看到了黑压压的铁门关。童年时就听母亲说过铁门关，她们就是从南疆经过铁门关回到乌鲁木齐的，那时她们一群从湖南来的少女们曾经在库尔勒开荒。在焉耆包尔海她们开荒并且认识了我的父亲，然后两人在开度河水里照着自己的影子。现在我正逆向走着父母的开荒之路，库尔勒让我激动。我拿了笔来，想写点什么。我们那天要住在库米什兵站。"兵站"这个词汇也让我着迷，多么意味深长：兵站！！！当时，我站在一块大石头上，感觉到干沟真的很壮观，库尔勒也真的是一个孕育爱情的地方，就想大发感慨写诗。因为太激动了，从怀里掏钢笔时手抖，竟然让它掉在了地上，摔坏了。

4

艾一兵就站在小院最南边那棵沙枣树下，她背对着我，不知道我正向她走去。我要借她的钢笔，还想与她商量，究竟要不要写这封遗书。我想对她一个人说：我才17岁，真的不想死。

可是，她那么专注，没有听到我的脚步声，更不会感觉到我的恐惧。我看着她的背影，她站在那儿，头顶上是树枝搭落下来捎着她头发的叶子，还有阳光斑驳。我真的好喜欢斑驳这个词，它其实不是在形容阳光，是在形容空气。我当时就看见了新鲜空气在她的头发、脖颈、细致略有些透明的耳朵旁游动。围绕着她有那么多新鲜空气让我渴望大口呼吸，那里有着一个瘦弱苍白女孩子的芬芳，她似乎感觉到身后有人了，但是，她仍然没有回头。

我突然想吓她一下，不知道这个念头是怎么产生的，也许是我头脑中固有的——要在一个女孩子全身充满阳光的时候去吓她一下。我呼足了气，是丹田气，凡是唱过几天歌的，或者那些出名的歌手都一定懂的，丹田气是有无限力量的，可以让声音变得巨大而又有影响力。我大声冲她耳朵喊了一声，连我自己这样的男人都被自己的声音吓着了，可是，她竟然没有反应。

她仍然站着，肩膀都没动，手里捧着一张白色的纸，上边印有南疆军区政治部的抬头，下边的"请战书"三个字很大，是红色墨水写的。再下边的字也有些大，而且写得不太好，不整齐。我并没有仔细看她写了什么，只是看见了"阿然保黛"，只隐约感觉到那是一片片红色的字迹。

你已经写完了？这么快？我有些惊讶，又说我不想写，不敢跟别人说，找你商量。

你为什么总跟别人不一样？这样不好。她没有回头，只是背对着我说。她的声音很小，却让树叶颤抖了，那时喀什噶尔的天空不看都知道，蓝得没有办法，天空和树叶还有她透明的耳朵都永远留在了我的记忆里。

你为什么用红墨水写遗书？

我有意识地像老兵那样说出遗书这个词汇。就好像在那一刻我也成了老兵，可以给她提提意见。老兵们往往是新疆人，他们总是学着新疆或者西北的回族说话，管遗书不叫遗书，而是叫"姨父"。我肯定发音是准确的，新疆人就是这么发音的，更准确点应该发"一——负——"，一个是一声，一个是四声。

那就是遗书的发音。

我学新疆话，她没有笑。那时候，我们最幽默的事情之一，就是学说新疆话。别忘了，我们是搞文艺的，我们要说北京话，而且，不是北京油子话，是北京普通话，是中央人民广播电台念悼词时说的那种话。

她看着我，突然，眼泪充满了她的眼睛，那是多么明亮的眼睛，猛然间，就全是泪水。

我虽然不知道究竟为什么，但是，她的泪水让我感动。我有很多毛病，母亲骂我时总是说，你一身都是毛病。以后，我总是想，母亲其实想说，你一生都是毛病。她的泪水流出来了，我说了我有很多毛病，走到哪儿都有那么多人讨厌我，但是，我比他们很多人都在乎女人的眼泪，我知道在那眼泪后边，有着人类永远说不出的委屈。

我看着她的眼睛。

她当时看着我的眼睛。

我们在那个时候，共同沐浴着阳光，还沐浴着新鲜空气。

她突然说：你仔细看看那是红墨水吗？

说着，她递过来，用她的右手递过来。

我看着她的手，食指上已经包裹着白色的胶布了。我突然明白了什么，在书上，课本里学过的故事今天在眼前发生了：艾一兵用自己的鲜血写了遗书。

她写血书了，像那时的许多人一样，艾一兵为了让组织上看到她的诚实，她用牙齿咬破手指，然后，等到血流最多的时候，她用血写了"姨父"。

我被恐惧征服了，从小我就害怕看见血，怕看见任何人流的血。我不喜欢那样的说法：以血还血，以牙还牙。现在，眼前是艾一兵的鲜血，在一张白纸上，她用自己的血写出了她的内心渴望。我对你们说这些，就像我是一个人道主义者。我不是那个意思，我只是想说，我从童年时，就是一个胆小鬼，不像个勇敢的男孩。而且，我还自私，不愿意参加任何集体活动。母亲总是说，将来怎么办哪。不知道为什么，她的血更让我感觉到害怕，我像是突然在同样的阳光下，在那个随着微风颤抖的树叶下，看见一个可怕而又陌生的女孩儿。她还是那个在我们学校礼堂跳着哈萨克舞蹈的女中学生吗？她已经是革命战士了，她的血书里最后好像就写着"革命战士"四个字，我对她的心疼在瞬间被鲜血吓跑了。我早已忘记了借钢笔，我只是看着她，她从我的眼睛里看到了一个男人的恐惧。我想掩饰，却仍然说不出话来。

　　有几分钟，我们谁也没有说话。

　　你的手指破了，怎么拉大提琴？

　　你没有看到是右手的食指吗？

　　我明白过来，右手抓弓子，不用揉弦。

　　她已经擦干了眼泪，看着我，突然笑了，说：我知道你害怕了。

　　我仍然笑不出来。她的微笑与明亮的天空互动着，又故意用新疆话说：你不是儿子娃娃。

　　"儿子娃娃"也应该是回族话，意思是真正的男人或者男子汉。

　　我那么害怕看见血，我当然不是男人。我内心意识到了这个结论，就挣扎着不肯承认。那时突然感觉到羞愧无比，这种负罪感渐渐强烈，它压倒并驱赶了恐惧。

　　我说：听说阿然保黛没有通汽车，要骑马上去？

　　她点头，那时，我看见了她眼睛里的兴奋。

　　我说：我不会骑马。

她说：我也不会骑马。

我说：那怎么办？

她说：凉拌。

说完，她像哈萨克女孩子那样大声笑了。那是红色的微笑，笑声中，我们除了沐浴着阳光和空气而外，还沐浴着鲜血。记忆中，她笑了很长时间，在她清亮的笑声中，鲜血、白色纸张上红色的决心、我内心深处的恐惧，都随风飘散了。

5

不是姨父（遗书），胜似姨父（遗书）。

回到宿舍，我才知道，男学员这边很多人都写了遗书，不少人写的是血书。但是弦乐班的女兵们几乎都没有写，除了艾一兵。特别是那几个拉小提琴的，江奇、娄宜、陈想、小清，她们都没有写。江奇不但没有写血书，她在写请战书时就哭了，把其他几个女兵也带哭了。她们16岁了，已经长大了，哭也是装哭，可是，她们还是哭了。让江奇在行李和军装的口袋布上写姓名地址时，她开始号啕大哭，那像小提琴一样的声音从南边传过来，让我们每个人心中都有怪怪的感觉。她的哭声有起伏，像她经常拉莫扎特小提琴协奏曲的二乐章，凄凉美丽，仿佛一只金色的小虫子飞过天空。

说不清为什么，我一生都对江奇有着特别美好的感情。她的哭声从远处传来，强烈地感动了我。直到今天，当她的哭叫声从喀什噶尔的尘土中传过来时，我的眼泪竟然流了下来，脆弱的我突然忍不住地开始哭泣。我对自己说你哭个球呵，却仍然看见那个16岁的江奇，曾经在我入伍的第二天，我们开完王蓝蓝和袁德方的公审大会之后，在小院的树下，在艾一兵让我看血书的地方，用小提琴为我演奏了一首叫《传奇》的奏鸣曲。我无法形容的琴声飘渺不定，从海上、天上、水草里、沙漠中洋溢过来。你们自己在网上QQ音乐里下载吧，里边能听到16岁江奇的哭泣。

杨健进了我们宿舍的门，然后又很有礼貌地关上门，对着天空说，我没有打搅你们吧？然后，他走到镜子跟前，看了我一下，哟，还写日记？我发现虽然你脸上长满了疙瘩，就算是青春痘吧，却有一颗文质彬彬的心。他一边照镜子，欣赏着自己的眼睛、眉毛、嘴唇，一边认真地听着江奇的哭声。他说：这么有层次感，她一定是好演员。

我对你们说过杨健的爸爸是大军区第二政委吗？你们知道如果一个19岁的孩子他爸爸是大军区政委，几乎跟许世友一样，那么他在我们这个小小的文工团里意味着什么吗？所以，杨健出去的时候大家都笑了，不是笑他，而是笑江奇。我当时看着杨健的背影，由衷地羡慕他，如果我爸爸是他爸爸，不，如果他爸爸是我爸爸就好了。

老兵们觉得新兵过于紧张，为了活跃气氛，他们故意开玩笑，大声说着姨父（遗书），还讲了去昆仑山阿里遇见土匪的往事，他们早就把生死放在一边了。有组织呢，个人还有什么好怕的？新兵们受到了鼓励，开始学着老兵，也大声地说：不是姨父，胜似姨父。

在军营里，在军营的小院里，姨父不绝于耳，我才深刻地体会到什么是革命的乐观主义。过去在中学课本里，经常见到这个词汇，可是，只有在这里，在革命部队的熔炉里，才真正被革命乐观主义情绪包围了。

6

喀什噶尔的5月充满了绿色，道路两边的树叶茂盛而充盈着荷尔蒙，他们和那些穿着军装的女孩子们互相招手，摇动衣衫。明亮的眼睛对映阳光下的树枝，仿佛绿色流过绿色，云飘过云，空气穿过空气。

我从军区南门出去，独自走到电影院，继续向南，就看见了大片田野。远处的村庄被片片粉色的树花包围了，维吾尔族人穿着黑色的条绒衣服，扛着坎土曼下地了。我从小看惯了他们，却与他们距离遥远，那些女人们身上的花朵在为谁开放？她们需要写血书吗？

初夏里的风吹得我内心无比忧伤，天空、村庄、毛驴、铃铛……维吾尔女孩子长辫子长裙子和长长的树枝共同摇曳，把我17岁的思绪送得很远很远。我的内心不安、躁动、委屈，还略略有些疼痛，这一切都是因为春天来了又走了吗？是因为夏天来了，而且还会更加猛烈地影响我的青春和枯萎的情感吗？喀什噶尔，我孤单的17岁融化在你的5月里，已经忘却很久了，那些歌声从我骨子里传过来：

洋葱洋葱皮子多呀，艾里亚，巴哈尔古丽朋友多，艾里亚……

我没有写血书，这事我想也不会想，即使我的老同学艾一兵写了，我也不会写。我不是一个坚强的、有种的人，所以，不会对你们说我当时看着一片片的血书有多么愤怒。我说了，我只是害怕。可是，我当时真的对于这个团队——那时不叫团队，而是叫组织——我对于这个组织，我们小小的文工团产生了更大的距离，几乎跟乌鲁木齐到喀什那么遥远。一个软弱的人，他在心里也会有许多话对自己说。在恐怖焦虑中，我也写了不带血的请战书。焦虑对于我这样陈旧的人来说，是个那时我完全不知道的新词。但是，现在只有用焦虑才能抒发我的激情。我也没有像其他新兵那样，在老兵们赞许的微笑下，去高喊：姨父（遗书）——姨父（遗书）——

请战书是严肃的，里边有具体内容，除了向组织表决心以外，还有一些具体要求：要另用一页纸，仔细写上你的家庭地址、你父母的名字。同样的文字还要写在你的行李上。还有，在你军装里边的口袋布上，要写上你的名字，对了，还有血型。又是一个"血"字，鲜血的血，血书的血。

7

星星你们知道，他吹出的长号声音很可怕。他害怕的人只有一个杨健，后者的爸爸是大军区第二政委，喜欢来我们宿舍照镜子。星星拥有一本里姆斯基-科萨科夫的《我的音乐生活》。那是一本厚重的书，天天放在他的枕边。我前边说过，他爸爸是大军区的文化部部长，他喜欢在睡前吐口痰。他会在十点半熄灯后，当大家都躺在了床上，一片黑暗中，突然大咳一声，把那口痰有意识地卡在嗓子里，然后，就进入了无边的等待和沉默。不知道过多久，他才会吐出来。时间以他此时此刻的情绪而定。我的睡眠从来都好，不受星星的影响，可是那些老兵的心思多，他们会在床上思考很多，用今天的话说，就是焦虑。他们每个人都在等待着星星把那口痰吐出来。应该说，他们要比我承受更多的苦难。

可是，今天晚上我睡不着。明天要宣布上山小分队的名单。有没有我呢？是不是应该让那些写了血书的人先去呢？这个世界上是不是应该有这样的道理：谁想去就谁去，不想去的，就不要去。最艰苦的地方要提高待遇。比如说，阿然保黛，很可怕，很危险，不通车，骑马会摔死的，那就把待遇提得更高。

星星的那口痰还没有吐出来，我的心却要碎了。

突然，老兵龙泽猛地坐起来，把脚伸向自己的球鞋，然后，大声说：妈的，睡不着了，找领导请战去。

整个宿舍里的人忽地就都坐了起来，只有我装着睡着了。听见周围一片请战声，大家纷纷穿着衣服，不知道谁点燃了蜡烛，火焰升起来，我闭着眼睛，却感觉到眼前有火光在闪。我眯着眼偷看了一下，他们的眼睛都很明亮。

星星走过来，猛地拧了一下我的耳朵，说：知道你在装睡，起来，管乐班都请战去。

我被拧疼了，心里充满厌烦，但是，我不敢发火，星星不能得罪，他父亲是军区文化部部长。真想不到，他这样的出身，竟然也会跟他们一起去请战。

我坐起来，不想穿衣服。龙泽过来了，说：告诉你，既然我们从五湖四海走到了一起，为了一个共同的革命目标，那就要统一行动。你不去，就拉了大家的后腿。

大家的衣服都快穿好了，只有我仍然坐在那儿。

大家都看着我。烛光突然显得暗下来，我的心跳加快了。

窗外有风，可以看见那棵巨大的老榆树在晃，就像地震一样，树的舞动很夸张，他们的动作也很夸张。我故意磨蹭着，希望他们先走。星星过来，悄悄说：走吧，今天路过队部听他们说了，小分队你肯定要去，听说那个哨所有个喜欢吹笛子的，他想跟你学学。你就是不写请战书，也会让你去的。

那时，大家已经走到了门口，显然他们已经不想等我了，这说明我还没有完全被绑架，我还有自由。我大声喊了一下：等等我——

他们似乎完全没有听见，只是推开门，大风刮进来，树叶落进来，夏天冲进来，他们却走出去了。

星星说完也没有再理我，只是自己跑了出去。他长得虎背熊腰，是一个十分粗壮高大的人，可是他的步伐轻盈。我那时已经穿好了裤子的另一条腿，只穿着衬衣，就随着星星朝队部跑去。

杨健正好从另一个宿舍出来，他随意蹬着练功鞋，穿着练功的短裤，睡眼惺忪。看见我在跑，用北京话问我：干吗呢？

我说：请战去……

他吃惊地叫：啊？

我没有理他，只顾自己朝前跑。

他突然大声说：至于嘛，根本没有战争发生，没有敌军压境，没有美国的核武器，没有日本人的航空母舰，甚至连土匪都没有，就是一个小哨所，去演出，唱歌跳舞，就请战写血书，你们这帮孙子真他妈的可笑……

我走在风里，树叶下边，耳朵里全是杨健的北京话。其实，凭着我17岁对人的判断，我也知道杨健是一个文雅的人。他是中将的后代，徐向前有时都会想起他爸爸来，他的发型很男人，身材极其漂亮，说话永远像冯喆一样，有时也像孙道临一样。可是今天，他竟然用了"他妈的"这样的词汇，这说明人类的语言是丰富的，有色彩的。

我终于走进队部，显然，我来晚了，大家围在董军工身旁，董军工一个人像毛主席那样坐在中间。所有人都在静静地听着，很安静。但是，这是一群少男少女，他们和她们身上的荷尔蒙随时都在分泌，就像是星光一样，在暗夜里，光芒四射。我感受着那种大学女生宿舍楼里在春光明媚时才会散发出的气息，悄悄地蹲下了。

董军工没有看我，只是继续说话：我很高兴地看到你们请战要求，有许多同志甚至写了血书，这很好，我也会把大家的革命热情向军区首长汇报。要知道，我们这个文工团成立得很不容易，很艰难，应该说军区上上下下争取了很多年才批下来。大家要珍惜这份荣誉，珍惜来之不易的机会。我们有些同志，刚到部队，地方习气很重，学生习气很重……

董军工突然把目光转向了我，他看着我，突然提高了声音，语气很重：同志，请战是一件很严肃的事情，所有人都讲究军容风纪，着装整齐，只有你，穿着衫衣就来了，今天我要严肃批评你……

我没有任何思考，就随口说：我怕来不及了，就忘了穿军装，我是跑过来的。

董军工没有立即训我，只是看着我，很久才叹了口气，说：忘了穿军装，你知道，才17岁就穿上了军装，拿着乐器，走在大街上，你是多么幸运。别人都去当农民了，你却成了文艺战士，你要懂得自己多么幸福。告诉你，有一天，当你脱下这身军装，你会很难过，很难过。你记住我今天对你们说过的话，人只要穿上这身军装，让他脱的时候，他都会很难过，很难过……

我的头脑乱了，就像外边的树枝一样，被风吹得全乱了，我听不见他还说什么，也听不见大家在说什么，只是感觉到被批评的滋味不好受。我有些后悔，为什么会忘穿军装？我应该穿上，请战的确是严肃的事情，那么多人都写了血书，艾一兵还哭了，她哭得那么动情，她是骄傲，还是委屈呢？不知道，我抬头看着她，她的脸色苍白，尖尖的下巴表现出一个少女的坚强。她军装穿得很整齐，风纪扣也系得很紧，军帽也戴得特别专业，灯光下简直美极了。我心目中的女神就是这样，如果有女神的话，她一定是艾一兵这样。我看着她，她没有看我，她只是看着董军工，似乎想要把他说的每一句话，都牢牢记在心上。

不知道什么时候散会的，反正朝回走的时候，天上有月亮，很圆了，阴历十五又到了？月光从高高的老榆树枝丛中洒落下来，像朱自清的散文一样透亮。我看着月亮旁边的夜空，眼前突然出现了爸爸妈妈黄色的脸，我有些想念他们，真的有些想念。

进了宿舍门，大家都没有说话，很累了，请战其实是一桩非常让人受累的事情。动了感情，下了决心，高声说话，真的跟吵了一架一样，浑身都瘫了。所有人都很快地睡在了床上。

吹灭了蜡烛后，星星又大声咳了一下，他再次把痰卡在了嗓子眼里，所有人都在等待，很久没有吐出来，又过了一会儿，星星突然笑了，说：很难过，很难过。

8

朦胧中仍然被她的扫帚声唤醒了，每天都跟昨天不一样，又都一样。太阳每天都是新的，又不是新的，这是辩证法，艾一兵的扫地声是辩证法吗？当然是，她坚强，吃苦耐劳，她像春苗夏花秋菊冬梅一样，从来没有失约。她现在已经扫完了男厕所，该扫女厕所了。这么说，我还可以再睡5分钟，我尽可能闭上眼睛，但是，我又希望能看到她，是提前5分钟起来去看扫厕所的她，还是再睡一会儿？莎士比亚的问题无处不在，生还是死这是个问题，一万个人就有一万个莎士比亚。我竟然昏昏睡去，直到别人把我拍醒，集合出操了，全体列队，宣读命令。

现在宣布命令，哗，所有人的双脚并在了一起。慰问阿然保黛哨所演出小分队名单如下：……华沙、艾一兵、马群、欧阳小宝……

有我！

永远记得那个早晨，喀什噶尔的初夏无比晴朗，树枝和树叶的生命力更强了，绿色变得更加浓烈，就像是我演出上台化的妆：粉底很厚，红色的腮红越涂越浓，舞台上的灯光过于强烈。可惜今天我已经没有了当时的照片。不知道为什么，我很厌恶那些化了妆的照片，我认为他们不真实，现在喀什噶尔的夏天也是那么不真实，阳光跟舞台上的灯光一样过于强烈，照耀着我的眼睛和额头，也照耀着艾一兵的眼睛和额头。命令对我们有着无限的威慑力，就像是强烈的阳光让我的眼睛必须眯起一样。宣布命令的声音让我内心服从，让我的心脏收缩，再收缩，直到我像是一个刚刚从石缝里爬出的地板虫。

走喽，上山喽——骑马喽——人们都在欢呼。

我也尽可能跟着欢呼。舞蹈队的人开始跳丰收舞，又跳军民联欢舞，他们还要跳，不停地跳。

阿然保黛，帕米尔高原，阿然保黛，帕米尔高原……

那晚上，我失眠了。

第四章

1

喀什噶尔到帕米尔塔什库尔干县城走了3天，军车上载满了我们的行李。别忘记了，那行李上已经如同遗书一样地写好了我们父母的地址、单位，还有他们的名字。父母的名字此时此刻对于我来说，真的像悠悠苍穹里的白云，看见了就会难过。

其实哪里有那么可怕？一路上的好风景过去没有见过，以后也没有见过。1977年5月那天，前后两辆车上的人都有些狂野。那些女孩子狂野，眼前这些才一天就被高原紫外线晒成黑驴球一样的男孩子也狂野，他们没有像女人一样地戴上口罩，他们绝大部分不怕脸黑。你们见过驴球吗？在喀什噶尔街头，满眼望去全都是毛驴子。有时候，毛驴子会当众交配，你就会非常清楚地看见黑驴球，很黑很黑，就跟我现在的脸一样黑。凡是从喀什过来的人，都喜欢用毛驴子来形容人，龙泽是这样，马群也是这样：呜哟——一大群毛驴子把路给挡住了嘛，警察来了，怎么赶就是不走，没有办法，他们就把马明叫来了。马明把裤子一脱，球巴子出来了，毛驴子一看，全都吓跑了。知道为啥？球太大了嘛……

他们在车上欢快地唱着，他们在车上想起了很多电影，就模仿电影片断。笑累了，饿了，就从背包里拿起一块馕，你们知道馕吧？记得有些北京人，一说起馕，就会笑个不停。可是，我想不通，馕有什么可笑的。笑，笑，笑死你们。

男兵在笑，女兵也在笑，两辆车在崎岖的山路上，有时彼此看不见。突然，转过一个山弯，又看见了。

那是一个严苛的年代，可是，这些年轻人为什么那么骚情？满山、满高原的荷尔蒙跟他们身体内部的荷尔蒙一起融化，把他们驱动着，像是一个个小马达。他们和她们把自己驱动着，提前进入了一个发情的时代。要不他们为什么笑？她们又为什么笑？那是一个多么好的时代，到处都是荷尔蒙，今天好了，时代变了，没有人管你了，荷尔蒙也没有了。

我的笑声在今天少多了，我把自己的荷尔蒙都扔在了那些走过路过却完全错过的地方了。

停车，上厕所，撒尿。男兵朝左边走，女兵朝右边走。

我在帕米尔高原喘着气撒尿，忍不住回头看女兵们在哪儿？这儿没有树，有石头和草丛，她们是躲在草丛里跟兔子一样，还是躲在石头后边跟獾猪子一样？前两天在百度里又重新查了一下獾猪子的照片，几乎唤醒了我丢失多年的荷尔蒙。睹物思人，我猛然间就想起了那些去了右边的女兵。

哎，哎，你看什么呢？

欧阳小宝把我从幻想中拉回来，又说：你小子，一看就思想复杂。

你才思想复杂呢。

对，我承认，鄙人才疏学浅，却思想复杂。

竟然有人敢于承认自己思想复杂？我当时就大吃一惊。

你说，你说，你看什么呢？

没看什么，随便看看。

看看？随便看看，你看进去了，就拔不出来了。

大家听欧阳小宝这么说，都笑起来。

只有欧阳小宝没有笑，说相声的就有这本事，他说了句话，很好玩，别人都笑，就他不笑。不像今天的小品演员，在春节晚会上，就他一个人笑，别人都他妈的不笑。

董军工走过来，大家都不笑了，他掏出东西，开始尿，然后回头问我：笑什么呢？

我看着他那个东西，回答他说：笑欧阳。

为什么笑欧阳小宝同志？

他说我看进去，就拔不出来了。

董军工只是尿着，没有笑，很长时间，他终于尿完了。大家都没有走，陪着领导尿。他没有看大家，而是仔细地把上边的风纪扣和下边的风纪扣都扣好，也回头朝马路右边看看，突然他笑起来，还收不住了，越笑越厉害，说：你还这么小，看进去，就拔不出来了？

董军工突然开始的狂野的笑，让脸上的皱纹堆了起来。那时大家都不笑了，只有他一个人在笑，32岁的老男人竟然还会这样笑？人真是不可思议。

我们回到了车跟前，艾一兵走过来，她摘掉了口罩，脸上洋溢着青春的时光。她走到我跟前说：你们刚才笑什么呢？

男兵们"轰"的一声，再次笑起来。

我的脸红了，幸亏被强烈的紫外线烧成了驴球，看不出红来。

笑什么呢？你肯定心中有鬼，要不为什么不敢说？

欧阳小宝过来了，说：他思想太复杂，我就敢说。

董军工声音严厉地对我们大声说：上车，开玩笑不要过分，我们是战士！！

欧阳小宝看看我，又看看艾一兵，转身上车。

艾一兵也跑步朝着她们的车，她像小鸟一样。小鸟在前方带路，春天奔向我们，我们像小鸟儿一样来到春天里，来到草地上，鲜艳的红领巾随风飘荡……

那就是我今天看着她的背影想到的歌曲。

2

在塔什库尔干县城，住武装部招待所。东方有一片草滩，巨大的草滩，无边无际地朝天边延伸，把刚刚升起的太阳都染成绿色了……

终于找着了当年的日记，"把刚刚升起的太阳都染成绿色了"，这话是 1977 年夏天时，有一个 17 岁的文艺战士写的吗？他今天已经写不出这么原生态的语言了，因为他的荷尔蒙都白白浪费了。

男兵们都起来了。

女兵们也起来了。她们已经帮助炊事班准备好了早餐、中餐、晚餐的全部食材，又帮着炊事班洗完衣服，她们现在开始练功了。

你有没有过在高原的草滩上，确切说是在帕米尔高原的草滩上跳舞的经历？大跳、小跳、平转、旁腿、倒踢紫金冠？自己哼着《红色娘子军》的音乐，唱着万泉河水清哟，然后，在草地上旋转。不听老师的劝告，不怕把脚扭了。远远望着那些穿着军装在草原上练习舞蹈的女兵们，那军绿色一会儿在草原上消失了，一会儿又出现了。我看着她们，内心的阳光也是这样，一会儿晴朗了，一会儿又暗了。我那像小鸟儿一样的青春，跳来跳去，让整个帕米尔高原都弥漫着少女少男的味道。

当时有一首笛子独奏曲叫《帕米尔的春天》，那是我的老师刘富荣先生写的。可惜他已经死了，他死的时候，我没有在他身边。因为，我们不见面已经很多年了，我几乎忘了他的《帕米尔的春天》。那是一首我特别想为你们唱一下的乐曲。我那天，在绿太阳冉冉升起在帕米尔高原的时候，就在高原县城的东面，吹着《帕米尔的春天》，那儿是高原，春天来得很晚，5 月正是初春的时节，我看着东方的天际，吹着引子的长音。我求你们了，听听这首曲子吧，有当年的唱片，是刘富荣吹的。我在QQ音乐网上仔细查过，没有，但是孔夫子网上有唱片卖，是"文革"时期出的那种塑料唱片。长音，快速的音阶；半音，塔吉克人特有的降B音；然后，8/7节奏出现了，虽然没有手鼓，耳边、心灵都有手鼓的节拍。塔吉克人民幸福欢快的劳动场面出现了。是在我的音乐声中出现的。

华沙为我伴奏，他拉着手风琴。他是我们青春时代的骄傲。那时候，我跟他还没有成为朋友，我们彼此说话不多。我好像说过，他才13岁，从湖南长沙来。据说他爸爸是个作曲家，打成右派，又被劳改。是他爸爸培养他拉的手风琴。

我从来没有见过手风琴拉得那么好的孩子，我只在意大利罗马火车站，见过一个流浪的意大利老头。那是2008年美国和欧洲金融危机的时候，意大利老头拉着手风琴走到我的面前，他真的在拉哈恰图良的《马刀舞》。我停下来，没有去赶火车。我看着他，静静地听着。他意识到我对于他或者这首曲子，或者手风琴这乐器的巨大感情，就一直站在我面前拉。我的眼睛湿润了，我看着他的手指，想起了华沙，当年那个13岁的华沙。赤佬，小赤佬？此时此刻你在哪儿，你听到《马刀舞》了吗？我给了老头10欧元，比画着让他把手风琴倒过来，左手按琴键，右手按贝斯，就跟你当年一样，拉《蓝色多瑙河》。圆舞曲响在意大利罗马车站，2008年的我泪流满面——

华沙喜欢《帕米尔的春天》，他的节奏感很好。他们搞键盘乐器的都有这类优点，节奏准确。不像我，从来没有仔细地看过乐谱上的表情记号，只是凭感觉声音模仿。当然，还有更重要的特点，是固定音高。他们曾经告诉我说，贝多芬作曲时，是用守调在写，不是用固定调在写，不信……

华沙大幅度地摇摆着自己的14岁单薄的躯壳，眨巴着小眼睛，那就是说他被帕米尔高原的风景以及他自己的琴声感动了。

8/7节奏，这种节奏让我跟华沙之间有了共振，在那个塔什库尔干县城里，音乐让我们共同忘却父母、城市。他似乎是个乐天派，总是在他妈的眯着眼微笑着。

我对他说：你能不能别老是眯着眼笑，今晚如果上台了，我看见你笑，我就会笑场的。

笑场你懂不懂？

他真的笑了，眼睛反倒睁开了。噢，有的人真笑的时候，眼睛反而会变大，比如说华沙就是这样。

我在地理课上学过帕米尔高原。

我没有上过地理课。他说，还在笑。

我又说：书上说，这儿物产丰富。

他说：什么物产？

我说：谁球知道，忘了。

他又笑了，说：你会骑马吗？

我摇头。

我也不会，他想了想，又说：很想骑。

我不想骑。

为什么？

我害怕。

你还害怕？你还害怕？

他又笑了。

你为什么不写血书？

我说：我怕疼。

你还怕疼？你还怕疼？

他再次笑起来。

3

东方的草地，那是塔吉克人的草地。

还能听见鹰笛，还记得吗，就是用那个老鹰翅膀里的骨头制作的乐器。它总是与鼓声在一起，当然，也与塔吉克的男人女人舞蹈在一起。那个下午，在蓝天下，本来是参加塔吉克人的婚礼。今天听起来，简直浪漫死了，你花钱去了帕米尔高原，未必能遇上这样的场面。对了，我们是骑毛驴去的。那些长得跟欧洲人一样的塔吉克人赶着毛驴过来接我们。我终于骑上了一头小毛驴，走在崎岖的羊道上，还要过一条河，水流湍急，毛驴走得不太稳，但是我回头看看，每个人都是那样坐着毛驴，艾一兵甚至在笑，华沙也在笑，于是我也开始笑了。很远就听见塔吉克人的音乐，鼓声、笛声和8/7节奏。那时我真的在天空里看见了雄鹰，它盘旋着，像一个真实的英雄人物，出现在样板戏里，也出现在我的爱情故事里。雄鹰很冷静，它优雅地游移在天空蓝色的海水里，没有激动浪花，只有白云跟随着它，那时，音乐声近了，更近了。

那是一片草滩，在村落旁边，塔吉克人男女老少围在一起，载歌载舞。看见我们这些解放军来了，他们像打了鸡血一样兴奋。我们先是围在一边，拍手，随着音乐叫喊；然后，在董军工的命令下，我跟华沙拿出了笛子和手风琴，凭着我们过人的音乐感觉，很快就会模仿着他们的民歌曲调，现场的气氛显然加热了，塔吉克的女孩子开始看着我了，那目光对我一脸的疙瘩视而不见。那真是青春对于青春的宽容。我跟华沙开始把民歌作为主题，即兴发挥起来。我们没有商量，而是跟着感觉走，互相听着对方，配合着对方朝着音乐的动听深处奔跑。艾一兵、窦丽丽和马群、张振新他们走进了草滩舞台，他们穿着军装与塔吉克的少男少女们共舞，他们都是写了血书的人。艾一兵——她们在帕米尔的蓝天下美丽极了，她们是那么让我感动。你无法想象那些女兵们穿着军装在草原上学着塔吉克人跳舞的风情，草原和蓝天把她们映衬得太美丽了。赤佬，还记得吗？就是那天，我用在英吉沙买的小刀跟县文工团的达利换了一支鹰笛。达利是塔吉克县文工团打手鼓的，他长得帅极了，跟电影中欧洲的阿尔巴尼亚人一样帅。从此那支鹰笛一直伴随着我们俩。以后，你把它带到音乐学院作曲系，在你们琴房那次大火里，它被烧了，与许多关于塔什库尔干的记忆一起被烧了。华沙，我昨天在乌鲁木齐二道桥又买了一把英吉沙刀，那个维吾尔族兄弟说他就是从英吉沙到乌鲁木齐的，他们家世代制作刀。我买了一把，他帮我开了刃，还让我登记，先写上名字，又写上身份证号码。不知道还能不能再换一支鹰笛回来了，别忘了，鹰笛是用英吉沙小刀换的……

可是，那天下午，鹰笛响彻在白云中、山谷里、草地上。那声音在汉族人和塔吉克人的裤裆之间钻来钻去，这话是欧阳说的，还记得吗？军民联欢，汉族人与塔吉克人、维吾尔族人、柯尔克孜人一起联欢。最后，连欧阳小宝这样说相声的人都上去跳舞了，你和我都很激动，特别是你，拉着手风琴，把身体伏下去，抬起来，像是被大风吹动的白杨树。你的眼睛更加小了，你的脸更加红了，我们没有喝酒，我们当时不会喝酒，也鄙视那些喝酒的人，但我们当时都跟喝醉了一样。我们两人的节拍更加狂放了，8/7节奏更加有力量了，手鼓是达利打的吗？我们兴高采烈，所有人都疯了，董军工都背着手在旁边跳舞，这个30多岁的老人，我相信，他球巴子里的荷尔蒙在那一刻绝不会比你我少。

草滩上曾经有过高潮，是我们共同演奏《帕米尔的春天》引发的高潮。赤佬，从我们认识以后，《帕米尔的春天》不知道吹了多少遍，我从来没有认为那是我在独奏，其实，从来都是一个手风琴和一个笛子的二重奏。

不仅仅是婚礼，简直是军民大联欢，我们演出小分队的人，完全忘记了姨父（遗书），我们上这儿来不是送死的，而是与塔吉克人一起跳舞的。我们共同沉浸在帕米尔的春天里，那么浪漫地与他们一起跳舞。

4

帕米尔高原的夜晚很亮，比今天的北京还亮，比香港或者纽约夜晚的天空还亮。月亮就在很近的天空里，闪耀得刺眼，让我也不得不像华沙那样眯上了眼睛。他说：这儿的月亮为什么这么亮？这儿的星星为什么离我们这么近？

我说：有干部，有老兵，为什么今天晚上让我们两个看车？

他笑了，说：是我要求的。

我说：你要求看车干球呢？

他说：睡在车上多好玩？

我看看他，觉得13岁的人就是傻。

他看着我，说：你不高兴了？

我没有说话。他又说：我以为你也高兴呢。

我说：高兴个球呀。

他说：你们乌鲁木齐来的，特别喜欢说球，对吧？

我笑了，说：长沙人管球叫什么？

他也笑了，说：叫屌。

然后，他拿出了一个大玻璃瓶，说：我妈给我带的辣椒腊肉，你吃吗？

我突然就感觉到饥饿无比，我们开始用手直接从瓶子里抓着吃。那真是人间美味，我从辣椒和腊肉滋出的油里，充分地感受到了母爱的伟大，华沙他妈妈的母爱太伟大了。要不，为什么她能做出那么好吃的东西？

我和他都不说话了，一直在吃，很大的一个瓶子里，装满了湖南腊味。与此同时，我妈在眼前出现了，她也是湖南人，为什么就不会做这样的湖南腊肉呢？是因为新疆没有腊肉，还是母亲过于要求进步，天天工作，开会，学习，完全没有精力去考虑一瓶湖南辣椒腊肉。

我说：我听说你尿床，现在还尿吗？

他说：昨天晚上还尿了。

我笑了，说：屁股全都湿了？

他说：你咋知道？

我说：前几年，我也尿过一次。

他说：现在呢？

我说：不尿了。

瓶子里还有最后两块腊肉，我说：一人一块吧？

他突然有些舍不得了，说：你已经吃了那么多，还吃？

我有些不好意思了，把别人的东西都吃完了，却无以回报。而且，还想吃最后一块。

他先拿了一块，就在朝嘴里放的时候，突然说，要不，把那块拿上吧，咱们一起吃掉。

我想客气，却没有一丁点客气的勇气。我知道，如果我错过了最后这块腊肉，那就错过了1977年夏天的幸福。我使劲伸出了食指和拇指，像伸懒腰那样地拼命朝前伸着指头。我这才发现，我的指头竟然比华沙的短，他虽然才13岁，弹过钢琴的手指就是长。我拼命也夹不出那块腊肉，心里竟然有些绝望，直到他伸进去，帮我夹出来。我看着腊肉，感动得都快哭了，觉得身边这个拉手风琴的男孩子一定是世界上品德最优良的人，他是可以交终生的朋友。

吃完了最后一块腊肉，我们几乎同时都发现月亮朝前移动了很远。那时，我内心充满了感激，就说：咱们建交吧？

他不太理解，说：建交？

我说：建立外交关系，就是说，我们发个誓，一辈子当好朋友？

他眼睛亮了，说：你是说拜把兄弟？

我说：可惜没有酒杯，应该像他们一样，干杯。

他说：有水壶呀。

于是，我们拿起了自己的军用水壶，站了起来，就在军车上，在帕米尔渐渐远去的月光下，我们那么真诚地看着对方，像大人们碰杯一样地碰响了军用水壶。

然后，我们都喝了一大口。

那时，我们尿憋了，就站在车上朝下撒。华沙尿尿时，把裤子几乎都脱下来了，露出了一个红色的裤衩，我说：你怎么穿红裤衩？

他说：本命年时，我妈做的。

我说：什么叫本命年？

他说：你不知道本命年？

月光如水，映照在尿之上。海内存知己，天涯若比邻，那时，我们只知道这一句形容友谊的诗歌，它形容我跟华沙的友谊很贴切，我看着月亮，说：你想你妈吗？

他说不想。你呢？

其实，我有点想，但是，我也说不想。

我们沉默了，突然，我想起来一个重要问题，就问他：我听说，你刚当兵的时候，才12岁？

他点头：老子从小参加革命。

我又说：听说，那时候，你每天都跟女兵一起睡？

他点头。

我又说：你跟艾一兵一起睡过吧？

他点头，笑了，说：你是不是也想跟她一起睡？

我笑了，说：你可以睡，我不能睡。

他有些得意，说：上个月还跟她一起睡了一次，那是最后一次了。

我说：她长得什么样？

他说：你又不是没有见过她，你不是跟她中学同学吗？

我说：她军装里边长什么样？

华沙警觉起来，变得严肃了，说：你想干什么？

我说：她军装里边究竟有什么？

华沙沉默了，月亮照着他的脸。我憋了半天，终于还是忍不住了，继续问：你看见她那个东西了没有？

华沙摇摇头，半天才说：早知道，不跟你建交了。

我当时突然有些后悔，就躺在了背包上，把羊皮军用大衣盖在了身上，说：睡吧。

他躺在了我身边，也把军用大衣，盖在了身上，我们都能听到对方的呼气。星星渐渐亮起来，月亮好像躲起来了。他突然问：你为什么要问那些话？你又不是流氓，对吧？

我点头，说：你每天球胀吗？

他拼命摇头。我说：等哪天，你也像我一样，天天晚上球都胀，你就也想知道，她们那儿长什么样了。

我们很快就睡着了，因为，帕米尔很快就天亮了。

5

没有人愿意骑骆驼，我愿意。那时的天空可以跟美国比一比，真的无穷无尽、无边无际、无始无终的蓝呀。马鞭子那么一甩哟，我们革命战士就他妈的出发！

华沙竟然跟艾一兵骑着同一匹马，她在前边，他在她的身后。

他会掉下来吗？我有些为他担心。看着他那么高兴，我只是说，你球别太高兴了。

他也学着新疆人说，你球太没出息，连个球马也不球敢骑。

我看他就在艾一兵身后，与她挨得那么近，他和她两人都跨在马上，她把腿分开了。就是她每天练功，跳舞蹈的腿，她的腰很细，她腰以下的部分轮廓圆润，是少女在1977年的圆润。而华沙，那个13岁的男孩子前边紧贴在她的后边，他是不是已经开始发育了？我就那样无望地看着他们，竟然浑身上下都有些兴奋，这是不是太流氓了？我止住了自己很多想法，让自己平静下来。

骆驼来了，这是我第一次如此近地审视它们，那么高，如果从它身上掉下来，正好落在一块石头上，那腰不就完了？今后还怎么去为人民服务？赶骆驼的塔吉克青年让我骑上去，我却有些害怕。那时，开始后悔为什么没有要求骑马？真是聪明反被聪明误。

马队要出发了，帕米尔的太阳出来了，不知道谁喊了一声，嫁——她们就像是急着嫁出去的一样，朝着更高的山坡哇去。你们别小看哇这个词，那是形容马在似跑非跑状态最准确的最英明的词汇。我看着华沙在艾一兵身后哇着，就感觉自己的酸水在泛滥。

突然，已经哇远的艾一兵又驾马返回到我们身边，她身后的华沙正搂着她的腰眯着眼看我。然后，他睁大眼睛笑了，他的屁股上竟然挂了一把手枪。正当我和董军工、欧阳小宝纳闷时，艾一兵说：队长，队长，我差点忘了，你把自己的大衣给护送我们的塔吉克人穿了，我其实不用穿大衣，我有棉衣，再加上我妈给我织的毛衣厚，我把大衣留给你吧。

董军工队长一愣，眼光里现出了少有的温暖。他看着艾一兵，30多岁的老人的面目竟然也非常慈祥，他说：我不用大衣，我扛冻，我们老家甘肃白银……

你们骑骆驼时间长，下午山里就冷了。艾一兵说话的声音甚至有些娇嗔，万一太阳落山了……

军大衣从天空中经过我的前方飞到董军工面前，让他不得不伸出手去接。

艾一兵笑了，少女的笑声显得特别清亮，回荡在群山里，一直飘到此时此刻的红色窗户前方。那边有北疆皑皑的白雪和冬天干枯的树枝。她的笑声里有像双簧管高音区的音色，不仅仅在岁月里散步，还在我的血液里徘徊，一直从那个老木匠留给我的那些红色大门的缝隙中钻进来，如同旋风一样在我的书桌上悠来荡去。

我感受着帕米尔那天无边的晴朗和比董军工眼神还要温暖的太阳。艾一兵和华沙骑着马踩着绿色的植物朝前方跑去，我一直看着他们消失在天际。

6

我不敢骑上骆驼，甚至不愿意用手牵它，那个塔吉克青年男子有些无奈地笑着，身边的欧阳小宝早就骑上去了，他说：你他妈也太像个娘儿们了。

我说：那你有种骑马去呀。

他说：马不够，我是让给别人的，整个小分队。只有你一个人要求骑骆驼，你个傻波一。真是亲切，很久没有用傻波一这个词了。你们能拼出它的意思吧？

他说，你这个傻波一，为什么要求骑骆驼，骑马你会死吗？

我没有说话，我真的很怕死，17岁，还不到18岁，所有想象憧憬里的那些好事情还没有开始呢。

他又说：唉，其实，骑马也没有什么意思，我9岁时，就跟爸爸一起骑马了，我爸把我放在前边，他骑在后边，我们一起去体验生活。

什么叫体验生活？

他有些兴奋了，他愿意回答我的问题：知道吗，新疆当年最大的歌舞《步步紧跟毛主席》，另一种翻法叫《撒拉姆毛主席》，是我爸爸执笔的。他是总导演，开始找的编剧不行，他明明自己没有生活，还不愿意体验生活。那年我9岁，跟着爸爸下牧区，在草原上。去过伊犁吗？昭苏草原，那儿是高空草原，海拔3000多米，我们喝马奶子，吃……

我看着自己的骆驼，还在磨蹭。突然，身边的董军工说话了：我命令你，上驼！！

我有些可怜，一个军人，你必须服从命令。董军工的声音可怕，甚至比从骆驼上掉下来摔死我都可怕。

董军工走过来，他用力拉着我的手，让我抓住骆驼的缰绳，然后，他让我把脚踩在驼鞍脚镫上。太高，我踩不上，他就把腿伸过来，垂直弯在我面前让我踩，再蹬上脚镫。我只好上去了。

欧阳小宝还说着他那个当了总导演、又去体验生活的爸爸，我却没有任何心思去听了。

那骆驼开始走了，草地在我的脚下晃荡。我就像是欧阳小宝爸爸那样，来到了伊犁昭苏的高空草原。世界变得彻底圆了，他们总是说世界是平的，其实，如果他们像我一样骑过骆驼，就知道世界是圆的了。

董军工喊：坐稳，身体随着它晃。

骆驼真的很高大，坐在上边简直是鸟瞰世界，而且那个世界还很晃悠，还很陌生。没有刮风，却仿佛空气剧烈流动了。眼睛有些模糊，泪水别流出来。欧阳小宝已经走远了，他肯定懒得看我。

董军工也走在了前边，他也不愿意再看我。他知道，我必须随着骆驼前行。

我们4个人骑着4只骆驼，朝山巅走去。

你们有谁骑过骆驼？还记得吗？骆驼朝前走的时候，会回过头来看你，你与它互相对视，你看到了骆驼的眼睛，充满善良，里边甚至有委屈的泪水。那一刻，你会突然发现，不仅仅是人类才有委屈，骆驼也有。你会从骆驼的眼睛深处看到许多你过去不太知道的东西，那里边有天空、树木、湖水，有你对于外边世界的想象。

骆驼与我的目光相对才几秒钟，我17岁的思绪就已经衰老了。时间往往是这样，才瞬间，就已经千年，我看着它，它也看着我，我相信受骆驼的影响，我的眼睛里也一定充满了温暖，可是，没有想到，完全没有想到，人类有时太一厢情愿了，骆驼突然咳嗽了一下，从它嘴里扑哧一声，竟然喷出了绿色酸涩的液体。它们像淋浴那样扑洒在我的脸上，有些清凉，有些清酒的味道。然后，骆驼转过头去，不再用它温暖委屈的目光看我，仿佛什么也没有发生。

我呆了，我操，你让我浑身上下都充满了酸苦和经过充分发酵的青草味道。我愤怒了，拼命用脚夹它，踢它，还一手抓着缰绳，一手拍它的后腰。因为它太大，我无法拍打它的屁股。它似乎理解了我的恼怒，开始跑起来。骆驼竟然也能像马那样跑，骆驼奔跑的幅度比马要大得多。身在两个驼峰之间，感觉到远山开始像歌声一样悠长起来，草地和石块都开始奔跑。愤怒让我忽视了恐惧，我仍然拼命地拍打着它，用脚端着它，让它无法喘气，只是疯狂地跑着。

一个疯狂人和一个振奋的骆驼跑在山岳和灌木之间，而且，越来越快，完全飘起来了。我追上了董军工，听见他喊着：别太快，节省骆驼的体力。我没有理会他的命令，他说的任何一句话都是命令，但是骆驼没有听，我也没有听。我又追上了欧阳小宝，他的骆驼略小，他皱着眉头，脸上充满疲倦。他没有看我，只是独自思考。那时，从欧阳小宝身上，我就发现思考是人类的普遍特点，你思考，别人也会思考，你有结论，别人也会有结论，所以这个世界几乎没有普世价值。可是，有许多人，他们读了很多书，

　　　　　　　　　　　　　　　　　　|　王刚作品

都变老了还不懂得这个我在帕米尔高原时，才17岁时就悟出来的道理。周围的景色越来越美，一个人有了美感的时候，那一定是超越了低级趣味的时候。我骑着骆驼在阿然保黛的路上时，就遇上了那种时候。

我问欧阳小宝：后来呢？

他说：什么后来呢？

我说：你跟你爸爸在草原体验生活。

他低沉着脸说：他们后来又找了一个新疆艺校毕业的，完全没有文化，让他随便改我爸爸写的东西，我爸爸都被气得吐血了。他想回北京，也回不去了。他们在演出的时候，都没有署我爸爸的名，对于艺术来说，署名就是生命。唉，他们把我爸爸的精华全改掉了……

我说：《步步紧跟毛主席》改成什么了？

他说：名字没有改，内容全改了。你说，如果随便改鲁迅的东西，鲁迅他还是鲁迅吗？

我沉默了，无法与欧阳小宝对话，他说他爸爸，怎么又说到鲁迅呢，再说，鲁迅的课文很讨厌，什么叫"压出了我皮袍下边藏着的小"呢？

欧阳小宝不再说话，他骑着骆驼，晃荡在帕米尔的草滩上，脸上出现了很多皱纹，还真的有些像孔乙己。

那时，太阳从云层里出来，我开始唱歌：我们的民兵，阿曼都尔披星戴月拉骆驼，他赶着骆驼，唱着歌儿，为咱亲人送军粮，哎，为咱亲人送军粮。

当年李家因为李某受难，我那么同情李家，就是因为这首歌，以及自己拉过骆驼的经历。

我终于征服了骆驼，而且，树木和天空都是那么透澈。经过清澈透亮湍急的小溪，骆驼不怕，我也不怕了。再次上岸时，我又唱起来：春风吹遍了，春风吹暖了哈萨克人的心房，毛主席给了我悠扬的歌喉，啊呀嘞，唱得——

你老是唱个球呀，烦不烦人？

欧阳小宝突然骂起来，他说：那么难听，也不让人安静一会儿。

我的歌声戛然而止，像在舞台上光辉灿烂的时候，突然停电了。唱歌是需要激情的，我现在突然一点情绪也没有了，欧阳小宝让塔什库尔干的天空猛然间就变成了灰色的。

7

骆驼走得很慢，时间却走得很快，下午来临了，太阳有时躲到了山崖的后边。每当天空阴沉下来，骆驼就会走得更慢，你就是拼命打它也无济于事。它从容如一个与世无争的老人。

我穿着大衣也感觉到寒冷，就把大衣的领子竖起来，还学着电影里国民党将军那样缩着脖子。那时，天竟然有些黑了。欧阳小宝在骆驼上晃悠，我仔细一看，他闭着眼睛，似乎睡着了。他的身子随着骆驼的起伏在起伏，他的脑袋跟骆驼的脑袋一起摇摆，他戴的白边眼镜与国民党将军的一样，充满着失败者的象征意义，他的脸色也跟国民党将军一样灰暗。

董军工在我身边突然说：怎么不唱歌了？

我不好意思地笑了，说：欧阳小宝想睡觉。

董军工说：你唱歌时，有些大舌头，不过音色还可以，也不跑调。

我没有说话，他说我大舌头，我有些不高兴。

董军工又说：再唱，应该有一点革命的乐观主义。

那时，太阳又从一个山峰身后出来了，身上立即感受到了温暖，就像是董军工的革命乐观主义送给我的温暖。董军工又说：李双江那首歌，就唱李双江那首。他先唱了：送给那解放军，呜哟来哎，哎，哎，军民团结……

董军工突然咳嗽起来，而且，越咳越厉害了。他下意识地从大衣口袋里掏手绢，想起来了，那是一个人人都用手绢的年代，只是男人们的手绢普遍洗得不干净，有些黑，有些灰，有些味道，有些厚重。

董军工在最后的夕阳里掏着手绢，他掏出来了一块布，正要往嘴上擦时，我有些吃惊了，它显然不是一个手绢，而是少女们用的月经带。我很早就认识月经带，我们八一中学宣传队的少女们就用这个东西，我们每次去演出时，她们会在阳光下晾晒这东西。

董军工就要擦嘴了，我喊起来：队长，那不是手绢，那是月经带。

欧阳小宝笑起来，我那时才知道，他即使是闭着眼睛也能看见周围的一切。他笑得非常开心，仿佛太阳重新从东方升起，我们又迎来新的一天，仿佛他爸爸又可以回去写《步步紧跟毛主席》了，而且让他爸爸一个人执笔，不让别人修改了，他边笑边说：队长，那是艾一兵的月经带，吼吼——

董军工咳嗽更厉害了，他开始吐唾沫，边吐边说：呸——

我也笑起来，想起董军工说我大舌头，就笑得更加厉害。群山里回荡着我的笑声和董军工的咳嗽声，我这才注意到董军工穿艾一兵的大衣很合体，那时女孩子们几乎无法领到合适的军大衣，她们身穿的任何衣服都显得过于大，特别是大衣，更是大得不行。

董军工身上的大衣在暗下来的山谷里显得有些亮丽，那是一个少女为他送来的温暖，只是他不应该咳嗽，更不应该随意地去掏什么手绢。

丢手绢，丢手绢，轻轻地放在小朋友的后边，大家不要告诉他，快点快点抓住他，快点快点抓住他。

不知道为什么，欧阳小宝竟然唱起了这首儿歌，唱得很有弹性，而且睁开了眼睛，唱完后又闭上，脑袋又随着骆驼一起晃动。

我几乎被吓坏了，欧阳小宝胆子那么大，不怕董军工生气。你忘了董军工能决定我们在部队的命运吗？知道当兵的目的是什么？提干，入党，这是两项最光荣的任务，如同现在出国留学是为了拿学位，拿纽约律师资格。欧阳小宝，你这个傻波一。

看起来，欧阳小宝的爸爸真的是歌舞大剧院的总导演，而绝不像星星说的那样，是某一个具体节目的总导演。

骆驼极其安详，如同顺从儿女们的老人，一只老骆驼的生活经验也许让老人和老狗甚至老政治家都无法比拟。它走得平稳而迅速，不再随便吃草，也不再随地大小便了。它们仿佛知道我们内心是多么焦急。山野很安静，只能听见骆驼的蹄声，没有马蹄那么清脆，却像要求进步的老兵们一样扎实，一步一个脚印。

突然，董军工说：不许告诉任何人，你们听见了吗？

欧阳小宝迅速地做出反应：报告，听见了。

我反应慢了一拍，显得有些迟钝，而且有些结巴。回想起来我真的不如欧阳那么放松，因为17岁的我思想复杂，我渴望提干，入党。提干能穿4个口袋的军装，能穿皮鞋，能拿70多块钱的工资，能去找那些美丽的女兵们，听听她们每天究竟说什么。提干的前提是入党。所有父亲母亲在那个年代都会谆谆教导他们宝贝儿子和宝贝女儿：先入党，后提干。

董军工的脸也变得有些灰暗，那时，我突然意识到天黑了，我们要在夜间走在山谷里了。董军工把自己身上的手枪掏出来上了膛，又塞回了枪套，声音严厉地说：夜间行军，注意安全！

那时没有手机，甚至没有电话，人们交流只能见面。现在我们几个人孤独地走着，与小分队其他同志失去了联系，也无法与哨所联系，无法与边防团联系，更无法与军区或者中央军委取得联系。

山谷里的风吹起来了，寒冷更加重了我的恐惧。欧阳小宝打开了手电，那一定是他当歌舞剧院总导演的爸爸给他的。塔吉克青年人看着手电的光芒，说：不要开手电，眼睛看不清。

越来越冷，董军工也把大衣领子像国民党将军一样竖起来，但是，他不敢把手再往大衣口袋里插了。

正当我开始哆嗦，有些绝望的时候，看见了前方的灯光，听到了从山上传来了人声。

我有些感动，母亲曾经说过，任何人都不能脱离组织，没有了组织，你的政治生命就完结了。现在我有了更深刻的体会，没有组织，不光是政治生命，连肉体生命也完了。母亲还说过而且说得对，如果你抛弃组织，它还在那儿；如果组织抛弃了你，那你肯定会是一个被冻死的小鬼。

在寒冷的渺无人烟的山谷里，如果不是组织在迎接我们，我们已经被冻死了。

8

阿然保黛，这就是魂牵梦绕的小哨所吗？

华沙和小分队其他的同志都站在哨所大门口迎接我们，他们甚至在敲锣打鼓，我感动得就要哭了。时隔多年，我仿佛再次看到了那个哨所，听到了鼓声，看见了那些哨所的士兵。我们当时叫战士，不叫士兵。他们像藏族人一样皮肤很黑，即使你们这儿已经是夏天了，他们还穿着棉袄，就像是把被子裹在身上，他们的眼睛里像是着火了一样，灼热的目光看着你。

我3个月前还重新看了审判王洪文、张春桥、江青的视频，发现他们也喜欢说"同志"这个词汇。我当时看见小分队别的同志们，还有哨所的战士们，就像见到了自己的亲人一样。同志，同志，如果你现在跟我仔细念一下，那音节里边的韵律简直跟唐诗宋词元曲明清小说一样，对了，还不要忘了毛主席诗词。同志，同志，特别是华沙同志，虽然才13岁，可是，你仍然认为他是一个好同志，我跟他已经建交，成了最好的朋友。他朝我跑过来，你想想看，一个13岁的小男孩儿，他那么焦急地向你跑来，那是什么感觉？你终于明白什么是同志了吧？

他在我面前，看着我说：我害怕你已经死了。

我再次看着他屁股上挂着的手枪，问：谁给你的？

他说：是边防团的邱干事。

说着，他把枪抽出来，递到了我手里，又说：玩吧，别走火了，打死人触犯军纪，要上军事法庭。

我说：操，你还懂得真多，球干事教你吧？

他眯着眼睛说：今天晚上演出结束后，咱们俩要求守国门吧？

我说：国门？就是祖国的大门吗？

他说：不球知道，反正，今天晚上国门那儿就咱们两个人。

我说：怎么没看见艾一兵？

他说：在帮厨呢，她们把战士的衣服都洗了，袜子也洗了。她们不让战士动手下厨房。今天可能会有红烧羊肉……

我学着领导下基层检查工作时的腔调，说：伙食不错？

那时，听见了清脆响亮的声音，艾一兵跑来了，她大声叫着：队长——

就仿佛一切都是失而复得一样，她朝董军工跑去，她的声音像云雀。你们如果听听巴拉基列夫，不，应该是格林卡写的钢琴小品《云雀》，就知道美丽的女孩子尖叫时有多么动听。她跑得很快，猛地冲到了董军工面前，抓住了他的双手，不，她用自己的双手抓住了董军工同志的一只手，几乎哭出来了。她大声说：你们怎么才到呀？

董军工看着艾一兵，眼神还有些怪怪的，但他渐渐被同志战友情打动了，眼睛似乎也有些湿润，他大声说：同志们好，同志们辛苦了——

大家跳跃着，那时还不兴说为人民服务，但是，气氛也达到了最高潮。

董军工开始讲话，阿然保黛是我们最重要的边防哨所之一。说着，他又开始咳嗽，我看见他伸手从大衣口袋里掏着，我当时紧张得竟然有些喘不过气来。这次董军工掏出了真的手绢，并毫不迟疑地开始擦嘴。欧阳小宝竟然侧身看了我一眼，他的眼睛里有鬼气，就想笑，但是，没有敢笑。

我和欧阳小宝都没能信守诺言，在以后的日子里，艾一兵的月经带很快地就让整个小分队都知道了，男兵女兵们都知道了；然后，文工团全体干部战士都知道了；南疆军区政治部都知道了，整个南疆军区司政后三大部都知道了；新疆军区文工团和整个新疆军区都知道了；北京军区政治部歌舞团和总政歌舞团知道了，前线、前卫、济南军区歌舞团也知道了；军艺的小弟弟、小妹妹们也知道了。

9

在群山里有一个小院，那就是想象很久的哨所了，很破旧却很干净。我从写遗书时就开始好奇，现在哨所就在眼前。从窗户玻璃能看见里边用罐头盒栽的野花，中间的小广场里有旗杆，上面飘扬着五星红旗，月亮很亮，光芒照耀着这面国旗。虽然是黑夜，却能看见旗帜鲜艳，而且，还能听见国旗在风中的声音。那时还不允许唱五星红旗迎风飘扬胜利歌声多么响亮，那时说这首歌是反动歌曲，可是那天晚上，17岁的我在终于见到组织和华沙之后，是那么渴望唱这首歌，但是我不敢唱。

传说中只有3个人的哨所：一个班长，一个副班长，一个战士。有的说得更悬：只有两个人，一个班长，一个副班长。可是，就这样三个人，或者两个人，他们在待遇极低，自然条件极差的情况下，却守卫着祖国的边防线。

边防线上为什么要有哨所？为什么只派三两个人驻守在这儿？为什么自然条件那么差，却仍然要给这三两个战士那么低的待遇？为什么军费那么少？为什么国家那么穷？为什么我们历史上就贫穷？为什么我们人口那么多？

一个才17岁的男人无法继续想下去了，那时候，他还不敢用思考这样的词汇。

很快我就弄清楚了，哨所只有两个人！班长父亲病危，他回去探家了。留下了副班长代理班长，还有一个战士。副班长已经3年没有离开过哨所，没有见过女人，战士已经一年没有离开哨所，没有见过女人了。他们没有任何文化娱乐，收音机在这儿只能收到敌台，就是莫斯科广播电台。他们是半年前听说我们文工团要成立小分队来慰问他们，所以，他们从那时起就盼着我们来，他们就开始做迎接我们到来的准备。他们把自己的宿舍留给我们男兵们住，把食堂留给女兵们住，晚上一个人看守国门，另一个人就去住羊圈。

演出前，董军工仍然做了战前动员，他说尽管只有两个人，要当作两百人，两千人，两万人，认真演出。

第一个节目是小歌舞，艾一兵她们女兵又唱又跳，可是就坐在她们大腿下面的战士却不敢抬头看她们。无论她们怎么吸引这些很久没有见过女人的男人，他们就是不抬头看，他们把目光定格在她们脚下的那个右边的角落里，像是得了白内障或者青光眼的病人，他们的面部表情跟我以后在西安看见的兵马俑一样。

女兵们就像我的姐姐和妹妹一样，她们服从命令，为兵服务，为哨所的战士送去女人的温暖。她们在高原上拼命跳着唱着，她们出汗了，她们的气息和体味已经充分地让两个士兵感觉到了，他们兴奋无比，却不敢抬头。我成熟以后明白了，那两个士兵就是不抬头也胜似抬头，他们就是瞎子也不要紧，因为他们充分地呼吸了少女们的芬芳。如果她们真的是花朵，那在1977年5月的一个晚上，整个哨所就一定花香弥漫。那是艾一兵她们这些少女们用自己的青春绽放出来的，那是真正的花香。

我跟华沙上台了，《帕米尔的春天》在这间小屋子里有回音，像今天在首体的演唱会一样，回声从每一个角落射回来，里边不仅仅有荷尔蒙，甚至还有精液的味道。

可是，那两个战士仍然不看我们。我们是男人，有什么不好意思的？他们就是不看。

在奏第二首曲子的时候，我看着两个战士拼命鼓掌，却仍然不抬头。就忍不住地对他们说：你们抬头看看我们吧。战士仍然低着头。华沙刚开始演奏过门，听我说话，也停止了拉琴，他看着两个战士，想说什么，又说不出来，就发着呆。

这时，一个战士突然起身，从后门溜进去了。我们不知道他干什么去了，就只好继续演奏。

不一会儿，那战士出来了，手里拿着刚打开的一盒水果罐头，走到我们面前。也不说话，只是伸出长胳膊，把罐头递到我们面前。他个子很高，不得不弯下腰，最后，他蹲在我们面前，让我们吃罐头。我们完全没有想到，再次呆住了，我们看着他跟黑人一样黑的脸，停止了演奏。

罐头是桃子的，有清香，战士的手很大，黑黑的指头和手背上有很多裂痕，他蹲在那儿，额头上全是汗水。

我看看华沙，发现他的眼睛里竟然充满了泪水。

我看看站在一旁的董军工，在他身边站着艾一兵，他们都看着我。我本能地接过罐头，看着那个战士坐回去，然后，跟华沙一起在这两个人的舞台上，在那个哨所的小房间里吃起了罐头，这时，奇迹发生了，两个战士竟然都抬起头来看着我们，他们脸上笑容灿烂。

10

演出结束后，我跟华沙一起要求站岗守卫国门。我对国门好奇，对那两个哨所的士兵充满好感，内心深处又特别委屈，不知道是为他们委屈，还是为自己委屈。我从小是一个自私的孩子，沉湎于自己心灵深处不能自拔，现在看见了这样的士兵，心中酸水直冒。那时已经很晚了，天却很亮，月亮像太阳一样地照耀着我跟华沙的脸。

董军工看着我们俩，说：守国门？你们两个？说完大笑起来，仿佛那是一件很可笑的事情。董军工大笑时嘴也不太张开，别人大笑时，会发出哈哈的声音，他呢，只会发出日，日——的声音。

我说：我们想让那两个士兵好好休息。他们正好可以睡我们的行李，就不用去羊圈了。

董军工严肃起来，他沉吟着，好像在思考。突然，他高声把老兵龙泽喊过来，对他说：支部经过认真考虑，同意两个新同志今晚值班守国门。你送他们上去，让马群、马明下来。另外，今晚你不要睡觉，就在他们附近巡视。

龙泽立正，大声说：是。

董军工再次把目光停留在我身上，然后，他解开自己的皮带，把身上的手枪连套子都取下来，递给了我，问我会用吗。我点头说会，心里却有些害怕了。我从来没有玩过枪，也不喜欢枪，作为一个男孩子，而且，长得挺粗，竟然不喜欢枪，这很要命。

董军工又说：人在枪在。

华沙真聪明，他当即就说：人不在，枪也在。

董军工再次大笑起来：日，日——

我们在董军工的注视下出发了，从小院出去，朝南边的山坡上走，月亮走我们也走，我悄悄问华沙，刚才董军工说，支部已经讨论过了，让我们守国门，支部没有讨论过呀。华沙点头。

龙泽是老兵，心思重，他一直低着头，突然说：这个国门经常有叛逃过去的，你们要特别小心，看见叛逃的人，就坚决开枪，把他们打死。

我惊讶无比：把他们打死？你让我们杀人？

龙泽看着月亮，目光有些硬：这就是阶级斗争，杀人是必须的。

龙泽长得很像外国人，鼻子很高，很大，你从这边望不到他那边的脸。因为他说杀人，又只能看到他半边脸，就突然有些害怕了。

龙泽看到了我的表情，就说：害怕了？

我没有说话。华沙学着新疆人说：怕球呢嘛。

龙泽笑了，说：你别看华沙笑，他的思想意识比你好。

我有些不高兴，不再说话。龙泽对华沙说：下次到了乌鲁木齐，让我妈给你做揪片子。多放些醋。

沿着山坡朝上走了不到500米，就是国门了。我跟华沙都很好奇，想看到一个很漂亮的大门，却没有看见，一条小路伸向远方，路边的高地上有一个很小的哨楼。龙泽朝哨楼咳嗽了一声，对方也咳嗽了一声。龙泽说：这就是今晚换岗的暗号。你们值班3个小时，然后，我来换你们。

咳嗽竟然是暗号，谁不会咳嗽？保密级别太差了，完全跟儿戏一样，显得很弱智。我跟华沙交换了一下眼色，显然，英雄所见略同。

我们走进了哨楼，里边的马群、马明两人正在抽烟，看见龙泽进来，立即立正把烟递给他，那是新兵对老兵的谄媚。龙泽却严肃地骂起来：妈了个逼，谁让你们在哨位上抽烟的，掐了，对方如果冲火星开枪，你们都死球了。

马群、马明像是熬到了头的媳妇一样，高兴地把步枪递到我和华沙手里，说：你们两个都是双枪呀。

我看看华沙，他也看看我，双枪能把人显得威武。

龙泽离开哨楼时，竟然用怀疑的目光盯着我看了一下。当时没有感觉，不知道他为什么以这样的眼光看我，几十年后，今天我知道了，他其实很怀疑我，认为我是一个不同阶级的人。

然后，龙泽与马明、马群他们一起走了，听着他们远去，突然就感觉一切都静了下来，而且，太安静了。我从小到大从来没有到过这么安静的地方。我们站在哨楼里边，把门关紧了，华沙打了个哆嗦，我跟他都下意识地把大衣裹得紧一些，有些像是淮海战役里的国民党士兵。然后，我开始通过瞭望台观察前方的一切。

华沙说：你看啥呢？

我说：前边是敌国，后边是祖国。

他也凑过来，朝敌国方向望着，然后，学着一个电影里说：妈的，黑咕隆咚的，什么也看不见。

我笑起来。他再次哆嗦了一下，说：你害怕吗？

我说害怕。他看看我：你还害怕？你还害怕？

我没有理会他的腔调，而是像高级指挥员那样看着前方的小路说：那边就是苏联，你会唱苏联歌《小路》吗？

他摇头。我开始唱：一条小路曲曲弯弯细又长，一直通向迷雾的远方，我要沿着这条细长的小路……

他突然大声说：别唱了，有声音。

我停下来，把步枪甩过来，端着，竖起耳朵，也没听出任何异样。

华沙突然笑起来，说：我骗你呢，在这儿别唱歌了。

我说：苏联歌曲。你听说过吧，苏联是全世界最好的国家。女孩儿穿布拉吉，男孩儿穿水手服。他们很小就谈恋爱。

华沙问：什么叫谈恋爱？

就是男孩儿女孩儿亲嘴。

华沙严肃起来：你想过去谈恋爱？

我说我还没有想好。

他说：那不是叛国吗？

我默默地点点头，说：我中学英语老师是我的好朋友，他说他就想叛国。

华沙看看我：他对你说的？

他对他朋友说的，也是一个老师，教音乐的。那时，我边说边回头朝祖国的方向看了看，黑压压的一片，没有任何灯光，显然，所有人都睡了，这个国门就在我跟华沙手中。

我对他说走，咱们到对面看看究竟啥球样子。说着，我先走出了哨楼，沿着小路朝前走。他开始还有些犹豫，很快就跟上来了，说：等等我，你妈逼等等我。

我笑了，说：出国看看。

我们两个人，端着步枪，身穿军大衣，戴着棉军帽，学着电影里美军和日军的样子，缓缓地弯着腰朝中苏边界走去。走了有五六分钟，始终没有看见国界，我说：肯定现在到了苏联了，怎么一直没有看见国界呢？

他说：我也没有看见，马群刚才说走几步就到了，我们最少走一千步了。

我们站住了，彼此都看着对方的眼睛，只有在那时我才意识到，即使是一个13岁的男孩子，也有与女孩子亲嘴的渴望，华沙渴望去苏联与女孩子亲嘴。

我把声音压低了，像地下工作者那样，说：跑不跑？

华沙说：跑过去，别人不要你呢？

我说：音乐老师说带上一份《参考消息》就可以了，英语老师又说不行。

华沙眼睛亮了，他说我身上装了一份《参考消息》，是从队部拿出来擦屁股的。

我摇摇头，又说：听说《参考消息》原来有用，现在没用，去年有人带着它逃过去，结果别人说都是假话，没有一句是真的，又把那人送回来了。

华沙愣了：报纸上都是假话？没有一句真话？

我说我也不知道。华沙的眼睛里明显露出了恐惧，他说：我尿憋，在国外能尿尿吗？

我说：我也害怕，也想尿尿。

他又说：在国外尿尿算叛国吗？

我点头，掏出来自己的东西，猛地就尿起来。他看着我，又问：国外尿尿算叛国吗？

我不理他，只是尿着。他终于憋不住了，就也开始尿。记忆中那晚上在国门外撒尿时的感觉真的是又恐惧，又兴奋，又凄凉。

我说：反正我们现在是真的出国了。

他说：我们真、真的、真的在苏联撒了一泡尿？

我笑了，说：好像苏联和我国差不多。

他说：你在这儿，哪看得出来？

我说：走，回国吧！

那时，我像所有男人一样撒完尿后浑身上下一哆嗦，然后又像屈原那样抬头看天，发现满天星星，而且离我那么近，好像还在走动，有几颗就要朝我们砸过来，它们的光亮眯住了我的眼睛，那种感觉真的是非常恐怖，华沙好像比我适应，他说：星星像我们长沙杂货店的灯泡。

我们朝国内的方向跑起来，出国的滋味并不是那么好受，一个孩子不能随便离开自己的祖国，就是当叛徒也要在祖国的土地上当。

第五章

1

那是一个无比美丽的女人，她总是穿着连衣裙，骑着一辆26凤凰女车，在军区的院内飞速地划过。有时，我们列队去政治部食堂吃饭，她会从一条小路里像流云一样飘出来，所有人都会看她，每一个男孩儿和女孩儿。

她经过我们身边时，总是面带微笑，美丽的女人永远是这样，你看见她时，她总是在微笑。她没有看你，但是，你紧张，呼吸变得急促，你不敢直视她的眼睛，因为你心里有鬼。

当她把你甩在身后，你可以看见她的背影了。那时，你像看着天空里的月亮一样，因为周围太黑暗了，你感觉到她身上在闪烁着光芒。

她骑着车，随着春天的呼吸声朝着我们南疆军区大门飘去，离我渐渐有些远了，却更加清晰。

那些站在军区大门边的士兵们看见她骑车经过的时候，也忍不住地看着她，他们拿枪的手早已瘫痪，松软无比，甚至我可以断定，他们的球胀了，肯定他们的球胀了。男人们就是这样，他们除了球会胀，还会什么？

2

　　微风把她的芬芳一直吹进政治部食堂。一口冒着热气的大锅，里边是汤面条。你们一定无法想象一个17岁的少年，他已经在读海涅、普希金的诗了，当他遇见那么强大的美丽之后在内心产生的震撼。在那个中午，他除了想哭之外，甚至没有饥饿的感觉。他站在这个灰色的、旷大的食堂里似乎看见了白杨树的枝条被风吹进来，上边绿色叶子有些透明，叶子里充满清香，那就是她的香味。美丽的女人为什么那么香？这种香气让他难过，他总是望着门口，觉得那个骑车的女人又回来了，因为她知道他的伤心，她一定会回来安慰他。那是多么丰富温暖柔软的感觉，那种画面让他痴呆。

　　大家围着那口大锅，像在中苏前线争夺领土一样地抢面条。据说抢面条的习俗从延安王实味他们的青春时代就已经开始了。宝塔山下那些从各地奔向延安走向光明的青年，他们除了有理想外，还饥肠辘辘，于是他们在阳光灿烂的天空下抢面条。我们南疆军区是从延安走过来的，当然继承了抢面条的传统，为什么锅不能更大些呢？为什么面条不能做得更多些呢？为什么不排队非要去抢？为什么白面面条就是要比玉米饼好吃？

　　你为什么一直在发愣？再不抢面条没有了。

　　艾一兵站在我面前，她的脸有些微微的红色，她的手里端着一大盆面条。她的笑容里充满战友情。我看着她，渐渐才从遐想里出来。

　　她开始吃着面条，对我说：她穿连衣裙真好看，是吗？

　　我故意说：谁？

　　艾一兵又笑了，她说：你不是一直在看她吗，你们不是都一直在看她吗？

　　我的脸有些红了，却仍然很顽强，说：看面条洒了。

艾一兵一惊，朝自己的胸前看去，她那时很瘦，胸前却仍然凸出来，有些像是原子弹爆炸后在天空里出现的蘑菇云，起伏不定，抑扬顿挫。她看完自己的胸，抬眼看见我也正盯着她的胸看，脸就红了，说：有什么好看的。我又没有穿连衣裙。

我说：你也可以穿呀。

她说：那我就完了。我的前途就彻底完了。

然后，她转身走了。我追过去，问艾一兵：刚才她骑着车还对你点头了，是吗？

艾一兵点头：她叫周小都，首都的都。她和曾副参谋长都是北京来的，是高干子女。

曾副参谋长是谁？

她丈夫，周小都的丈夫，原来的曾协理员呀，你忘了，是我帮你从他那儿领的军装。军装太大，还是你自己去换的。

我看着艾一兵，不想说任何话，只是希望她多说一些，让我能了解更多关于她的事情，她的头发，她的眼睛，她的身体……

艾一兵又说：周小都，她男的现在又调到阿里去当参谋长了。

我看着艾一兵，内心产生了特别不舒服的感觉，什么叫"她男的"，这是多么粗鲁的语言，她怎么会用这么可怕的文字去说与她有关的事情呢？要知道，在初夏晴朗的天空下，她长长的腿在蹬自行车，她的头发在飘逸。

周小都——多么奇特的名字，我没有再看艾一兵，转身看着面条的大锅，我知道面条已经没有了。但是，我更加知道，周小都现在是一个人在军区，曾副参谋长在山上。那是过了界山达坂的地方，是西藏，有一条河，叫狮泉河，是我曾经在地理课上学过的阿里高原。

我拿了馒头和玉米饼，又伸过碗让田师傅往里边舀菜，看着华沙正跟老兵们一起吃饭。他像是一个真正的傻瓜一样听着老兵说话，还在笑，就独自走到了一个空桌子旁，毫无食欲吃着白菜粉条。

你为什么不过来？华沙站在我面前，脸上充满质问。

我说：你不是要舔老兵的沟子吗？

他立即说：我一直在等你。

我不再理他了，内心突然很忧伤，连衣裙、26自行车、她的头发，还有她经过我们身旁时留下的芬芳都让我有些想哭。

华沙像是一个审判长那样眯着眼，13岁男孩儿的眼神里全是清澈的水流，他看着我把菜翻来翻去，看着我把玉米饼一点点掰碎，突然他说：你球胀了，对吧？

我不吭气，仍然沉浸在想哭的渴望里。华沙又说：我就知道你球胀了。

我抬起忧伤的眼睛，看着华沙，觉得一点也不可笑，说：你怎么知道我球胀了？

华沙说：刚才你没有抢面条，也没有过来，老兵都知道你球胀了。他们都在笑话你。

你不是也在笑吗？我质问华沙。

他突然又笑了，说：老兵说，搞不好，你会破坏军婚。

我内心突然涌起了怒火，对华沙说：我操老兵他妈！

3

喀什噶尔的夏天来了，当你看到了她，骑着26自行车，从高高的白杨树下走过时，你就知道，毫无疑问，夏天是真的来了。阳光和蓝天都会负责任地告诉你，微风和女兵们的呼吸会负责任地告诉你，夏天真的来了，比故乡乌鲁木齐要早上20多天开花的沙枣树的芬芳香味会负责任地告诉你，夏天真的来了。她的连衣裙会负责任地告诉你，夏天真的来了。

我在那个夏天里，充满了不确定性。我吹着长笛，在每一个下午，在黄昏之前，都特别愿意在政治部大楼前那棵古老的榆树下练习。我刚才好像提到了德彪西，但是，我没有对你们认真说起他的《亚麻色头发的少女》，你们想想看，一个少女，她的头发是亚麻色的，她在德彪西笔下出现。德彪西是谁？别说你们不知道，我也不知道；华沙不知道，拉小提琴的娄宜和陈想、江奇不知道，艾一兵也不知道。我们就知道德彪西的《亚麻色头发的少女》。

那个时候，人人都在演奏德彪西，小提琴、大提琴、手风琴、长笛、黑管，甚至圆号（法国号）都在演奏《亚麻色头发的少女》。我知道自己与她们不一样，她们仅仅是演奏，我是痴迷。什么叫痴迷？就是你明明在白天，却要为一个女人做梦。她明明离你很远，却一直在你的眼前。那辆26自行车早就走远了，你却始终能看见。那条长长的腿和腰上的裙子早就消失了，你还说自己能看见。

4

她住在东边那排民国时代留下的苏式平房里。你们现在很难见到那种风格的建筑了，别说你们，就是我也很难见到了。无论在故乡乌鲁木齐，还是在那个只属于我个人的喀什噶尔，都再也无法寻觅那样的建筑。我们为什么那么喜欢拆房子？我们总是把那些留有岁月痕迹的东西摧毁，然后，让我们的回忆里充满炽烈，躁动的尘土。每当想到这儿，就会无比绝望。

她就住在那排苏式平房里，那里有绿色的木头窗子，经过多年风土修饰，绿色变得斑驳，像是法国贵族家的铜器。说起来很奇怪，我又没有去过法国贵族家，凭什么说那些木头的窗子、屋檐、门框的色彩就如同法国贵族家的铜器呢？想象力真是一个很操蛋的东西，特别是一个作家的想象力。

在那排苏式平房前有一排高大的老白杨树，它们的叶子在那年初夏时是浓浓的绿色，有时会感觉到那叶子绿得很冲动，真的很像一个少年的鸡巴，充满生命的渴望，却被蓝天、阳光、微风压抑着。

屋顶也是斑驳而又模糊的绿色，它与窗户一起说着我似乎能听懂的法语。

德彪西是法国人吗？《亚麻色头发的少女》出生于巴黎、波尔多、普罗旺斯？印象派作品中有回忆里的绿色吗？没有查过。我现在在天山脚下新地沟里，这儿没有音乐辞典。等等吧，我总会在这部小说结尾之前告诉你们的。

在那排平房前有一条小路，它从东边绕到西边，然后，又伸向南方。

我们这个小院离她居住的平房有 500 米，每天站在院外的树下，都能看见她出去。她要上班，就要从那条路走过，我在那棵老树下，就能看见那条路，就能看见她。为了每天都能看见她，我总是站在树下练习长笛，她第一天回头看了看，第二天又回头看了看，到第三天，她就不回头了。

周末，她有时不骑自行车，不穿连衣裙，穿着深灰色的长裤。隔着那么远，我就知道那是一条质地非常好的长裤，让她显得优雅高贵。盼望她的出现，内心总是特别苦涩，每当她出现时，内心就更加苦涩。这种感觉只有在欧洲电影里，特别是意大利电影里才有，永远也不争气的中国电影导演们拍不出来。

有一天傍晚，喀什噶尔的夕阳已经变得有些暗红了，我像是一个完全游手好闲的不良少年，在我们小院外那片空场上徘徊。突然看见她从平房前的小路上绕了出来，朝南边军区大门的方向走了。

我的呼吸立即变得急促，先是默默地看着她，然后，就跟着她朝南走去。我走得快，她走得慢，我们之间的距离在缩短。她走到军区大门时，似乎回头看了一下，我不知道她是不是看到了我，但是，我仍然停住了脚步，紧张地站在了原地。她好像没有看见我，她是那么骄傲，怎么会看见我呢？

我就那样跟着她，一直朝西走去。没有多远就到了另一个路口。只要是我们南疆军区的人，你不用任何提醒，他们就知道，疏勒县电影院到了。

她是去看电影的吗？她会看什么电影呢？

我像夏季的微风那样跟随着她，那个叫作周小都的已经27岁或者26岁的女人，而那时我才17岁。我睁大眼睛充满热爱地跟在她的身后，眼看着她到了售票的地方，我看见了在一块不太大的黑板上，用白色的油漆或者就是白色粉笔写着那部电影的名字：《简·爱》。

5

喀什噶尔的黄昏充满温暖的红色，那块小黑板和那两个白色的字体就被包裹在如今已经相当遥远的红色当中。已经有些热了，要不我为什么会出汗？其实，她走得很慢，我也走得很慢，她在欣赏黄昏，我也在欣赏黄昏。我的暖红色的黄昏里充满了她，她的黄昏里究竟是谁呢？

她没有犹豫，掏钱买了一张票，然后，她离开了售票窗口，朝我走来。我想躲开她，却已经来不及了，就不得不抗拒着发自心灵深处巨大的紧张，恐惧地朝着她走去。

似乎看了我一眼，但那是毫无意义的一眼，那种目光中没有任何内容，就像是一棵树在看另一棵树。她从我身边擦过去，我感觉她挨上我了，她胳膊上的衬衣，那种有米色小花的衬衣已经挨上了我的胳膊。如果没有挨上，那我为什么会周身颤抖，就如同诗歌里描写的一样。

她的衬衫有些凉爽，从我记事以来就知道，美丽女人的衬衫都有那种凉凉的感觉。当时，全身都已经彻底丧失了感觉，甚至连眼睛都瞎了，我听不见，也看不见，只是身体朝着售票窗口移动着。

她下了台阶，走向了回忆里温情荡漾着的、只有我们疏勒县才有的、维吾尔族的冰激凌。

我回身看着她，显然，她就要吃冰激凌了，我下一步该如何选择？我站在窗口，看着里边那个维吾尔族女孩儿。以后我知道她叫塞提妮莎，她卖票时脸上没有笑容，她唱歌时脸上全都是灿烂的笑。

我犹豫着，星期天晚上是班务会，如果我偷偷看了电影，那可是犯错误，要跌跤子的。什么叫跌跤子，你懂不懂，那就是你摔倒了，永远也爬不起来。那就是你犯了错误，即使是人民内部矛盾，人民永远也不会原谅你了。

你不要老是站在这儿，你看还是不看？塞提妮莎在里边对我说，她的眼睛里有些质疑，她看着我时似乎想笑，又没有笑。我说：《简·爱》好吗？

她把一摞票朝左边推了推，说：我咋知道，我说好，你说不好咋办？

我没有买票，而是离开了窗口，站在那个高高的台阶上，看着在下边已经开始吃冰激凌的她。那时，她没有朝我这边看，而是往西边看着什么，那儿是我们南疆军区军人摄影部。在那个年代，你几乎在每一个城市都能看见军人摄影部，橱窗里那些眼睛明亮，神采奕奕地穿着军装照相的军人们。他们的军帽、领章，还有他们的微笑都让你相信，解放军的天，一定是明朗的天。

她为什么会看着西边的摄影部呢？电影就要开始了！

我望着她，像是在望着远方的云彩，她吃完了冰激凌，她已经把那种玻璃制作的小碗还给了那个脸上有胡子的阿不拉（他也是我以后才认识的）。

突然，她朝电影院大门的台阶走去，这说明她哪儿也不想去了，只是想看电影了。简·爱，简·爱，你现在就跟我一起，用英文大声念下，简·爱，简·爱……

当她走进影院大门的刹那，我毫不犹豫地回到了窗口，那儿没有人，只有塞提妮莎坐在里边。她看着我，眼神里全都是不屑，她不说话，只是看着我。我掏出一元钱，说：买一张票。

她开始低下头，在她扯票的刹那，我突然说：能让我跟她坐在一起吗？

她没有看我，她的目光从我的头顶望过去，朝着南疆军区北边的天空望着。她的手里拿着一张票，递给我，还有找我的5毛钱，说：不许往地下吐瓜子皮。

6

我心情有些难过地进了电影院，这个卖票的维吾尔族女孩儿一定讨厌我，我曾经得罪过她吗？没有，完全没有，因为我是第一次在喀什噶尔疏勒县电影院看电影。我是第一次见到塞提妮莎，她为什么不成全我呢？我走进了影院的黑暗中，我拿着票，朝里走，如果没有记错，应该是7排5号。

里边已经有了很多人，灯已经黑了，正在放《新闻简报》。我挨着已经坐好的人朝里边蹭，我经过7号，弯下腰，低下头，看到了5号，坐下了。

我就要在喀什噶尔的疏勒县看一次电影了。那是一次非凡的体验吗？外国电影，《简·爱》，我当时还没有读过这本书，以后我也没有能够读完这本充满女性主义愿望的小说。因为，随着自己渐渐成熟，我发现男人在许多方面的看法与女人不太一样。但是，电影多么奇妙。我的眼睛适应了黑暗，看到了灰色的银幕。那时，我眼睛的余光发现了奇迹，只是在开始的瞬间，我不敢相信，我身边的7号坐着她，是她吗？没错，是她！

我这一生都对那个维吾尔族小女孩儿塞提妮莎充满感激，我以为她讨厌我，我却坐在了周小都的身边。

我在影院的黑暗里屏住了自己的呼吸，你们想想，跟她坐在一起，我的呼吸会是多么粗俗。

她的气息我非常熟悉，有沙枣花的芳香，有青苹果的甜味。如果你们与我一样客观，就会嗅到那股甜味。在喀什噶尔的果园里，已经熟透的苹果开始往下掉，你走到树下，看着那些红色、粉红色的苹果，你想起了人类最美好的青春在咳嗽，还有那些少女们的面庞。

《简·爱》终于开始了，《新闻简报》是那么让人讨厌，就跟那些不停地嗑瓜子朝地下吐的人一样。

《简·爱》的画面到现在我都记得，英国乡村大片绿色的原野，跟我们喀什很多地方一样辽远，树下有羊群，简·爱在画画。她画板上的色彩我看不清，但是，那英国的天空我看见了。就如同我们新疆吉木萨尔大有乡的天空。大片的麦田朝着山上缓缓伸展，一直到了雪山脚下，在无边无际的淡黄色里偶尔会出现一棵叶子已经是深绿色的老树。你们看过柯罗的风景画吧？那些画面上的树把你带到了法国乡村、英国乡村和新疆吉木萨尔、喀什噶尔的乡村。你会沉浸在《简·爱》电影里的色彩里，还没有看清楚故事，就已经被风景感动了。

那个英国贵族男人走过来，他戴的帽子很奇怪，他穿的衣服非常讲究，我这一生有没有机会穿上像他一样的衣服？

有那么一会儿，我甚至忘记了周小都的存在，那个男人的配音为什么会那么有魅力？等我有一天长大了，会不会有跟他一样的声音？配音演员的声音一定会比英国演员本身的声音要好，我对此坚信不疑。我想哭，不是一般的哭，而是充满对于配音演员无比崇敬的、情真意切的哭。

英国的白天消失了，夜晚已经降临。简·爱与那个傲慢的男人正在对话，那个男人让她弹钢琴。她顺从地去弹琴了。我要是那个男人多好，那我身边的周小都会顺从我吗？

简·爱的钢琴声从前方传过来了。我是吹长笛的，对于音乐非常敏感，当那段最著名的旋律出现时，我有些感动，那种情感渐渐深入到我的骨头里，她还在朝里走，直到我的心脏有了疼痛的感觉。

突然，我意识到自己的胳膊与周小都的衬衫贴在了一起，那么清凉，简直让我回到了喀什噶尔的秋天。就如同画面上一样，那是英国的秋天。她的皮肤有一丝暖意，那是我用心去体会的。是我故意挨着她，还是她故意挨着我？不，她完全不可能故意挨着我。她的思想哪里有我这么复杂？

简·爱坐在钢琴前，她在为那个男人演奏，那个英国女人有些紧张，她意识到自己弹得不够好。那个男人也确认这点。可是，她弹得多好呀。我现在想唱给你们听，但是文学无法表达，唉，如果你们与我一样，看过《简·爱》，此时此刻就会想起来，那音乐会在你们心中演奏。听，我此刻再次听到了。在我周围一片树荫下，在我前方的雪山里，都在回响着简·爱的钢琴声。

周小都好像也听懂了，因为我能明显感觉到她的手指在动，我当然不能直接去看她的手指，那样太不礼貌。那时，我还没有学习钢琴，不能判断她手指在键盘上的动作是不是科学，但她的节奏是对的。从她的呼吸上，我甚至能体会到她手指的强弱。

她不仅美丽，还有音乐的感觉，你想，男人们是不是应该为她陶醉？

影院里的黑暗已经结束，英国明朗的天空让影院一片明朗。我和周小都已经走进了英国，在简·爱散步的那个庄园里，我们也在散步了。

罗切斯特先生，我回家了。当这最后一句经典的话语出现时，我突然意识到她哭了。她的眼泪流出来，她没有意识到，只是让那泪水流着。当音乐更加强烈时，我用余光发现她掏出了手绢，一块洁白的手绢。因为那块手绢让影院突然有了月亮光芒。

她擦眼泪的时候有些迟缓，似乎在等待一个高潮的来临，突然，她用白色的手绢蒙住了整个脸，她的肩膀就在那时开始起伏着抖动，就好像一个人委屈到了她的极限。

就那样，我们一前一后地走着，没有说一句话。直到她走上了那排苏式平房前的小路，在夜晚浓密树荫的掩映下，打开了自己的家门。在她开灯的那一秒钟，当灯光照亮了她的背影时，我发现她竟然是那么弱小。

7

当我回到我们的小院时，缩在院墙拐角外的大门已经锁了，黑暗中特别静谧，那简直就是莫斯科郊外的晚上。我曾经想过，如果哪天回来晚了，我可以像小偷那样翻过大门。我先是站在门前，像李大钊在就义之前那样长长地出了一口气，看了看喀什噶尔的满天星斗，然后，又把眼睛定格在这个由铁杆焊成的大门上。我双手抓在门上，又抬起脚踩上了铁栏杆的空当，轻轻一用力，就上去了，我的身体如此轻盈，肯定是简·爱的力量。

落地的刹那，几乎没有一点点声音，像蜜蜂落在花儿上，像苍蝇落在馒头上。

那时，我能感觉到微风，它让夏夜变得凉爽，那个与我一起看完《简·爱》，并且在最后一瞬间哭了的那个女人，尽管我们没有说过一句话，她叫周小都，她住在东边的那排苏式平房，我就在那时再次深情地看了看苏式平房，总觉得从此那平房不仅仅是周小都和曾副参谋长的家。我在深情中，不仅看到了平房，还看到了她的窗户，里边亮着灯，内心情绪过于澎湃的我甚至感觉到了她的身影。我长时间地看着那个身影，然后，恋恋不舍地转身，朝着宿舍走去。就在那时，我突然紧张了，恐怖的感觉让我猛地出了冷汗。

队部的灯亮着，不仅仅是亮着，而且，是灯火辉煌。不仅仅队部灯火辉煌，而且，整个小院里的每一间屋子都灯火辉煌。我因为受到惊吓而有些尿憋，完全没有想到所有的人都没有睡觉。每个房间的灯光都刺目地闪烁着，这让已经习惯于黑暗的我有些晕眩。当我的眼光开始稍稍适应了小院里的明亮时，我看见了董军工带领着几个我们文工团的骨干朝我走来。

他们表情严肃，目光有力。我突然感觉到了恐惧，我从梦想回到了现实，有种强大的力量正朝我压迫过来，仿佛塔里木的戈壁上聚焦了风暴，它们已经将我团团围住。

干什么去了？

看电影了。

在哪儿？

疏勒县电影院。

跟谁一起看的？

嗯，嗯，自己。

自己？

就是自己。

看的什么电影？

《简·爱》。

什么？

Jane。

什么爱？

Jane——简——爱——

董军工显然被简·爱或者 Jane 给激怒了，你完全不能责怪董军工，那时有几个中国人知道简·爱？更何况还是一个在他看来有些大舌头的男孩子，竟然会学着英国演员或者中国配音演员那样发音叫简·爱Jane，突然董军工转身对老兵龙泽说，吹哨子，全体集合！！

8

那些女兵和男兵们都站到小院里的空场上，他们是将要扬场的麦子，还是麦子脱下来金色的颗粒？其实他们的年龄都还很小，最大的才22岁，比如说龙泽，他就22岁。你现在走在大街上看着那些22岁的人，肯定认为他是个孩子，毫无疑问，她或者他就是一个孩子。不过，在《简·爱》的那个晚上，22岁的人绝对不是孩子。他们当了好几年的兵，要不为什么老兵会是一个专门的词汇呢？他们好几年来一直参加每周都有的班务会，他们习惯了在这类会上的发言。好几年来，他们紧紧跟随着领导与支部的步伐，他们总是在最关键的时候大声说：如果需要我当张思德，我就去烧木炭，如果让我当董存瑞，我就去炸碉堡。时光久远了，也许这话应该反着说：如果让我去烧木炭，我就当张思德，如果让我去炸碉堡，我就当董存瑞。也许他还少说了一句，我现在帮助他想起来了，我们从小到大，会唱的第一首歌是《东方红》，会说的第一句话，是毛主席万岁。

从前，或者说是许多年以前，也许还可以说就在那个时候，有一个孩子不像孩子，大人不像大人的小伙子，他才17岁就开始犯错误了。你就是说他犯了罪，他也无法辩驳。

在那个有星星，又有月亮的晚上，他去看了一场电影叫《简·爱》，尽管他也学着配音演员的说法Jane——可是，他其实一点也不自信。他尾随着一个女人，比他或许已经大了10岁的女人，去了疏勒电影院。那是喀什噶尔边上的一个小城，就像那时的乌鲁木齐一样，无论你多么想维护它，也不过是一个很小很小的城。

你为什么要去看电影？为什么明明知道晚上有班务会却仍然要

看电影？你跟谁一起去的？你们是怎么去的，你们出去仅仅是看了电影吗？还有没有别的？

那个男孩子有些赖皮了，他一点也不想哭，他甚至想笑，他开始像真正的无赖那样翻供，把自己刚才承认的Jane——全都推翻。也许，他的战友的看法无比正确，他思想复杂，甚至是思想意识很坏。

突然，那个孩子大声说，像美国总统宣布奥运会召开一样，他大声说：我没有去看电影。我哪儿也没有去！！

9

那个被吓坏了的孩子在那些天里，因为《简·爱》而变成了一个真正的无赖。他如同时尚小说里的叛徒一样来回变幻着自己的口供。本来事情不大，你看了电影，承认错误，虚心检查，尽可能诚恳一些，那大家会原谅你。才17岁，年龄不大，犯错误不要紧，改了就好。在哪儿跌倒，就在哪儿爬起来，你肯定能爬起来。邓小平都能爬起来，你为什么就爬不起来？

10

你究竟有没有去看电影？

不知道。

那你干什么去了？

不知道。

有人在电影院看见了你。

这个孩子脸又开始红了，他紧张得不知道该说什么。

那个人说，他看见你跟一个女人在一起看电影。

这个孩子的心脏要完蛋了，他只好等死了。

你们一起买票，一起走进电影院的。

那个孩子得救了，他当时就想高呼共产党万岁。

有人看到你们还买了瓜子。

这个孩子又在心里高呼了：万万岁。

审讯他的人不过才22岁，很容易被胜利冲昏头脑。

你承认自己看了电影吗？

我没有看电影。

没有？

没有。

真的没有？

就是没有。

那好，为什么你身上有这张电影票？

那个孩子的脸再次红了，他说：你们凭什么搜我的东西？你们凭什么没有我同意，就翻我的东西？

你如果没有看电影，那你这张票是哪儿来的？

那个孩子开始害怕了，他低下了头。

你说，你看电影了吗？

看了。

你跟谁一起去的？

自己一个人。

一个人？

一个人。

真的是一个人？

就是一个人。

那你是怎么知道疏勒县电影院有《简·爱》的？

那个孩子的脸又红了，是呀，你是怎么知道电影里有《简·

爱》的，没有人告诉你，你怎么会去看。

那个孩子答不出来，他再次沉默。

啊？你是怎么知道疏勒县电影院有《简·爱》的？是谁告诉你的？

那个孩子的心被恐惧笼罩了，他内心最深处的秘密就要被发现了：他不知道有《简·爱》，他只是在跟踪一个女人，他尾随着那个女人看了《简·爱》。这是特别无耻流氓的、见不得人的行为，几乎跟色情电影里的情节一样了。

那个孩子吓得喘不过气来，他知道自己快要完了，因为他丧失了起码的逻辑。他再次大声宣布：我没有看电影！

董军工站在孩子对面，看着他脸上像万花筒一样不断变化的表情，忍不住笑起来，他说：说你思想复杂，你还傻，说你老谋深算吧，你才17岁，一身奶味，说你对社会完全不懂吧，你还不懂装懂……

我不高兴了，说：我从来没有不懂装懂！有的人才不懂装懂呢。

董军工愣了一下，说：他对组织这么不老实，停止他一切活动，认真反省自己，写出深刻检查。

我说：宿舍里太吵了，写不出检查。

董军工想想说，那你这几天就在库房里，一边练功，一边写检查。

11

那个略略有些黑暗的屋子在小院的东边，它是唯一靠东边的房间，黑暗是因为窗前有棵大树，遮住了阳光。其实，它的门是朝着西边的，它的窗户朝东边。我们这些被"文革"彻底浸泡过的孩子们是那么喜欢东方。东方红，太阳升。东方升起了太阳……

我这一生忘不了那个温暖的小屋，是因为她就像是太阳一样住在我的东方。我每天都能看见她沐浴着红色的阳光，她骑车走过我的窗外。她很有规律，每天早晨9点30分出门，每天夜里12点关灯。我站在窗前，守候着她。我看着她的灯光，想起来那些歌颂灯光的歌曲，在那静静的纺车旁，灯火在闪着光，年轻的纺织姑娘，坐在窗口旁，年轻的纺织姑娘，坐在窗口旁。

我的嘴里没有唱，只是心里在唱，望着窗外的日子那么美好。

华沙是第一个来给我送饭的，他端着我那个绿色的大碗，说：今天面条有肉，我帮你抢了好多。

我看着华沙，我发现一个男人说他热爱另一个男人，一点也不夸张。

华沙又说：艾一兵说要来给你送饭，我没有让她来。

我说：你为什么不让她来。

华沙突然有些委屈，说：你希望我来，还是她来嘛？

我没有说话。他把饭放到一个木头箱子上，然后走到那个窗前张望，说：他妈的什么也看不见，你每天都在看什么呢？

我说：你怎么知道我每天都在看。

哎呀，谁不知道，都知道。你的一举一动，都在人民群众的眼睛里。

我开始吃面条，很香。这么好的面条，我一生都没有吃过几次。

他说：你快看呀，那个女的，她身边有个男的。那个男的怎么会长得那么高？

我放下面条，冲到华沙的旁边，我们一起朝窗外看过去：

她和另一个军人就从那排平房走出来，在树荫下，她与他牵着手，很快又把手放开了。他们顺着那条石块铺成的小路，朝着西边走过来。那时，我完全看清楚了她的脸。

她微笑着，美丽的女人总是在那样微笑着，她走得很快，身体充满弹力。他跟在她的身边，也微笑着，优秀的男人也总是在微笑。他们凭什么不微笑，你可以给我一个让她和他不微笑的理由吗？

　　她和他再往西走几步，就要朝南走了，他们只有朝南走，才能去军区大门。然后，她与他一起走在疏勒县的街道上，她与他幸福地逛街。那条充满民族特点的街道上有许多好东西，边走边看，眼花缭乱。

　　可是，他们没有朝南走，而是朝西边，朝我们这边走来。我站在窗前，倒吸了一口冷气，怎么可能，我才17岁就会眼花？我问华沙：他们是不是朝咱们这边走过来了？

　　华沙说：你眼睛瞎了，这还用问？

　　我说：他们为什么要上我们这边来？

　　华沙：我咋球知道？你问我，我问谁？

　　说完，他笑起来，因为他感觉到自己造句成功并且语言幽默。

　　她和他朝这边走来，走到那棵我平时练习长笛的树下时，他们停住了脚步。她与他都在寻找着什么，特别是她，仔细地看着那高大的树干，仿佛在青白色的树皮上潜伏着很久之前的故事，而且与爱情有关。

　　她的眼睛里充满虔诚，就像一个在中学读书的少女，看着那棵老白杨身上充满岁月痕迹的褶皱，她的认真态度就如同在重新检查一张早已做完的考试卷，一点一滴都透着温存和怀旧。突然，她笑了，在她的脸上立即洒满了阳光。她跳起来，她指着自己上方三四米的一个地方，喊着，笑着，让他看。

　　他显然是个近视眼，要知道，近视眼在我少年时代，那是一种多么高尚典雅的毛病，如果你幸运地得了近视眼，那你肯定是知识分子，而且，很有可能是大知识分子。他仔细地看了一会儿，终于也点着头笑了，只是他的笑让我很不舒服，我不喜欢男人们的笑，有时男人的笑会让我莫名其妙地愤怒。

她拉着他的胳膊一直在跳着，突然，她似乎有了新的主意，对他说了句话。然后，她与他都朝四面看，发现没有人，奇迹就在军区大院里的那棵老白杨树下发生了。他把她抱起来，接着又把她举起来，让她朝那个固定的标记上看。她的头发在空中飘荡，她的裙子在蓝天里飞扬，她的脸上充满夏天的声音，她尖尖的下巴朝前撅着，像个刚刚考完了GRE的自信女孩儿。根本不需要去问她结果，一切对于未来的暗示都在她欢快无比的笑声中。

我看着他们，华沙也看着他们，沉默压倒了一切，静谧让我们窒息。我们就那样地看着正享受着幸福的她和他，他们的幸福无与伦比。他们离开了那棵树，还是她走在前边，他跟在后边，朝东，朝南，朝着军区大门，他们终于在小路的尽头消失了。

华沙突然看着我，说：哎，你小子，怎么哭了？

我不知道自己流了眼泪，说：你懂个球。

华沙突然伸手摸了一下我的下边，笑了，说：你这个卖逼的，球那么胀，太胀了。

我的脸红了，没有再理他。华沙说：难怪他们都说你思想复杂，你摸我，摸嘛，一点也不胀。不胀吧？

我把手缩回来，点头说：你的球还没长骨头。

12

我跟华沙把晚饭带回了杂物间，太没有滋味了。那时，我站在窗前，朝东方看着，落日的余晖已经有些红了，虽然光亮是从西边照射过来的，我只能朝着东方看，但是那排她家前边的白杨树上明亮的红色让我知道了夕阳肯定也是红色的，就像我们从小信仰的革命一样。让人温暖的红色，让人感动的红色，让人球胀的红色。

突然传来了敲门声，门开了，艾一兵走进来，一脸严肃地把白菜豆腐放在我的面前，说：你们为什么脱离集体，不在食堂里跟大家一起吃饭？你脱离集体，别人就会在后边议论你。

我跟华沙看着她，听她喘着气说：你跟华沙走后，又加了一个菜，我帮你们打了一份。

我看见那份豆腐白菜上边漂着油花，立即感觉到了饥饿，就大口地吃起来。华沙也露出了动物本性，也抢着吃豆腐，还说：我想起了长沙的油豆腐。

艾一兵有些不高兴地看着我，她突然说：你应该写份检查，深刻一些，我帮你交给领导。你才17岁，怕什么？看场电影，认识到错误就行了，为什么要来回说谎，骗人呢？

我说，那他们如果问我，你是怎么知道有《简·爱》的，我怎么说？

艾一兵说：对呀，你是怎么知道有《简·爱》的？你怎么知道的？

我的脸红了。她说：你心中有鬼。

我说：我也不知道我怎么知道的。

艾一兵仔细地看着我，像是要把我彻底看透。好半天，我感觉到我身上的汗已经在背上朝下流淌了，她才渐渐地笑了，说：哪有那么难呀，这还不简单？你就说你自己在街上瞎逛，看着电影院写着《简·爱》，就买票进去了。

我突然大彻大悟，对呀，这么简单，我为什么想不起来呢？我说：要不，你帮我写检查吧？

她把笔递给我：我说，你拿笔写。

我终于在艾一兵的帮助下写了一份深刻的检查，40年都过去了，很难回忆整个检查的结构、布局，但那一定是一个非常好的文本，否则不可能打动董军工。艾一兵把我的检查交给董军工，当天晚上我的反省期就结束了。文工团全体再次开会，有几个人提议要把我这次的反省处分装进档案，没有想到董军工当场反驳了他们，他说我们是为了教育同志，惩前毖后，治病救人，绝不能装进档案，让自己的同志在地方上背上包袱。我当时完全没有想到董军工会这样善待我，我以为他会把检讨以及处分装入档案，那我一辈子的政治前途就完了。17岁我就懂，别说17岁了，我可能7岁就懂了，一个人的生命可以死去，那不要紧，但是，一个人的政治生命可不能死。董军工的话让我内心的恐惧变为温暖。

散会后，我像出狱的右派一样，背着手走在月光下的黑暗中，华沙过来了，说：档案是什么？

我说：你问我，我问谁去？

他眯着眼笑起来，说：早知道，早就写检查了。你也不用背这么沉重的历史包袱。

历史包袱这么厚重的词汇从华沙这个才13岁多的小子嘴里说出来，让我有些奇怪，我说：什么叫历史包袱。

他说：我爸爸身上背的就叫历史包袱。

我说：你爸爸是国民党特务？

他说：不是。

我说：那他是历史反革命？是右派？是1953年的老虎？是走资派？是强奸犯？

你爸爸才是强奸犯呢！

华沙愤怒地看着我。我已经懒得理他了，也对他爸爸的历史包袱失去了兴趣。

我那时看着月亮，内心突然有了压抑的感觉，我又想起了她。我搂着华沙脖子，拉他出去。他甩开我，跟在我的身后，我们一起去了小院的门口，我朝着她的窗户望去，有灯光，她在干什么呢？

我带着华沙走到了那棵树下，朝上看了半天，天已经有些黑了，我什么也没有看见。只是在我的眼前，又出现了她跟他当时欢乐的情景：那个男人在欢笑中抱起了同样欢笑的女人。

华沙绕到我前方，看着我的眼睛，说：你究竟看什么呢？你是不是得了夜盲症了？

我没有理他，说：你懂个球。

第二天早晨，我在艾一兵打扫厕所的时候悄悄起了床，我装着也要打扫厕所的样子，把那个弦乐班的大扫帚放在了厕所的拱门前，就偷偷地出了小院的大门，跑到了那棵树下，仔细地看着树上的疤痕，想知道哪一块斑纹是让她那么幸福的标记。我长时间地看着，眼睛都有些酸了，却没有发现任何独特的东西。

那时，她的笑声再次从树叶里像清澈的水一样流过来，我内心产生了无边的寂寥。

那个让白杨树更像白杨树的女人。

13

我看着她轻轻地走过那几块片石，经过我们小院的大门，朝着我的方向走来。她今天没有穿裙子，而是穿上了军装。她是军人吗？她走路时身体在扭动，让她的腰和腿，还有那双穿着皮鞋的脚充满了，充满了，对不起，我能用性感这个词汇吗？因为那个时候我才17岁，还不知道有性感这个词汇。

她就那样地向我走过来，把喀什噶尔在那天肯定有些性感的微风也一起带来了。

我可耻的心脏又疯狂地跳动起来，我觉得她应该认出我了。当她从我身边经过，几乎要离我而去时，突然转身看着我，说：你好，陈想在吗？

我说：在，也可能不在。你也好。

她笑了，说：究竟在还是不在？

我紧张得喘不过气来，说：可能不在，也可能在。

她不笑了，又说：是从那边数第二间吗？

她已经完全转过身去，朝陈想她们宿舍走。我知道她要消失了，就像要从我的生活里彻底消失了。绝望中，我突然说话了，我说：你是跟她爸爸学琴的吗？

她先是站住了，然后，回过头来看着我，笑了。那么高贵的人竟然对我笑了，让我手足无措。我脸上的皮肤从来没有那么僵硬过，我甚至有些后悔，如果她不理我，那将是我一生的耻辱。

她说：你怎么知道我学过琴？

我被问住了。她不希望我难堪，美丽的女人都是这样的，她们的心柔软温暖。她说：我没有拉过一天小提琴，我学过几年钢琴，是她爸爸帮我找的老师。

我不知道为什么会在瞬间变成了一个那么勇敢的少年，我冲到了她的身边，我带你去找陈想吧。说着，我掠过了她的军装和长长的袖子走到了她的前边。当意识到她跟在我的身后时，我猛烈地后悔起来，我背对着她，让她看着我整个的后背，还包括我的大腿和腰之间的那部分，那是多么地不雅。我身上冒汗了。

我站住了，说：你在前边走吧。

她说：为什么？

我的脸有些红了，还没有想好说什么时，她已经笑着走到了我的前边。

那时，我的目光首先就停留在了她的大腿和腰之间，一点也没有不雅，而是非常非常美好。

她开始走到了我的前方，她的背对着我，一点也没有显示出羞怯。她的腰身完全暴露在我的眼前，她的腿、腰、臀部（我终于说出了这个美好的词汇了）在我的眼睛里闪亮。

突然，她回头说：你不用来了，我自己能找着她的房间。

我突然委屈起来，这么说，她已经不需要我了，完全不需要了？我顽强地跟着她朝上走，然后，不顾一切地冲到了她的前方，朝着楼上高喊：老汤，老汤，有人找你来啦——

她被我的声音吓了一跳，忍不住笑起来。你们见过秋天的麦田吗？还有麦田上灿烂的阳光？对，就是那样的，你们完全理解我了，就是那样的，她的笑容把整个喀什噶尔的秋天都照亮了，那时我们周围田野里的麦子已经不仅仅是金黄色，它们在阳光的照耀下已经要变成亚麻色了。

她快步跟上我，与我并肩了，说：为什么要叫陈想老唐？老唐还是老汤？

紧张的我听懂了她的问话，一下子就放松了，笑了，我说：陈想太胖，我给她起了外号，你知道汤司令吧？《地道战》……

我没有说完，她就高声笑起来，说：我明白了，明白了。你们这些小男孩子真够可以的。

"小男孩子"让我心里突然有了阴影，她是在拉开我与她的距离吗？要知道，我是可以把她抱起来，一直举到天上去的。

她还在笑，说：她知道吗？陈想知道吗？

我说：她知道。

她生气吗？

老汤还会生气？

我又笑起来，那时我已经不太紧张了。男人就是这个球样子，她们对他友善时，他就放松了，然后，他的弱点将会慢慢展示。最后当悲剧来到时，男人们总会忘记他们开始的紧张，更会忘记他们开始是多么尊重那些女人。

我们走到了陈想的门口，她敲门，竟然没有人。

她摇头说：我不能等了，今天还有事。你帮我把这个交给她吧。

说着，她递给我一个牛皮纸包，又说：千万别丢了，一定要还给她，是她爸爸的。

我接过来，没有看这个包，只是看着她的眼睛，她说：我想不到，你这么好玩。

我内心有些生气了，"好玩"，难道说我是一个玩具吗？

我看着她，看着她的眼睛，自己也不知道为什么，竟然说出了那句话：什么叫好玩？你用词不当。

她愣了一下，又笑起来，从那一刻起我就知道，聪明智慧的女人，理解力是无边的，就跟宇宙一样，完全没有时间和距离边际。

她还在笑，说：你真的很好玩。

说完，她轻盈地朝小院大门走去，快经过队部门口时，转头看着我，停了一下才说：有时间到我家来玩。她想了想，又说，你也可以到单位来找我。欢迎你来玩。

我立即问她：你在哪个单位？

她停顿了一下，看看我，才又笑了，说：原来在十二医院广播室，宣教科，可能很快就要到军区来了。小邱，你认识小邱吗？

我点头，说：听说了，他不是牺牲了吗？他是怎么牺牲的？

她点点头，说：小邱带着电影队，去5042为哨所放电影回来时，掉下悬崖，掉到了河里。以后听放牧的人说，他们在河的下游看到了装器材的箱子。

她边说，边朝小院的大门走去。我站在原地不说话，我心里清楚了，以后她不在家，我就去南疆军区广播室。

那是1978年9月5号。

14

陈想站在我和华沙面前，那是在1978年9月6号。我是9月5号把那个牛皮纸包给她的，完全没有想到她9月6号又拿着那个牛皮纸包来找我们。她的眼睛很大，就像是牛的眼睛。据说牛看人是倒着的，那肯定我此时此刻在她眼睛里也一定是倒着的。她看着我们，就如同发生了大事，眼睛里充满了凝重的光芒。

我和华沙等待着她说话，可是，她就站在那儿严厉地看着我们，就如同我们又犯了什么错误。

想想你们干什么了？她说。

我跟华沙互相看着，确实想不起来，今天是星期天，早上起来，还什么都没有干呢。

再想想。她又说。我们又互相看了一眼，还是想不起来。这时，我突然注意到了陈想的左手，她左手拿着一样让我心脏产生颤动的东西。

陈想突然笑了，她开始用右手在身上的军用黄挎包里掏着什么，却怎么也掏不出东西来。

她自言自语地说：怪呀，那个牛皮纸包，我明明带上了，为什么找不着？

我问：什么牛皮纸包？就是我昨天给你的那个吗？

她点头，仍然固执地掏着。

华沙说：你左手不是拿着个牛皮纸包吗？

陈想笑起来，说：我真傻，就是个傻波一。说着，她用双手把那个牛皮纸包揽在了怀里。

我跟华沙不知道她究竟想做什么，就都看着那个牛皮纸包，等待着。

陈想停了一会儿，才像一个有宗教信仰的人那样把牛皮纸包从怀中挪开，并把它朝华沙递过去，华沙有些惊奇，有些犹豫，他的手刚伸过去，陈想就立即把那个纸包收回来。

她看着华沙又说：想现在拿走，没那么容易。我有个条件，今天晚上必须跟我睡。

华沙明显不愿意，说：不睡。

陈想又笑，说：为什么不睡？你能跟乔静扬睡，能跟艾一兵睡，就不愿意跟我睡？再说，你就是尿床了，我也不会说你。我替你保密。

华沙说：你太胖了，把床都占满了，我半夜会掉下去。

我也高兴起来，说：如果你睡着了，翻个身就把他压扁了。如果你把他的尿压出来，流到床上，别人以为华沙又开始尿床了。

陈想不笑了，说：华沙就是跟你学坏了。

华沙也不笑了，说：那你为什么不说，他跟我学坏了？

陈想愣了一下，说：理论上学坏是互相的。

这时，她再次把那个纸包递给华沙。华沙却不接了。

陈想说：孩子，你有骨气。告诉你吧，这是你爸爸给你带的笔记本，上边都是你爸爸抄的东西。

华沙不信，说：我爸爸的东西，怎么会在你手里？

陈想说：你难道不知道，一个全新的中国开始了吗？

我说：什么叫一个全新的中国开始了？

你难道没有发现，中国的一切都在变吗？

一切都在变？我没有发现。

陈想继续说：上个月，我爸爸去长沙开会，跟你爸爸住一个房间里，长沙太冷了，没有暖气。我爸爸冻感冒了，你爸爸就把他的被子给我爸爸了。你爸爸呢，就那样光着躺在床上。无论我爸爸说什么，你爸爸都坚持不盖被子。第二天早上，我爸爸醒了，看见你爸爸躺在床上一动不动，以为出事了，就摇你爸爸，他还是不动。是不是冻坏了，冻死了？我爸爸吓坏了。拼命摇你爸爸，还开始大声喊叫，突然，你爸爸睁开眼睛，大声笑起来，差点把我爸爸吓死。你说，你跟你爸爸是不是老子英雄儿好汉？

我立即明白了陈想的笑话，就笑起来，说：儿子英雄，老子好汉。

华沙仔细听着，却一直没有笑。脸上略略有些紧张，显然，他似乎不愿意别人随便说起他爸爸。

陈想又说：你爸爸和我爸爸成了好朋友，他陪我爸爸上了岳麓山，他让我爸爸把这个笔记本带给你，你看，你爸爸的字写得很漂亮。

华沙接过了笔记本和纸包，里边还有一封信。他开始看信，并把纸包和笔记本递给我。

我看着陈想的眼睛，发现里边果然有我身体的倒影。她也看着我，说：我感觉到你的眼睛里有某种东西。什么东西？很奇怪的东西。

我笑了，说：你想多了。

她也笑了，说：周小都说你这人挺有意思。

我说：谁？

她说：小都呀。她是我妈妈的学生。

我说：你们家在新疆，她可是从北京来的。

陈想学着我的腔调：呜哟，她可是从北京来的，听听你老人家的口气，北京怎么了，我还生在北京呢。要不是把我爸爸发配新疆，支援边疆建设，那我也是北京来的。

我对陈想没有任何兴趣，只是想着周小都：你是说，你们家在北京时，周小都跟你妈妈学过钢琴？

陈想像拥有复杂经历的老太婆那样：嘻，嘻，就你聪明？小都当时经常在我们家练琴，完了就睡我们家。

我的心又开始狂跳。我不想再跟陈想说什么了。

沉默了一会儿，陈想看出来我们已经无话可说了，就说，跟你们这些小男孩儿说话真无聊，今天还要到你叔叔那儿照相去。说着，她转过身，走了。

我看着陈想的背影，她怎么会那么胖呢，一个小提琴家的女儿，她妈妈还是钢琴老师，可是他们的女儿竟然会这么胖，为什么？

陈想的后背仿佛是一座山，她的两条腿晃动着，像是起重吊车的长臂，她身后也有风，是军用坦克经过村庄时掀起的大风。认识她不久，我就给她起了外号，叫她汤司令。汤司令是《地道战》里的那个伪军司令，很快就在我们军区传开了，她知道后，也不生气。人们叫她汤司令，她也答应。

她这么胖，她可怎么办呀？

华沙开始叹气，又像古代知识分子那样望着天空。

我转头看着华沙：你小子，晚上去跟陈想睡吗？别看她胖，脸上很光滑。

他摇头：不睡。

我又问他：为什么？

他说：懒得理你！

我看着他，他的眼睛里像有信仰的人那样阳光闪烁，就变得严肃了一点，说：你爸爸信里写什么？

华沙沉吟片刻，说：我爸爸说，如果有弦乐奏和声，长音的背景，上边用钢琴弹奏分解和弦，会有非常动听的效果。

第六章

1

　　那儿有无边无际的果园，很宽的沙土路两旁是高高的白杨树，还有条田上远远看到的康拜因收割机。那儿还有成班、成排、成连，甚至成营的国民党官兵——只是他们早就投降了，他们都是劳改新生人员。那儿还有跟我们一样穿着军装的人，他们是看守，是与犯人们一起生活在沙漠里并把沙漠变成果园的人。那儿还有当地的原住民，他们自然而然地成为农场的人。我们坐着车，经过了阿图什、阿克苏、乌什、库车、沙雅、新河，最后到了排楼农场。我们就要到这儿为他们演出了，我们的车上放满了乐器，长笛、黑管、圆号、小号、长号、手风琴、小提琴、中提琴、大提琴，甚至还有大贝斯，在她们舞蹈队的车上还有许多服装、道具。我们的车上充满笑声，应该有三辆车从沙漠深处开到沙漠深处，那儿绿树环绕、蓝天深远，处处是苹果花香。我在那儿还见过一个西瓜，可能有100多公斤，是公斤不是市斤。那个大西瓜就生长在条田的深远处，它的藤蔓收拾起来，需要好几个人去拉扯。我亲眼看着好几个犯人在用力拽着它，像海边的人在拉着渔网。那时夕阳西下，落日的余晖如同要熄灭的炭火一样，把那个农场里每一个人的脸都染红了。

　　华沙当时的脸是红的，艾一兵的脸是红的，陈想的脸是红的，马群的脸也是红的。华沙对我说，你小子的脸也是红的。

2

"跑马"这个词汇很有意思，那可真的不是香港的赛马场，英国的纯种马在比赛，人们都在狂热地打赌。也不是列夫·托尔斯泰笔下的赛马，渥伦斯基在骑马比赛，安娜·卡列尼娜正在揪着心看着他。她的丈夫正在身边观察着自己有失体面的年轻妻子。安娜当时才28岁或者29岁吧？她的情人骑着的那匹马失了前蹄，倒下了，失去尊严的俄罗斯贵族渥伦斯基用自己的枪打死了那匹马，他的情人安娜·卡列尼娜脸色苍白。

不是的，"跑马"完全不是这个意思。跑马是一个青年，或者青少年他在晚上遗精了。我是说，我在排楼农场的那个晚上跑马了，我遗精了。早晨起来，农场炊烟袅袅，我却把自己的荷尔蒙遗失在农场招待所雪白的床单上。

那些天我在看《青春之歌》，我让华沙也看《青春之歌》，每一个早晨和傍晚我们都在说着《青春之歌》。

我是因为看了《青春之歌》才跑马的吗？

3

是马群第一个发现了我留在床上的那片东西。他先是惊奇，然后大笑起来，在房间里高喊：跑马了，跑马了……

我跑马的消息，就如同前些年的喜讯一样，立即传遍了沙漠深处的劳改农场。先是乐队的女孩子们知道了，接着舞蹈队的女兵们知道了，然后，全队的每个人都知道了。

我感觉无比丢人，但是，悲剧已经发生了，我很无奈。

华沙跑过来问我，什么叫跑马？他甚至跑到了我的床前，仔细地寻找跑马的遗迹。

他问我：你是不是看《青春之歌》看的？

我说：我不知道。

他说：肯定不是，因为我们都看了《青春之歌》，为什么你跑马，我不跑马？

4

每一个沙漠深处的农场都会有一个大舞台，完全露天的，它在阳光下你会感觉到那阳光更加灿烂，它在灯光下你会觉得灯光更加灿烂。如果你当时能像我一样站在这个舞台上，而且，在华沙的伴奏下演奏那首由刘富荣作曲的笛子独奏《帕米尔的春天》时，就会发现自己的气息与全人类相通。台下坐满了人，当我站在台上沐浴着像满天星斗一样的灯光时，台下那一千（也许是两千）人都在静静地望着我，听着我。他们在黑暗里，却能沐浴星光，那星光也像舞台上的灯火，让他们这些观众的眼睛像是钻石一样明亮。

星星们的光芒和舞台上灯光的灿烂让我内心充满了温暖，让我身体内部的荷尔蒙像是青春诗会上的诗句那样朝外冒。我有些忘乎所以，在演奏8/7节奏的段落时，简直有些飘逸了。华沙看着我身体像舞蹈队女孩子们一样地晃动着，都忍不住想笑了。我的身体来回摇摆，不仅仅是随着音乐的节奏，现在回想起来，更是随着荷尔蒙的节奏。华沙以后多次回忆说，你好像又要跑马了，是在舞台上跑马了。

我那时有些飘飘然，以为自己真的变成了神仙，以为整个排楼农场只有我和华沙。我们像是放荡的苏联娘儿们，不知道为什么，那时总是对苏联娘儿们充满想象。一个中国新疆的、摆弄乐器的男孩子对于苏联小说里的娘儿们无比向往。我们轻浮，我们有才，我们玩乐器很娴熟，我们站在舞台上朝着台下黑压压的人群渲染着激情。我们没有看台下的一两千人，我们的目光总是从他们上方飘移过去，塔吉克族的音乐在大沙漠里回落，我的笛声穿过黑夜向你轻轻飞去。他在用那甜美琴声讲述甜蜜爱情，抒情的曲子从沙漠上空经过，从大片果园上空经过，从一眼望不到边的种植园上空经过，从道路两边高高的白杨树上经过，我当时完全没有想到我自由的目光竟然会在刹那间停下来，就停在王蓝蓝的眼睛里。

你们一定早已经忘记了那个叫王蓝蓝的女孩子，她当时就在这个叫作排楼农场的地方服刑。在如同天籁的笛声中，突然加入了高音喇叭的声音，那真的是高音喇叭发出的，没有低音，甚至没有中音，只有高音：

把杀人犯、流氓通奸分子、叛国投敌反革命分子袁德方、王蓝蓝带上来——

似乎是当时那么流行的诗句，反革命，流氓，叛国投敌，通奸，那不是诗句又是什么？

一切都很安静，雪山上红彤彤的太阳被初夏的暖风吹走了，沙漠深处的微风在今夜仿佛婴儿温柔的小手，人们的呼吸就像是初春里昆虫的叫声，那么虚无。

我极力睁大眼睛，一边演奏，一边看着台下的远方。幕布在移动，从我们军区的礼堂，来到沙漠深处的果园里。王蓝蓝和那个男人是从左侧走出来的吗？那个画面一生都印在我的灵魂里，它们现在伴随着8/7节奏，再次从我的内心里流淌出来：

袁德方戴着手铐和脚镣，王蓝蓝只戴着手铐，没有脚镣，她身后也有两个军人。袁德方走得很慢，王蓝蓝在他身后，他们蹒跚着，像是莫里哀喜剧中的男女演员，很快就要到他们说台词的时候了，观众那时已经充满期待。

那个叫王蓝蓝的女人就站在我眼前，说不清为什么，在我一生遇到的女孩儿里，她的出现让我灵魂颤抖，她很细腻消瘦，脸色苍白，在灯光下有些泛青。她是一个单眼皮的女孩子，留着短头发，她没有看我，我却一直看着她。我期待她的目光过来与我相接，但是她没有，她只是看着地面。我的心在狂跳，这个女孩儿是一个犯人，我为什么会被她冲击得有些坐立不安？如同所有那些多情善感的男人一样，我对美丽的女人总是充满同情，无论她是天使还是罪犯。王蓝蓝站在台上，显然她没有害怕。爱情让她内心涌动着无限光芒，她的脸上即使现在也有一丝丝微笑。高音喇叭与耀眼的光线都消失了，那个来自灵魂的画面消失了，舞台属于我了，塔吉克的音乐和着我的笛声又回来了，华沙和手风琴也回来了。在手风琴的声音里，簧片在颤动，有些像王蓝蓝的头发在颤动。此时此刻，那个穿着囚衣的女孩子，她就坐在下边，在星星的下面有她那张苍白的脸，那时，我正吹奏最后一个高音，那是塔吉克音阶里的半音。我缩小口风，加重气息的压力，要把那个音吹得空灵。就在那时，我看见了王蓝蓝的脸，我的目光没有从王蓝蓝的眼睛前经过，而是停留在了那里，像新疆蓝天上的云雀停留在白云里，我的眼睛终于停留在了王蓝蓝的泪水里。我完全忘记了那个重复两次的高音。王蓝蓝离我很近，她穿着深色的囚衣，就坐在第二排正中，神灵让我们正好调换了位置，那次公判大会时，她站在台上，我在她的下边，今天我站在台上，她在我的下边。唯一没有变化的，是她的眼泪。女孩儿为什么要哭，女孩儿为什么要苍白，她被《帕米尔的春天》打动了？那她为什么不对我笑一下？表演结束了，最后一个音符终于向远方飘去，掌声从下边穿越过来，我对舞台完全丧失了感觉，那时我的眼睛和王蓝蓝的眼睛完全对视在一起，像星星和月亮相互关怀。

5

　　阳光明媚，永远是阳光明媚，喀什噶尔、阿克苏、沙雅、排楼农场每天都会阳光明媚。天空蓝得单调，那个刚刚"跑马"的男孩子就活在那么单调的蓝天白云中。因为跑马，因为他的目光与王蓝蓝的目光就那样地交织在一起，所以他再次神情恍惚了。那是一个政治还有高压的时代，他感觉不到政治；那是一个人和人还很紧张的时代，他感觉不到紧张；那是一个将要变化的时代，他感觉不到变化。他在单调中享受蓝天白云、清澈纯美的空气，还有那些天天在他身边流淌的、刚刚融化的昆仑山雪水。那清凉甜美的水经过了雪山、草地、森林、冰川、山坡、沙漠，最后又滋润了排楼农场的果园。那个年轻人有时会看着渠水发呆，他白天走在沙土上时，拿着那本《青春之歌》，他夜晚与华沙一起散步时，会拿着那本《远离莫斯科的地方》，当路过领导临时居住和办公的房间时，他手里，或者华沙的手里，会拿着那本车尼尔雪夫斯基的《怎么办》。怎么办？到底怎么办？一辈子该怎么办？今天怎么办？明天又怎么办？

　　那还是清晨，果园里的露水气息还没有消失，董军工队部的嘈杂声把那个年轻人从沉思中惊醒了，他听着他们说话，终于明白了，这些人要在队长董军工的带领下，去看王蓝蓝。

　　有的事情你永远也说不清，董军工竟然要去看看王蓝蓝。我本来以为只有自己这样的17岁的年轻人才会想念王蓝蓝，可是，这个董军工已经30多岁了呀，他这个老男人竟然也要去看王蓝蓝。你永远无法理解一个少年，但是，你更无法理解一个老男人。

　　董军工这个老男人就走在大家前边，他是一个领袖人物，领袖人物走在最前边，他身后就会有追随者。我完全没有想到，追随者的队伍中，竟然还有华沙。他混迹于追随者队伍，有些鬼鬼祟祟。

　　　　　　　　　　　　　　　　　　　　　　　| 王刚作品

他看见了我，我也看见了他，不知道为什么，他竟然有些脸红。

我们两个走在队伍的最后边，我看着他红润的小脸，说：脸红什么？

他说：你才脸红呢。

我说：为什么你们去看王蓝蓝，你也不叫我？

他说：想去叫你，又怕来不及了。

我说：你才这么小，有什么来不及的？

他看看我手中的书说：《怎么办》？

我点点头，说：你说怎么办？

他说：昨天晚上你在台上时，一直看着王蓝蓝。

我的脸开始红了，因为我脸上的皮肤仿佛在燃烧。

华沙笑了，说：你知道不知道，我还跟王蓝蓝睡过。

我当时大吃一惊，看着他，说：吹牛！！

华沙像是一个老兵那样看着我，眼睛里有蔑视我的成分，说：那时你还没有来呢，你这个新兵蛋子。我们当时下炮团锻炼，王蓝蓝正好也在炮团锻炼。晚上我病了，发高烧，她原来当过护士，我那天晚上就跟她睡了。

我仔细地看着华沙的眼睛，渐渐相信他没有说谎，他就是跟王蓝蓝睡过，他跟所有我们这儿的女孩子们都睡过。这个幸运儿，他可是跟谁都睡过呀！

你们两个在后边说什么？董军工突然回头看着我跟华沙。我们两个被吓了一跳，说不出话来。董军工又说：一会儿到了管教二支队，那儿都是犯人，你们严肃一些，不要说话。

6

王蓝蓝终于走出来了。她比在军区时丰满了。她的脸上有了红色，没有那么苍白，她走路时，有些扭动，是让年轻人怦然心动的扭动，是少女们美丽无比的扭动。

当时，整个房间都安静下来。

那个房间四面墙是黑暗的，地上铺着暗红色的砖，有一个很大的窗户，朝着温暖的南方，果园天空的阳光照射进来。那是一个不太大的房间，在我的记忆里它空荡荡的，正好可以突出王蓝蓝的形象。她的眼睛飞快地经过了我们，她显然认出了我，也认出了华沙，只是她的脸上很平静。囚犯，女囚犯不应该表现出来她们的内心。华沙没有吹牛，他就是跟王蓝蓝睡过，要不王蓝蓝为什么认识他？

董军工那时代表我们，也代表他自己迎上前去，他站在王蓝蓝面前，看着王蓝蓝说：王蓝蓝，你知道我们为什么要来看你吗？

王蓝蓝点头。

董军工严肃地说：我们来看你，一方面是要体现组织的关心，另一方面是想督促你好好进行思想改造。

王蓝蓝脸色又显现出了苍白，一个少女的肤色与她们的心情有关，我从王蓝蓝的脸上就知道了，我从一个少女的眼泪里就知道了，我在17岁时就知道了。

董军工看着王蓝蓝，又说：你呀，还年轻，以后还有的是时间，在监狱里要好好表现，争取立功，受奖，能早一点出来，好继续为人民服务……

王蓝蓝哭了，她的眼泪流出来，那眼泪不是慢慢流出来的，而是猛地就涌出来了。真的不知道应该怎么形容王蓝蓝的泪水，你如果能跟我一样，人到中年，开始忍不住地回忆往事，你如果能在夏天去天山，面对每一条山谷中那么清澈的流水，你就会想起来王蓝蓝的眼泪。

董军工看着王蓝蓝哭泣，就停顿了一会儿。我看着她，希望她边哭边看我一眼。她比我大两岁吧，我17岁时，她19岁，那我马

112

上就18岁了，她也快20岁了。阳光突然有些强烈了，王蓝蓝的脸上突然洒满了阳光。她似乎想忍住哭泣。我看看华沙，发现他竟然也快哭了，他的上眼皮有些发红。

这时，董军工再次说话了，他说：擦擦眼泪，别光哭，哭有什么用？

王蓝蓝掏了半天，竟然没有带手绢，她只好用手去抹眼泪，然后，她又用自己的衣袖去擦。

董军工回身对那些女兵们说：你们谁把自己的手绢给她用用。

女兵们没有人动，她们只是沉默地看着，我急了，你们都是女孩儿，女孩儿应该最同情女孩儿了啊。过了片刻，仍然没有一个女兵行动。我想是不是该我了？我可以拿出自己身上的任何东西，只要她不再难过。我开始犹豫着掏自己的手绢，那是当兵前母亲给我的，已经有半年没有洗了。我抓着手绢，朝王蓝蓝递过去，我希望王蓝蓝能一把接住。可是，她离我太远，她只是看了一眼手绢和我的眼睛，再次低头。董军工接过了手绢，像被蚊虫蜇了一下，突然叫了起来：这么脏呀！随后厌恶地把手绢扔到了地上。

大家突然笑起来，监狱里压抑的空气顿时变得喜悦起来，我的已经完全看不清颜色的手绢躺在地上，像是一个被遗弃的孩子，我感觉到那些笑着的女兵都在捂鼻子了。我真的是觉着很丢人，都不好意思再去拾起那条肮脏的手绢。

董军工突然不高兴了，大声说：艾一兵，你把手绢拿出来，给王蓝蓝。

那时，艾一兵已经把手绢拿出来了，我以后多少年都记得是她拿出来手绢在先，董军工命令她拿出来在后。可是，华沙的记忆与我不一样，他总是说，她是听了队长命令之后，才拿出来的。

艾一兵朝前靠了一下，她把手绢递过去，王蓝蓝没有接，艾一兵又朝前一步，靠近了她，说：王蓝蓝，我的手绢刚洗过，昨天才洗的。

王蓝蓝仍然没有接，她只是低下了头。

艾一兵伸过手去为王蓝蓝擦泪。她擦得很小心，王蓝蓝没有躲，当她意识到真的有人在为她擦泪时，才伸出手来，接过了那条手绢。但是她仍然没有用艾一兵的手绢擦脸，她只是把手绢还给了艾一兵，没有说谢谢，她的动作里有非常坚强的东西，这种力量让艾一兵不得不接过自己的手绢。

那时，王蓝蓝的脸上平静多了，眼泪好像干了，她再次回到一个女囚犯的形象，低着头，双腿并拢，整个身体也都有些朝前弯曲。

董军工对王蓝蓝说：我们过几天就要回军区了，你有什么话想让我们带回去，我们一定为你带到。

王蓝蓝沉默着，那个屋子里非常安静，我们似乎都在等待，期待着她说出那句在那个时代天天都要听到的话：请领导放心，我一定好好改造思想。

完全没有，什么都没有，一切都很安静，我只能听见自己的呼吸还有那些女兵们的呼吸。

突然，王蓝蓝爆发出来凄惨的哭叫声，她的声音像是受伤害的小猫，它被汽车轧了，被大石块碾了，被刀子割了，被另外强大的动物撕咬了。王蓝蓝的惨痛号叫让我永生难忘，她以全力在呼喊：

告诉他们，我冤枉呀……

我当时几乎不敢看这个才20岁的女孩子，恐惧让我闭上了眼睛。耳朵里全是董军工也有些绝望的叫喊声：王蓝蓝，不能这样，我们要相信组织，组织上绝不会冤枉一个好人，你要从灵魂深处改造自己，你现在这种态度是没有希望的！

我冤枉！我冤枉！冤枉！冤枉……

我实在受不了，就跑了出来，那时感觉到整个排楼农场的天空里、田野上、果园中、林带旁都回旋着"冤枉，冤枉"，这是那个不到20岁的女孩子发出的撕心裂肺的声音。以后，过了很久，只要我长时间看着蓝天，都会渐渐地听到那遥远的冤枉、冤枉、冤枉。

7

果园的傍晚有着比塔克拉玛干和古尔班通古特这两大沙漠加起来还广博的寂寞。落日似乎永远也不会消失，晚霞才刚刚升起来，色彩很强烈又很暗淡。光线还在闪烁，洒在我与华沙沉重的脚步上，我们都没有说话，只是在无边的果园里走着，仿佛只要是不回头，就能走到北京，或者走到莫斯科。

华沙突然问：你的手绢呢？

我摸了摸自己的口袋，从上边摸到下边，说：忘记去捡了。还是我妈给我的呢。

华沙说：那去找找吧？

我点头，然后，就开始朝着管教二队跑起来。华沙跟着我，也开始像小企鹅那样跑着。

我们像是突然感受到了海岸边台风危险的小鸟，朝着那个女孩子今天上午还在哭喊的屋子跑去，她那边是东方，有一条不太宽的路，路就朝向东方。两边全是高高的白杨树，它们的叶子正是最浓绿的时候，像是浸透了饱满的汁水，有些像是艾一兵黑色浓密的头发，充满了少女们的芬芳。在我的记忆里，仿佛那一路上都洒满了香水。走向青春期的我和华沙是多么的幸运，我们朝着青春的荷尔蒙浓烈之处一路跑着，以为跑过去，就能见到那个上午还在哭泣的女孩子。

我们远远地看见了管教二队的办公室，它在黄昏的晚霞里显得很白，是一座沙漠深处遥远的白房子。我们跑到了它的门前，竟然没有锁门，我们推门进去了，竟然没有人。我们借着夕阳的光线找寻手绢，地上没有，窗台上没有，仅有的一张大桌子上也没有。我的手绢消失了，以后几天我都对自己说，是呀，它太肮脏了，能不消失吗？

我们走在回场部的路上，还是那条路，两边仍然是高高的白杨树，我们却走不动了。而且，那白杨树上竟然也没有了任何芬芳，华沙回头看着王蓝蓝囚室的方向，对我说：你让你妈再买一条寄过来吧。

从乌鲁木齐寄一条手绢？

华沙大声说：你个新兵蛋子，喀什哪有卖手绢的？维吾尔族人的粗布你用不用？

我那时内心猛烈地抽动了一下，王蓝蓝的眼睛又出现了，我其实早已不关心自己的手绢，我跑得这么快是为了多看她一眼。她其实与我没有任何关系，我们甚至都没有说过一句话，17岁的人，与37岁，47岁的人，完全是两种人，你们相信吗？

华沙说：我走不动了，咱们躺在这儿睡觉吧？那片果园里。

我说：8点半不回去，要挨处分。

他说：实在走不动了，你背我吧？

我说：我又不是你爸爸，我背你干球？

华沙突然不说话了，他沉默地坐在地上。我走到他跟前，问他：想你爸爸了？

他沉默半天，才说：我爸爸从来也没有背过我。

我说：为什么？

华沙说：听老师说，他是政治犯。

我笑起来，说：你小学都没有上完，哪有什么老师。

华沙低下头，像一个老年人那样回忆着什么。

我说：来吧，我背你。

他立即来了精神，跳起来趴到了我的背上。

我背着华沙，朝前走着，边走边回头说：你怎么那么重？

华沙笑了，说：来，我下来，我来背背你。

他跳下来，让我趴他的背上，我猛地朝他背上一趴，就把他压垮了。他几乎朝前扑倒在地上，我抓住了他的肩膀，不让他栽下去，他笑起来了，对我说：你想不想知道王蓝蓝睡着了是什么样子？

我的心猛地一颤抖。

你相信王蓝蓝跟我睡过吗？

我点头。

华沙说：王蓝蓝睡着以后，眼睛是睁着的，细细的一条线，像化了妆一样。

我们又开始沉默着朝前走了，我边走边想象一个女孩子，她睡着了以后，竟然微微地睁着眼睛，像化了妆的京戏演员，那不就像刘长瑜吗？洁白的脸上，两只丹凤眼睛朝上挑，而她那时已经安静地睡着了。

突然，我开始学着董军工的样子走路，华沙看着我，突然就笑起来。

我说：你呀，你学王蓝蓝，我学董军工。

华沙还在笑。我模仿着董军工的步伐，走向华沙，我对华沙说：王蓝蓝，你知道我们为什么要来看你吗？

华沙学王蓝蓝点头，却没忍住笑。

我也没忍住笑，我说：董军工还说他代表组织去看王蓝蓝，他代表哪门子的组织？咱们文工团跟王蓝蓝有球的关系，南疆军区政治部让他来代表了吗？你说，他董军工是不是个鸡巴毛？

华沙突然不笑了，严肃地问我：董军工为什么要看王蓝蓝？

我看着西边的晚霞，它们那么美丽，我看着落日的余晖，它们非常绚烂，我又看着华沙，他很单纯，很整洁，很干净。我突然对着天空大声说：很简单，他球胀了。

第七章

1

叶尔羌是一个美丽的小城，我的军装就是在那儿丢失的。我有可能会被枪毙吗？一件丢失的军装会让我死无葬身之地吗？恐惧让我想得特别多。这是全面焦虑的表现。一群年轻人在一起，他们如同任何青春部落一样，

荷尔蒙在涌动，本是一件快乐的事情，可是，我为什么会那么害怕？忧郁症是一个非常时尚的医学词汇，对我来说，它一点也不时尚，我在17岁时就得了。

南疆的每一个小城都是美丽的，那时也没有开油田，所以空气中只有那种淡淡的甜味。那条不宽的街道上，处处是摆摊的维吾尔族小商贩。他们叫卖，他们说笑，走几步就会看到一棵古老的树，下边坐着的老头就跟塞尚的画一样。你透过画布上的绿色，可以嗅到蓝天里的新鲜空气。我们的军车经过喧闹的街道，下边的维吾尔族商贩笑着，喊我们买他们的东西。我们彼此看着对方又陌生又好玩。南疆的每一个小镇都让我感觉到像是去了国外，其实国外我也没有去过，其实，我也生在新疆，可是，我真的感觉到自己跟那些维吾尔族人不一样。我们的车经过了县委，最后就开进县委后边的一个旅馆。那时，我还不知道世界上有宾馆这个词，甚至旅馆这样

的语汇也是我今天强加的，那时只有招待所。

我的军装就是在叶城招待所里丢的。可是，记忆又出问题了，我们上阿里一定住在汽车29团，如果住在团招待所，那里警备森严，全是军人，如果有一个穿便服而不是穿军装的人走动那会非常显眼，怎么会有人进来偷军装呢？

2

我知道你们喜欢听到西藏这两个字，我也喜欢说说西藏。可是，我们当年是从新疆去西藏的，与你们今天不一样，我昨天刚看了地图，我的记忆完全正确，从新疆可以去西藏，而且，那是一个完全不同的西藏。

阿里，阿里，那是西藏的一处地名。阿里靠新疆这边当然是叶城，说叶城有些不好听，如果我说叶尔羌你的感觉是不是好多了？你要是从新疆去西藏怎么可能不走叶城呢？我已经是一年多的兵了，我应该有两套属于自己的军装吧？最起码也应该有一套属于自己的军装了。我跟自己的军装很有感情，那是我最贴身的东西了。什么东西都可以离开你，可是一个体面的人怎么可能离开自己的衣服呢？可是，我就离开了自己的衣服，就是说一个士兵离开了自己的军装。

我在南疆已经习惯了，喀什噶尔地区、阿图什地区、阿克苏地区、库尔勒地区、和田地区，对了，叶城应该属于和田地区吧？我没有查资料，对记忆没有把握。一个对学问完全没有兴趣的人，他的记忆真靠得住吗？

没有住29团招待所，应该是住在县里的招待所。为什么没有住在29团呢？这几乎无法解释，我们是从南疆军区来的，我们去阿里是为兵服务，为那些可怜的战士们送去温暖，那为什么我们就没有住在29团招待所呢？我想起来了，很可能我们到叶城时，总政文工团也在29团，李双江、曾永清、熊兴才（红太阳照耀在草原上啊，草原人民心向党，幸福啊全靠毛主席，翻身不忘共产党——那是他的，怎么说呢，充满磁性的男中音歌声）他们正好也在那儿。他们把我们挤走了，要知道他们可是总政文工团呀，我们这些下层的军队文工团的士兵们，仰望着总政文工团，就像仰望天上的北斗星。他们在北京，总是穿着那么漂亮的军装，鲜艳的军装，我有时在电影上看到他们穿的军装，总是感觉跟我们不一样：面料不一样，颜色不一样，人更不一样。他们把帽子折成专业范儿，就是把军帽的尾部微微折一点，他们穿着皮鞋走在北京一尘不染的街道上，那时北京街道干净得你可以用舌头去舔，最多有点沙子绝对没有毒。他们都是伟大的演员，曾永清你们不知道，曾格格你们可能知道吧？李双江你们不知道，李某某你们肯定知道吧？我没有别的意思，我是真心想赞美总政文工团，把那种对他们无限仰望的感觉表达出来。对了，我们在29团演出之前，听到了李双江的独唱，他唱的是新疆曲调的歌曲，那歌词与落日一起染红了叶尔羌的大地：

> 春风吹遍了黎明的家乡
> 太阳照亮了维吾尔的心房
> 毛主席给了我悠扬的歌喉
> ……

　　手风琴声让我的眼前出现了充满感伤的苏联，那时还不太说俄罗斯，而是说苏联，那也是跟俄罗斯一样让人陶醉、让人眼前出现玫瑰晚霞的苏联呀。李双江那时的声音明亮、纯净、高亢。那时叶尔羌河水在翻卷着波浪，夕阳下彩云像炊烟飘落。那时没有楼房，随便走在哪儿，都能看到叶尔羌辽远的地平线和南疆原野上的古树。那儿的地势像女人的胸部一样地起伏。手风琴声又响起来了，毛主席已经去世了，依然能给李双江那么悠扬的歌喉，使得他的歌声，长久伴随着我们无边的青春岁月。

……
哦呀嘞
唱得彩云轻轻飘荡
彩云轻轻飘荡
……

我在从食堂出来散步时，看见了艾一兵，她站在那儿仔细地听着李双江的歌声，不理我。我知道她沉浸在歌声里。我们那时才十七八岁的年龄，不可能不沉浸在李双江的歌声里。我只能独自朝着地平线走，然后就停下自己的脚步，我一边看着晚霞，一边听着李双江金子一样的男高音并感受着他烈火一样的激情，一边想象着李双江那如同太阳一样的形象。那时我就充满忧伤，是一个年轻人想到了自己的未来时所产生的无边无际的忧伤。我相信自己的记忆没错，是他们让我们住进了县招待所。

3

我的军装丢了，就在叶尔羌县城丢的。

那儿有许多树，我们住的平房就在那片树木里，我说在树木里而不是说在树林里，是因为那些老树很大，在它宽广的树荫下，白色的小房子显得乖巧，那种安详的画面我许多年之后在美国重温过。从洛杉矶去旧金山的路上，你别走海边，走中部，你就会经过沙漠，还有沙漠里的绿洲，你就会跟我一样看见那些跟喀什噶尔和叶尔羌一样遥远的白房子。青春时代你经常会很害怕阳光，沙漠里的阳光多得可以随便浪费。不像是今天的北京，阳光、蓝天、空气和清水都是奢侈品，那是中午，我们都在午休。

4

记忆里的房间似乎是蓝色的，朦胧中有人进来换灯泡，那是一个跟我们一样穿着黄军装的人，只是他没有戴领章，好像也没有戴帽子。他搬了一个凳子站在上面捣鼓着什么，发出的声音很浮躁。我听着这种声音，身体更加沉重，仿佛睡意是无边的深渊，18岁的我为什么那么困呢？为什么青春的午睡里总是没有鲜花的颜色……突然，我就醒了，感觉到那个换灯泡的人与窗外照进来的阳光一起消失了，身上就有了一些凉意。我起身想去过道里的厕所尿尿，就顺手去摸刚才搭在身上的军装，手是空的，什么也没有摸着。我内心一惊，开始满屋子找。华沙的军装还在他身上，胜利的军装搭在他的圆号上，只是我的军装不在了。

我的军装丢了，我喊叫起来。

华沙仍然像死狗一样地睡着，完全听不见我绝望的呼救声。我当时就像是一个被强奸的少女。

我朝着华沙的脚踢了一下，他醒了，小声说：你妈逼，你踢我干什么？

我的军装丢了，被偷了，被那个换灯泡的人偷了。

他猛地起来了，就像是一个僵硬的死猫突然复活一样跳下床。我似乎立即就明白了，为什么列夫·托尔斯泰有一部小说叫《复活》，原来复活就是这个意思。

我拉着华沙走出了房间，他跟我一样着急，甚至比我还着急。在那个时代，丢了军装是无法补发的，还要受处分，会不会送军事

王刚作品

法庭我就不知道了。每当华沙着急时，小白脸上就会有些微红，眼睛里就会呈现出特别深刻的严肃。我有些感动，知道这个朋友没有交错，我这一生只要是想起了华沙当时的表情，就会感动。现在几十年都过去了，我在另一个黄昏中想起了华沙的表情，仍然会有说不清的感动。

5

我们很快地跑到了叶尔羌的街上，那不宽的街道上几乎全被人和毛驴子拥塞着，火热的感觉很像是北京大堵车时代的长安街。我眼望着那纷杂的景象，感觉到太绝望了。

没有了军装的我，可能很像是在天空里无力飞翔的鹰，我的生命将随风飘散，或许死亡都会离我很近了。对不起，我在这儿引用了卡拉扬的话，那是他在临死之前说的。现在我把它与丢失的军装放在一起，你们或许很难理解。你们不会理解那样一个时代。那时候阳光灿烂，蓝天白云和明媚春光都伴随着我的青春，可就是军装丢了，我的青春就会黯淡下来，就感到暗无天日。

我跟华沙急促地穿行在人流里，大声对华沙说：完了。

华沙没有听清楚，说：你说什么？

我说：你妈逼，你耳朵聋了？我完了。

他的脸上也有些绝望，因为他的小眼睛里呈现出更加沉重的严肃，而且他还时时用那种眼睛看着我。

突然，听到有人喊我和华沙，我们回头，艾一兵跑过来，她听招待所的人说我的军装丢了，就追了出来。艾一兵跑到我跟前，第一句话就是谴责，她瞪着我大声说：你为什么不把军装放好？你为什么总是那么不小心，你为什么什么事情都不认真？

我当时无比内疚，已经在灵魂深处做了无数遍检查。她就那样看着我，脸上有愤怒的红色。我就那样看着她，欲哭无泪。我从那时候就知道什么是女人了，她们永远会责怪你，她们总是在你绝望的时候还对你生气。可是，那是多么美好的关心呀，我在绝望里享受这种责怪。她脸上的表情让我想起了温暖湿热的毛巾，如果你敷在脸上，那母爱就会从天而降了。

6

那天，叶尔羌的街道上飞舞着许许多多的蝴蝶，以后我在任何地方都没有再看到那么多的蝴蝶。它们在午睡后的下午闪耀不止，就像是被风吹动的湖水波纹，斯文·赫定笔下也曾经描绘过如此之多之乱的蝴蝶，只是没有在叶尔羌这样的小地方。我当时看着眼前的少女，发现她的胸部比前些天又大了一些，她在生气，也在担心，所以她的喘息有些急促，所以我不想看她的胸部都不行。她起伏的胸几乎遮挡了那些五彩斑斓的蝴蝶，让我的目光停留在上边。

华沙就是在那时朝我的腰部以下踢了一脚，他说：你还找不找你的军装了？

我就像是突然睡醒了一样，开始沿着这条街道朝前走去。我们仔细地看着每一个人，男人们似乎都穿着黑色的衣服，女人们似乎都穿艳丽的裙子。尽管从小生长在乌鲁木齐，对于少数民族很熟悉，我会他们民族语言里所有的脏话，可是，走在南疆的路上，我还是感觉到陌生甚至胆怯。就在那时，一个穿着黄色军装的人出现了，他脸上皮肤是深紫色的，头发有些卷，脚下穿着一双很破的皮鞋，没有穿袜子，他显得很悠闲，独自一人朝前走着。

我飞快地跑到他的身后，却不敢打搅他，我害怕他，我只能那样跟着他走路，就如同他在散步我也在散步，就好像他很悠闲我也很悠闲。突然，他回头朝我看了一眼，我就立即把眼光移到别处，我已经很清楚，他穿的就是我的军装。我的心脏都抽动起来。

华沙和艾一兵显然也害怕了，他们也像我一样，仿佛都是来看蝴蝶的。

突然，一辆军车停在了我们旁边，从车里走下一个高个子军官，他真的很高大，在黄昏的夕阳里就像是一棵大树。他并没有太看我们，而是要朝前走，艾一兵看见了他，就像遇到了救星一样喊起来：曾副参谋长，曾副参谋长——

他回头了，看见了艾一兵，他笑起来。艾一兵朝他跑过去，带着哭腔大声地对他说：我们的军装丢了，被那个维吾尔族人偷了。

他仔细地听着艾一兵的诉说，渐渐把目光移到我身上。我脸红了，我想起来了，他就是那个曾副参谋长，原来的曾协理员，我当时就是从他手里领回的军装，他的妻子就是那个我们南疆军区大院里最美丽的女人。

曾副参谋长朝我招手，我走到他的面前，我早就已经忘记了自己的军装，我感觉自己的内心世界让他看透了，我跟踪他的妻子也让他知道了。

他对我说：你跟我一起去派出所，找当地的警察。我们不能违反民族政策。

我和艾一兵上了他的车，把华沙留下跟踪穿我军装的人。华沙很不高兴，他是多么渴望坐上那么完美的吉普车。我这一生都会为这件事愧疚。车开了，我还是头一次坐北京吉普，那时人们都叫北京212，里边真是豪华。华沙太不幸了，如果今天丢军装的是他，那享受北京吉普的就是他而不是我了。在华沙可怜的注视下，车开动了，真有种腾云驾雾的感觉，司机按着喇叭，朝前冲着，路边的行人就像是红高粱那样地朝后扑，那时候，我看到了曾副参谋长在看艾一兵，他的眼睛特别亮，就像十五的月亮。艾一兵不好意思看他，就扭头看着我，然后批评我：我真是服了你了。

7

派出所到了，曾副参谋长带着我们走了进去。他显然认识这儿的警察，而且，甚至能感觉到他与这些维吾尔警察关系不错，真是军民鱼水情。派出所所长是一个维吾尔人，矮个子，脸色黑红。他用力与曾副参谋长握手，那姿势非常像当时的国务院总理周恩来。我们几乎天天在《新闻简报》上看总理这样与外国人握手。他边握手边听曾副参谋长介绍情况。

派出所所长走过来，又抓住我的手使劲握，眼睛里充满坚定的目光，让我对叶城的安全有信心，让我突然相信，军装一定会找回来的。

曾副参谋长对我说：所长叫阿合买提江。

阿合买提江看着我说：小同志，你说说你军装有没有什么记号？

我说：我已经有半年没有洗澡了，衣服快一年没有洗了，那脖领子上边全是汗和油。

阿合买提江认真地点点头，对我们说，走，他跑不了。

8

我们坐上了北京吉普，从北边小路绕了一圈，又回到了热闹的大路，迂回着朝南开。没有多远，就看到了华沙，他还朝南看着，完全没有想到我们会从北朝南过来。

华沙看见了我们的车，他兴奋地朝我招手，并使着眼色，又像哑巴那样打手势。那个维吾尔人穿着我的军装，正在一个甜瓜摊前吃着一牙甜瓜，脸上有喜悦的表情。那时候，县城的广播里响起李双江的歌声。我们的车窗开着，歌声和霞光一起飞进来。

我们的车突然就停在了那个甜瓜摊前，刹车声震天响。我的军装还在晃荡，穿它的那个人又拿起了一块瓜。阿合买提江所长沉稳地下了车，背着手站在了我的军装旁。他眯着眼睛看着这个吃甜瓜的人，用维语说：甜瓜好不好吃？

穿我军装的人停了下来，他张着嘴看看阿所长，又看看我们，他的眼光落在我身上时，明显紧张起来。

阿合买提江又用汉语问他：军装是谁的？

那人更加紧张了，他把手中的甜瓜扔在地下，结巴地说：军装吗？哪个军装？

阿合买提江伸手揪着他的领子，那上边真的全是油污，一年没有洗了，我怕洗多了，把新军装洗旧了。他说：就是这个军装，是谁的？

那人本能地朝后退，并用自己的双手护着军装，说：我的，我买哈的。

阿所长笑了，说：哪里买哈的？

喀什买哈的。

谁给你的钱买哈的？

我把毛驴子卖了，买哈的。

阿所长伸手解开了他的扣子，把手伸进了口袋里，猛地掏出了许多纸来，大家仔细一看，是《毛选五卷》，阿所长又说：毛主席五卷，也是你买哈的？

就是我买哈的。

哪个地方买哈的？

军分区买哈的。

阿合买提江已经丧失了与他逗乐的耐心，抬腿朝他的屁股狠狠踢过去，差点把那人端倒，然后他威严地说：把军装脱下来。

那人竟然哭了，边哭边脱军装，开始用维语说：我错了，我太喜欢它了，我错了……

那人走过来，把脱下来的军装递到我手上。

我看着他满眼的泪水，突然感觉到很不好意思，就像是我抢了他的军装一样，竟然想把军装送给他。

我悄悄对华沙说：要不，我以后就穿演出服，把军装给他吧。

艾一兵在一旁听见了，大声说：你疯了，想挨处分？人在军装在，你别忘了自己是个革命军人！

我清醒了，突然意识到我真的是一个革命军人。

阿所长那时正与曾副参谋长拥抱，他们用维语热烈交谈。所长分别与我们每一个人握手，他们这个民族真是太有礼貌了。然后，他把那个人带走了，他们朝着派出所的方向走去。

曾副参谋长又在对艾一兵笑，他也看看我们，说：晚上我要去29团办事，还要看李双江，他们刚从边防回来，我跟他在北京就认识。他上了车后，从车窗向我们招手。他的手挥舞着像一面英雄的旗帜。

艾一兵看着他，眼光里有崇拜，我和华沙看着他，充满了感激和羡慕。突然，艾一兵向他的车跑过去，到了他们的车窗口，华沙拉着我，也随着艾一兵一起到了他的面前。他笑着对我们大家说：听说你们要上阿里？咱们山上见吧。

艾一兵也大声说：狮泉河见！

华沙也说：狮泉河见。

我当时有着军装失而复得的幸福感，竟然有些癫狂地说：西藏见！

如此奇异的说法让曾副参谋长看了我一眼，并把目光停留在我身上有二分之一秒，他是多么幸福的人，有周小都当他的妻子。而且，他竟然在北京就认识李双江。突然，曾副参谋长向我招手了，我慌忙地跑过去，以为他真的知道了我跟踪他的妻子并与她一起看

《简·爱》，我想对他说我只是一个思想有些肮脏的孩子。但他只是和蔼地看着我，对我说了几乎有两分钟的话，我真的忘记了他说了什么，可能与一个军人和他的军装有关。我只记得我面对着他微笑，就如同葵花向着太阳微笑。我好像说不出别的什么，只是说了三个"好"，两个"嗯"。车开了，朝着北方走去，那时又是春天又有晚霞，还有李双江青春时的嗓音。

9

那时天还没有黑下来，落日的光辉还在闪烁。天上有许多鸟，可惜我不认识。你们可以想象一下有300多只鸟从头上飞过的情景，那真的会让天空更有层次。鸟儿在闪烁，它们像天空里的流沙和有色彩的子弹从大片麦田上空飞过。麦田的暖黄色调和那些弯曲的光线一直在随着鸟儿变化。黑暗了一会儿，突然，又如同早晨降临了。天空五彩斑斓，金光红光灰光褐色的光全都照在了我失而复得的军装上，我重新穿上军装，华沙用胶布帮我把领章贴上。那时艾一兵又生气了，她让我站在桃树下，不知道她从哪儿来的针线，为我把领章缝上。而且，她没有让我脱下军装，就让我穿着缝，我能感受到她的气息，有些清甜的玉米味儿，那画面真是感人。不是军民鱼水情，是战友情深。艾一兵呀艾一兵，你的手指那么细，大提琴把你的手指塑造成这样吧。华沙呀华沙，你的眼睛那么小，是喀什噶尔的沙子把它们都迷住了吧。

晚霞渐渐消失了，云彩都各自去游荡，华沙、艾一兵和我，我们共同在叶尔羌这个小城里跑着，黑夜就要降临了，马上要开班务会了，我们就要开始批评与自我批评了。军装找回来了，我们什么大事都没有了。但是，我们就那样跑着，跟毛驴子一样地跑着，青春和毛驴子还有渐渐黑下来的天空都那么美好。

如果让我把今天的歌词强加在那个时代的话，那你们仔细听听这首歌：

几只云雀孤独地高飞

消失在半梦半醒的迷雾之后……

第八章

1

不知道为了什么
忧愁它围绕着我
我每天都在祈祷
快赶走爱的寂寞

　　如果说我对这首歌有着如同西藏的蓝天那样悠远无边的情感，那是因为是我头一次在去西藏的路上听到的。你们说西藏多半是在说拉萨，我说西藏那一定是在说阿里。阿里，阿里，阿里。我现在忍不住重复着默诵这两个字。30多年过去了，我能回忆起当时的梦想吗？

　　阿里是一座大雪山？阿里是一片辽远无边的草滩？阿里是总会闪耀着细碎光芒的神湖？阿里究竟是什么，它在我的回忆里渐渐失却了形象，它成了一片哲学和空气。30多年都过去了，我已经完全抓不住它了。我是一个有理想的男人吗？如果有，我为自己这一生设定了什么样的目标呢？为什么总是会有那么柔弱的声音在我的内心里激荡？

　　那年我已经18岁多了，已经当了一年多兵，穿着在叶尔羌丢失了又找回来的军装，怀着对曾副参谋长的感激之情。他在那天晚霞快要消失的时候看着我，当然，我知道他主要是在看着艾一兵，他当时的语言甚至让晚霞的灿烂多停留了一会儿，因为从他整洁干净的军装上我仿佛能感觉到周小都的光芒，他说：咱们阿里见。我当时忍不住地骚情起来，新疆话说骚情就是说他有些轻浮。但是他在抒情：咱们西藏见——

　　那天起　你对我说

　　永远地爱着我

　　千言和万语随浮云掠过

　　斯波索宾、里姆斯基、辟斯顿、瓦格纳……所有这些人的名字都与这些歌词一起朝我涌来，它们像昆仑山秋天的雨水那样滑落到我的书桌上、信笺里，它们正滋润着我最后的报纸和书籍，那些沾满尘埃的、由纸张制成的印刷物品。《和声学教程》、《和声学实用教程》、《管弦乐配器法》、《我的音乐生活》（里姆斯基–科萨克夫）、《音乐基本理论》（1955）、《曲式学》（1957）、《视唱》（1957）、《邓丽君演唱专辑》（1978）——所有这些油墨香味和声音都从我的记忆深处翻腾出来，是不是很像从叶城通往阿里狮泉河翻滚着泥泞的道路？

2

　　库地达坂到了，应该告诉你们达坂是什么，百度说达坂在维吾尔语和蒙古语当中的意思是高高的山口和盘山公路，真的吗？周围都是欢腾的荷尔蒙，我跟华沙站在道具车上，看着车后扬起了几百米长的尘土。浓烟土滚像是战争的尾声，被风吹着朝后面涌动。华沙拿起了手风琴，我拿起了长笛，我们演奏印度的《流浪者》，我们其实就是流浪者，节奏跳动，我们也在车上拼命地跳动。我们奏乐，就像是农村葬礼的乐手那么高兴；我们做怪相，就像卓别林走在洛杉矶的大街上。

我们的车打头阵，后边的车为了不吃尘土，就离我们有六七百米远，那上边坐着女兵，她们都戴着口罩，在白色纱布和黑色头发的深处是她们黑色的眼睛。欧阳小宝在我们车上，他尿憋了，想朝后边尿，他在海拔3000米的地方掏出他那个东西。车在颠簸他尿不出来，快要尿出来了，一个弯又拐过来了，就像是今天的楼市人人都说到了拐点，欧阳当年也遇上了拐点。把欧阳掏出的东西暴露在库地达坂的阳光之下，也暴露在后面拐出山弯的女兵们的视线中。

华沙看着欧阳的那个东西说：看见了，后边看见了。

欧阳已经生气了，说：我怎么那么倒霉？看不见吧，那么多尘土？

我高兴地用长笛吹起了意大利民歌《重归苏莲托》，只是节奏比平时快得多，有些进行曲的意思了。

欧阳小宝尿不出来了，他愣在那儿，抓着家伙说：这样憋回去会得肾结石的。

多么科学的名词，这种话只有从欧阳小宝嘴里才能说出来，因为他爸爸是新疆歌舞剧院的总导演。他从小就会说北京话，现在他说：我他妈的怎么就是尿不出来了？是不是阳痿了？

"阳痿"，这又是一个充满阳光的词，我和华沙都还没有学过，不知道是什么意思。过了这么多年，我此刻能确定欧阳小宝当时也不知道阳痿的意思。

我那时无比快乐，从小我就知道自己的快乐一定是建立在别人阳痿的基础上，我对着库地达坂的天空开始喊着：阳痿，阳痿了……

华沙也高兴起来，他跟我一起对着太阳大声喊：阳痿啦，欧阳小宝阳痿啦——

欧阳小宝说：他妈的不尿了，收起来。

看着我跟华沙喊叫，他咧开嘴笑起来，那时他干裂的嘴唇就流出血来，他摸着血说：缺少维生素。

3

阳光照耀在麻扎达坂上，天空被黄土映衬得有些惨白，似乎蓝色绿色都被无边无际的山石吸吮光了，很像已经干枯了还要坚持给孩子喂奶的女人，你从她们胸部的皮肤就能想象出这片祖国的土地。三辆车都停了下来，女兵男兵们都分别到车的左边和右边去上厕所。我跟欧阳小宝、华沙三个人从道具车上下来，走向了北方。

欧阳小宝走得很急，他肯定憋坏了，他像《德克萨斯州的巴黎》男主角那样疾走着。我跟华沙好奇地追随在他的身后，一直盯着他。以后艾一兵对我说，当时他看着我们三个人，就像是有两个士兵在追踪逃犯一样。我说，更像是两个战士在看管着一个"四人帮分子"。还有，艾一兵为什么会看着我们三个人呢？她分明知道我们是去尿尿，这说明她们小女孩子也有好奇心吧？她们是不是也嘀咕：这些站着撒尿的男兵。

阳光下有微风，黄土地上只有特别干枯的草，这就是他妈的新疆的山，南疆的山，据说北疆完全不一样，他们北疆军区文工团天天游荡在伊犁的森林和草原上。

欧阳小宝站了半天，他用双手捧着自己的那个东西，却无论如何也尿不出来。他脸上的表情从投入到失望，到痛苦，到绝望。

我和华沙都忍不住笑起来，我对着蓝白的苍穹说：想不到天下还有这样的事情！

华沙说：要不，你蹲下，像她们女兵那样。

我这时已经丧失了对于欧阳小宝的兴趣，我忍不住地朝女兵们的方向看了一眼，她们在尖声地笑着，像蓝天下突然飞过了云雀。我发现她们是两个人拉着军大衣遮起一堵墙，一个人在墙后边蹲下去，从大衣下方可以看见她们的脚，仅仅是脚而已。也许女兵们觉察到了我遥远的目光，她们把大衣落得更低了，几乎挨上了大地。我看着她们，竟然忘记了自己在撒尿，突然，那个东西被捏了一下，完全没有想到痛苦的欧阳小宝竟然蹿过来抓住了那个东西，他大笑着对华沙说：看到没有，当场捉奸。

我的脸红了，我知道自己那会儿很硬，想对欧阳小宝说什么，却说不出来。

华沙也笑了，说：你也看她们？

欧阳小宝再次站在那儿努力了，仍然尿不出来，他的眼睛开始渗出眼泪，他的脸上开始抽搐。

我跟华沙等着他，并且有些同情他了。

欧阳小宝突然振作地说：去他妈的，实在不行，尿在裤子里。

车又要开了，大家都兴奋地唱着歌：

> 舀来了天山清泉水，采来了雪山红玫瑰，奶茶清香沁
> 心扉，深情厚意斟满杯，高捧奶茶向北京，献给领袖华主
> 席……

4

我们把奶茶高高地捧起来，向着北京，而且，要把自己最好的奶茶献给领袖华主席。你们还记得英明领袖华主席吗？是他在那年把毛选五卷送给我们新疆人民，新疆人民又把五卷送到我们这些边疆战士手里。我还记得那天排着队在喀什噶尔的迎宾路上迎接五卷的情景，

我们临时组成了军乐队，在震天响的鼓声里吹奏迎宾曲。前边说来了来了，我们马上开始奏乐，前边又说来了来了，我们又开始奏乐。那是阳光明媚的日子，我喜欢明媚这个词，我更喜欢灿烂这个词。

我们在人群的喧闹中兴奋得要命，人生就是要这样度过，当我们回首往事，就不会觉得碌碌无为。

库地达坂海拔已近4500，空气中的含氧量只有平地的四分之一左右，这是我今天知道的数字，可是，记忆中库地达坂只有3500，王石都懒得去攀爬，我们也没有什么感觉，我跟华沙甚至可以说还有些欢蹦乱跳。我们看着在这里修路的工人，庆幸自己是毛主席的文艺战士。现在毛主席死了，华主席活着，我们成为他的文艺战士，也是一样的骄傲。

欧阳尿不出尿，不是他的鸡鸡出了什么问题，而是他跟今天的房地产一样遇上了拐点。那时，车慢慢地加快了，尘土还没有特别高扬，我们这些文艺战士的歌声更加抒情：

严冬的阳光暖人心，沙漠的泉水最珍贵。华主席挥手乌云散，锦绣江山更明媚。哎，高捧奶茶向北京，奶茶献给华主席……

欧阳小宝瘫倒在自己的行李上，听着大家的歌声，像尼采那样皱着眉头，缓缓地说：任何人都理解不了我的痛苦。

我跟华沙都想笑，又不好意思笑了。

我看着欧阳小宝，忍住笑说：你一直都是这样的吗？

你真傻还是假傻？我要一直都尿不出来，那我会得尿毒症的。

"尿毒症"又是一个新词。我正好奇，欧阳补充说：唉，你们两个想笑就笑吧，我现在可是知道憋着有多难受。

我开始笑了，笑得浑身都颤抖起来，为了掩饰自己的无情，我就说：你太紧张了吧？你写遗书了吗？

欧阳小宝摇头：我从来都不写那玩意儿。你写了？

我点头：我写了。

华沙说：我也写了。

我又说：阿里说不定还有土匪，说不定要从悬崖上掉下去，死人沟、死人河……

欧阳小宝笑起来，咦，娃娃，尼牙（人家）国外有上哈菜惨（财产）的人才写"姨父"（遗书），欧阳小宝学说新疆回族土话，咱们一个月才6块钱津贴费，写球的遗书！哎哟，出来了，要出来了。出来了，哎——妈的，又回去了。

我跟华沙充满希望地看着他，盼望着欧阳小宝能尿在裤子里，连我们都会轻松了。可是，痛苦又重新回到了欧阳小宝的额头。他躺在那儿，把军帽搭在脸上，大背头有些零乱，长长的头发在晃，你们可能很难想象一个才17岁的人留大背头是什么样子，告诉你，就是欧阳小宝那个样子。

华沙知道他睡不着，就说：你昨天水喝多了？

欧阳小宝烦乱地说：小屁孩儿话那么多呢！

华沙不吭气了，又开始拉手风琴。

欧阳小宝生气了：别拉了！

华沙看看我，我看看他，华沙不拉琴了。

欧阳小宝像是一个老人那样自说自话：昨天半夜撒了一大泡尿，今天早上，没有抢上白米粥，又没有喝水。

欧阳小宝是我们那儿唯一的，把稀饭说成粥的人，这是有文化、有教养、有北京生活背景的表现。

他突然把帽子拿开，半起身看着我说：你跟他们一样写血书了吗？

我说：没有。

华沙说：我也没有。

欧阳小宝看着华沙：我又没有问你！他躺回去，看着天空，好一会儿才说：为什么要写血书呢？

华沙说：是请战书。

欧阳小宝说：多嘴！

我说：你写了吗？

他完全不看我，只是看着天空，仿佛他从天空里读到了什么，然后，带着蔑视说：愚昧！

那时，我跟华沙已经丧失了对于欧阳的兴趣，感觉到困了，我们都躺在了黑色的背包上，盖着自己的军大衣，开始睡觉。我很快就睡着了，突然，欧阳小宝又问我：刚才你没有跟艾一兵说我撒不出尿吧？

我说：哪能呢。

一切都安静下来，只有车在悠着，暖洋洋的阳光照在我胸前，让我感觉自己也跟艾一兵她们女兵一样，似乎有了高高的乳房，我心里隐隐觉得麻扎达坂就要到了。

5

麻扎兵站到了，车停了，我被惊醒了。睁开眼，就看到了欧阳小宝盯着我的眼睛，吓了我一跳。如果你从沉睡中醒过来，正好撞上了一对大眼睛，而且不是女孩儿的眼睛，是男人的眼睛，你一定会感觉到看了惊悚片。

你睡得跟猪一样。欧阳小宝一直看着我，他的眼睛里有羡慕、嫉妒。

你还没有尿出来？

欧阳小宝低下了头，说：可能，我是前列腺有问题。

前列线——又是一个新词，那时我光知道前线，并不知道还有前列线，多少年后，我才知道不是前列线而是前列腺。

华沙还在睡，我就踢了他一下，说：到了。

阳光是暗红色的，像大片的云彩一样从山后飘移过来，天空还是淡蓝色的，却有了星星。从前边传来了女孩子们的笑声，董军工又说了句笑话，她们再次笑起来。麻扎兵站瞬间里就被她们的笑声和董军工的笑话包围了。领导的幽默把女孩子们弄得兴奋，麻扎兵站完全被革命乐观主义包围了。

欧阳小宝如同得了忧郁症的人一样，他看着那些乐观的人们，说：欲悲闹鬼叫，我哭豺狼笑。

那时，我看到董军工已经在跟兵站的首长握手了，命令也传了下来，先吃饭，然后再取背包演出。

欧阳小宝不敢直接从车上跳下来，他说怕把膀胱震坏，又怕像周总理那样得膀胱癌，即使今天没有得，以后得了又怎么办？他像老人那样从车上爬下来，没有人注意他，只有我跟华沙有些同情地看着他，他回头对我们说：看球呢，暴露目标，让别人发现了。

阳光再次亮起来，把欧阳小宝灰色的脸染红了，他再次叮嘱我和华沙：千万别跟任何人说，听见没有？然后，他朝厕所走去，我和华沙也跟着他。在院子的北边有一排小房，那就是厕所了。欧阳小宝看着厕所说：男左女右。说着就朝左边进，我在他身后猛地拉住他，有些慌乱地说：这边是女的。我刚才看见了。

欧阳小宝有些反感我，他推我一下，继续朝里走。

我再次拉住他：你听见了吗？里边有女兵说话的声音。

他说：我不管，反正是男左女右。

华沙也大声说：这儿有字，看，男的在右边，女的在左边。

欧阳小宝仍然站在女厕所门口，坚强地说：全中国、全世界都是男左女右。

这时，几个女兵从里边出来了，她们几乎撞上了欧阳小宝。她们再次笑起来。显然，我对女孩子们有偏见，她们的笑声不仅仅是面对领导和首长们的，她们也会对我们笑，而且，那也是一样的笑声。

欧阳小宝，你干吗呢？艾一兵先笑起来。

华沙说：你进呀，进呀。男左女右呀。

欧阳小宝不得不朝右边的门走进来，我跟华沙再次看着他尿，他说：别看。他站在那儿，双手扶着那个东西，脸朝着屋顶，像等着枪决的人。他等着，我跟华沙也等着。

欧阳小宝站了半天，仍然不行。他说：算了，等演出完了再说吧。那时，厕所的小窗户透过来晚霞的光芒，把欧阳小宝渲染得仿佛雕塑一样。

6

欧阳小宝在台上说着山东快书《扎义打虎》，他说：你吃，你吃，你吃，老虎说，我吃不了——

全场都笑起来，欧阳小宝油亮的大背头，让他17岁的脸呈现出40多岁的模样，他明亮的大眼睛里透射出喜剧之王里周星驰的幽默，只是周星驰的眼睛太小了，欧阳小宝的眼睛太大了。他挥舞着锃亮的铜板，打出欢乐的节奏。他还要做出武术动作，拉起大架势，完全不像是一个整整一天都撒不出尿的人。

所谓兵站的小礼堂就是饭堂，下边坐着几十号军人，还有两只大黄狗。他们笑得很开心，那大黄狗也跟着人一起笑，只要是人笑，它们就叫。

我跟华沙站在后台边上，那儿是食堂的后厨，演出之后有夜餐，面条和红烧猪肉罐头已经准备好了。

观众在拼命鼓掌，他们欢乐地让欧阳小宝再来一段，只有我跟华沙一直看着欧阳小宝的裤裆，怕他这时候尿出来。欧阳小宝在热烈的掌声中走进后厨房，他脸上全是汗水，只要不面对观众，他的脸上就全是痛苦，那汗水像是雨水拼命打在窗户玻璃上。

欧阳小宝像完全没有听到掌声，他对我说：咱们喀什噶尔水里金属离子太多，沉淀在膀胱里，说不定我是膀胱结石。

我还完全没有反应过来，什么是膀胱结石，欧阳小宝在人们的呼喊中又回到了舞台上，阴阳脸上立即充满美丽的阳光：在1953年，美帝的和谈阴谋被揭穿，他要疯狂北窜霸占全朝鲜。这是7月中旬的一个夜晚，阴云笼罩安平山。在这山上，盘踞着美帝的王牌军，号称是常胜部队美式装备的白虎团……

7

演出结束了，欧阳小宝还没有卸妆，就悄悄对我说：走，陪我去找朱医生。

我说：我要吃红烧肉面条。

他说：回喀什我请你吃烤包子，让你吃饱。

我说：吃烤包子我从小到大还没有吃饱过，你真的能让我吃饱？

欧阳小宝笑了，说：我要汇报上去，就打你个反革命，你信不信？

华沙从我身后冒出来说：我都听见了。

欧阳小宝看看我，又看看华沙说：万一我昏倒在路上，你们要给我做人工呼吸。

我和华沙跟着欧阳小宝朝朱医生的屋子走去。那是北边另一个院子，离这边有不到300米，夜晚的天空挺亮，欧阳小宝不敢走得太快，他边走边说：必须吃药了，我爸爸告诉我，不要相信中医，只有西医有用。朱医生刚从四医大回来，他是西医。

麻扎兵站的那个晚上没有风，却有风声。麻扎在维吾尔语里是坟墓的意思，这我在喀什就知道。为了搞好民族团结，我们每一个人都要学习维吾尔语。所以我会许多维吾尔语骂人的话，还知道麻扎、麻达、卡绊、热合买提、郝西。

我们走在山坡上，已经9点多了，天却没有黑下来。四面有许多雪山，白茫茫的似乎离我们非常近。雪在反光，星星也在反光，欧阳小宝突然大声说："麻扎达坂尖，陡升五千三。"

华沙说：5300？

我说：我怎么一点感觉都没有？

欧阳小宝说：怎么会有感觉？我们在麻扎里，我们就跟死人一样。

我跟华沙都笑了，觉得欧阳小宝这话特别幽默。他说"我们在麻扎里"，就是说我们在坟墓里，那当然我们就是死人了。欧阳小宝活学活用，以麻扎造句，真是妙得很。

有一条被人踩出来的小路通向朱医生他们那边，我正在纳闷哪里来的风声，感觉到许多蜜蜂朝我们涌过来。麻扎兵站为什么会有那么多蜜蜂？已经是晚上9点多钟了，天空依然有些亮，即使海拔才4900多米，却与内地完全不同。神奇的蜜蜂飞来飞去还有声音，让欧阳小宝首先停下脚步。他看着一直跟随着我们的蜜蜂，说：这儿没有看到养蜂人。

我跟华沙都在那时想起了《野蜂飞舞》，我们都熟悉这部作品，我们开始哼起了这首快速的曲子，好像它跟今天的红歌是一样的。蜜蜂的光影配合着我跟华沙的节奏，时深时浅，变幻莫测，天空更加辽阔了。

那儿是新疆与西藏的交界处吧？突然，蜜蜂消失了，它们随着无风的声音而去，仿佛月亮消失在云里。

8

我们站在门口，从窗户里透出暖黄色的灯光，似乎还有音乐，是一个女人在唱歌。我们从来没有听见过这种声音，若隐若现，听不太清楚。

欧阳小宝完全顾不上别的，他开始砸门。

朱医生开门看见我们三个人，他感觉到很奇怪，说：高山反应了？

我跟华沙点头，欧阳小宝没有说话。朱医生又问：哪儿不舒服？

我突然忍不住地笑起来，说：欧阳小宝的球当巴子在高山反应。

华沙也笑，说：他尿不出尿。

欧阳小宝看着朱医生，像抓住了救命稻草，像学者那样说话：整整一天了，朱大夫。

朱医生让欧阳小宝坐下，看着他说：原来有过这种毛病吗？欧阳小宝摇头，汗珠又开始从他的额头上渗出。朱医生又问：今天是不是受到了刺激或者惊吓？

我和华沙都笑起来，我说：被女兵吓的。

朱医生用左手打开身边的药箱，在他右手里有一个非常精致的黑色盒子。他边看着里边五颜六色的药品，边看着欧阳小宝的脸，说：也可能是今天上了麻扎达坂，突然升到5300多米，你受不了？

我又说：他球巴子受不了。

欧阳小宝说：多嘴！他已经盯着朱医生手中的黑色盒子。我跟华沙也对这个精致的盒子产生了兴趣。

朱医生挑出了一个小瓶，他放下右手的黑色盒子，腾出了右手，打开了小药瓶盖子，从里边拿出了一粒药，并把药递给了欧阳小宝。欧阳小宝完全被那个黑色盒子吸引，他似乎很懂行，没有去接朱医生递来的药，却好奇地说：收音机？设计得这么讲究。

不，它是一个录音机！朱医生严肃地看着他，认真地说。

欧阳小宝显然有些不相信，他父亲曾经导演过新疆大歌舞《撒拉姆毛主席》，他明明见过录音机的，那是一个半张桌子一样大的，极其沉重的东西。当时他想摸一下，那是1966年的夏天，欧阳小宝想摸一下新疆歌舞剧院的录音机，可是总导演没有让自己的儿子去摸。

欧阳小宝仔细观看朱医生所说的录音机，完全忘记了尿憋，从库地达坂到麻扎达坂，他已经有一整天没有撒出尿来了。他摇动着他的大背头，说：骗谁呢？知道吗？我生在北京，6岁才来新疆。

朱医生有些质疑地看着欧阳，说：这跟你生在北京有什么关系？

欧阳小宝说：我从小是看着录音机长大的。

朱医生笑起来，说：你现在就唱《我爱北京天安门》吧。

欧阳小宝：那你能给我录段音吗？既然它是录音机。

不是我说它是录音机，它就是录音机。

能录吗？欧阳小宝挑衅地看着他。

朱医生连续摁了两三个键，说：你说话吧。

欧阳小宝学着快板书那样的节奏，念着：一杆红旗半空中飘，一首歌曲半山中绕……

朱医生严肃地大声喊：停——

欧阳小宝停下来，他看着黑盒子，等待着。

朱医生摁了一个钮，倒着盒子里边的带子，然后，又摁了另一个神奇的按键，奇迹发生了，盒子里面竟然发出了欧阳小宝的声音：一杆红旗半空中飘，一首歌曲半山中绕……

欧阳小宝显然激动了，他想摸那个盒子，朱医生没有让他摸。他对欧阳小宝说：别以为自己生在北京就永远代表先进的生产力和生产关系，你说呢？

欧阳小宝完全丢失了自尊，大声说：朱大夫，能听音乐吗？

朱医生笑了：本来想让你试试利尿剂，加大你的排尿量，又怕把你的膀胱憋爆了，噻嗪类利尿药，又怕你心脏受不了，这儿是高原，海拔从5300到4000多。还是给你吃点治上火的中药吧。

欧阳小宝根本没有看那盒中药，他又说：真能听音乐吗？

朱医生把中药放在了桌子上，他有些得意地，又有些轻浮地从黑盒子里边拿出了一盘精美的塑料模型，然后，他把另一个印有鲜艳夺目的女人画像的塑料模型放了进去，轻轻一摁，上帝呀，你们知道什么是天籁吗？天籁真的存在，她的歌声飘出来了：

不知道为了什么

忧愁它围绕着我

我每天都在祈祷

快赶走爱的寂寞

欧阳小宝完全呆住了，他的嘴张开了，却没有合上。他的眼睛比平时更大，他的额头上渗出了光芒。他听着这个女人的温柔、婉转的嗓音，像痴呆沉浸在美好的幻觉里。渐渐地，他扭曲一天的脸舒展了。就在那时，我好像听到了远方的流水声，真的是水在流动。突然，华沙叫起来——

尿裤了，欧阳小宝尿裤子啦！

我和朱医生都朝欧阳小宝的两腿间看过去，他一直在尿，随着水流声，从他的裤管里流出了液体，它们伴随着那个女人的歌声一直流淌，滋润着麻扎兵站的土地，春天来了，春雨来了，欧阳小宝能尿尿了。他完全不顾自己在尿裤子，用双手抓着朱医生，像疯了一样叫着：朱大夫，这个唱歌的女人是谁？

朱大夫冷静地看着欧阳小宝，轻声说：邓丽君。

第九章

1

华沙，你还记得邓丽君吧，我总觉得你这个芝加哥大学的音乐博士不会忘记她。前几天我走在台北淡水的岸边，那儿有些像你们纽约华尔街的哈德逊河畔，从这边朝那边望似乎也能看到自由女神像。我坐在一棵古树下，望着台湾的落日，看着微微发蓝的水面正渐渐被夕阳染红。我当时戴着森海赛尔耳机，正在用落后的iPhone5听音乐，走在台北的暖风暖阳暖天之中，突然那个女人的歌声从我的耳机里传出来：

> 那天起
> 你对我说
> 永远地爱着我
> 千言和万语
> 随浮云掠过

赤佬，在台湾听邓丽君再合适不过了，你会想起蒋军官兵，也会想起那个被雪山环绕的麻扎，许多事都早已随浮云掠过了，我的手机里怎么会有邓丽君呢，我想不起来自己是什么时候下载了她的歌，特别是这首歌。我已经有许多年没有听邓丽君了。我是在QQ音乐、多米音乐上下载的吗？我为什么一点印象也没有了。

2

黑卡达坂到了，除了黄色的山，我已经完全没有任何记忆。欧阳小宝那张生动的脸这两天一直在我面前晃动，司机张包突然停下车，他抽着烟，笑嘻嘻地望着我们说：99道弯，黑卡达坂到了。

欧阳小宝问：前边是哪儿？

张包说：三十里营房、红柳滩、泉水沟、甜水海、死人沟……有人说，你尿不出尿？

欧阳小宝：瞎扯淡。

我们沉默地望着乏味的天空和乏味的山体，感觉到无边无际的失望，已经走了三天了，才到黑卡达坂，还有那么多路呢。

华沙问张包：死人沟里有死人吗？

张包再次笑起来：全是死人。满满一条沟。

他们是怎么死的？

憋死的、冻死的、晒死的、洪水淹死的、野兽咬死的、吓死的、被人杀死的，怎么死的都有。

我们都不说话了，看着张包，发现他的额头上还真有一个大包。后边的车渐渐跟上来了，张包看到我们已经被吓傻了，就得意地笑起来，扔掉烟，再次开车。

欧阳小宝问：你们两个谁说出去的？

我说：不是我。

华沙也说：不是我。

欧阳小宝仔细地审视着我们，目光在我们脸上扫来扫去，就好像我们脸上有好多雀斑，额头上有好多瑕疵。最后他笑了说他怀疑是朱大夫干的。他拿出一个药瓶子，对我们说：看，利尿剂，这可是西药，不是他妈的中药。

你什么时候偷的？

欧阳小宝看看我，说：嘴放干净点。就是昨天晚上，朱大夫以为我光听邓丽君了。

我跟华沙看着那个药瓶，上边真的用手写着利尿剂三个大字。

欧阳小宝说：找个机会给张包吃一粒，看看他什么反应。看他还用死人沟吓我们。

我们的车在山路盘旋着，我们就像喀什的毛驴子那样在吾斯塘博依路那边的小巷子里转圈。黑卡达坂是一层层爬上去的。在这个达坂上，似乎离天空近了许多，而那里的天空是灰色的，那时我就相信，神仙上天也是爬上去的，因为除了爬以外，没有任何别的办法。天越来越暗了，我们离天越来越近了。

3

"欧阳小宝，他，是不是……"艾一兵笑着，有些神秘地看着我。

我也笑起来，说：你们才知道？

她说：女兵都知道了。这儿有医疗站，欧阳小宝应该去看看。不过，护士全是女的。艾一兵又笑起来。

她已经洗过脸了，似乎远处有雪山的光在照耀着她，让她青春妩媚。她脸上的笑容完全是春天里的水流，昆仑山是她的背景，她站在5000米的地方，像女神一样。

我的目光从艾一兵的身体上越过去，才发现我们演出队的男兵女兵们都出动了，他们如同排着队的企鹅，在南极的雪野里歌唱，他们如同哨所里的白杨，在春天冰消雪化的日子里舞蹈。其实，已经挺晚了，但是，演出队的每个人手中都提着一只桶，他们肯定是要到那条小河里去打水。只有我跟华沙还傻乎乎地看着雪山，在原地旋转，我们太没有政治嗅觉了。特别是我，比华沙大，却完全意识不到三十里营房到了，为兵服务的战斗就打响了。

"她们说不定会给他插一根管子。"艾一兵说完又笑起来。

管子插在哪儿？我很好奇地问她。

你说插在哪儿？艾一兵脸红了。

我似乎明白了，又不太明白，那时，我的脸也开始红了。就好像本该给欧阳小宝的管子已经插到了我那个地方。

我看她提着一个桶子，就问她：你提水桶干什么？

艾一兵指了指百米外，那儿好像有条小河，水流在闪亮，她说：我们去河里提桶水，浇浇兵站围墙路边的红柳。你跟我一起去吧？

我有些不自在，就说：为什么每个人都要去打水呢，我们来是演出的，我们只要是完成本职工作，不就行了吗？

艾一兵说：你怎么有这种思想？难道只有你要演出，有本职工作，他们，还有我，就不演出，就没有自己的本职工作了吗？

说着，艾一兵没有再理我，自己朝河边走去。我不得不跟着她。我看着她提着桶的身影，非常像是剪影，充满了象征意义。革命的文艺工作者都是一支美丽动听的歌曲，一幅感人养眼的图画。那时还没有养眼这样的词汇，但是真的很养眼。

我们一起走到了河边，几乎是一条干枯的河，在乱石里有一滩滩水洼，我们打了一桶水，我和艾一兵一起提着朝回走，她突然停下说：休息一下吧，我头晕。

她闭着眼睛缓了一会儿，脸色苍白，像是在排楼监狱里看到的王蓝蓝那张脸。

我说：你是高山反应。

她睁开眼睛，说：你写入团申请书了吗？

我说：还没写。

她又问华沙：你写了吗？

华沙摇头。

她突然有些生气了，说：你为什么不写？在军区时，我对你说的话，你都忘了？我白说了。

我有些蒙，她在军区对我说过什么了，现在就白说了？我怎么什么也想不起来。

她看我反应很慢，就生气了，独自提着水朝那排红柳树走过去。我追上去搭上手，放眼望去，演出队的女兵男兵有不少人也是搭配着提着一桶水，还有人唱歌，我们搞文艺的人就是爱唱歌：

> 越南中国，山连山，江连江，共临东海，我们的友谊像朝阳，同饮一江水，早相见，晚相望，清晨共听雄鸡高声唱——

兵站的围墙外边有一排拇指粗细的小树，种在路的两边。它们环绕着我们的歌声：

> 哎——我们高唱，胡志明，毛泽东……越南中国，山连山，江连江……

艾一兵仔细地看着小树，她说：出来时，阿里周科长的传统教育你肯定没有听。他们想把这条路建成南京路，让红柳滩变成小上海。这两排红柳已经种了快10年了，几代军人都在保护着它们。

我没有太听艾一兵说话，而是朝那边看独自晃悠的欧阳小宝，他站在兵站旁一个厕所那儿，似乎在审视着左边右边。他肯定又在确定是不是男左女右。

150

艾一兵看着红柳，如同不会生育的母亲看着别人的孩子。这时，突然听到远处军车车队喇叭的哀鸣声，我感觉到很意外。

艾一兵说：是康西瓦烈士陵园，知道吗？车队在向烈士志哀。

我用一只眼睛看着欧阳小宝，另一只眼睛看着她，说：那些人是怎么死的？

艾一兵说：中印。

我们没有再说什么，提着空桶朝河边走，想再去提水浇红柳。刚到河边，听见华沙在叫我。我没有理他，只是往桶里接水。华沙喘着气跑过来，说：刚接到命令，今天晚上演出，明天早上，我们两个人饭后去病房，慰问伤员。

我说：又没有打仗，哪来的伤员？

艾一兵像背诵华主席语录那样说：来这儿做手术的，得了高原病抢救的，还有周围的牧民生病了也住在这儿。我说：军民鱼水情嘛。

这时，又有车队从山上下来，艾一兵对我说：我们赶上边防换防，他们是下山的。

我跟艾一兵一起提水，再次发现她脸色苍白，我说：你怎么了？我自己提吧。

华沙走过来，接过了艾一兵手中的桶，我注意到华沙手上的皮肤已经有些裂纹。欧阳小宝那时终于离开了厕所门口，朝兵站墙下的红柳树走去，他的动作极其缓慢，像是电影里的慢镜头。看见我们三个人，他就走过来，看着我们把那桶水浇在红柳树上，说：稀稀拉拉的，革命烈士都不能让你们严肃一些？

我故意说：还是男左女右吗？

欧阳小宝质疑地看着我，说：怪，这儿的厕所老是男右女左。

艾一兵笑起来：你太无聊了，琢磨这些多没意思。今天晚上《洗衣歌》得你跳班长，你行吗？

欧阳小宝学着旧戏班子的样子，双手抱拳：台上见！

艾一兵皱眉看着他。我笑起来，说：看你走路，很像是电影里的慢镜头。

欧阳小宝脸上立即严肃了，说：高原反应，你们也一样。我们的动作很夸张。

我看着欧阳小宝脸色有些青紫，故意说：你好了？

欧阳小宝似乎都忘记了自己的难言之隐，问：什么好了？哪儿好了？

艾一兵笑起来。欧阳小宝立刻明白了，他甩了甩他的大背头，用手摸摸脸。我发现他手上的皮肤已经开裂，他走到我跟前对我说：小人，高原反应的小人。

4

赛图拉是维吾尔语，有人对我说是殉道者的意思。三十里营房离赛图拉30里路，人们就叫三十里营房了。传说，赛图拉曾经是一个小村庄，最后被国民党军队屠城了。又传说最早来这儿的战士，是不愿意嫁老红军的女兵。最近还传说，三十里营房2008年是新藏线上的红灯区，来自五湖四海的女孩子们在这儿用身体的下半部分赚军人的钱，赚司机的钱，赚游客的钱，还赚外国朝圣者的钱。

我们从喀什噶尔的夏天走到昆仑山下的冬天，整整用了4天时间。那时这儿还没有红灯区，那是30年前，1978年，那时没有妓女，只有女兵，与我们天天在一起的文艺女战士。文艺女兵和妓女都是花季少女，都提供服务，文艺女兵用的是她们的青春、热血、汗水，和一片赤诚之心。此时此刻，我看着这些词汇，心里总是在想，女兵们是不是付出得太多了？

三十里营房有一条土路，分别伸向西藏和新疆。人们把这条土路叫新藏线。车辆几乎都会选择在此休息，因为向前要一直走五六百公里搓板路到西藏的多玛或日土，才能够得到很好的补给。往后需到300多公里的叶城，所以在地理位置上这是一个重镇。

晚上要演出，别人坐了一天车可以休息，我们不行。我们是文艺兵，本来部队就对我们印象不好，他们总是在传说，文工团作风不好，那些男男女女整天在一起，能有好事吗？

所以，我们更要努力地去表现，证明自己作风好，证明无论是男兵还是女兵都能很好地管住自己身上的那些个乱七八糟的东西。

5

灯光辉煌照亮了舞台，下边坐满了来看演出的军人，因为有他们看女兵们的专注目光，舞台上的背景更加灿烂。天幕上有雪山、蓝天、白云、河流，董军工正用一个很大的录音机播放藏族音乐。只要是在那个时代热爱文明的人，一听就知道是舞蹈《洗衣歌》：

> 温暖的太阳，照到了雪山，
> 雅鲁藏布江水金光闪闪，金光闪闪。
> 鲜花开遍路两旁，解放军来到咱家乡，
> 嘎拉央卓若若尼，格桑梅朵桑，
> 亲人解放军，来到咱家乡，来到咱家乡。

全场气氛火热，演出队的全部女兵们几乎都上场了。舞蹈队的乔静扬是领舞，她穿着藏族服装让她完全成为了一个西藏的公主，她的腰身婀娜，让西藏的阳光山水全部来到了三十里营房的舞台上。艾一兵也很美丽，她瘦，她白，她拉大提琴的手指很长很长，她还有着无限的为兵服务的激情。拉小提琴的娄宜也上场了，她在喀什时认真排练过。只可惜她是一个驼背的女兵，从小父母逼迫着她拉小提琴把她的腰弄弯了，现在也穿着藏族服装，有些缩头缩脑的。最可笑的是蠢笨的陈想，她平时只会拉小提琴，却也要上场跳《洗衣歌》。她那么胖，穿上了红色的藏族衣裙显得非常笨拙。可是，她从小真的练习过舞蹈，她其实跳得很好，只是她过于肥胖，像是把整个三十里营房的红烧肉罐头都吃了。

可是，我发现当兵的完全不计较，只要是女兵，他们就热爱，随着女兵们群舞回旋，掌声四起。

我那时看着陈想，真的很为她捏把汗，她也要旋转、腾空，要把雪山的光辉映在自己的脸上。

那时，充满男性阳刚的音乐起来了，让我意外的情景发生了，欧阳小宝从侧幕冲上前台，他的舞蹈姿势也不敢让人恭维，但是，他像平时说山东快书时一样充满激情：

> 雅鲁藏布江水清又清
> 做完了早饭洗呀洗军装
> 同志们操场练兵忙
> 为战友洗衣
> 我心里喜呀喜洋洋

艾一兵她们正站在我身边候场，她们每个人都喘着大气，就像刚经历了百米冲刺，我问她：为什么是欧阳小宝？

她说：马群高原反应，吃饭时吐了3次，实在没有办法了。

我说：我为什么没有高原反应？

华沙也说：我为什么也没有高原反应？

我又说：欧阳小宝反应最大了。他的反应跟别人都不一样。

女兵们全都笑了。我们所有人都把目光集中在欧阳小宝身上，他那时正在旋转，也许是平转，旁腿转。他突然要来一个大跳，腾空飞跃起来。他真不愧是新疆歌舞剧院总导演的后代，他的大跳很有穿透力，落地有些站不稳，接着他在台上摇晃。渐渐地我发现他的眼神有些散漫了，他摇晃得更加厉害，但是，他坚持着听完乔静扬说：不，我要找阿妈去。哎哟——然后，他摔倒在舞台上。

台下人群发出了"轰"的爆炸声，所有人都惊呆了，他们完全没有想到一个人会在舞台中央倒下。他们人人都知道会有高山反应，却想不到会在三十里营房。因为这儿海拔只有3000多米。

后台的许多人都冲向舞台，我也冲了上去，帮着把欧阳小宝抬下来。他刚进侧幕就醒过来，像所有我们从小就铭记在心的英雄人物一样，欧阳小宝睁开眼睛，第一句话就说：不要管我，快去救其他同志。

我立即笑起来，说：欧阳小宝同志，其他同志都好好的，就是你，莫名其妙地摔倒在舞台上。

董军工瞪了我一眼，说：欧阳小宝同志，你放心吧，要好好休息，组织上已经看到了你的表现……

欧阳小宝像突然意识到了身边竟然是我们的领导董军工同志，他立即想站起来，他说：不，我不放心，我还有山东快书。

这时，朱医生已经把氧气插了他的鼻子里。

那时在后台暗黄的灯光下，欧阳小宝彻底像个病人了。

董军工看着华沙和我，大声说：现在，我命令你们两个上台，独子笛奏。

华沙先笑了，我也笑了，女兵们也笑了，董军工愣了一下，也笑了，说：笛子独奏，笛子独奏，先手风琴独奏吧。然后，董军工突然大声说，有点吓人：执行命令！

6

华沙抱着手风琴从侧幕走上前台，灯光照耀在他的小白脸上，让他的眼睛显得比平时更小。台下爆发出热烈的掌声。华沙是明星，他的手风琴技艺早已经传遍我们那时所有的边防线，官兵们早就盼着他的到来，应该说华沙来到三十里营房跟毛主席五卷到边防一样，都是让人幸福的大事情。

让我特别吃惊的是他竟然一上来就演奏《化装舞》，以后，听到大乐队演奏这首作品，我总是想起华沙。他是头一个让我知道《化装舞》的。这是一首在我看来非常神秘的乐曲，那种探戈夹杂着切分的节奏，在我以后思想更加复杂而且越来越复杂的想象里很像是中年男女做爱前后的感觉，那种你很难想象的强弱对比，特别是那种左手长音、右手不断推进的力量，你会想入非非。在外国人浪漫而又富有激情的簧片振动下，连欧阳小宝总是站在厕所外边，固执地确认男左女右的变态行为都会融化进这首乐曲中。最起码是在那个晚上，在三十里营房的、海拔3000多米的高度里，《化装舞》像风一样地朝我奔袭而来。其实，他第一首乐曲从来都是《我为祖国守大桥》的，那大桥有什么好守的，那个时代连小偷都没有，也没有拐卖妇女儿童的。歌是这样唱的，我还是选择我最喜欢的歌词吧：车上的工人大哥把手招，农民大娘向我点头笑，红领巾向我行队礼，我望着车窗心里乐陶陶，心里乐陶陶，心里乐陶陶。哎——

我那时就心里乐陶陶的，华沙拉得真好，而他是我的好朋友。我们已经建交了，就像美国和中国一样，已经建交了，还能不团结吗？我为有高超技艺的朋友骄傲，别看他年龄小，我就是为他骄傲。

华沙拉着手风琴，开始有些喘气，这很怪，他跟我一样，几乎

156

没有高原反应。我看着他，他没有看我，而是看着观众。当他在观众热烈的掌声里走下来时，我发现他的脸上也有些苍白。当他再次返回舞台，又演奏一首《野蜂飞舞》时，我隐隐约约地感觉到也许有些变了，要不为什么他先是《化装舞》，又是《野蜂飞舞》，然后又《马刀舞》，这全是外国作品，过去连练功时都不让演奏的。刚当兵时，如果你在后台拉《梁祝》，董军工总是会严厉地呵斥你，让你停止。现在，华沙可以演奏三首外国乐曲，这说明什么呢？最后一首《快乐的女战士》，华沙拉得非常高兴，只是他的喘气更加厉害。下边的观众意识到了他喘着粗气的样子，就笑起来，就特别满足。高原反应人人都有，问题是华沙的小反应能为人们带来乐趣。

人们不让华沙下台，让他再奏一首，可是，华沙已经演奏了5首曲子，董军工不让他再上了。下边是舞蹈《阿里姑娘学纺织》，这是她们从成都军区学来的，要求我们的舞蹈演员们全都穿上鲜艳的藏袍，还要穿上大皮靴。那时买不着皮靴，是董军工在喀什皮革厂发现了在仓库里放了近30年的一堆皮靴，那是20世纪50年代初期，他们专门为三区革命的女兵们做的。结果形势发生了变化，女兵们穿上了另外的服装。

她们在舞台上跳踢踏舞，那是整个舞蹈的高潮。舞台是土地，在她们的大靴子踩踏之下，尘土渐渐飞起来，像发生了火灾一样，烟尘滚滚。尘土飞扬朝着台下的观众弥漫，呛得他们咳嗽，这种壮观的场面激动着女孩子们的心，她们更加愉快。舞步激烈，让舞蹈和心情全部进入高潮，她们还要喊，喊叫的节奏与舞蹈的节奏互相映衬。三十里营房红旗招展，烟尘咳嗽音乐光亮像鲜花一样幸福开放。那是一个节日之夜，女兵的喊叫与男人的咳嗽如果录下音，会让远在天边的美国人、德国人、法国人，会让《查理周刊》的人浮想联翩，夜不能寐。

我上台时感觉像是钻进了硝烟滚滚的战场，下边的观众还沉浸在女兵舞蹈的兴奋里，女兵的身体激励了男兵们的想象，他们的身体被激励得有些亢奋，血液里突然有了助燃剂，火焰烧得他们里里外外都像发红的炭火。

7

华沙为我伴奏时，我看见他的眼睛里有些得意，在上台之前，他告诉我，他不会高山反应。我在台上演奏时，感觉到自己的气息比平时短了，就像经过了长跑比赛，我有些喘气。今天回忆当时，很容易陷入高山反应的怪圈，其实，我在那个晚上被另外的情绪主宰：我有些嫉妒华沙，他演奏了5首，而我拼了18岁的老命，观众的掌声也没有他热烈，我只吹了3首曲子。华沙是我最好的朋友，我们一年前就建交了，可是我嫉妒他。他太受欢迎了，他真的是童年天才。我为什么不能是童年天才呢？我从小学习乐器的经历是那么的艰辛，人们都怀疑我的大舌头能不能吹奏管乐。你舌头大，嘴唇厚，口风大，吹孔小，气息全都跑掉了。而华沙天生就是学乐器的，他飞快的手指几乎不是练出来的，而是天生就有。我心里嫉妒他，却又不愿意承认，我是那种人吗？他除了自己的父亲以外没有跟别人学习，可是，那手风琴完全是长在他身上的。今天回想起来，他跟海菲茨一样，上帝是他的老师，他们都是跟上帝学的乐器。我不是那种人，我为了对抗自己天生不好的条件，几乎奋斗了一辈子。我内心被对华沙的嫉妒折磨着，完全没有意识到这儿是高原，会有高山反应。

那天掌声涌起来时，整个舞台上出现了橙黄的色彩，我在观众的议论和笑声里走进了侧幕，下到后台，走进了后厨房时，我跟华沙都愣了，那场面真是壮观，女兵们已经躺倒了一大片，她们有的躺在担架上，有的靠在黑色的背包上，每个人的鼻子里都插着氧气管。刚才她们还在疯狂地跳着《阿里姑娘学纺织》，她们用大皮靴在舞台上扬起的尘烟弥漫了整个三十里营房，现在她们躺下了。女孩子们输氧时非常优雅，她们可以闭着眼睛，却面带微笑。闭眼说明她们痛苦，微笑说明她们青春，爱美，她们想不五讲四美也不行。

我跟华沙看着眼前这一片躺下的文艺女战士，不知道该说什么，就只好沉默着，看着她们。

艾一兵那时睁开了眼睛，她看了我一下，又把眼睛闭上了。

这时，朱医生焦急地对董军工说：想不到，我完全没有想到！只想到个别人会高山反应，没有想到她们全都高山反应，这儿海拔不太高，可能这些天连续行军，太疲劳了。

时隔多年，那些女兵们躺倒输氧的形象都能清晰地出现在我的面前，我要是塞尚，我就画一幅《绿色的女兵们，她们在集体输氧的瞬间》，女人比男人活得长，可是，她们更容易高山反应。要不为什么，你在后台看见了一片女兵都在输氧气？用今天的话说，那是一道亮丽的风景。

欧阳小宝悄悄对我说：妈了个逼，她们全都是装的。

我有些不同意：她们为什么要装？

欧阳小宝睁大眼睛：轻伤不下火线，她们等着回去立功哪！

我说：你也是装的吗？

他说：我不是高山反应，我是腿崴了，我的脚踝扭了。

"脚踝"又是一个新鲜词，我跟华沙互相看了对方一下。

这时，朱医生对董军工说：要不，先在三十里营房就地休整一下，看看情况，这些女孩子们反应这么强烈，我都想，要不，要不今年就别上了。

董军工看着朱医生，没有说话，却在摇头。

欧阳小宝踢了我一下，说：看吧，这些女兵装的，把朱医生都吓着了。

我看着那些倒成一片的女兵，感觉到她们倒下的姿势都特别有舞蹈的感觉，很性感，虽然那时我还没有学会性感这个词。

8

昆仑山与天山好像不太一样，这儿四面全是雪峰，你朝天山仰望，总是只看到一座雪峰，那是博格达峰，可是，你在昆仑山里朝四面看，你会看到许多雪峰，它们没有一座不像神一样地朝你俯视着，像是在召开一场由众神参加的会议。

我们也在开会，三十里营房的会议如同古田会议、"八七"会议、遵义会议、瓦窑堡会议，还有数不清的会议，我们是伴随着会议成长的。每一次会议都是不一样的，每一次会议都是一样的。

如果在平时，在我们喀什南疆军区时，董军工喜欢召开支部会议或者是支部扩大会议，也许是总支会议或者总支扩大会议。那时，如果你是支部成员，你就神秘，因为你有特权，你知道别人不知道的事情。如果董军工想要修理一个人，那支部的人总是最先知道了，他们总是在支部内部先达到高度统一。母亲深知支部的厉害，她在我才几岁时就教导我，一定要入党，你为了给妈妈争口气也要入党，你只有在支部里才能不被别人整。她是地主的女儿，她的父亲挨过整，她的哥哥挨过整，她当然不希望自己的儿子也挨整。可是，此时此刻，我们是在去阿里的路上，母亲早就被我抛在了脑后，她生活在遥远的乌鲁木齐，而我们很快就要到西藏了。这次支部会议我仍然无法参加，亲爱的妈妈，我让你失望了。不过，我才当了不到两年的兵，别说我，连艾一兵和马群他们都还没有入党，连她们都参加不了支部会。还有，妈妈，我也想对你说，支部会议也不完全是为了整人的，现在我们去阿里，我们的车盘旋在昆仑山里，我们有了紧急情况，部队大量减员，是继续向前，还是后退，这是生死存亡的严肃问题。而且，小会开完了，很快就开大会了。

雪山围绕着董军工，我初步数了一下，大约有20多座雪峰，他们在月光的照耀下，竟然与白天一样醒目。今天是支部扩大会议，而且，是无限扩大的会议，因为我跟华沙都参加了，这就说明了一切。艾一兵和欧阳小宝也参加了，马群一上山就反应剧烈，他也参加了，全体演职人员都参加了。灯光下，董军工也跟雪山一样明亮，他的权威让他也成为一座雪山，用今天的话说，他是威权政治的核心。他说：朱医生担心会出大问题，特别是女同志们高山反应强烈，我理解朱医生，他的担心肯定是有道理的。但是，同志们，我们必须上山，我们一定要朝前走，我不用商量，不用跟任何人商量，因为阿里的边防战士正盼着我们，我们要做好牺牲的准备……

有女兵哭了，是拉小提琴的江奇和娄宜。另一个女兵也哭了，只是她的呼吸比别人都粗，是陈想。她竟然还会哭，我那时以为女孩子胖到一定程度就不会哭了呢。首先哭起来的是三个拉小提琴的女孩子，这说明小提琴把她们惯坏了。

舞蹈队似乎也有女孩子开始抽泣，"牺牲"让她们想不哭都不行，看来牺牲这样的字眼在任何时候都不能乱用。我看看艾一兵，她没有哭，她的脸色微微发红，这说明她有些兴奋。她一直看着董军工，仿佛向日葵看着太阳。

董军工看看表，说：各班组开战前动员会，我们是战士，要士气高昂！

朱医生这时举起了手，像是课堂上的三好学生和五好战士一样，脸微微有些红，看起来医科大学的人就是有些软弱，他要求发言，他说：队长，我想，想，说两句。

董军工摇头，他没有看这个随军的医生，就好像他不是朱司令员的儿子一样，他说：朱医生，我不是一个不讲民主的人，但是，现在是要求集中的时刻！

那天晚上，在三十里营房，在雪山的围绕中，我们演出队的男兵女兵们又一次表决心请战，艾一兵带头写了血书，只有一句话：我愿意为了阿里的边防战士牺牲自己。这当然是一句分量很重的话，许多年后的今天，我都感觉那是一个诅咒，有某种我们人类完全不懂的神秘的预示。不少人看她写了，也跟着写，马群竟然也写了。以后有人回忆说，她们写血书没有真用自己的鲜血，是用红墨水，还有人不回忆就说：我们这个民族最愿意写两种东西，血书和匿名信。他们说得都不一定错，只是太轻松了些。

月光照着小路上，我跟华沙披着大衣走到了小河边，很奇怪，白天还有点水，现在竟然一点水都没有了。众雪山看着我们撒尿，华沙那时小小的身体像大人那样一颤抖，他说：我永远不写血书，你呢？

我没有说话，我不知道自己以后会不会写，因为，那时我已经18岁了，苍老成熟的我已经充分感受到来自于血书的压力。

雪山绵延伸展着，朝着无边的天际流淌，撒完尿后更冷了，我感觉到自己特别渺小。月光洒在华沙的小脸上，让他有些像庙里的尼姑，他从军大衣口袋里拿出小红本，那是他爸爸给他抄的斯波索宾和声学，他说：我每天都背一首和声法则，你为什么不背？

我说：从明天起，我也背，你说，为什么四度、五度不能平行？为什么不能平行八度进行？如果我跟长号、巴松、大提琴演奏完全一样的旋律呢？那不是挺好听的吗？

华沙不说话。我想了想，又说：管它呢，先背下来再说。

那时，一阵风吹过来，从兵站卫生院的灯光那边传来了那个女人的歌声，朱医生肯定不用写血书，他医科大学毕业，已经是干部了，他也是军中贵族。

华沙仔细听着歌，突然说：她们说朱医生是朱司令的儿子。

我说：真的吗？谁说的？

华沙说：艾一兵说的。

我说：那艾一兵一定爱上他了。

华沙说：谁球知道。

我又说：那朱医生还那么谦虚，真的是朱司令员的儿子？

华沙说：如果你爸爸是朱司令，你就不谦虚了？

我想了想，说：那我就先让他们把董军工的球巴子割掉。

华沙笑了。我看着他说：你呢？你爸爸如果是朱司令员，你割谁的球巴子？

华沙突然低下了头，不吭气了，他的脸那时突然如同一张老人的脸，充满苦难。

我仔细地听着那个女人的歌唱，叹口气，唉，朱医生竟然拥有小录音机，那他爸爸不是司令员又能是谁？我早就应该想到，他们这些贵族，如果他愿意，他随时可以听那个女人唱歌，他还可以躺在床上听歌。她叫什么来着，邓什么来着，邓、邓、邓、邓丽君吧——

9

死人沟现在很多人叫泉水沟，我有些记不清了。从当时的战友（其实，我不太爱用战友这个词，从来没有打过仗，只是当了几年为边防战士演出洗裤衩的文艺兵，觉得缺少点战友的底气）留下的那些照片，看那个沟挺安详。

缓缓的山坡，上边有一层薄薄的干草，据说野羊、野牛、野骆驼在这儿吃过干草，连狼都在这儿吃干草。山洪早已汹涌澎湃地流走了，残留下一片片浅水滩。

你站在水边，甚至能从里边照出自己的脸，这张脸才18岁，就已经有了很多沧桑。

我那天就在一片水边，充满委屈地发现自己已经很老了。我扭过头去，有些不好意思看到那么像老头一样的自己。我为了前途17岁就离开家，现在已经一年多了。母亲教导我说，一定要入党提干。积极靠拢组织，任何时候都不能离开组织，组织就是你的一切。如今我一点进步也没有，前途还很渺茫，就感到自己老了。

华沙说：你提的那个问题，我知道了。

我说：我提什么问题了？

他说：你在三十里营房，开完会，他们写血书的时候提的问题。

这时，我朝远方看去，艾一兵正在跟朱医生说话，她站在那辆卡车的前方，正面对着太阳，她的脸上充满阳光，还有微笑。朱医生的脸上有些灰，他只有半边脸被太阳照耀，那半边脸朝着艾一兵，他的眼睛里有些闪光点。听不见他们说什么，只是感觉到艾一兵的眼睛特别亮，与天边正在聚积的乌云形成反差。

华沙说：你真笨，连自己提的问题，自己都想不起来了，你装的吧？你问我，如果你跟巴松、长号吹同样的旋律，那不是也很好听吗？

我还在看着艾一兵和朱医生，我发现朱医生也开始微笑了，那一定是女孩子的力量，她们太有力量了，她可以让朱医生想笑就笑。那时候我还不知道，她们还可以让朱医生和我这样的男人想哭就哭。

华沙的声音如同风一样在我耳边吹着：你说，为什么四度五度不能平行？为什么不能平行八度进行？

我没有看华沙，只是看着艾一兵和朱医生，说：为什么？

华沙说：为你个球呀。

他生气地走了。我没有理他，这时，艾一兵离开了朱医生，朝着大轿子车走去，她那时走路的姿势如同跳高，充满弹性。她本来就是学舞蹈的，我们在中学时，常看她从军区歌舞团里边走出来，她们家就住在里边。她经过八一剧场，朝着大门外的花园走去，然

|

后，一直向东，走进我们八一中学。她走在校园里的老榆树下时，总是面带微笑，像所有青春美丽的女孩儿一样。现在她就是那样，也许朱医生让她回到了中学时代，她的腿显得很长，她的臀部扭着，好像不扭就不行了。她在跳上军绿色大轿子车门前踏板的刹那间，竟然回头看了我一下。我知道自己那时正在发呆，但是我无法从呆滞里走出来。那时，我眼睛的余光发现，朱医生朝我们走来，他是坐在我们这辆卡车的驾驶室里的，我看着他的脸，突然发现他的眼镜后边是一对三角眼。是我的眼睛出问题了，还是他的眼睛出问题了？

突然，有人在身后踢了我一脚。欧阳小宝嘿嘿笑着，他的嘴唇干裂又出血了，他说：看什么呢，不知道人家是王子吗？

我没有说话，而是走到了卡车的后边，爬上去。这时，华沙抱着手风琴，拉着《化装舞》，他边拉边说：你听，平行五度、平行八度，都没有力量，他故意把一个乐句改成了平行五度八度，然后，他又演奏把它们变回来，说：你听嘛，妈逼你听嘛，你能不能不要看艾一兵了，你听，和弦变化才丰富，你听，你听，他把头凑到我的身边来。

我看着他，问：谁告诉你的？

斯波索宾。华沙说完感觉到我可能不理解，又说，我爸爸抄的小本子里，你忘了，配器法。

我看着他，说：心里难受。

华沙没有理我，仍然拉着琴，那时，我看到了天边山前的云彩正在发黑，它们像沙石那样聚积在一起，似乎要下雨了，我们就要朝那边走，朝着雨里走了。

我突然说：艾一兵今天有些骚情。

"骚情"是我们西北话，男孩子第一句话总是你骚情啥呢，第二句就会是你妈的逼。

华沙突然停止拉琴了，说：你思想太复杂了。

那时，我看到山那儿黑云滚滚，雨已经下起来了。

10

我们朝着山边的乌云奔跑着，我们感受着如同浓烟一样的雾气滚滚而来，雨水打在汽车上，从车后的雨棚入口朝里洒落。我跟华沙兴奋地叫唤着，只有欧阳小宝有些生气，他把一块雨布搭在头上，像是国民党逃兵一样，嘴里呼着热气，还大声说：什么玩意儿，他们在轿子车里享受，我们经历风雨。他诗一样的语言让我和华沙笑得更加厉害了。如果不是雨水更加猛烈地朝我们的车厢里打进来，我相信欧阳小宝一定会说出更加不要脸的，也许是最最不要脸的话，比如：经历风雨，才见彩虹……

突然，华沙叫起来：彩虹，看呀，彩虹……

我跟欧阳小宝朝远方看过去，真的，在南边偏西一点的地方，果然有一道彩虹出来了，奇迹，真是奇迹，因为南边，东边都下着大雨，乌云浓密，可是，靠西边竟然出现了彩虹。不是欧阳小宝不要脸，而是老天爷不要脸。

其实是山边的乌云朝着我们奔跑，雨水越来越大，彩虹仍然在西边山下，可是，车下的道路已经看不清了，我们仿佛走在河流里。那是一个四面环山的地方，而且山脉围拢过来似乎是圆形的，凭着对于刚才彩虹的记忆我觉得我们是在朝南走，也许是朝东南走。几十年都过去了，我昨天在百度地图上重新回到了那条死人沟，感觉到是在朝东南走。彩虹再次出来了，它伴随着雨水，让我们想起了伟大领袖毛主席的诗词。有人说他的诗歌写得好极了，有人说他的诗写得不怎么样，不过是帝王诗。我也不懂，反正那天我跟欧阳小宝都想起了他老人家的诗歌：大地出斜阳，关山阵阵苍。

谁持彩练当空舞。茫茫九派流中国。大河上下，顿失滔滔。欧阳小宝说：你还喜欢文学呢，连这些诗歌都张冠李戴，告诉你，不是爷吹牛，唐诗三百首我几乎都能背下来。我看着欧阳小宝，那时雨水正不停地浇在他的脸上，也浇在我的脸上，他说：不服呀，不服咱们比比。欧阳小宝说着开始背诵唐朝的诗歌，他真的很熟悉，他不是从李白、杜甫、白居易开始的，而是从那些我都没有听说过的人开始。喀什新华书店卖《唐诗三百首》时，成千上万的人都在排队，我前世八辈子祖宗没有修来那福分，我没有买上。欧阳小宝连续背诵了5首，然后说，你也别比了，告诉你，这些人的诗歌，别说你，我敢说，整个南疆军区都没有几个人能背下来。这么跟你说吧，就是咱们整个中国人民解放军也都没有几个人能背诵下来。可是，你热爱文学，渴望当作家，连唐诗都不会背诵，你知道作家是什么吗？是最崇高的理想，你有这理想吗？

我没有。我说。

他说：我有！我有一天要当作家。

那时，雨水已经把他的眼睛淋湿了，似乎是说出了要当作家的理想，欧阳小宝就在死人沟边哭了，要不，雨水可以淋湿他的头发、脸庞、军帽、领章，怎么会淋湿他的眼睛呢。

华沙说：你哭了？

欧阳小宝说：小屁孩儿，谁哭，我哭？说着，他像李白那样，仰头看天空，哈哈哈哈地大笑起来。

那时彩虹再次出来，照亮了华沙的脸、我的脸，还有欧阳小宝的脸。昨天，彩虹再次在百度地图上出现时，我又想起了欧阳小宝这个人，我想，一个能背诵许多唐诗的人，他一定成不了作家，最起码成不了好作家。

11

前方的轿子车停了，从上边下来个人，他披着雨衣，看不见他的脸，只是看着他的背影在河流里。他走到了轿子车的前方，似乎是一个举着火把的人，他是一个领路人，带领我们前进，团结起来，争取更大的胜利。那个时候喜欢说争取更大的胜利，你胜利了，你又胜利了，你还要得到更大的胜利。

那个穿着雨衣的人不时回头，他看着大轿子车，他在做手势，动作很大，有些夸张。突然，西边天际出太阳了，斜阳照耀着那个领路人，把他烘托到了我们中国人民解放军南疆军区的舞台上，就好像灯光突然打到了他的身上，他就是再谦虚也无法逃避自己身上的光环。可以看到水挺深的，那水有时在他的膝盖处，有时竟然能到他的腰部，欧阳小宝突然对我说：知道吧，他的鸡巴现在一定是湿的。被山上下来的洪水洗干净了。

我再次惊异于欧阳小宝的用词，说不定他真是生在北京的，以后才来新疆的。

那是新疆与西藏交界处的奇景，雨在下着，太阳也出来了，只是太阳和雨水不在同一片天空。你看见了一个人，他身披阳光，雨水又落在他的头上，肩膀上，那时有一首歌，手握一支钢枪，身披万道霞光，这个人此时就在这样的情境中。他渐渐不再回头喊叫了，他只是朝前走着，让车跟在他后边慢慢开，可以看出来他一脚深，一脚浅，他顽强地向前，我们知道只有他向前，我们才能向前。

华沙说：不用往前走了，车就停在这儿，看着四面都是水，好玩儿。

我也说：就是，那是谁呀，他为什么要下车，是不是也跟艾一兵打扫厕所一样，是为了好好表现？

欧阳小宝不说话，他只是紧张地看着前方，就好像那儿有最可怕的灾难在等待我们。

我把手伸出去，像西方贵族妇女一样张着嘴，感叹着体会雨水，说：车就停在这儿吧，看看水从四面八方来吧，让暴风雨来得更猛烈些吧……

欧阳小宝突然打断我，说：你们懂个球，四面都来洪水，我们面临灭顶之灾呀，不抓紧时间冲出去，连人带车都冲走了。突然，大轿子车猛地晃动一下，停下来，欧阳小宝高呼：完了，熄火了，轿子车熄火啦！

那车的所有窗户在瞬间都打开了，无数的头伸出来，看着四面让人绝望的洪水。我们隔着很远，似乎都能听到女兵们在喊叫，从她们的嗓音深处你能理解到惊恐这个词汇里最深刻的含意。

欧阳小宝的脸色已经有些苍白，我在前边说过，他是白皮肤的人。他似乎在我跟华沙面前掩饰自己和那些女人一样的恐惧。

只有我和华沙由于缺少生活经验，才没有感觉到害怕，华沙甚至还嘲笑那些女兵们：叫我的球嘛——

华沙不是新疆人，每当他学着我们新疆人说俏皮话时，总有些外星人的感觉，欧阳小宝因为华沙的轻浮而生气了，说：叫你的球，你球才多大，妈的，你没看见大车已经陷在水里了？完了，我们完了！

这时，我们看见那个站在水中的引路人突然回头走向了车，他挥着手似乎想让雨停下来。车似乎被水淹得更深了，我们在这边能看到汽车轮子已经四分之三被水淹没了。那时，从每一个车窗里都探出了两三个脑袋，他们正认真地听着领路人说话。

我们的车也在水中缓缓地驶向了他们。

三辆车合围着这个勇敢地站在水里的人，离得近了，从他身体晃动的姿态上，我心里知道了，他可能是董军工。华沙说：董军工！！

欧阳小宝看我们俩的表情，也仔细地看着那个被雨衣完全遮住、一直走在水里的人，说：操，真是董军工——

我内心突然有些敬重这个一直站在水里的人，我看看华沙，发现他的眼睛也很明亮。

他这么长时间在冰水里，犯了中医的大忌。欧阳小宝想了想，又说，反正他已经有后代了。

我问欧阳小宝，谁是他的后代？

就那个老在政治部食堂门口玩的小三角眼儿，跟他爸爸一样，小乌豆眼，小三角眼，而且，还是等边三角形。

我跟华沙谁也没有笑，我们只是看着前方陷落的大车。

董军工突然把头上的雨衣帽子拉到了后边，这样他的脸就完全暴露在了天空下、雨水中、群山间。他戴着的军帽已经完全打湿了，他的目光很快地扫过了我们这三辆车，大声说：全体注意，听我命令，党员、干部全部下车，跟我一起下车。女兵除外——不行，任何女兵都不许下来。

在众雪山和我们共同的注视中，党员和干部们都下了车，连朱医生都下了车。这时，我发现他很像他爸爸朱司令员，朱司令员每次在台上做报告时，都跟朱医生是一样的表情。似乎脖子总是很硬，有一种骄傲的模样，就像鲁迅那幅画像。他们在董军工的指挥下，依次排在车尾和车侧面。司机张包开始发动车了，大家开始喊着一、二、三，然后开始猛地推车。

车没有动，这时，董军工又喊：老兵下来，减轻重量。

艾一兵又冲到了门口，董军工冲她喊着：艾一兵，服从命令，不听话，回去处分你！

此时此刻，我的音响里，钢琴声正传来《云雀》，是巴拉斯列夫的吧？是格林卡的吧？怎么那么像华沙的作品。那时他总是在钢琴上，那是我们南疆军区毛泽东思想宣传队唯一的一架钢琴上，弹奏我和他共同写的钢琴曲。我们用俄罗斯小调，用里迪亚曲式，写的钢琴小品。平时想念华沙，今天却有些想念董军工，那些穿着军装的人还站在死人沟里，他们完全没有欣赏从天上下来的雨水，也没有注意天边的彩虹。

我们眼看着那辆车上的男兵都下来了，他们开始齐心协力推车。

华沙回头看看我，说：咱们也下吧？

我当时内心也一阵热浪席卷，有些像亚运会时候在天安门一样。我跟华沙还没有做出最后决定，欧阳小宝竟然已经跳到了水里，他朝着大轿子车跑过去时，人们都在看他，他像英雄人物一样，不说任何话，只有行动。欧阳小宝与他们共同推车。华沙紧接着也跳下去了，他回头看我时，我正在缓慢地抓着卡车的边框，小心地往下走。华沙笑了，我知道他的意思，我不是一个男人，只有女人才这样下车，甚至有的女人都比这个男人强。我下车后，与华沙共同走到了大轿子车旁，那时已经没有我们的位置了，我们插不上手。而且，也根本没有人注意我们，平时没有写过血书，今天动作也很慢。华沙倒是无所谓，他像一个傻子一样，只是咧着嘴，在死人沟的大雨里笑着。

那时，大轿子车已经开始移动了，我跟华沙像是游手好闲的过路人那样看着大家推车，河水冰凉，那只能让我们感觉到刺激。据说我们的那些小小的女兵们会因为脚泡在冰水里改变她们的生理周期，我们不会。我们兴奋而新鲜。

车开得更快了，推车的人都跟着车一起跑起来，我跟华沙也快乐地跑起来，还做出了夸张的跑步动作。我们当时的心情就跟汽车马达一样快乐，雨水挡不住我们两个人的快乐，昆仑山上的洪水也挡不住我们的快乐。突然一个洪亮的声音在呵斥我们，把我们的灵魂都吓得走出了我们的心灵，如果我们有灵魂的话。你们两个干什么，这么严肃的时刻，还玩，还笑，还闹，回军区就给你们两个处分。

我看看董军工，突然恐惧起来，大自然没有让我感觉到恐惧，人类让我感觉到恐惧。我想解释，我们本来跳下水，是想推车的。

　　我们的车出来了，我们的车又开始欢快地奔跑了，而且，董军工竟然让我们三个，就是说让我跟华沙，还有该死的欧阳小宝上了大轿子车，他认为大家应该在一起，如果出了问题，那三个男人总是比女人强。

　　我们的车走得很得体，得体的意思就是说不仅稳，还轻松，一点不像是走在洪水里。那时西边天空再次出现了彩虹，那五光十色的温柔之光就像是一个将要成年的少女，她在挑逗我们。真是很享受，从陷落的沟坑里出来，我们终于坐进了暖和的轿子车。车内有人唱起了歌，是歌颂毛主席的歌，其实那是1978年，时代已经有些变了。不过，今天的时代变化更大，你要白天去钱柜，还能听到那些颂歌。

　　董军工也笑起来，就好像他成了我们这个大轿子里的毛主席。只有艾一兵还有委屈，她不相信董军工会对自己发那么大的火，在她渴望建立又一个功勋的时刻。像所有女孩子一样，她的眼睛里充满泪水。深深的海洋，你为何不平静，不平静就像我爱人，动荡的心灵。不知道是谁带头，拉小提琴的陈想、江奇、娄宜她们竟然开始唱起了这首歌，女孩子总是充满柔情蜜意，有的时候她们的内心就像糖一样甜，年轻的海员，请你告诉我，不知道你的心灵，如今在哪里。她们的心灵已经跟着年轻的海员们走了，就在死人沟里，拉琴的人感觉好，她们竟然可以分声部。华沙很仔细地听着，悄悄对我说：她们的和声用错了，最后解决的时候逆行了。

　　我再次看看艾一兵，发现她的眼睛里已经没有泪水了，她已经开始笑了。在有的女孩子身上，笑和哭、眼泪和欢乐完全没有界线，特别是在她还不到18岁的时候。可是，我还是有些心疼她，我悄悄看看董军工，发现他已经睡着了。

不服不行，董军工刚才就那样走在洪水里，他完全可以命令另一个人下去，这个人可以是党员，也可以不是，可以是干部，也可以不是，可以是老兵，也可以不是。董军工突然睁开了眼睛，我那时正看着他的脸，这样一来，他的眼睛就正好对上了我的眼睛。他的眼睛很可怕，我们在默默中对视了不到一秒钟，我就连滚带爬把目光移到别处去了。董军工听着女孩子们的歌声，突然站起来，打断了她们，他说我指挥大家，唱首歌吧，向前，向前，向前——

我们的队伍向太阳，走在祖国的大地，肩负着人民的希望，我们是一支不可战胜的力量，我们是人民的武装，我们是……

12

大雨似乎停了，我们仍然走在死人沟里，却渐渐上了缓坡，那时地面露出来了，四面的雪山也比刚才清晰了。这时，我才意识到自己竟然跟肥胖的陈想坐在一起。从董军工命令大家唱完歌后，她一直没有说话，她是不是感觉自己是一个忧郁的女神？我看看她，感觉到无聊，就看着远处山坡上一只小黄羊，它站在远方似乎也一直在看着我们。

你也在看她吗？

陈想突然问我，她不说你也在看小羊吗，而是说你也在看她吗，这是不是说明陈想是一个有学问的女孩子，有很好的家庭教育背景？你体会一下：你也在看她吗？

山坡上的小羊那时显得很孤独，你不知道她从哪儿来，为什么要站在那里，又要到哪里去？

你是在看她吗？陈想又问我。

我点头，说：也看，也不看。

为什么？

因为我的眼睛里还有别的东西，乱得很。

你是说你的眼睛里还有那雪山、云彩，还有河水吗？

我摇头，说：不止这些，好像有很多东西，有时太乱了，我都头晕了。

陈想说：我就看着她，一只单纯的小羊。她那么弱小，她有未来吗？

想不到陈想这么胖，可是她内心还那么脆弱，是不是越胖的女人内心就越脆弱，我以后一直在思考这个问题，几十年了也没有想清楚。

我觉得她没有未来，跟我们一样。

我有些吃惊，陈想竟然说出了这样的话，那是反动话。我有限的人生阅历让我隐隐约约知道，右派可能会说，反革命会说，反动的技术权威会说，知识分子会说，资本家会说，地主——地主不会说，因为他们太土了。

陈想就那样一直把目光停留在那只可怜的小羊身上，又说：我想我弟弟了。

我听说过她弟弟，那是一个小提琴天才，是她爸爸自己教育的孩子，她又说：我弟弟太可惜了，他应该去茱莉亚音乐学院。

我没有看她，只是说：茱莉亚音乐学院在哪儿？

纽约。

我被吓了一跳，死人沟从来没有让我恐惧，那是别人的事情，可是，纽约真的让我恐惧，那是一个什么样的地方，是美国的首都吧？

陈想又说：很多最伟大的小提琴家都从那儿出来，知道吧，海菲茨就从那儿出来。

我兴奋起来，我知道海菲茨，听说他拉《吉卜赛之歌》时，那左手完全是飞起来了。那是我在中学时听军区歌舞团的首席小提琴吴胖子说的，那时他正在教导学生，我们这群热爱音乐的小孩儿都站在窗外偷听，那是一个下午，我们冒着乌鲁木齐春天的绵绵细雨偷听着吴胖子嘴里说出的每一句话，我们的头发湿了，身上很冷，内心却在燃烧。

陈想又说：有人说海菲茨的手是上帝的手，有人说，他是上帝教出来的学生。他刚到纽约时……

几声巨响，我们的车再次掉进了一个坑里，车停了，而且，熄火了。

13

我们都站起来，朝着窗外看，仿佛才发现外边的天地已经变得有些黑了，才下午两点吧，为什么会跟傍晚一样？我们看不清雪山，只是再次感觉到四面的洪水正滔滔不绝地向我们奔涌而来。

董军工站在门口，他想打开车门，却打不开。他让身边司机张包打开了驾驶座椅旁的一个窗户，然后，在我们全体的注视下，他竟然机灵得像小偷一样从窗口翻了出去。他站在雨里喊着，洪水从他身边流过，那水不太深，比膝盖高，比大腿低。在董军工的命令下，许光春和李大劲也从窗口爬出去，他们也与董军工一起站在了水里。李大劲从车后边取出了拖车用的钢丝绳，许光春指挥着前方的卡车倒回来，他们三个人一起把两辆车用钢绳连接起来。外边似乎很冷了，白色的雾气从他们嘴里呼出来，让他们像俄罗斯的苏联军人在冬天严寒里走在莫斯科郊外的原野上。他们穿着黄绿色的军装，被周围的雪山包围着。在董军工的指挥下，前边的卡车开始拉我们的大轿子车，我们屏住呼吸，眼看着那钢绳渐渐伸直了，绷紧了，更紧了，那钢绳开始痉挛。我们的车似乎有些移动了，车上有人已经开始幸福地呻吟起来。突然，钢绳断了，车内刚才幸福的呻吟立刻变成绝望的叹息。只有欧阳小宝一个人笑起来，他大声说：

陈想应该下去，你那么胖，太重了，卡车拖不动你。

大家都笑起来，陈想没有笑，她默默地瞪着像牛一样大的眼睛平静地看着欧阳小宝，欧阳小宝那时也看着她。两人互相看了一会儿，笑容渐渐从欧阳小宝脸上消失了，表情有些尴尬，甚至有些恐惧。他不知道陈想下一步会干什么。突然，陈想又笑了。那时，董军工把头伸进车里，对大家说：听我的命令，男同志全体下车，女同志全体留在车上。

欧阳小宝喊：陈想也留在车上吗？

董军工严肃地批评他：欧阳小宝同志，你哪来这么多废话。全体男同志下车。

14

河水冰凉刺骨，我从小在乌鲁木齐游泳，那都是从雪山上融化的雪水，即使到了乌鲁木齐的西大桥下的缓水池，也是冰凉的，即使在西公园里，在乌鲁木齐懒洋洋的太阳下，那水也是冰凉的，可是，眼前的情况完全不同，我与华沙学着那些老兵们脱下了鞋袜，卷起了裤腿，像民国时赴刑场就义的革命者一样走进了死人沟。沟水像是张开了嘴猛地咬住了我的脚，就像突然被刀砍了一样，紧接着就有无数根钢针开始扎我脚上的骨头。我以为已经流血了，抬起了左脚，没有流血，钻心的疼痛让我几乎站不住了。就在那时，听到了董军工的声音，他对着华沙喊：你上去，回到车里去！

车上的女兵们也都喊着华沙，让他回到车内。艾一兵大声说：华沙，你回来，你还太小，还没有发育呢。

陈想说：这跟发不发育有什么关系？再说他都14岁了，怎么没发育？只能说没发育完全。女孩子11岁就开始发育，男孩子十三四岁就开始发育了。陈想又大声喊起来：华沙别逞能，你爸爸还来信，让我关心你呢。

我听着别人都在关心华沙，心里有些难受，他们为什么不叫我回到车内呢？

华沙没有看她们，他也没有看董军工，而是挺胸抬头朝着前方，然后，他回头看看我，说：不冷呀，不冷呀。

那时，我的脚已经麻木了，好像开始那种瞬间的、最猛烈的打击已经过去了，我已经能试探着朝大轿子车的后边走了。

河水在喧嚷着，站在水里可以清晰地看到山洪从四面八方朝我们流过来。显然这才是个开始，大家那么紧张，是因为人人都清楚，也许过一会儿，山洪彻底爆发，我们就会像历史上所有那些死在死人沟里的人、野兽、牲畜一样被淹死。又被别的动物吃干净，留下白色的骨头，当洪水退去，天空晴朗时，我们的骨头在阳光下暴晒，变成风景，让死人沟名不虚传。

我们所有男人们也包括14岁的华沙包围着大轿子车，整整围了大半圈，在董军工的指挥下，奋力地推着车。但是，车仅仅是微微有些晃动，还是没有移动。

董军工的脸上出了汗，这么寒冷，我发现华沙的嘴唇已经发紫了，欧阳小宝的嘴唇也青紫了，我怀疑自己的嘴唇也紫了，浑身上下都寒冷无比，身体也开始打战。

董军工又说：全体男同志听我的命令，每一个人都要背一个女同志，把她们背到沟岸上，看到前方的高坡吗？就背到那儿。立即行动！

男兵们一个个地排着队站在了车门口，那些女兵们先是兴奋地尖叫起来。然而，当她们真的排着队走到了轿子车的门口时，一切都沉默了。有些严肃，有些庄严，洪水的声音更大了，南边的山被浓密的乌云包裹得更加严实了，这说明危险更近了。

一个个女兵不叫了，她们也没有躲闪，而是顺序地伏在了那些男人们的背上，双手紧紧地搂着他们的脖子。欧阳小宝站在我前边，他已经背上了艾一兵，我有些不舒服，我希望自己能背上艾一兵。欧阳小宝皱着眉头，说：看着你瘦，怎么那么重。你天天在食堂吃饭都吃到最后，我知道为什么了。你找别人要肥肉吃，我也知道为什么了……

艾一兵脸有点红，她说：要不，我自己走。

那时，陈想正看着我笑，她说：别害怕，我比你想象得要轻。

我憋足了劲，等待着她压到我身上，那时好几个刚背诵过的成语涌进我的脑子，泰山压顶，奋不顾身，勇往直前。陈想已经完全趴到了我的背上，还真是比我想象得要轻，像一个柔软的大网套。

我背着陈想跟在欧阳小宝和艾一兵的后边，我看着艾一兵的屁股，心里充满了美好的渴望。

陈想问我：我重吗？是不是比你想象得要轻？

我说：当女人比当男人好，对吧？

她说：胡说八道，男人多简单。

我说：为什么女人不能下冰水？

陈想笑了，说：你连这个都不知道？

前面的艾一兵又对欧阳小宝说：让我下去自己走吧，我不怕冰水，我能走。

欧阳小宝背着她说：别下来，别，我肯定把你背到沟对岸，你能帮我个忙吗？把朱医生的录音机借来，让我听一个小时，行吗？

艾一兵没有说话。

陈想悄悄说：上帝造了亚当和夏娃，女人天生要被男人照顾，你懂吗？

陈想说着，用她厚且暖的肚子猛地一拱我，差点让我摔倒。

这时，我回头看看，那场面很是感人，每个男兵身上都有一个女兵，他们认真地背着这些女人们，像是太平天国的最后时刻，也像一群逃难的灾民。只是这群越过死人沟的人都穿着草绿色的军装，他们那种独特的绿色在雪山的包围映衬下很醒目，他们军装上的红色领章和帽子上的五角星仿佛冰山上开放的花朵。有时人们叫它古兰丹姆，有时人们叫它古丽。在那时我就知道，如果有一天，让我身上没有了那种绿色和红色，那我会伤心的，而且，很可能会非常伤心。

只有华沙没背上女兵，她们不让他背。华沙独自走在冰河水里，显得瘦长而又落寞。如果那是一部战争片，他们一定会把落日的余晖洒在华沙身上，而且，还会配上背景音乐。

还有五六十米远才能到河岸，我看着艾一兵身后秀美的轮廓，问陈想：亚当和夏娃是什么人？

连亚当和夏娃都不知道？陈想在我身后又晃动了一下，我再次跟跄一下，她说：算了，不告诉你，自己看《圣经》去。

我真累得有些坚持不住了，感觉到身体开始摇晃，说：你能不能下来自己走，我太累了。

陈想侧脸看看我是不是在撒谎，又说：今天我真不能踩凉水，昨天还可以。

我说：昨天和今天不都是你吗？怎么今天就不行了？

你连这都不知道？装的吧？

真的不知道。

那好吧，我告诉你，算了，还是自己看书去吧。

还是看《圣经》吗？

你还真会装，你肯定是装的。

谁他妈的装，你才装呢，这么胖，跟我差不多高，还要我背。

比你高，比你高，陈想笑着说：就让你背，你敢把我搞到水里，领导处分你，处分你！

那时，我正好踩在一块石头上，没有踏稳，整个身体失去平衡，竟然把笑着的陈想摔在了冰水里。

欧阳小宝听到响声回头一看，像在舞台上表演相声时那样大惊失色，立即叫起来：陈想，你完了，你会终生不孕不育……

我慌忙把陈想扶起来，华沙也冲上来帮着陈想趴到了我的背上。我顽强地走着，听着欧阳小宝继续说：那种病医学上叫不孕症。

这时，我听到陈想竟然在身后哭了。看起来才17岁的陈想还是非常想要孩子的，她的眼泪让我心里很羞愧。我说：我不是故意的。

陈想没有说话。

华沙说：我看到了，他真不是故意的。

陈想说：那我以后没有孩子怎么办？

华沙认真地说：等我以后有了第一个孩子，就把他送给你。

陈想说：那我只要男孩儿。

我说：为什么？

陈想：女孩子太麻烦，太啰嗦了。

那时，我终于踏上了河岸，当我的双脚踩在泥土上的刹那，我再次瘫软了，身体朝后一仰，再次把陈想摔下去。我跟她一起躺在了河岸的沙土上。这时，听到了董军工的声音：同志们，要发挥我军连续作战的光荣传统，男同志们再次回到车那儿去，把车推过来，洪水很快就要来了。

我躺在地上没有动，华沙踢我一下，说：走呀。

我看看陈想，她那时也正看着我，非常文明地用北京话说：谢谢您哪。

她的表情严肃，没有任何戏谑的成分。

我跟华沙又回到了河里，这次竟然感觉不到冰水刺骨了，身上也没有那么冷。我们走到大轿子车跟前时，车身后面、侧面几乎都没有位置了，我挤到了董军工的身边，他看看我，说：今天表现还不错。

当时，我内心一热，就像是中学写作文常写的那样"一股暖流涌进了我的心里"。我没好意思看董军工，我有些怕看他的脸，更不愿意这么近看他的脸。我很后悔自己竟然稀里糊涂地站在了他的身边。董军工又说：大家都写血书请战，你为什么从来也没有写过？

我的脸红了，很为自己没有写血书又找不出合适的理由着急，就说：华沙也没有写。

董军工说：他才14岁，是个孩子，你已经18岁了，是成年人了。

我还有10多天才18岁，我们家算周岁。

那时，车已经动了，前边的卡车拉着它，我们推着它，让它很快地朝河岸走去。

车上河岸的那一刻时，全体人都欢呼起来，乌拉、瓦西里、毛主席万岁、共产党万岁、伟大的中国人民解放军万岁响成了片。这时，我才感觉到双脚已经没有了任何感觉，再次沉重地摔倒在沙地上。

那时，我闭上了眼睛，希望冰凉的双脚能尽快地恢复知觉。过了有几分钟，我感觉到自己的双脚被两双手分别地抱起来，我睁开眼一看，竟然是陈想和艾一兵。两个女兵一人握着我一只脚，然后，又把我的脚拉到了她们自己的怀里，用她们的身体暖和我的脚。我感觉到不好意思，想把脚抽回来，可是，她们两个人都抱得很紧。那时我内心混乱，只是感觉到了双脚的温暖。麻木渐渐消失，接着内心也变得清晰了。我两只脚分别在两个女孩儿怀里，一个人胸前似乎有很多棉花，非常饱满，让我的脚特别柔软，都有些烫了，她肯定是陈想了。另一个人的胸很清晰，没有那么暖和饱满，却更让我心动，她肯定是艾一兵了。我闭着眼睛体会着两个女孩子完全不同的胸怀，感觉到彩虹又出来了，因为我的脚已经很暖和了，而且我的眼前有大片的红色像海浪那样涌过来。好像我到了一个热带海岛，炎热的阳光照耀着我，风和沙子都有些烫。中学作文常用的句子再次出来，一股暖流涌进了我的心中。这时，我感觉到她们两个人开始用手搓我的脚了，我是个很怕痒的人，开始还尽量忍住，很快就忍不住笑起来。她们两人像排练好了一样说：有什么好笑的，严肃点。

我笑得更加厉害了，说：我怕痒。

她们两个人也笑起来，还是跟排练好了一样，笑得非常整齐。

董军工突然站在了我们身边，严肃地说：你们笑什么呢？

艾一兵边搓我的脚，边指指我说：他怕痒。

董军工看了我一会儿，那时，我因为紧张忘记了笑，也变得严肃了。突然，董军工笑起来，而且，他笑得非常夸张，就跟英达和宋丹丹他们笑场一样。他笑得最厉害时，竟然有些不好意思看我们了，就把身体转了过去。可是，他还是止不住笑，我从他的背后，看到他像是一个失去理智的全世界人民的领袖一样，在大笑声中前仰后合。

15

车窗外边正在下雪，我们继续朝着界山达坂前进了。刚才在河岸等待时，眼看着洪水开始肆虐，疯狂地在死人沟里奔腾，陈想的眼睛特别尖，她说她看见了那只小黄羊被河水冲走了，它已经死了。她说沟水里有马，有牦牛。这些我都看见了。陈想说她看见那只小黄羊了，我没有看见，却比看见了还心里难过。

不知道谁在后边说我们要学习当年的红军，决不做石达开，然后有人唱起了毛主席诗词改编的歌曲，那个谱曲的人叫李劫夫，据说他跟于会泳一样自杀了。那么有才能的人为什么要自杀，我许多年都想不通。作曲的、写字的人他们都是这个国家的财富，他们为什么要自杀？歌声很快地在车内回荡：红军不怕远征难，红军不怕远征难，万水千山只等闲，万水千山只等闲。眼前出现了贾世骏的形象，他穿着红军的衣裳，眼皮有些松软，但是他很豪迈；眼前又出现了马国光的形象，他也穿着红军衣裳，眼皮和贾世骏一样也有些松软，但是他也很豪迈。我跟华沙当时也很豪迈，如同过节庆祝一样，扯着嗓子喊唱三军过后尽开颜……

欧阳小宝坐在我前排，他的身体和脑袋都在随着车身的摇摆晃来晃去的，他在睡梦里被我们吵醒了，他睁开红肿的眼睛看了我跟华沙一下，说：有什么好唱的，别看现在闹得欢，小心将来拉清单。大家唱得更欢了，似乎只要是我们唱，那大雪就不可怕了。那时人们特别喜欢说，雪压青松松更青，霜打梅花花更红。现在大雪已经封山，只有一条路通向著名的界山达坂，现在很多人把西藏说成是天堂，如果西藏是天堂的话，那界山达坂就是天堂之门，尽管是一个窄门。坐在那个车上人人都知道，你只要穿过那个窄门，那前边的道路就跟共产主义道路一样无限宽广。

艾一兵坐在欧阳小宝旁边，她拿着日记本写字，完全不顾车身的摇晃。我说：这么晃，还能写吗？

她说：怕一会儿忘了。

我说：能让我看看吗。

她没有犹豫，就把日记本递给了我。

我看到她的字迹有些乱，那不怪她，只能怪条件，别说她，今天我重新看中共党史的一些文件，那些电报、批文，包括有中央领导集体签字的文件，也都有些零乱，字迹不那么规整。这说明战争年代跟和平时期就是不一样。她写的第一句话让我终生难忘：死人沟终于过去了，在这儿，人的私心就跟空气里的氧气一样，变得稀薄了……

怎么样，给我提点意见吧。她说。

我没有说话，把日记本还给她。我的话说不出口，我觉得自己的私心在这儿更重了，我现在还是渴望在河岸上，把脚伸到她的怀里，感受她那儿的温暖。

她一直看着我，似乎在等待我的回答，我的私心不好说出来，脸却有些红了。

她看到我的脸红了，感觉很奇怪，说：脸红什么？

欧阳小宝说：精神焕发。怎么又黄了？防冷涂的蜡。

他一直没有睁开眼睛，仿佛说着梦话。

艾一兵看欧阳小宝不说话了，又问：你刚才脸就是红了，怎么了？

一直沉默的陈想突然说话了，肯定是看你的日记看的呗，你写的内容让他脸红了。

我没写什么呀，艾一兵说着，把日记递给陈想。陈想没有接，她把日记推了回去，说：我从不看别人日记，日记是不应该给别人看的。

16

我有些困了，朦胧中似乎听到董军工在命令欧阳小宝同志坐到前边陪着司机张包。山路极其险峻，司机一定要很精神。我睁开眼睛，看着欧阳小宝从我们前边起身，坐到了前边司机张包的身边。

艾一兵身旁的那个位置空出来了，暂时还没有人坐。

坐到前边去吧，这不是你一直渴望的吗？

陈想在我身边悄悄说，她那时瞪着她那跟牛一样的眼睛，竟然一点也不困。

我瞥了陈想一眼，就闭上了眼睛，没有再理她。只是感觉到车子一直在朝云里走，不知道过了多长时间，猛地车刹住了，被一阵吵闹声惊醒了。

我睁开眼睛，看到前边似乎在打架。司机张包正揪着欧阳小宝的衣领，抬起手打他。

欧阳小宝躲着张包的拳头，他的眼睛里几乎全是眼白，那黑眼珠已经不知道跑到哪儿去了。

张包死死揪着欧阳小宝不放，嘴里骂着我最讨厌你们这些知识分子，你是不是想毒死我……

这时，龙泽、李作德几个老兵冲上去，拉开了张包和欧阳小宝。那时，我能看到欧阳小宝的脸上因为害怕而显得有些红。

董军工竟然完全不知道眼前发生的事情，他已经睡着了，就坐在艾一兵身边。

张包仍然在骂着，他妈的，欧阳小宝给我吃了不知道是什么药，吃了就想尿尿，又尿不出来。

许光华、李作德这两个干部加老兵听着听着都笑起来，我当时也笑起来。

以后我才知道，欧阳小宝从朱医生那儿偷了几粒利尿剂，董军工让他陪司机张包。欧阳小宝想睡觉，又不能让张包睡，就把利尿剂哄着张包吃了，而且，一次就吃了两片。然后，张包总是尿憋，几次停车，可就是尿不出来。张包感觉到欧阳小宝在害自己。

我至今想不通，因为今天得了高血压的人不少都吃了利尿剂，这样可以降血压，没有听说任何人撒不出尿来呀？所以，记忆有些靠不住了，也许欧阳小宝偷的不是利尿剂，也许是朱医生弄错了，也许欧阳小宝没有让张包吃错药，只是司机自己太紧张了……

突然，张包猛地又把车停下了，这次连沉睡的董军工都醒了，他威严地问前边：怎么了？

许光华用武汉话回答：张包尿不出来了。

大家都笑了。张包在大家的笑声中走下了车，女兵们不好意思继续看他，她们只是低着头笑，男兵们用自己的目光追踪着张包。就在张包脚踩在地上的那一刻，他尖声叫了一下，那声音穿透了车窗朝我们每个人的耳膜刺过来，极其凄厉，就像看见了杀人现场，看见了可怕的死尸。

一切都因为张包的惨叫安静下来，我们的车静静地停着，我们所有人都静静地等待着，眼看着张包站在车门外的地上一动不动。像被魔鬼点了穴位一样，他似乎成了石头人，只是张着嘴看着前方，身体僵硬，连脸也是彻底僵硬的。

就这样，过了几十秒，董军工对许光华说：你下去看看，什么情况？

所有人的目光又都伴随着许光华，跟着他朝车下走，眼看着许光华小心翼翼地下了车。突然，许光华也大叫一声，那声音竟然更加恐怖，把车内除了董军工和华沙之外的所有人都吓得站了起来。董军工当然有着英雄人物一样的镇定。华沙呢，他睡着了，一直没有醒。

车上的李作德有些着急了，他有些慌忙地朝着车门冲去，想跳下去，被董军工大声喝住，别动！董军工说着，走到了前边朝外看。大雪弥漫，风也在刮着，什么也看不见。欧阳小宝也站起来，他有些讨好地看着董军工，因为他知道自己闯祸了，他偷了军需物资里最重要的东西——药品，还让司机张包尿不出尿来。他紧张地跟在董军工身后，想跟着他们一起下去，董军工回头看看欧阳小宝，目光中有某种怀疑的成分，说：你别动。

欧阳小宝如同要搞阶级破坏而又被人识破了的阶级敌人一样，低下了头。他眼看着董军工下了车。我们也都看着董军工，想看看他的反应。董军工没有像其他人那样大叫，他像一个真正的共产党员一样，遇到危险时稳如泰山。

当董军工的身体如同春天里的树木一样恢复知觉时，我们也都像是高尔基笔下笨重的企鹅一样摇晃着蹭到了车头，谨慎地从里边下了车。

那情景让所有的人都张大了嘴巴：我们的车停在悬崖边，前边一米就是万丈深渊。如果不是张包想打欧阳小宝，如果欧阳小宝没有在朱医生那儿偷药，如果张包不是因为情绪激动急刹车……那我们就全都完蛋了。

我们站在悬崖边上朝下看着，感觉到头晕目眩。缓过神来的张包突然朝后倒了下去，他像是在舞台上演戏一样，倒在了董军工的怀里。马群那时正站在我的身边，他悄悄指指我的裤裆处，说你那儿怎么有些湿，你是不是尿裤子了？

艾一兵以及所有那些女兵们没有一个再像鸟那样地唧唧喳喳了，相反她们像是入党宣誓时那样，眼睛里有肃穆的光芒。就连陈想都没有说一句深刻的话，她像是一个黑铁塔一样地站在艾一兵旁边，两手捏握着拳头，只是她眼镜镜片后边似乎有泪水在渐渐渗出，那里充满恐惧。

华沙那时才从车门里出来，他也在揉眼睛，他走到了我的身边，像平时一样地大声说，刚才做梦，你们都跑了，就把我一个人留在死人沟里了……感受到周围的压抑，他突然停下了。他那时才看到了前方的悬崖，平时很小的眼睛，突然变得大了，说得过分一些，华沙的眼睛几乎跟陈想一样大了。

欧阳小宝突然哭了，他流着泪水大声喊叫起来：操你妈的，你们还骂老子，要不是老子给他吃了药，你们全都死了，完蛋了，是老子欧阳救了你们大家。你们永远，一辈子都要感谢老子。

17

天完全亮了，天空中仍然飘动着细细的雪花，在所有人的注目中，张包开始倒车。他在夜里的黑暗中糊里糊涂开进来，现在想要倒着出去，很不容易。那块地方像是地图上的半岛一样，三面都是悬崖，离后边的大陆最少还有100多米。董军工指挥张包，隔着玻璃都能看到张包的脸上冒热气，好像他那张长满了大包（青春痘）的脸是一个滚烫的火炉子，把汗水烧开了。

那车挪一点，就停下来，顿顿挫挫，像是得了忧郁症一样，缓慢而又艰难地朝后移动。突然猛地颤抖一下，就停下来，再也不动了。

张包把头重重地伏在了方向盘上，像瘫痪了一样。只见他双肩在抖动，他的头如同一个装满了沙石的麻袋，再也抬不起来。

董军工把手从车窗里伸进去，把车门打开。我们都围在车门跟前，陈想的鼻子特灵，她首先嗅到了一股尿臊味，就捂上了鼻子。张包真的尿裤子了，这个跑阿里七八趟的驾驶员终于小便失禁了。我们也都跟敏感的陈想一样捂住了鼻子。

董军工看看大家，他的汗也出来了，雪现在是小了点，但是阴沉的天说明一会儿还会有大雪。必须尽快把车开出去。张包成了这样，董军工转眼去看另外两个卡车司机，没有想到他们都把头低下来。董军工有些生气了，说如果我会开车，我一定能开出去。

张包的头仍然搁在方向盘上，董军工冲到张包旁边，伸手拧他的耳朵，狠狠地拧着，好像要把他的耳朵拧掉一样，大声喊起来：你是怎么开进来的，怎么开进来的？

张包喃喃道：我也不知道。

那你给我再开出去！

张包看着董军工，声音很小地说：我尿不出来尿。

董军工本能地看了欧阳小宝一眼，欧阳小宝害怕地低下了头。

所有的人都沉默着。那时，我能听到雪落在地下的声音，又好像听见了自己的耳鸣。

突然，朱医生说话了，他说：我能开，我有驾驶证，我从小在家里，就瞒着我爸爸，让家里的驾驶员悄悄教我开车。在大学时，我们每次郊游都是我开车，我开车走过太行山……

董军工说：你能保证不出问题？

朱医生严肃地说：我向党保证，决不出问题。

董军工看着朱医生，就像是彭德怀看着毛岸英一样，说：小朱同志，我可是向你爸爸拍了胸脯，只让你锻炼，不出任何问题。

朱医生笑起来，显得青春阳光，有雪花洒在他的脸上，让他的脸如同秋天原野上的高粱。我中学时写作文最爱用这个词去形容英雄人物了：红扑扑的。

我们大家都眼看着朱医生上了车，现在回忆起来，当时都忘了看艾一兵，不知道她是用什么样的目光看着朱医生的。不知道她当时的脸是不是跟朱医生一样，也是红扑扑的。

反正，那时我头一次从董军工的眼睛里看到了紧张，甚至有一点点恐惧。在以后我不断成熟的岁月里，我渐渐理解董军工，如果他会开车，他自己亲自驾驶着大轿子车从那个险恶的半岛里走出来，他是不会害怕成这样的。现在是朱医生驾车，他是朱司令的儿子，人家爸爸让儿子上阿里是为了锻炼的，不是来送死的。人家从医科大学毕业后要更多地经历一些苦难，是为了在未来成为栋梁。朱医生此时此刻坐在驾驶员的位置上，在所有那些女兵，当然也有男兵的注视下，发动了汽车。我跟华沙都非常清楚地看到了他脸上的微笑。人跟人确实不一样，新加坡前总理李光耀说得对，人生来是不平等的，要不，为什么有的人坐在这样的驾驶座椅上时会哭，而像朱医生这样的人会笑，而且还是微笑呢？

好像他挂挡了，因为他白净的脸上微微有些发红，他的眼睛里有了某种严肃的东西。董军工想给他指挥，他的手在空中晃动，他站在车的一侧，他的额头上全是汗珠，他的嗓子是哑的。刚才董军工的声音还是豁亮的，现在怎么突然哑了呢？

朱医生驾驶着车开始朝后移动，却又突然弹跳了一下，然后熄火了。我当时千真万确地听到了全体女兵都"啊"了一声，那种叹息饱含了深情的期待，也许当年苏区的女人们盼望红军打胜仗时也会发出这样的声音，那是要把一切都献给他们的心声。那时，朱医生有些羞愧地把头从旁边的车窗里探出来，笑着说：不好意思，刚才挂错挡了，熄火啦……

董军工大叫起来，要不你还是下来，换张包。张包你上去，如果再畏缩不前，我回去要求你们车队给你最重的处分，张包——

朱医生已经再次发动了车，挂上了挡，狠狠地踩上了油门，那车如同巨人的吼声把董军工绝望的声音淹没了，把张包的像海鸥一样的呻吟也淹没了。

董军工完全忘记了指挥，他跟所有的女兵一样（当然还有男兵），屏住了呼吸，只能那样看着军绿色的大轿子车开始缓缓移动。朱医生开车时，跟那几个驾驶员都不一样，他们三个是无比紧张的，而朱医生是放松的，就像是华沙拉手风琴那样放松。华沙可以倒着演奏，现在朱医生就是在倒着开车，如果不是亲眼见过，如果我没有在现场，我不相信世界上还有朱医生这样的人。三面都是万丈悬崖，只有一面是安全的大陆，那100多米长的道路真是非常窄。上面是泥泞、积雪，似乎还有一道道冰，车轮随时都会打滑跑偏。然后，那车就掉下去，永远永远地沉陷到死亡里。

我们的车移动得更快了，董军工擦汗时连眼睛都闭上了，这说明汗水太多，让他的眼睛睁不开。可是他不愿意闭上眼睛，因为他要看着朱医生开倒车。我看着他拼命揉眼睛。那车像是逆流而上的一叶小舟，你在古代中国画作里经常可以看到这样的情景，那小船在惊涛骇浪里潇洒地漂浮着。你在俄罗斯列宾他们的油画里也能看到那样的小船，它孤独地在灰色的大海里行走。

华沙当时对我说：他笑了，他又笑了。

朱医生就那样笑着把大轿子车平缓地倒进了那片安全的陆地。我的眼睛先是一片模糊，接着无比清亮，我没有看错，那车真的进入了安全地带，我们的车真脱离危险了。

"哇"的一声，所有的女兵都哭了，哭声十分整齐，像事先排练好的合唱。多年后回想，竟然像唱诗班在唱她们的信仰。她们的哭声唱出了她们的信仰，我不敢肯定是不是毛泽东思想，也不敢肯定是不是《圣经》，但是，我敢肯定她们的信仰里有爱情，有对于朱医生这样的男人的爱情。

天仍然是阴的，山里的天跟董军工的脸一样，说变就变，刚才他还跟朱医生紧紧握手，现在他完全是阴沉的，他在思考，下一步该怎么办？

四面是茫茫的雪野，看不见路，或者说你以为前方是路，但那也许是悬崖。雪还在下，周围的灰色让我们完全没有任何希望。女兵们的目光已经从朱医生的身上转移了，刚才她们思考爱情，现在她们思考生命。找不着通向界山达坂的道路，回头是万丈悬崖，继续朝着山上走，更加险恶。女兵们又开始看董军工，董军工用手召唤了许光华和李作德，对他们说：许光华、李作德同志，听我的命令，你们两个要走在车的前方探路，我们跟在你们后边。要胆大心细。你们既是干部党员，又都有10年以上的军龄，可以说，我们大家的生命就交给你们了，有没有信心完成任务？

他们两人立正，挺胸，大声回答：有——

那声音震动山谷，让乌云翻滚得更加厉害了。

18

两个穿着皮大衣的人走在前边，雪花很快地就把他们装饰成《白雪公主》里边的小矮人，有时他们像杨子荣，有时又像小炉匠。我们的车缓慢地跟着他们，他们把生命交给大雪了，我们把生命交给他们了。这时，有人哼起了小提琴独奏曲的旋律，其他人很快地就跟上了，是《红太阳的光辉把炉台照亮》。看看这短短的一个曲名吧：红太阳、光辉、炉台、亮。没有一个不是暖和的，与窗外大雪鲜明对抗。乐队的人哼歌不是唱歌，他们有些蔑视歌词，他们只唱曲调。女兵们的声音和男兵们的声音在互相温暖。如果是今天，面对死亡，我们不仅用声音相互温暖，我们还会用身体相互温暖。我看看艾一兵，她正在大声唱着旋律。她没有看朱医生，她的眼睛里有少女的祈祷。我又看看朱医生，他没有哼唱，

他看着窗外，表情冷漠。他脸色苍白，完全没有红扑扑。他看着张包开车，似乎随时打算替换这个说自己尿不出尿又尿了一裤裆的司机，他是冷血动物，以后许多年我还想起来那个女孩子对我说过的话。

车内阵阵温和的风吹过来，又吹过去，直到快板降临了，乐队的女孩子们稍稍犹豫了一下，是否继续唱小提琴的快板。大家已经唱起了快板节奏，陈想还用手势做起了拉琴动作。她们的嗓子像是琴弓那样弹跳着，几个女孩子甚至站了起来，要让身体像琴弓那样跳跃……

突然，车停了，是紧急刹车。恐惧再次让每一个人张着嘴，却发不出声了。

外面那两个几乎被大雪覆盖的人隔着车窗玻璃大声喊叫，我们随着喊声从车后跑向车头，看见了前边几米外竟然又是断崖绝壁。

董军工下了车，我们也都下了车。没有人说话，只有华沙不识时务地说：陈想，你、你、你别到前边来。华沙那时还不太会开玩笑，说笑话就结巴。

董军工猛扫了华沙一眼，吓得他立即闭嘴。然后，董军工一直走到了悬崖边上，朝下看着万丈深渊，然后，他对许光华和李作德说：你们是怎么带的路！

许光华不敢看董军工的眼睛，大声吵起来，说：我说朝那边走，他非要朝这边走！

李作德也不敢看董军工的眼睛，他也大声说：那边走更是死路一条！

董军工沉思着摇头说：也许，我们一开始就走错路了。

董军工把朱医生叫了过来，问他：你的意见呢？

朱医生直视着他的眼睛，一直看得董军工的眼珠子都开始颤动，才说：大雪停下来之前，不要动了，最好的方法是等待，等到天晴了……

董军工打断了朱医生的话：如果天一直不晴呢？

我们要把所有的食品、水果、药品聚拢在一起，统一管理。

董军工点点头说：我也是这么考虑。全体注意了，现在召开临时支部会议，预备党员也参加。

我们回到了车上，从窗户看着他们那些党员和预备党员都在下边蹲着。天空飘着雪花，他们的四面八方都是雪花，我看看艾一兵，她正全神贯注地望着那些开会的人。

欧阳小宝在一旁轻声对她说：别着急，下次就会有你了。先预备，后正式，然后，举拳头宣誓。不过，我想问你，你有信仰吗？那可是信仰，信仰又是崇高的。

欧阳小宝说出崇高的这三个字时，总是有些开玩笑的成分，他的笑里边暗藏着讥讽。

艾一兵严肃地皱起了眉头，她的眼睫毛很长，像外国女孩儿的一样，她说：当然有信仰。

他们的会开完了，这么快就开完了，董军工上了车，说：全体起立，立正，稍息。现在宣布命令，所有的人把自己的食品，包括自己带的糖果、巧克力、水果，全都交上来，我们必须统一管理。

那时，老兵龙泽已经把一块大雨披平铺在车内的地上，他笑着做出鬼脸，他在看那些女兵们的笑话，他知道她们舍不得往外掏家里寄的巧克力、大白兔奶糖，还有用自己宝贵的津贴费买的水果，还有她们私下里存放很久的花生、瓜子、巴旦木。他像要看一场戏那样看着她们。

女兵们沉默了，她们互相看着，她们的脸上充满了悲伤。

男兵们基本上都没有零食，他们喜欢吃肉。其实女兵们也喜欢吃肉，可惜那时没有太多的肉。男兵们都在看着女兵，他们和老兵龙泽一样，想看看她们痛心的样子，当年那些被分了土地的地主们最多也不过就是这么痛了。

局面有些僵，就像是一个城被围了很久，终于白旗挂了出来，却很长时间也不见举手投降的人鱼贯而出。董军工的目光扫来扫去，当他想再次说话的时候，华沙首先笑起来，他从自己的挎包最底下拿出了一小包牛肉干，走到了那块雨布跟前。我吃惊极了，他竟然瞒着我，私藏牛肉干。我一直盯着他，看着他走去走回，他走到我跟前时，又笑了，说：你看我干什么？你们家什么也不买，你光吃我的。

男兵们拿出了自己的私藏，有人是在皮山县买的面包，干得跟乌鲁木齐历史博物馆里的木乃伊一样。

艾一兵站起来，从行李袋里面拿出一个包，里边有两个肉罐头，有一包苏打饼干，还有几个美丽的棒棒糖。可以看到她眼睛里的依恋，但她仍然在笑，尽量做出高兴的样子。

女兵们崩溃了，她们纷纷爬上了行李车，去掏自己的小心肝。她们真了不起，什么都有，北京人有果脯，杭州人有大白兔奶糖，成都人有牛肉干还是麻辣的，青岛人有鱼干、虾仁、紫菜……

朱医生扛着一个大旅行包走来，他把包放在了雨布上，里边竟然有十几桶肉罐头，还有几个挂面，还有一个酒精炉，两瓶高浓度酒精。

这时，乐队拉琴的女兵娄宜和江奇放下包时，竟然哭起来。我回想起来，这些天，她们总是经常会从身边挎包里掏出一点什么，很快地塞进了嘴里，还装着什么也没有发生。她们哭得太伤心，跟她们爸妈去世一样，那情绪，不像是献出心爱的零食，而像是要献出自己的生命。很多人都感受到了她们超越零食的悲哀，包括我和华沙，包括欧阳小宝，包括龙泽他们那些老兵。只不知道能不能包括董军工。江奇哭着，双肩都在大幅度抽搐，像得了伤寒的病人。突然，她朝后倒下来，站在一边的老兵龙泽慌忙去扶她。江奇面色很难看，苍白里又带着灰暗，跟天空一样，她平躺在地上时，完全丧失了知觉。

朱医生连忙拿着氧气，给她插上，然后大声说：这儿海拔最少有6000，不能太激动，大家不能太激动！

话音刚落，竟然又有几个女兵像江奇一样地倒下了。她们开始吸氧了，有的躺在雨布上，有的靠在别人的怀里，有的被扶上车，靠在椅背上。

场面更加紧张、恐惧，连欧阳小宝都严肃地低下了头，悄悄对我说：此时此地不宜分浮财。

华沙问：什么叫浮财？

欧阳小宝说：浮财就是财产。

华沙又问：既然是财产，为什么要叫浮财，就叫财产就行了嘛。

欧阳小宝立即有精神了，他翻着白眼说：你为什么叫华沙，又叫小沙。甜瓜为什么叫甜瓜又叫瓜蛋子？和弦为什么又要叫和声，斯波索宾为什么又叫里姆斯基-科萨科夫？欧阳小宝把声音放小了：球为什么又叫鸡巴？

我笑了，说：和弦跟和声就是不一样。

欧阳小宝说：有什么不一样，你们两个说。

我看看华沙，他也跟我一样说不出来。不料华沙突然说：斯波索宾跟里姆斯基也不是一个人。

欧阳小宝居高临下地笑了，说：怎么不是一个人？你爸爸抄的那个小本上写的就是一个人，如果不是一个人就应该分行，可是，你爸爸没有分行。我们新疆歌舞剧院有两个指挥，他们都像你爸爸一样抄了和声学、配器法，他们的笔记本上都写着斯波索宾里姆斯基，这说明肯定是同一个人。天天看你们两个拿个小红本在那儿背诵，还斯波索宾里姆斯基两人呢，你们有什么证据说是俩人？告诉你吧，浮财就是里边含着剥削，它只属于地主资本家，是反义词。财产呢，不是反义词，想问住我，门儿也没有。

我跟华沙说不出话来，我们那时，都看着那些浮财，它们已经堆成了一座小山。

这时，朱医生来到我们跟前，他盯着欧阳小宝看，突然说：把偷我的药拿回来。

欧阳小宝想装傻，他张着嘴，却说不出话。

朱医生说：我知道你偷了我三颗利尿剂，你给张包用了一颗，还剩两颗，现在是非常时期，还给我。

欧阳小宝看着朱医生坚定的目光，像是阶级敌人那样低下了头，然后从里边口袋拿出了一个小纸包，递给朱医生，说：如果我再尿不出尿来呢？

我笑得没有办法，说：再听听邓、邓、邓什么，邓……

华沙说：邓丽君。

朱医生还是一脸严肃：再告诉你一遍，欧阳小宝同志，利尿剂不治尿不出尿。

19

就在那时天空里的浮云开始像是浮财一样滚动，天色更暗了，天上下起了冰雹，我们纷纷躲进车里。冰雹大如乒乓球，敲打着车顶，发出惊心动魄的声响。没人说话了，更没人唱歌了，更没人哼唱小提琴独奏曲《红太阳的光辉把炉台照亮》了。外面已经全黑了，如果我没有记错的话，那时正是中午。我们在黑暗中听到了车顶被砸得嗵嗵响，似乎有许多敌人的士兵登上了车顶，就要开动机枪扫射我们。

江奇吸着氧气，又哭起来，她的哭声再次传染别的女兵，又有几个人跟她一块儿哭了。

很多男兵都开始抽烟，整个大轿子车内充满烟雾，很像是南征北战里国民党将军的指挥所。那时，董军工一直在摊开的地图前看着。他不抽烟，但是，他也找老兵龙泽要了一根烟。他示意我往里边靠，然后猛地坐下来，把我往边上挤。他边咳嗽边对龙泽说：我们现在很可能在这儿，完全走错了，我们应该回到这儿。他用小指揉了揉通向界山达坂的那条路，又说：可是，我们回不到正路上了，我们只能在这儿等待，阿里军分区的同志们如果再有两天没有我们的消息，他们会派人来救援的，你说呢？

龙泽讨好地笑了，说：我哪懂这些事情。

董军工看看他憨厚的脸庞，就说：那你懂什么？

龙泽说：领导让我当张思德我就去烧炭，领导让我学雷锋，我就全心全意为人民服务，领导让我当愚公，我就每天挖山不止，领导……

董军工摆手，不让他说下去，他讽刺龙泽说：还不止呢——

欧阳小宝也笑了，说：领导如果让你当白求恩，你会给人看病吗？医科大学就6年，住院医要6年，主治医……

董军工摆手制止了欧阳小宝的博学，他转头笑着看看那些仍然在流泪的女兵们，然后，用一只眼睛看着华沙，说：来，用手风琴给我们拉一段好听的。

华沙在女兵们的注视下，打开了手风琴盒，把琴挎在了身上看董军工，意思是说：拉什么？

董军工却忘记了华沙，他像林彪指挥辽沈战役一样，又开始埋头看起了地图。

那时，华沙已经拉起了《桥》主题曲，男兵们开始跟着唱起来，本来轻快的旋律由于嗓音粗壮，竟然有些庄严：

> 啊朋友再见
> 啊朋友再见
> 啊朋友再见吧再见吧再见吧
> 如果有一天在战斗中牺牲
> 请把我埋在山岗上——

女兵们也唱起来，她们的嗓音细致高雅，真的像是战场上飘满的白花，那时冰雹渐渐变成了大雪，在漫山遍野飞舞，浪漫的白花在车窗外的群山间飘落。

20

春天荒凉的存在……

那个时候，我们还没有人知道这个诗人，特朗斯特罗姆，就连那么博学的欧阳小宝也不知道，医科大学毕业的朱医生也不知道。就是这个诗人写了春天荒凉的存在，他一定走过去阿里的道路，跟我们南疆军区毛泽东思想宣传队一样。其实，夏天也是荒凉的存在，我记得那就是个夏天，我们在风雪里感受荒凉，我们坐在军车里浑浑噩噩，"醒来就是从梦中往外跳伞"。

漫天雪花从浪漫变得狰狞，时序也有些颠倒了，有时上午还是黑暗的天空，有时晚上反而车窗外很亮。看不见太阳，也看不见星星月亮，看到的只是云和雪，还能看到风。那是疯风，它总是吹裹着像白沙一样的雪，把它们弥漫在我们的周围。外边的雪更厚了，我们出去方便，开始那雪只是没过大头鞋，后来就没过了膝盖。我们的车已经在原地等了两天，也没有等到军分区的同志们来救援。董军工也不断地让尖兵班去寻找道路，我现在写出尖兵班这样的词汇，都觉得很奇怪。董军工喜欢用军事术语，女兵们要求进步的时候就要讨好他，就知道他最爱听一句话：队长是一个真正的军人。

董军工也试图突围，这也是他喜欢用的词汇，我们要在今天突围，要突出重围，要突围冲出包围圈，他总是那样用自己的元音和辅音"在雪中漫谈"。

眼看着好几个尖兵班失败地回来了，董军工的眼睛里全是血丝，领袖人物从来都是这样，别人睡觉，他不能睡，别人能睡着，他睡不着。

欧阳小宝悄悄对我说：完了，走也是死，等也是死。

陈想瞪眼看着欧阳小宝，眼神里已经没有了任何表情。她很胖，需要的热量多，可是，今天中午只给她分了两小块压缩饼干。显然，她没有吃饱，别人没有吃饱还能说话，她没有吃饱连话都说不出来了。

华沙对我说：我们也成立个尖兵班。

我说：就我们两个？

欧阳小宝说：我们三个吧，我带着你们两个。

我跟华沙都用白眼翻他。

欧阳小宝笑了，说：我们三个成立尖兵班，队长肯定不会同意。不如，我们说是去上厕所。

21

我跟华沙、欧阳小宝三个人组成的尖兵班，已经走在雪野里。为了突出大雪的重围，我们的私心和空气里的氧气一样，也变得稀薄了。

我们离开了车，离开了临时党支部指定的临时厕所（男同志区域），我们走在巨大的乱石之间，我心里渐渐紧张起来，周围的石头地貌完全一样，如果迷路了，那就完了。

我们应该做个标记，我对华沙说。我掏掏口袋，可是没有任何东西。我又对欧阳小宝说：如果我口袋里也有个女兵的月经带就好了。最好颜色鲜艳点的，就跟上小学时的红领巾一样。

欧阳小宝咧开嘴笑起来，他本来想矜持一些，却笑得更厉害了。我说话他从来没有这么笑过，他不认为我是一个幽默的人，他笑出了声，嘴咧得更大了，嘴唇上的血口子又不断地渗出鲜血来。

华沙看着说：你流血了。

我又说：欧阳小宝的嘴来例假了。

欧阳小宝本来还摇晃着身体狂笑，但我这句话让他突然不笑了，他盯着我看，严肃地板着脸，半天才说：这叫下流，不叫幽默。知道什么叫真正的幽默？斯坦尼曾说过，那是我爸爸留苏时记的笔记，知道吗，我爸爸是斯坦尼的学生，他当时……

华沙突然从口袋里抽了一块红色的布，在白雪里特别刺眼，他说：路标。

我跟欧阳小宝仔细一看，是红裤衩，还是他12岁当兵那年他妈妈为他本命年专门做的。

欧阳小宝完全忘记了斯坦尼，他眼睛里充满对于14岁的华沙的质疑：你把红色裤衩装在大衣口袋里干什么？

我也看着华沙，尽管不像欧阳小宝那么好奇，却也想知道原因。

华沙说：在红柳滩，艾一兵为我洗了裤衩，我忘记收回来打到背包里。艾一兵帮我收了，上车才给我，我就塞到大衣口袋里，忘了。

欧阳小宝有些失望，看起来红裤衩装在大衣口袋里，没有更多的幕后故事。

我们选了一块醒目的大石头，爬上去把华沙本命年的红裤衩放在上边，又用小石头压上。我们走了几步，回头一看，那红裤衩像旗帜一样，迎风招展，又像冬天白雪里盛开的红梅，你不想为它唱赞歌都不行。

欧阳小宝突然说：问你们一个问题，红裤衩那么红，它的颜色是不是也是用烈士鲜血染红的？

我立即笑起来，百分之百承认欧阳小宝是一个幽默的人，即使斯坦尼，他爸爸的苏联老师在漫天大雪的眼前，也得承认他学生的儿子是一个幽默的人。

欧阳小宝把声音压低，像是耳语：我知道一个地方专门制造烈士的鲜血，你们猜是哪儿？

我跟华沙都好奇地看着他，等着他，他却停住不说话，只是看着我们，1秒、2秒、3秒……10秒过去了，他才突然说：八一印染厂！

他自己又笑起来，我跟华沙都没有笑，这有什么好笑的，一点也不幽默，如果斯坦尼在眼前，他一定会掸掸身上的雪花说：我这个学生的学生，他有时是一个幽默的同志，有时不是。

我跟华沙渐渐发现欧阳小宝方向感不强，他像许多女人一样，走着走着就会迷失。我们就决定要跟他开个玩笑。我们两个装着撒尿，都停下脚步，掏出家伙。

欧阳小宝骂了我们一句，没听清楚，就独自一人朝前走了。我跟华沙看他走远了，就躲在了一个巨大的石头后边。欧阳小宝在远方突然停下脚步，开始四面环顾，然后，他转过身，朝我们的方向看。他开始犹豫着在原地转圈，像是一只喀什噶尔的毛驴子一样。我跟华沙忍不住地笑，华沙说：欧阳小宝还说你不幽默，我看在咱们南疆军区文工队，你最幽默。

我看看华沙，也夸奖他：其实，你也挺幽默的。

欧阳小宝显然生气了，他开始继续朝前走了。

我对华沙说：咱们跟董军工说是上厕所，现在必须回去了，如果不回去，以后肯定要挨处分。

华沙点头，跟在我的身后，我们一起走回头路。突然看见前方有几只黄羊，它们聚焦在华沙的红裤衩下边，仿佛在开会一样。它们一会儿彼此互相看着，一会儿抬头看着红裤衩。

那些羊会咬我们吗？

不会的。

它们说啥呢？

说红裤衩是黄羊的鲜血染红的。

我跟华沙走到跟前时，那些羊早就跑了。羊就是羊，它们谁都怕，它们从小吃草，我们从小吃青菜，所以我们最喜欢说我们自己是羊。许多羊联合起来就是一大片羊，成千上万只羊，可是一只狼来了，它们全都跑了。

我跟华沙爬上大石块，收回了他的红裤衩，华沙说：欧阳小宝看不见我的红裤衩，更找不着路了。

我说：那就把裤衩留在这儿？

华沙很犹豫，说：红裤衩还是我妈为我本命年专门做的。

我看看脚印，说：他那么聪明，还不会看脚印？

华沙把红裤衩装进了大衣口袋。我说：欧阳小宝平时能得很，让狗日的自己找吧。

华沙看着茫茫的雪山和乱石，笑起来。

我对华沙说：我饿了，想吃肉。

华沙说：我也想吃。

我说：每天几块压缩饼干，唉。

回到车内时，大家都看着我跟华沙。那时董军工问：欧阳小宝呢？

我说：我跟华沙撒尿，他自己朝前边走了。

车内荡漾起了笑声，特别是女兵们，她们笑得最开心。

许光华说：欧阳是不是又尿不出尿来了？

大家"轰"的一声又笑起来。董军工看看表，说：你们出去了一个小时，欧阳小宝很可能迷路了。

外边的雪又下起来，车内的空气突然紧张起来。又过了一个小时，董军工坐不住了，他说：如果大雪埋了脚印，欧阳小宝同志很可能迷路了。走，我们出去寻找！

22

我们沿着原路朝前走，但是，一直没有看到欧阳小宝，大雪真的掩埋了脚印，甚至刚才放华沙红裤衩的巨石都消失了。

董军工说：所有男同志，我们分成6个小组，到不同的方向寻找。每个人不能走得太远，要在雪埋住自己的脚印之前回来。最多不要超过一公里，说着，董军工抽出自己的手枪，一个小时左右，我在2点半的时候准时对天鸣枪，大家注意听我的枪声，向我靠拢。如果没有听见，我会每隔15分钟鸣枪警报一次，开始行动！

我跟华沙按着自己的记忆，朝前方寻找。除了大雪和乱石外，什么也没有，就连刚才能看到的黄羊也完全消失了。我内心突然感觉到愧疚，如果欧阳小宝真的死在这儿了，那我的灵魂是不是会受到终生谴责？如果我还有灵魂的话。我对华沙说：我觉得有些对不起欧阳小宝。

他低着头，说：我也是。

我说：那你还心疼你那条红裤衩。

华沙从大衣口袋里掏出来，犹豫着想扔掉。

我拉住他，说：别扔，说不定以后有用。

我们朝前走着，感觉到越来越没有希望，天色更加灰暗了，我们一直在大声呼喊他的名字。

一阵风吹过来。卷起的雪正好灌进了我和华沙的嘴里，冰凉的味道一直冲进了肺里，那时，听见了董军工的枪声。

华沙说：回去吗？

我摇头，说：不能回去，你和我都是长着球的儿子娃娃，既然把欧阳小宝丢了，就要找回来。

我们继续朝前走，但是，始终没有收获。天色已经朦胧了，我们又听见了董军工的第二次枪响。恰恰在那时，华沙看见前方的雪里有身影，他说：那是个人吗，你看，你看。

我看着，说：比人个子高，是不是野人？他们早就说新疆和西藏之间的山里有野人。

我跟华沙都停下了脚步，互相看了一下，又朝那边看，发现不只一个人影，似乎隔着十多米又有一个，再朝远方，似乎仍然有人影排开去。

华沙说：究竟是什么？

我说：也可能是被冻死的野人。

野人还能被冻死？那为什么还当野人。

我有些不好意思了，是呀，既然也跟我们一样能冻死，那就不配当野人了。

我拉着华沙朝那些人影走过去，听见枪声又连续响了3下。雪已经停了，天空比中午还要亮了一些，风也小多了，所以这枪声特别响亮清脆。

我跟华沙已经看清了，不是野人，是电线杆子，我们走到木头杆子跟前，好高的杆子，比穆铁柱还要高。你们知道穆铁柱是谁吗？不知道，那总该知道姚明吧，对了，穆铁柱就像姚明。

我看着电线杆子说：电线杆子肯定离公路不远，我们可以找着路。

　　　　　　　　　　　　　　　　　　王刚作品

那时又听见了董军工的枪声，更加响亮，说明他们已经走到了我们附近。

华沙突然说：这很像电话线。

枪声再次响起，我拉起华沙的手，转身朝回跑了。我们跑向枪声，跑向董军工，跑向亲爱的组织。现在想想总觉得自己在吹牛，海拔6000多米的地方，我们能跑那么快，还没有任何高山反应。现在我得了高血压，从此不敢去西藏了。听说你们去西藏，只是去了拉萨，我从心里嘲笑你们。

枪声再次响了，气喘吁吁的我们看见了董军工，在他身后有许多人。华沙眼尖，他看到了欧阳小宝，他说：欧阳小宝！

我也看到了，欧阳小宝同志正与每一个同志热烈拥抱。我想带着华沙绕过董军工，我们渴望直奔欧阳小宝，对他说说心里话，却被董军工拦住了。他看着我们，目不转睛，直到我跟华沙都紧张得无地自容了，他才说：你们还有没有一点阶级感情？欧阳小宝同志是谁，是战友，是阶级兄弟。华沙，你的红裤衩呢？

华沙犹豫着从大衣口袋里掏出了那个红裤衩，把它递给董军工。

董军工没有接，脸上严肃庄重，他示意华沙把裤衩装起来，想了想，又说：回军区就给你们两个人处分！非处分不可……突然，董军工笑起来，我们不知道他为什么要笑，却又不敢问。许多年后我都在想，他是笑欧阳小宝被丢失，还是笑华沙的红裤衩？

我们终于绕开了董军工，我们走到了欧阳小宝身边。我和华沙都眼巴巴地望着他。

欧阳小宝不看我们，他故意看天空，一个刚满18岁的男孩子那时正望着天空。我看着眼睛里似乎还留有泪水的欧阳小宝，真心想上前拥抱他。欧阳小宝把我推开了，他可以跟别人拥抱，但是他不愿意跟我和华沙拥抱了。

我也有些委屈地说：你妈逼，人家也不是故意的。

欧阳小宝看看我，低声说：你妈逼，斯坦尼说过，人性有两种，一种是人性善，另一种就你这种，人性恶。

23

那时已经到了吃晚饭的时间，每个人分到了不同的东西，有的女兵是半个苹果，有的女兵是一块巧克力，有的是几块果脯，压缩饼干已经没有了。水果罐头是最稀缺的物资，要给那些高山反应严重的人吃。大家饥肠辘辘无心说话。华沙分到了一块巧克力，一口就吃完了。艾一兵看着他，说：你真的没有吃过巧克力？

华沙点头。

艾一兵把自己一直拿在手里舍不得吃的巧克力递给华沙，她说：你吃吧。我小的时候，在军区歌舞团，他们每个月都发，我吃过很多。

华沙的心灵开始挣扎。他的手开始像老头那样颤抖起来，犹豫了几秒钟，他还是没有去接。

我用手轻轻碰碰欧阳小宝，没话找话：要是艾一兵给你，你吃吗？

欧阳小宝不理我，显然，真的如他所说，他从此拒绝与我说任何话。

很多人渴了，就下车去抓雪吃。老兵龙泽有经验，他总是捧起一大把雪，全部塞进嘴里，让它们慢慢融化。他的腮帮子完全鼓胀，一会儿，就可以非常过瘾地让一大口水在口腔里游荡，然后痛快地咽下去。我跟华沙也开始学他，让欢乐跟冰雪融化一起走进内心深处。

华沙对欧阳小宝说：你也可以像我一样。说着又抓起了一把雪，塞进嘴里。

欧阳小宝不理华沙，他像女人一样，只抓一点点雪，缓缓地，试

206

探性地放进了嘴里，他的脸居然也整个变形了，似乎口腔里很疼痛。

华沙又问：怎么了，欧阳？

欧阳小宝仍然不理华沙。陈想问欧阳小宝：牙疼吧？嘿嘿，你跟我弟弟一样，有龋齿。

欧阳小宝笑着点头，看起来他对陈想能用"龋齿"这个词汇很满意。

华沙问陈想，什么叫龋齿？

陈想说：连这都不懂，你们长沙小孩儿从来不学习？

我看着陈想，也非常渴望知道什么是龋齿。陈想也看看我说：你们家教你这么盯着女孩儿看？没有教养。

她跟欧阳小宝都笑起来，许光华走过来，对我跟华沙说：现在你们知道毛主席伟大吧，他说知识越多越反动。你们好好体会。

华沙有些发愣，说：知识越多越反动？怎么会呢？

董军工也下车了，他提高嗓子对大家说，分区的同志们现在一定在积极地寻找我们，可是我们无法与他们联系，我们要有打持久战的准备。据老一代边防军人说，这儿有一种灌木的根可以充饥，明天我们分头去找。另外，明天还要组织尖兵班，继续发现道路……

那时候，我突然想起一件事，我悄悄对华沙说：电线杆！

华沙点头说：你说吧。

我有些紧张：你说吧。

他说：还是你……

董军工突然对我们吼起来：不要开小会！无组织无纪律。有什么话，公开对大家说。

欧阳小宝幸灾乐祸看着我们，他知道我们完了。

我跟华沙紧张得说不出话来，只听到董军工愤怒的声音，你们有什么话拿到桌面上来，对大家说，别老是在下边……

我终于站了起来，脸上很热，像是患了发烧的病人，我看着董军工，眼睛瞪得很大，就像是要跟一号首长吵架一样。所有的人都以为我疯了，既为我担心，也期待着看我的笑话。

可是，我就是说不出话来，紧张和羞愧让我的嘴里全是沙子，让我童年时的结巴再次回来了。

欧阳小宝看着我那样，忍不住笑起来。

艾一兵那时也在看我，她的脸上全是担心。世界上最美好的总是那些美丽的女孩子，她们内心善良，她们让你有活下去的勇气。她的担心，让我内心的语言突然涌了出来：

在、在、我们、和华沙，找欧阳小宝同、同、同志的时候，我跟、跟华沙看见了、看见了、看见了……

董军工脸上的不耐烦，让我没有勇气说下去。我突然不想说了，我竟然低头坐下去了。

老兵龙泽说：这可是支部扩大会议及全体会议，你可不要这么随随便便、稀稀拉拉的。

欧阳小宝也来劲了：看见野人了？老老实实对组织说呀。

我低着头，内心更加紧张，很后悔自己刚才站起来说话，其实我就是不说话别人也不会把我当哑巴卖了，我今天如果说话，把我打成右派怎么办？可是，我又没有说反动话，我只是说发现了电线杆，可是我……

朱医生突然站起来说话了：大家不要急躁，听迪化同志把话说完，既然是支部扩大会议及全体会议，每个人就都有发言权，这是民主集中制，是组织原则，也是迪化同志的权力。说完，朱医生看着我，我那时正看着艾一兵，我发现她看着朱医生，她的脸上有着少女的鲜艳。

那时，华沙狠狠地推了我一把，我脑子一热，冲动得再次站直来，闭上眼睛电线杆，欧阳小宝，我跟华沙没有看见欧阳小宝，我跟华沙看见了电线杆……一排电线杆，开始我跟华沙以为是野人，好多野人——

华沙说：是你说是野人，我不信。

我又说：野人，野人——不是野人，是不是，是不是有电线杆就有路？电线杆跟公路是不是在一起？

为什么不早说？

董军工的脸上猛地露出了少有的喜悦，很快又消失了。他看着我，似乎判断我有没有骗人。他的表情突然和蔼了，他像是慈父一样看着我和华沙，说：你们两个无组织，无纪律，到处乱跑，你们具体在哪儿看见了电线杆，来，到地图这儿来说，把确切位置告诉我。

我犹豫地走到了地图跟前，我不会看董军工这种作战地图，我无法判断出那些电线杆子的位置。

好在华沙也凑过来了，他用手指着地图上一个小黑点，说：就是那儿。

我看看华沙，心想他真是个天才，连小学都没有毕业就参加革命进入了部队这个革命大熔炉，可是，他竟然天生就会看地图。

董军工掏出钢笔，在那儿画了一个圈，就像以后邓小平在深圳画了一个圈一样。他说：明天一大早，就是杀出一条血路，也要突出重围。

欧阳小宝不说话了，我回到座位时，想利用这个机会跟他和解，我内心还是觉得愧对他。他仍然不看我。我说：你就没有看见电线杆子？

他把眼睛狠狠闭上，他故意打呼噜，车内的女兵都笑起来。几乎所有的同志都笑起来。

那似乎是这几天头一次看见了希望，而这个希望，是我和华沙给他们带来的。

24

太阳照耀在电线杆子上，董军工站在那儿，太阳也同样照耀在他的身上，太阳还照在我和华沙还有我们身上。那个年代特别喜欢说太阳照在什么什么上，才不到18岁的我和不到14岁的华沙都很厌烦这种修辞方式。可是多年后的今天，我一点也不反感。那时，太阳也照耀在欧阳小宝身上。

欧阳小宝说：两个白痴，竟然不知道电线杆子和电话线杆的区别。还斯波索宾呢。

董军工正在跟朱医生和其他几个党员干部开会，从迷失在达坂下开始到现在，才5天的时间，董军工就召开了许多次党支部、党小组、支部扩大、全体等各种不同级别的会议。比整个红军长征时期的会得都多。古田会议、遵义会议、瓦窑堡会议，现在是界山达坂会议。你明显地感觉到他们每个人的脸上都有阳光带来的明亮色彩。这时，董军工抬手召唤我和华沙到他的身边。

我跟华沙有些立大功的感觉了，我们轻快地跑到他的跟前，他看着我，说：你们为什么不早报告？

华沙说：忘了。

董军工笑了，说：以后发现任何事情，都要及时报告组织，听到了吗？

我跟华沙双脚并拢，响亮地立正，嘴里大声说：是。

董军工宣布了支部会议决定，有电话线就有路，男同志组成5个尖兵班找路去。董军工让我和华沙留在他的身边，那时他竟然有心思欣赏雪景了，他说：什么叫银妆素裹？这就叫银妆素裹。北国风光，千里冰封，万里雪飘……

我也像那些女兵们一样，讨好地望着领袖笑了，就好像董军工真的很幽默。其实，我那时就感觉到他有些傻。华沙没笑，他还单纯，不太懂得讨好人。他望着茫茫的雪野说：我看雪山好像在闪着光，太亮了。我也开始看着周围的昆仑山，就连董军工也开始看着山，说：知道为什么雪山很亮吗？我跟华沙互相看看，我说：那是因为毛主席思想在闪银光。董军工的脸突然绷下来，严肃起来，说：不要学得油嘴滑舌。

那时，好几个尖兵班都回来了，欧阳小宝跑在最前面，他喘着气，非常累的样子，就好像他为我们大家出了太多的力，操了太多的心，他就要累坏了。他大声说：路找着了，现在过不去，雪太滑，路也太险。张包也真他妈的绝了，他是怎么开进来的。还有老兵，他们是怎么把我们引进来的。专门开进来都很难，我真是服了他们了。

这时，一直蹲在旁边的张包猛地冲过来抓住欧阳小宝的脖子，你为什么老是嘲笑我？

欧阳小宝并不怕他，他回头看着董军工，他知道董军工不会让张包打人的。这是革命部队。有三大纪律，八项注意。果然，董军工还没有说话，许光华就把张包拉开了。张包愤怒地盯着欧阳小宝，他脸上的包更加多了，焦虑让他有些变形了。

董军工沉默着，他肯定又在思考了。他找老兵龙泽要了一根烟，别人要为他点上，他不让点，他只是放在鼻子跟前嗅着。我在有些电影里看到过这样的元帅或者将军，平时不抽烟，为了思考战争胜负，必须在指挥所里做这样的动作。

雪野里洒满阳光，群山都像是光影的碎片了，我以后在英国导演大卫·里恩的大片里看到过那样的画面，不能说壮观，而要说智慧。湛蓝的天空和洁白的雪原都很智慧，因为太阳的光辉照耀着它们，让我们周围充满了流水灿烂的声响。

渐渐地，那些寻找道路的尖兵们都回来了，我们所有人都围着董军工，连一直在高山反应的女兵们都从车上下来，她们还吸着最后的，宝贵的氧气。我们都知道，也许最多到今天晚上，氧气就没有了。她们吸着氧气，高贵的鼻子有些变形。她们也看着他，总之，我们全部都看着他，就像是葵花向着太阳。

这时，陈想叹了口气，她胸腔里发出了特别厚实的声音，充分表现出每个文艺战士的心声。

董军工大声说：谁叹气，不许叹气。我们一定要乐观。现在雪停了，路还太滑，我们还要继续等待……

可是，已经没有吃的了，怎么办？

董军工看看许光华，他不喜欢别人随便插话。尽管许光华是老兵，是党员，是干部，是一个应该有特权的人。没有人再说话了，我们这些站在下边服从命令的人都清楚，现在弹尽粮绝，我们几乎无法坚持了。再等下去，我们都会被饿死，病死，冻死……

董军工继续他的讲话：我们要做持久战的准备……

华沙就在那时说话了：我们演小话剧，不是有个老电话吗？不知道能不能用？

我也壮着胆子大声说：把电话接到电话线上，向军分区呼救！

董军工愣了，他完全没有想到自己的演说再次被打断，而且是被我跟华沙。

他看看我和华沙，先是说：就是不说话，我也不会把你们当哑巴卖了。然后让许光华和欧阳小宝去道具车上，把电话找出来。那是一部老电话，是革命战争年代留下来的，有光荣的革命传统，它跟随着我们这支部队，从解放战争一直到新疆和平解放。本来在军史陈列室里，是我专门找曾协理员，就是现在分区的曾副参谋长，我专门找他给我们的。话剧演完了，还要还回去，你们还站着干什么，快！

我们一大群人跟着许光华和朱医生，他们两个像是头羊，我们是群羊。他们拿着电话，我们看着电话。我和华沙最紧张，主意是我们想出来的，我们不怕失败了牺牲在这里，我们怕失败别人笑话。

终于，我们站在一根电线杆子下边。马群很瘦，他爬上了电线杆子，然后把许光华递过来的线搭上那排军用电话线。欧阳小宝双手端着电话，许光华一只手拿着听筒，一只手开始摇手柄。一两分钟后，他大声叫起来：有了！有了！有声音了！一个女兵在说话！

朱医生连忙从许光华手里抢过电话，他从来没有这么慌乱过，他大声地对着听筒说：分区吗？文工队呼救！文工队呼救！我们陷在界山达坂下边，我们迷路了，再说一遍？文工队呼救——

25

张包脸上一片光亮，他被高原上午的太阳照耀着，他朝着南边拼命地跑着，因为他看见了李包。那是他四川万县的老乡。李包也跟张包一样满脸长着青春痘。那时我们对青春痘没有办法，任它们在脸上生长。张包、李包和我们大家都像青春的花朵一样，在昆仑山上开放。

阳光过于强烈了，我睁不开眼，看不清张包当时是怎么疯跑的。华沙以后回忆说，他看到张包的脸上全是泪水，他真是委屈死了。

据说阿里军分区派出了十几辆卡车寻找我们，已经好几天了。有人甚至怀疑我们全部都牺牲了。我们的失踪惊动了南疆军区、新疆军区，甚至惊动了中央军委。据说有一个军委的首长命令：一定要找到演出小分队。

那个道具电话救了我们，分区十几辆车的营救队根据朱医生描述的方位找着了我们，他们说我们在离开了死人沟之后，就走上了老路，那是一条不归路。

我们眼看着十几辆卡车的营救队伍从雪山上开下来，朝着我们这边挺进。我那时非常喜欢挺进这个词，现在感觉到挺进很遥远。显然，他们也意识到了道路的危险，就停车，手提着食品药品和氧气，朝着我们跑过来。张包就是那个时候看见了自己的万县老乡，就开始了疯跑。我们也和张包一样激动，也准备朝着救援队奔跑。董军工大声命令我们原地等待，谁敢动就处分谁。我们委屈地等待在原地，眼看着张包一个人像是来自万县的一只兔子，在雪野上跑着，跳着，他似乎喊着李包的名字，那种胜利的快乐可以叫我们窒息。

突然，张包被一个东西绊了一下，身体跟跟跄跄失去了平衡。他像被砍伐的树木一样，带着很大的冲击惯性朝着右边的山崖栽下去，那时我的眼睛已经没有疼痛了，阳光好像突然变得柔和了，尽管它仍然强烈，却像湖水一样平静了。张包消失了，他不但从我的眼睛里消失，也从所有人的眼睛里消失了。

陈想最先发出了叫声，很细，像是一个纤弱的女孩子发出的声音。同时，她还捏住了我胳膊，非常用力，我能感觉到疼。人们全都叫起来，张包在胜利的最后一刻，掉进了万丈深渊。

张包的尸体是在谷底发现的，那已是5天之后。张包身上的肉已经被野兽吃光了，吃剩下那身军装和骨头，还有红色的领章帽徽。张包被埋葬在了康西瓦，那是我们全体要求的，他被定为烈士。康西瓦里多了一个我们认识的人，他叫张包，他被自己送进了烈士陵园。以后每当想到那个康西瓦，就感觉到了有些亲切，因为张包在那儿，他不但脸上长着包，还说明他永远留在了19岁。

我们坐上了营救我们的车，我跟华沙第一次坐进了驾驶室，享受了朱医生的待遇。可是，我们不想笑。

十几辆车一直朝着山上走，我们很快翻上了界山达坂，当车头开始朝下倾斜时，我们终于进了西藏。华沙环顾车内，发现很多人都哭了，就充满惊讶地对我说：她们为什么都哭了？

那时，正是下午1点，阳光、白云、蓝天、绿色无边的草滩，我们到西藏了，我们终于到西藏了。西藏西藏，我内心默念着这两个字，感觉到了天堂。

26

看见班公湖的时候，已经是第二天的上午，那种蓝色的湖水我以后在墨西哥的深海里看见过。我们从车上下来，欢乐地跑到了湖边。湖水分咸水和甜水，印度那边是咸水，我们这边是甜水。我看着无边广阔的蓝色，内心强烈地体会到世界本来可能就是蓝色的。大家在湖边笑着，闹着，开始照相。连华沙都从军分区的周科长身上抢过来枪，背在自己的屁股上照相。

只有陈想独自站在湖边，她像蒙克画作里的女人一样，站在无边的水面上望着远方。我走到了她的身边，我不喜欢照相，因为我脸上也跟张包一样，全是青春痘。我感觉到自己长得难看，最少是不好看。我站在陈想旁边，也看着蓝色的湖水。过了一会儿，我看陈想，她没有看我，还沉浸在自己的思想里，我一辈子都记得那个肥胖的女孩子的目光里有很多东西，这让她与众不同，卓然不凡。我的脸已经被水面上的湿气彻底滋润了，我悄悄地对她说：那只小羊死了，张包也死了，你更心疼谁？

陈想吃惊地转过脸来看着我，半天才说：我还以为只有我一个人想过这问题呢，原来你也在想？

第十章

1

阿珍是一个藏族女人，我曾经在她家里喝过青稞酒。时隔多年，我已经没有力量去渲染狮泉河的蓝天白云了。如果说西藏阿里你们很多人知道，如果说西藏阿里狮泉河你们知道的人就少多了。可是，阿里的蓝天是那么让人心酸伤感，即使是一个不到18岁的孩子，他也会在那么蓝的天空下感受到人生的脆弱。离我们住的兵站不远，真的有一条河，是不是叫狮泉河，我已经想不起来了。我跟华沙一起到了河边时，陈想竟然已经在那儿了，她说：我喜欢这水。她不说河，说水，真的是因为她爸爸是一个知识分子吗？

我跟华沙一起看她说的那水，其实，河水是乳白色的，有些像牛奶。欧阳小宝在食堂吃饭时，对别人说那河的颜色是因为上游是分化的石灰岩，水流经过就会像你们女人挤的奶水一样。欧阳小宝已经满18岁了，在翻越界山达坂那天，也就是张包死的那天是他的生日。我发现对于一个男孩儿，18岁是一个坎。17岁时他还敢说自己是一个孩子，到了18岁，哪怕是第一天，他就知道自己是一个大人了。因为，他已经拥有了被枪毙的资格。欧阳小宝越来越喜欢用语言去刺激那些乐队的女兵，因为他认为她们有文化。他知道自己这样不会被枪毙，他喜欢说就像你们女人挤的奶水一样，他

216

肯定不会说就像你挤的奶水一样。她们肯定会脸红，可是，她们无法说什么，更不会枪毙他。

那天，我跟华沙站在河岸边，看着河水，我说：再有26天，我就18岁了。

华沙说：再有3个月，我就14岁了。

2

太阳啊，霞光万丈，雄鹰啊，展翅飞翔，高原风光无限好，叫我怎能不歌唱，高原风光无限好，叫我怎能不歌唱。毛主席，红太阳，救星是，共产党，驱散乌云见太阳，幸福的日子万年长……

那个藏族女人就在舞台上唱歌，人们告诉我，她叫阿珍。她的嗓音如此高远，歌声的画面让我的眼睛里含着泪水，我跟他们不一样，在界山达坂看见营救的车队时，我没有流泪，却在这儿，在她的歌声中，我流泪了。在这样的歌声中，我特别想说话。我从当兵那天起，就喜欢扮演成一个沉默寡言的人，一个只知道傻逼一样对人微笑的人，现在我特别想说话。还想哭，想倾诉。我与他们不一样，身边这些人，我跟他们完全是不一样的人，我太压抑了，我的青春完全被装在一个笼子里，你只有看到了西藏的蓝天，听见了这样的歌声，你才会头一次渴望自由。狮泉河的礼堂有一种古典的陈旧，不知道是当年藏族贵族留下来的，还是它完全被我美好的记忆涂抹了。暗红色的幕布、暖黄色的灯光、木质的舞台永远与她的歌声一起留在了我的青春期。她唱歌时，跟刚才在舞蹈里领舞时一样，穿着传统的藏族服装，那可能是她们在节日里才穿的盛装。我的眼睛像被阳光照耀一样，有些睁不开了。那是一个联欢之夜，阿里地区歌舞团跟我们演出小分队共同享受那个舞台，全场欢乐沸腾。那是狮泉河的第一个夜晚，那不是一个普通的夜晚，那是有着阿珍歌声的夜晚，那是一群藏族女人和汉族女兵们共同跳一个舞蹈的夜晚。高潮到了，高潮又来了，看不见阿珍了，又看见了。就是那样一个灯光绚烂的夜晚，30岁的阿珍，她穿着节日的盛装，永远在灯光下对着我们所有人笑，她唱歌的样子感人至深。

3

阿里狮泉河竟然有一个书店，好像离河边不远。我看到那幢平层的建筑时，内心竟然有些跳动。书店为什么会让我心跳？如果你和我一样，还有几天才到18岁，你看见书店时，会跟我一样心跳吗？这似乎是一块试金石，心跳的人，他一定是金子，是金子他就会发光，如果你不心跳，那就是一块石头，是石头就永远是石头。写到这儿时，我已经看到那个孩子的背运时期就要来到了，因为他竟然有了那么可怕的思想，你看见了书店心跳，就以为自己是金子，还总要发光。你已经夹不住尾巴了，骄傲了，将要脱离群众了。我现在已经完全忘记了那儿街道的环境，只是记得跟华沙先是走在河边，看着像你们女人挤出的奶水一样乳白的河水，我对华沙说的那些话自己都忘了，我已经憋了一年多不表达思想了，现在天天表达，而且，因为恐惧环境，我只能对华沙一个人表达。那时，周围全是告密者，华沙不是。我问他：看见书店时，你心跳了吗？

他迷茫地说：心跳？我说：那说明你还傻着呢，要知道，书籍是人类的思想宝库。

我想了想，又说：高尔基说过，读书吧，如果你真的想长大。

华沙笑了，说：你才傻呢。

我说：我怎么傻了？

他说：不读书就长不大了？

我还是忍不住地表达着：我们就像千帆竞发的一叶，只有读书，才能到达幸福的彼岸……

那时，我们抬头看见了西藏无边蔚蓝的天空里有一只雄鹰在盘旋着，我就对华沙说：我渴望像雄鹰一样在蓝天里翱翔。

华沙又笑了。

我说：你笑什么？

他不说话，只是笑个不停。

4

阿珍竟然站在书店柜台的后边，她不是那天晚上唱歌的女人吗？她不是在舞台上领舞了吗？她不是穿着藏族人民节日的盛装吗？她现在站在书店里，穿着一身与我们一样草绿色的军装，只是她没有领章，那些高尔基和我一样热爱的书籍成为了她的背景。我已经在这儿当了一年的哑巴，我觉得有话要对这个美丽的藏族女人说，可是，她为什么会在这儿呢，她不是在舞台上吗？

我没有理会华沙对我说什么，我总是看着阿珍，我走到她的跟前，希望引起她的注意。她应该能够认出我来，那天晚上我也在舞台上，我的笛声吸引了她。我吹奏的时候，她一直在听，我用自己眼睛的余光看见她在听。

阿珍完全没有看到我，可是，她看到了华沙，他的脸上有了笑容，那是由华沙带来的。书店的光线本来有些暗，阿珍的笑容突然让屋子明亮了。她盯着华沙看，脸上的表情充满赞许，用你们今天的话来说，就是她为华沙点赞。那个藏族女人阿珍，她为华沙点了许多赞。

华沙完全没有注意阿珍，他被一本谱子吸引，他几乎是冲到了那本摆在西边角落里的谱子跟前，拿到手里翻看。我那时也看到了一本书，它蓝色的封面吸引了我，我想不到在喀什噶尔没有买到的书竟然就摆在这儿——《安徒生童话》。

我也是快速移动到这本书前，把它拿在了手里。我心跳着翻开书页，看到了我终生难忘的画像。那是一个瘦弱的老人，他就是安徒生。在那之前，我听过白雪公主，我知道森林里有 7 个小矮人，可是从来没有看见过安徒生的照片。他的形象让我失望，总是喜欢想象白雪公主和城堡里的王子，我觉得安徒生本人也应该具有王子的脸、额头，还有眼睛。可是，他竟然长成这样。我应该是一个酷爱读书的孩子，可是没有书。我童年、少年、青年的成长期，完全没有书。那已经是 1978 年了，喀什的新华书店门外永远是成千上万的人在排着队，他们都跟我一样地爱书。可是，此时此刻在阿里的狮泉河书店，竟然没有什么人，竟然还有这本童话。

我已经翻过了安徒生照片的一页，时代总是要向前走的，我不能把自己的目光总是停留在安徒生的脸上，我应该从他的外表走进他的思想。我开始看着那些字迹，它们那么清楚，色彩丰富。它们让我伤心，让我的内心疯狂地跳动：我们登上耀眼的雪地，沿着碧绿的山谷走下来，河流和小溪在那时潺潺流淌着，好像害怕自己无法流向海洋而消失在那里一样……

可是，我为什么找不着白雪公主和七个小矮人呢，莫非我的记忆错了，那不是《安徒生童话》里的故事？

当我抬起头来时，阿珍正看着我，她脸上有美好的微笑。我也笑了，但是有些紧张，我怕她一眼就看到我的脸上全是青春痘。

我拿着书走到她跟前，掏出 5 块钱，那时我一个月的津贴是 6 块钱，现在我还有 5 块钱。

她接过书对我笑了，没有说话。我可是一个爱说话的人，一年多没有跟陌生人说过话了，我说：你不是在阿里文工团吗，你不是独唱演员吗？

阿珍笑了，说：我老了，两年前就调到新华书店了。昨天跟你们联欢，独唱的人到北京去了，给中央领导唱歌去了，他们临时让我上去的。

我笑了，心里的疑团全部解决了。华沙走过来，他手里拿着那本谱子让我看：竟然是钢琴教程，是车尔尼的《钢琴599》！窗外的光芒落在这本乐谱上，我少年时代，有多少人用手抄下来这本599，我看到过许许多多人手抄的、不同字体的599，现在书店里竟然有卖的，时代是不是真的变了？

我突然感觉到自己强大了，内心渴望张扬。连车尔尼的《钢琴599》都可以在书店里买到了，我为什么还要夹着尾巴做人？

阿珍说：我知道你们都住在河边的兵站里。

我点头，说：还有别的书吗？

阿珍说：你们兵站的雷站长让留了一本书，他没有拿走，如果他不要了，就给你。

那我什么时候再来呢？

后天吧，如果他没有来拿，就给你。

阿珍从柜台下边拿了出来，是《契诃夫小说选》。

我又看到了一个作家的照片，他比安徒生更像一个作家。他戴着一副夹鼻眼镜，目光智慧而又挑剔。他似乎在看着我，仿佛在对我说：瞧，你才多小，就要读我的书了。读吧，小男孩儿，如果你看不懂，别怪我……

朝回走的路上，华沙问我，为什么不帮他问问有没有斯波索宾的和声学，有没有里姆斯基的配器法。我那时还想着阿珍的美好，她现在就在西边天际里的暗红色里望着我们。我这一生太有运气了，走到哪儿都会遇上那么美好的女人，她们美丽、善良，就像阴天里时时出现的缕缕阳光一样，照亮了我压抑的青春时代。

华沙从身边用右脚踢了我的屁股一下，说：我跟你说话，你听了没有？

我笑了，说：后天吧，你陪着我来书店，我再帮你问。你自己为什么不问？你已经快14岁了。

华沙又踢了我一脚，说：你说的噢，后天。

阿里的黄昏很亮很亮，阳光即使躲在了云层后边，也仍然很亮很亮。就像是想象中里姆斯基的交响诗《天方夜谭》一样，它在华沙他爸爸手抄的小红本子里。那时，我们没有任何音响资料，没有磁带，没有CD，更没有MP3、MP4，没有QQ音乐。不像现在，一部iPhone5s里，可以装上千部音乐。我跟华沙那时只能看着他爸爸手抄的总谱片断，想象出里姆斯基-科萨科夫的声音。弦乐是背景，连铜管都是背景，只有长笛和双簧管用不同的旋律奏出和声。那种色彩就像是阿里的黄昏，暗红色很亮很亮。

我们走到兵站时，董军工正在大门口散步。他沐浴在暮光的暗红色里，不太像是一个基层文艺单位的领导，而更像是一个将军。他在很远就看见了我跟华沙，就一直盯着我们，看着我们渐渐走到了他的跟前。

你们两个干什么去了？

去书店买书了。

书店？买了什么书？

我从黄色的，已经被霞光染红了的军用挎包里拿出了《安徒生童话》，华沙也拿出了他的《钢琴599》，我们把书递给了董军工。他没有接，甚至都没有认真看看是什么书，只是斜着眼睛扫了一下，就说：去班长那儿销假，然后去食堂，给你们两个每人留了一块羊肉。

听到羊肉，我跟华沙都兴奋了。

董军工说，龙泽他舅舅从普兰专门开车给我们送来了羊肉。

我跟华沙在宿舍门口遇上了龙泽，他是班长，他也像董军工那样盯着我跟华沙看，弄得我们也开始自己看自己的身上。他看了半天，说：迪化，你跟我来。房间已经开灯了，灯光很昏暗，我好像描述过我们的班务会，大家围坐在一起。但是，我此时突然想起了班务会之前，吃羊肉之前的情景，当时龙泽把我叫到他的身边，问我：你跟华沙出去都干了些什么？

　　我说在书店买了书。

　　还有呢？

　　没有了。

　　真的没有了？

　　没有了。

　　天已经黑下来，阿里草原上吹起了风，华沙朝我这儿跑过来，对我说：李作德问我，你在外边都说了些什么，跟谁说的话，我都告诉他了。

　　我看着华沙：你告诉他我说什么了？

　　华沙笑了，说：你不是跟阿珍说话了吗？我看见你跟阿珍说话笑得连眼睛都闭起来了。

　　我看着华沙，不知道说什么才好，那就是18岁和14岁的差别。我说：你忘记欧阳小宝说的话吗？从咱们当兵起，只要是出去，龙泽总是让我们互相揭发，他从每个人身上，打听他同伴的情况。

　　欧阳小宝什么时候说过？华沙问我。

　　我说：反正以后你不要再说太多。

　　此时此刻，阿里普兰县吃青草长大的羊已经炖好了，我和华沙的碗里在冒热气，班务会的阴影时时让我的眼前发灰。那个时代还会回来吗？在羊肉的香气里，战友们的脸都像天空中的风筝一样向我飘来，每个人都在昏暗的灯光下发言批评了我跟华沙没有按时归队的错误。龙泽指出我不该跟阿珍那么不严肃，别看就几句话，里边就有群众纪律、生活作风、民族政策的问题。然后，大家又再次发言重申龙泽谈到的问题。我渴望争辩，忍住了，因为我又想起了哈萨克谚语：沉默是金子。又想起来汉族谚语：你就是不说话，别人也不会把你当哑巴卖了。我还反省自己，你最近话是不是太多了？大家反感你，是因为你话太多了吧？我沉默着，微笑地看着每一个发言帮助我的战友，心想我已经买上了《安徒生童话》，我过两天还要去买《契诃夫小说选》，你们就把我当哑巴卖了吧，我看着书，就会是一个幸福的哑巴。

那种羊肉的清香阵阵飘来，我的屋内如同点了沉香一样，食堂的情景再现了，我跟华沙每个人的碗里竟然都有两大块羊肉，我们真不是东西，安徒生的童话还在挎包里，白雪公主还没有找着，王子和公主还在眼前晃着，而且，跟华沙之间还没有互相充分揭发，班务会还在持续地开着，就饿了，无耻地饿了，并开始无耻地吃着龙泽他舅舅为我们送来的羊肉了。

5

小屋西边的草地上，是一个非常安静的地方，如果你坐在那儿，可以看见西藏的落日，如果你躺在那儿，可以看见西藏蔚蓝得让你伤心欲绝的天空。如果你跟我一样，在17岁还剩最后几天时，整天躺在那片草地上，你就会跟我一样，不仅仅看见了西藏的天空，还看见了全世界的天空，还看见了海洋。它们都是蓝色的，那种蓝色你只能在青春时代看到，你过了20岁时恐怕就看不见了。如果你跟我一样无耻地活过了30岁、40岁，甚至要去走过50多岁的年龄，那你肯定看不见真正的蓝色了，你会以为眼前的灰色就是你少年时代曾经渴望的蓝色。你就是重新拿起《海的女儿》，也肯定读的不是我那本书，那是跟我17岁那年完全不一样的《海的女儿》：在无边无际的大海上，海水蓝蓝的……太阳从海面上升起来了，温暖又柔和的光线照在冰冷的泡沫上。小人鱼并没有感觉到死亡，她看到了光明的太阳，她透过船上的白帆和天空中的朝霞，看到头顶上飞着的无数的美丽透明的生命。她觉得它们的声音简直就是和谐的音乐，但人类的耳朵是听不见的，就像人们的眼睛看不到它们一样……

我头一次感觉到自己肮脏，我希望自己能干净一些，这恐怕不是洗澡就能解决的问题，但是，我在那时，真的相信我们人类总是能够干净一些，他们最终会拥有跟小人鱼一样的心灵。

6

你见过大海吗？我问华沙。

没有。你呢？

也没有。

我们都沉默了，我们看着西藏阿里的蓝天，我们躺在草地上，我们不知道西藏无边无际的草地大，还是远方从来没有见过的海洋大。也许海洋比天空还大？还有几天我就18岁了，可是，为什么我从来没有见过大海，我真的有些委屈。而且，为什么人们要叫它大海？

大山、大湖、大地、大海，人们是什么时候喜欢把那个"大"字放到它们前面的？"大"是无可奈何吗？

如果有一天，你见到了大海，你会说什么？华沙问我。

我那时正闭着眼睛，听到华沙的话，我睁开眼睛想了半天，仍然不知道该对大海说什么。

我开始朗读：人类有一个灵魂，它永远活着，即使身体化为尘土，它仍然继续活着，它升向晴朗的天空，一直升到那些闪耀的星星上，就像我们升到水面，看到了人间的世界一样——你睡着了？

华沙说：你才睡着了呢。

过了一会儿，他又说：你见过灵魂吗？

我被问住了。我一直看着蓝天，直到再次闭眼，才说：安徒生说人类有一个灵魂，那他肯定见过了？

见过灵魂的人都那么老吗？华沙又问。

我没有说话，他问的全是我不知道的。

我们也会老吗？他继续傻问。

我只是点点头，说：我觉得我可能不会老。

那为什么很多人都老了呢？

这时，我看见欧阳小宝在远处徘徊，那儿是厕所，欧阳小宝喜欢在离厕所不太远的地方徘徊。阿里狮泉河的这个厕所又不是男左女右，而是男右女左。欧阳小宝肯定又在与这个错误较劲，他站在厕所门口，仔细地看着上边的字，然后摇头，像是一个渴望纠正错误的大师，却又因为没有权力而叹息。这时，有几个女兵朝厕所走去，她们不断地欢笑，灿烂的嗓音传过来，仿佛正在举办青春舞会。欧阳小宝正从厕所里走出来，似乎不敢与女兵面对，他低下头，默默走过她们的身边。那些女兵停下脚步看着他，她们很奇怪欧阳小宝突然变羞涩，装不认识了。她们再次尖声笑起来，就好像这个世界上真的有许多必须要笑，而且要不停地笑着才能过去的事情。

欧阳小宝已经很久没有跟我和华沙说话了，他甚至都不再看我们一眼，我买了《安徒生童话》，想让他帮助我品鉴一下，他也不理我。

欧阳小宝向我跟华沙这个方向走来，他脚踩在草滩上时，有些像踩上了弹簧，让他的头发起起伏伏。

我跟华沙也看着欧阳小宝，听见从厕所里走出的女兵们还在笑，她们好像说起了中央芭蕾舞团。欧阳小宝经过我跟华沙身边时，仍然低着头拒绝看我们，仿佛在沉重地思考重大问题。我那时想象的哲学教授就是欧阳小宝那样，我现在看见的哲学教授也总是欧阳小宝那样。欧阳小宝慢慢走过去了，女兵也走过去了，我是那么希望她们能看看，因为我正在读书，在读《安徒生童话》，里边有海的女儿，有丹麦古堡上空的风光。她们应该看看我，可是，她们没有看我，欧阳小宝也没有看，都走远了。

<h1 style="text-align:center">7</h1>

那天晚上走进餐厅，就感觉到灯光比平时要明亮，那是阿里的灯光，狮泉河的灯光，如果你跟我和华沙一样，刚从河边回来，你会远远地看见我们文艺战士的驻地是在离河不太远的地方。那儿是兵站，离兵站没有多远就是分区。如果你从分区走过来，最多也就七八分钟。如果你在狮泉河这海拔5000米左右的地方没有高山反应，你就跟我一样能从分区跑过来，也就用三四分钟。狮泉河的建筑都是平层的房屋，美国有这种房屋，德国也有这种房屋，那儿有安徒生的童话里与城市一样的灯火，所以，丹麦也有这种房屋。你在蔚蓝的暮色里背诵毛泽东诗词，暮色苍茫看劲松，乱云飞渡仍从容。你从容地站在那条河边，因为太阳完全沉没，视线已经模糊，你感觉到喧嚣的河水是清亮的，透明的，你已经忘记了河水是乳白色的。华沙学着欧阳小宝的话说，就跟从女人身上挤出的牛奶一样。我反问，从女人身上怎么可能挤出牛奶呢。那时，欧阳小宝朝我这边看了看，他的眼神在我的脸上停留了一下。这是很久都没有的事情了，应该算是一种待遇吧。待遇这个词其实很怪，不知是从哪儿来的。排级待遇、连级待遇、营职待遇，最多也就是团级待遇，再往上，就不太敢想了。

欧阳小宝终于走过来，站在我的左边，他真是很固执，男左女右嘛。但是他仍然没跟我说话，只是脸上的表情意味深长，这说明一定有大事发生了。是党和国家的？还是我们自己的？是精神的，还是物质的？如果他不告诉我，那就明天早上听广播吧。你欧阳小宝不理我，中央人民广播电台也会告诉我的。你欧阳小宝是自己的，可是中央人民广播电台是属于全国人民的。

掌声那时在食堂里响起来，以后我在人民大会堂的宴会厅里也听到过类似狮泉河兵站食堂里的那种充满回音的掌声，用响彻大厅这样的词语，一点也不为过。

董军工领着领导们从大门外走进来，那些穿着草绿色军装的，一颗红星头上戴，革命的红旗挂两边。他们的个子都挺高的，刚进大门那时，他们面带笑容。首长风范真的是太充足了，他们也鼓掌，他们看着我们笑，高贵而慈祥。我就是在那时看见了一个熟悉的面孔：曾副参谋长。

他在这群人里边个子最高，尽管他没有走在最前边，而是相对靠后，可是，他无疑是最有风度的。他的笑容含蓄，甚至有几分谦虚，但是他的风度已经让看到他的人折服了。我想象中的丹麦贵族就是这样，英国贵族也是这样。他没有看见我，他已经看见艾一兵了，他也看见了欧阳小宝，他也看见了华沙，因为他的目光与他们互相关照。

我们大家都端起了酒杯，学着电影里罗马尼亚总统齐奥塞斯库同志说话，然后一饮而尽。接着，欢声笑语就充盈着我的耳朵，那全是最温暖的东西，就跟耳朵里塞满棉花一样。

欧阳小宝就在那时拉了我一下，他看着我，说：我不喜欢喝酒，太庸俗，你呢？

我说：我也不喜欢。

他说：走，出去，我有事对你说。

我有些犹豫，因为，有一大盆牦牛肉刚端上来。欧阳小宝好像不太爱吃肉，他的脑袋不小，脸却不胖，大背头下眼睛显得深刻而严肃。他说：我想成立一个组织……

我们又见面了。一个有些熟悉的声音打断了我和欧阳小宝，曾副参谋长端着酒杯走过来，站在我们面前，笑着对我说，你的军装很合适，再没有丢吧？

叶尔羌那个小城里的绿荫下吹起了阵阵凉爽的风，我看着曾副参谋长，内心充满感激。

曾副参谋长走到了艾一兵她们的桌前，所有的女孩子们都欢笑起来，她们是那么喜欢他，他站在女兵们中间，真有些像是安徒生笔下的王子，连朱医生都有些失色。

那时候，我感到奇怪，欧阳小宝在面对曾副参谋长时没有笑，也没说话，似乎他不喜欢这个深受女兵们欢迎的首长。

晚上，我和华沙躺在床上共同打着一把手电筒看着《安徒生童话》时，听到老兵龙泽给其他人讲故事。他老家是河南人，他在乌鲁木齐以北五家渠那边的农六师长大，平时说新疆土话，今天说河南土话：

一个女青年得了病，请来一个中医。中医骑着自行车，上边挂着刚买的鱼。他把自行车停在女青年家门外，鱼还挂在车上边。他进了女青年家，为她号脉。中医握着女青年的手，想起了自己的鱼，他说：有猫没有？女青年脸红了，一直不回答。

老兵龙泽把声音压低，我们听得更加专注。

这时，女青年的妈妈过来了，就对女儿说：有病不瞒医咪，有病不瞒医。那女青年，那女儿脸更红了，她鼓起勇气，小声说：有是有，可就是没几根……

8

我想成立一个捉奸队。

欧阳小宝站在阿里的草滩上看着我，他说话时仍然那么认真严肃，当年洪秀全要成立拜上帝会时的表情，也不过如此。那时，我们离河边不远，狮泉河水哗哗响着，让欧阳小宝觉得有些烦躁。他说：我不喜欢河水这么吵闹，你呢？

然后，他没有等我回答，又说：你究竟想不想参加？

我的身体在瞬间就兴奋起来，"捉奸"两个字让我产生了生理反应，非常刺激，我有些不敢看欧阳小宝了，我有些闪烁地说：你这算不算是非法组织？

欧阳小宝的眼睛里有狂热，闪耀着青春的火焰，他完全没有听见我在说什么，只是说：今天的任务有些艰苦，我们必须蹲守。

在哪儿？

先不要问那么多，这件事绝对不能告诉华沙。

那为什么？

他太小了……

这时像是有一条狗从平房那边跑过来，快到跟前了，才认出是华沙。他跑得太快，高原反应让他像是老人那样喘着气说：你跑、跑到哪、儿、儿去了，我、我、我到处找你，你、你在、在这儿干什么？

我看看欧阳小宝，欧阳小宝也看看我，我们一时间都不知道该说什么了。

华沙完全没有意识到自己是多余的，他跟着我们，让我跟欧阳小宝不能说话，只能互相使眼色了。

华沙问我：你们想干什么去？

230

我看看欧阳小宝，才突然意识到连我也不知道要跟着他干什么，那为什么要与他共同躲华沙？

我们回到了宿舍里，那是长长的屋子，有一排很长的如同炕一样的床，每一个像我们这样的文艺战士只能占一米宽。时间还早，有人在下棋，有人在练功，趁华沙去看他们下棋，欧阳小宝悄悄对我说：晚上我上厕所，你就跟着我来，不要引起其他人的注意。

晚上，我跟欧阳小宝出门的时候，华沙突然从后边跑过来，得意地说：想甩我？

计划只好夭折，我又跟着欧阳小宝回到床上。我很快就睡着了，梦里面，似乎欧阳小宝拍过我，醒来时天已经亮了。

9

草滩上朝阳很辉煌，西藏清晨的天空那么干净，天上一丝丝的云彩就像是少女的头发一样。还没有人起来，华沙也睡着，远处看见艾一兵扛一个大扫帚从女厕所里出来，又进了男厕所。她没有看见我，我把目光从她身上移开，朝分区那边看，发现东边草滩上有几匹马，就朝那边跑过去。

跑近了，才发现在马的旁边还有一个人，他似乎在弯着腰摆弄马鞍。他抬起身时看见了我，招手示意我过去。我认出他是曾副参谋长，他是要骑马吗？

我到了他身边，他牵着马问我：想骑马吗？

我紧张地看着马，点点头。

那你骑这匹，老实马。说着，他把老实马牵过来，把缰绳递给我。然后，他让我踩上马镫，顺势把我一推，我就上了马背。果然是老实马，一动不动。

他上了另一匹很漂亮的马，那是不是传说中的天马？高大、骄傲，如果说曾副参谋长是军中贵族的话，他那马就是马中贵族。

我坐在马上，感觉到自己很高，看见从我们驻地那儿有几个人朝这边走过来，就更是有兴奋骄傲的感觉。女孩们就要看见我骑马了。她们的脸很阳光，连她们的脖子都跟那匹马一样，很阳光。过了几十年，我突然明白了，"阳光"是一个可以广泛使用的词汇，用来形容马脸、人脸、少女的脸、贵族的脸、平民的脸，其实都很合适。当然，也可以用来形容脖子，她们的脖子在西藏的早晨确实很阳光。

曾副参谋长突然说：走！

他的马飞快地冲刺起来。

马与马是互动的，就像人类也是互动的一样，我的马受到了刺激，猛地就朝前冲起来。那时，曾副参谋长和他的马已经在五六米外了。我的马紧随着它们，两匹马似乎开始较劲了，很像是两个争当学习毛著积极分子的人。我完全没有想到，竞赛就这样开始了。人类真的渴望竞赛吗？我就从来也不渴望，但是我已经在竞赛了，我无力躲避。我看着前方，内心恐惧，却不得不拼命保持平衡。我听说过，曾副参谋长是南京军事学院毕业的，他的马术很好，他还会开汽车，他的枪法很准，有人说他还能开坦克。那天忘记了是谁，反正是一个女兵，说他还能开飞机。

他在前边，我在后边，我的马一点也不老实，它跟所有渴望进步的青年人一样，绝不肯落后。马飞奔着把天空云彩都甩到脑袋后边了，似乎草滩也在飘移，恐惧和风一起让我流出了眼泪。我忘记了女兵们在看我，我透过泪水只能看见曾副参谋长的豪迈。他跑得越来越快，我的马渐渐离他们有些远了，我那时也忘记了害怕，竟然也开始用自己的双脚拼命夹着马的两侧，渐渐又追近了。曾副参谋长回头看看我，笑了一下，猛地用双腿夹了一下马的两侧，他那马突然腾云驾雾起来，飞升起来。我看着他们，感觉到自己的眼睛模糊，耳朵也听不见了，似乎周围的草滩全是清甜的味道，一切都明亮起来。他们远了，我的马却突然朝下栽去。瞬间我的视线就很低了，浑身软软绵绵地朝下沉没，就像一艘小船匀速地沉到了海里。我本能地抱着马脖子和它一起扑倒在地上。我完全丧失了理智和感觉，就那样抱着马的脖子，庆幸自己没有从马背上栽下来。就在那时，意外发生了，马从地上爬起来，又开始奔跑，它像是一个背着孩子戏耍的大人，完全不顾那孩子的感受，又开始风驰电掣地跑起来。与此同时，那些女兵们的惊呼在我耳边再次响起来。随后，惊呼变成了惊叹。

10

我跟欧阳小宝躲在离厕所不太远的土坡后边，月亮照耀在我们的后背，我们悄悄出来时，华沙竟然已经睡着了，而且还打着呼噜。一个13岁多，还有几个月才到14岁的孩子能打出呼噜来，让人惊奇，一定是太累了。那时并不太晚，还有欢声笑语传过来，这说明革命的乐观主义是存在的，革命的理想主义也是存在的。

欧阳小宝说捉奸队刚成立，要有严格的纪律，绝不冤枉好人，也不放过坏人。

似乎有黑影跑过来了，我们紧张起来，走近了看，是一只黄羊。它很矫健，而且，没有人类那么龌龊，没有去厕所，而是经过了我们这儿，朝远方的群山走去。

又有黑影走过来了，是我的眼睛过于疲倦，看花了，其实是风的影子。我当时想，一个人老了，就是这样，他往往会把没有当成有，把有当成没有。

突然，欧阳小宝把我的脑袋朝下按，轻声说：来了，来了。你看见没有？一个高个儿，特别高的个儿，看见黑影没有？从分区那边悄悄走过来，快看，他在快到厕所时，变得非常小心。他走进了男厕所，很快地出来了。然后，他顺着厕所外边的墙溜到了厕所背后，没有任何动静了。

我说：我为什么没有看见？你骗我吧？

夜色里，欧阳小宝意味深长地看看我，那眼光里真的有千言万语。

我尽量压低声音，说：你要我？

欧阳小宝像是侦察兵那样，用自己的手堵住了我的嘴。

那时，我们听见了女兵们的声音，她们是一大群人，因为害怕，也因为集体主义精神，她们一起来到厕所，有人恐惧黑夜窃窃私语，有人兴奋说笑。阿里夜空里的星星像雪花一样明亮，欧阳小宝拉着我绕到了土坡西边，从那儿可以看到全景。不仅仅是厕所的全景，也是狮泉河的全景。欧阳小保说：你装作没有看见吗？我看得清清楚楚，那个人，他的个子太高，他在厕所的高坡上，他正好在一个角落里藏身。

我不高兴了，说我只能听见女兵们在厕所里的说笑声，还有人唱歌，是意大利民歌《我的太阳》，女人唱暴风雨过去后，天空多晴朗，在西藏美丽的星星之间，真的很美好。欧阳小宝悄悄说：只是她们不知道，在她们下边，有一个男人正在偷窥。

欧阳小宝说：我在这儿盯着，你快去叫董军工，快。

我像猫那样弯着腰，顺着坡，绕过西边的房角，很快地跑到了队部。里边正亮着灯，我没有敲门，就闯进去了，把董军工吓了一跳。他当时手捧着毛选五卷，正在看着什么。看着我慌乱的样子，他厉声说：进门为什么不喊报告，你哪里还是个战士？

我说：报、报、报告，欧阳小宝说他看到有人偷看女厕所。

董军工瞬间就站起来了，我没有说什么，就朝外跑，他竟然也没有多问，就跟着我跑了出来。

当我们绕到欧阳小宝的隐蔽处时，欧阳小宝看着我们，摇着头说：他太警觉了，他跑了。

董军工那时突然非常不信任地看着我们俩，星光下他的眼珠有些发黄，真的像是一只老猫一样，回想起来，现在算算他当时的年龄不过32岁左右，怎么就显得那么老呢？

董军工在那晚上最后一句话：没有证据，不能跟任何人说，否则，我处分你们两个。

晚上，我躺在华沙旁边，一直睡不着。早晨出操，华沙一直不理我，他说你悄悄出去了，你不带我。

我说：好吧，下次一定带你。

以后几晚，我都没跟欧阳小宝出去蹲守。要么是欧阳小宝幻觉，要么是我眼瞎。我的怀疑更坚定了他的信念，他夜晚出门再不叫我，悄悄地出去，又悄悄地回来，眼睛里总是充满失望。终于，在星期六的晚上，他拉着我，我又拉着华沙一起躲在了土坡下边。突然，身后又来了一个人，吓了我们一跳，夜色里我们看出那是董军工。

那时，女厕所里正在唱着：深深的海洋，你为何不平静，不平静就像我爱人，那动荡的心灵……

欧阳小宝突然说，看呀，看呀，一个黑影突然从东边蹿出来，一直绕到了女厕所的下边。

董军工那时的眼睛更像一只老猫了，甘肃人的眼球都有些黄，现在借着月光更黄了，他的耳朵都竖了起来。这说明我们人类真的不是猫就是狗变的。

欧阳小宝悄悄对董军工说：看见了没有？我看得清清楚楚。

董军工沉着地看着，他的目光沉静，像安徒生童话世界里的海水，显然，他在思考，男人的思考多么美丽。

欧阳小宝对董军工说：您下命令吧，我们抓他个现行。

董军工的眼睛里全是愤怒，显然他也和我一样什么都没有看见。他伸手按住了欧阳小宝的脑袋，把他拉过来，摸着他的额头，看烫不烫。

欧阳小宝想往前冲了，我和华沙忍不住地笑起来。华沙说：他苕了，苕了。

董军工用力拉住了向前冲的欧阳小宝，说：不许动，服从命令。

星星更多了，像是闪着光的灯泡，离我们越来越近了。有些星星像石头，都快要掉到我们身上了。

欧阳小宝看着女厕所，他的眼睛也跟星星一样闪着热情的光芒。董军工一直按着他，不让他动。我感觉到憋气，从到西藏阿里后，似乎头一次有了高原反应。华沙那时看着我，眼睛里显得迷茫，完全不像是一个快14岁的人。

女兵们的歌声渐渐离我们远去，有时是苏联民歌、南斯拉夫民歌、意大利民歌，还有中国民歌，歌声跟着她们一起走远了。月光下，欧阳小宝的眼睛里充满激情，他压低声音，挤着嗓子说：你们真的看不见吗？那个高个子的身影？

那时女兵们的歌声还从她们的住处飘来，就如同西藏草原上在一个晴朗的下午时吹来的风一样，周围的山都很明亮，因为星星不光照耀我们，也照耀它们。星光总是平等的，它让歌声更加美丽。

董军工带着我们朝回走，董军工自己不说话，他也不让我们说话，就连欧阳小宝也沉默着。他把我们三个一直领到了队部，那儿不但挂着中国地图，还挂着世界地图。董军工就站在了世界地图前边，他的脸没有对着我们，而是对着世界地图，就好像他在思考世界上每天都要发生的大事一样。他严肃地想了一会儿，才对我说：去，把朱医生找来，让他给欧阳小宝同志看病。

我正要往外跑，董军工又把我拉住，严肃地说：今天晚上的事情，不许告诉任何人。

欧阳小宝走到了中国地图前方，他的脸也没有对着董军工，而是对着中国地图，也许是北京，他说：我真的看见了，你们看不见，说明你们的眼睛有问题。我不是幻觉，我看见了那个人。

董军工叹了一口气，把脸转了过来，在他身后是纽约、巴黎、伦敦这样的大城市。他安抚欧阳小宝说，这是高原，空气稀薄，大脑会缺氧。看欧阳小宝满脸愤怒，董军工叹了口气，换了一个军人能够接受的方式说：我们是军人，任何时候都不能破坏中国人民解放军的形象。

欧阳小宝严肃地点头，董军工给了他一个保密的理由，以后，他就可以守口如瓶了。

11

《契诃夫小说选》没有在角落里，而是在阿珍的手上。她的手很美丽，像她的嘴唇一样鲜红，那本书是灰颜色的，我想我这一生都喜欢灰颜色肯定与阿珍手里这本书的颜色有关系。

你们是不是已经忘记了阿珍？她就是阿里新华书店卖书的女人，她正微笑着看我的脸，我的脸那时正贪婪地望着那本书，我没有想到真的能留给我，我完全没有意识到阿珍在看我，几乎是在万分之一秒内，我就被那个著名的故事吸引了：

一只狗咬了一个人，这个人不光是身体受伤，灵魂也受了伤，因为他最后终于和我们一样地知道了，那是一只有背景的狗。

当华沙把一本车尔尼的849拿到我眼前晃时，我才意识到这是在狮泉河的新华书店，而不是在我们房后的那片草滩上，也不是在我们房前的那片石头堆里。而且，阿珍就那样地看着我，也看着华沙，她笑着，一直没有说话。书店里只有我们三个人。阳光从一切空隙里洒进来，照耀着阿珍和那个阿里的下午。

华沙很欣喜，这本也许在北京都买不着的钢琴练习曲册竟然在阿里有，不是西藏，而是后藏，不是拉萨，而是狮泉河。不是有很多人的新华书店，而是没有人的新华书店。

阿珍最后说，看你们两个这么喜欢，我帮你们买了，我送给你们吧。

我和华沙互相看着对方，不知道说什么好。我们一个月的津贴才6块钱人民币，我们穷困并不潦倒，我们所有的东西军队都发。我们穿着战士服的军装，我们即使上台演出也要穿着发出臭味的黄球鞋，那种球鞋让我们感觉到自己的整个身体都是弯曲窝囊的。每到我们上台时，感觉自己像是一个皮球，皱皱巴巴地滚动着就上台了。我们演奏时，我们仍然像是一个静止的皮球，我们皱皱巴巴的皮肤在呼吸，如果让我们和总政歌舞团站在一起，那我们太丢人了。他们这些操蛋的总政歌舞团的演员们穿着干部服和皮鞋，而且，据说他们服装的料子都是毛布的，他们是毛哔叽，如果让我们和新疆军区歌舞团站在一起，我们就太丢人了，他们也穿着干部服，皮鞋，据说他们的服装里也含着毛。华沙问我：你总是毛毛的，是球毛吗？

我生气了，说：不是球毛，是羊毛。

那天的阳光和每天的阳光一样，是过剩的东西，回忆里那时的阳光非常像是地中海边的阳光，照亮了我和华沙充满感动的眼睛，我们知道接受别人的东西不好，但是，我们太穷了，贫穷的人就应该接受别人的东西，这是毫无办法的事情。这也是人类最永恒的做人的道理，我这些日子里每天在《动物世界》里都看到了这些做人的道理。

阿珍感觉出我们对她的无法表达的敬意和谢谢，就笑得非常开心。她说：在我们阿里，还没有看见谁像你们两个那样喜欢这些书。

阿珍说汉语，像其他的藏族女人一样，有很奇怪的味道，她说：你们星期天可以到我家来玩，我请你们喝青稞酒。

我们真的在那个星期天去阿珍家里了，在此期间，我们去了扎达，经过了玛旁雍措到了普兰，好像还去了改则，记不清了。记忆里只有阿珍，她就住在新华书店后边，记忆里是一间很大的房子，火炉和火墙都是黄土的颜色，只有阿珍的脸上是红颜色的。她为我们拿出了青稞酒，记忆中像是50年的茅台一样，也略微有些黄。

阿珍笑着看我们喝酒，她很少说话，我们觉得那酒很烧，心里在烧，血管也在烧，当时头脑里一片红艳艳的，说话也有些不太客气了，我问阿珍，你们家有没有酥油茶？

阿珍笑了，她说没有，她说她们家没有皮口袋，打酥油茶需要皮口袋。但是，阿珍笑完了以后，她看见了我跟华沙的脸上全是对于酥油茶的渴望，就说，走，我带你们出去喝。

黄昏了，太阳已经发红了，那样的时刻为什么不叫红昏，而叫黄昏呢？我们走在阿里的草地上，阿珍在我旁边，我发现自己已经比她高一点了，她可能是一米六六的样子，我最少比她高4公分了，华沙在我这边，我们走着，我的肩膀时时地碰着阿珍的肩膀，华沙的肩膀只能碰上我的肩膀。我们上坡，下坡，越过了小溪流，不知道是不是记忆错了，阿里的树似乎很少，不，应该说狮泉河的树很少。走了不到20分钟，就看见了两三个小帐篷，阿珍向着每一个帐篷都招手，他们也在远方向着她招手。阿珍带着我们走进了最近的一个帐篷，她用藏语说了几句话，那里边的几个人笑了。看见他们开始忙碌，他们拿出了皮口袋，朝里倒进去了一些像汤一样的东西，然后用一个很粗的棒子捣起来。我们坐在毯子上，有些紧张，不知道说什么，心里只是来回翻腾着金珠玛米亚古都，我们自己都感觉到自己太不要脸了。

阿珍一直在笑，就是不说话，其他三个藏族人也只是笑。他们做酥油茶，也不说话。我跟华沙也不说话，也在笑。现在想想，人类真的不太需要语言，笑容写在脸上，那就是最好的交流。我们是头一次零距离看到他们做酥油茶，一个跟华沙一样大的藏族孩子用根粗木棍在那个皮筒子里来回捣着，节奏欢快，阿珍那时愉快地哼起了歌，她唱的不是藏族民歌，而是邓丽君的歌。我跟华沙都看着她，美好的音乐让帐篷里充满了傍晚时的红光，或者说，那些女人的歌声把黄昏里的帐篷都染红了。

酥油茶端上来了，冒着热气，喝着却没有想象中的那么烫。我们已经有些常识，这也是高原反应，水温不到100度就开了。酥油茶是那么好喝，如果说青稞酒仅仅是热，那么酥油茶就是香，为什么歌里总是要唱着说，他们把最好的酥油茶献给金珠玛米？我们就是金珠玛米，阿珍带我们来喝酥油茶，这说明她们热爱金珠玛米是真心的，不光是唱在歌里，而且，也落实在行动中。我透过酥油茶的热气，看着唱歌的阿珍，她唱来自台湾的歌，脸上仍然充满着微笑，她唱我每天都在祈祷，赶走那爱的寂寞……

阿珍是一幅油画。天就要黑了，阿里的天空充满红色，那是一幅红色的油画，它永远永远地画在了我的眼睛里。从那个弥漫着酥油茶香味的黄昏开始，每当我看见了天边的红色，就总是看见了那幅阿珍在微笑的、充满红色的油画。

12

我们回到了驻地时，大家都在食堂吃饭，我们又迟到了，没有人跟我们说话，只有欧阳小宝神秘地看看我，悄悄使了个眼色。我完全不明白他的眼色，我身上还有酥油茶的香味，我沉浸在幸福里，我不需要看任何人的眼色。

天完全黑了，老兵龙泽把我带到董军工的房间。董军工站在那儿，像是阿里的一块石头。他没有看我，而是看着世界地图。从离开喀什噶尔以后，我再没有遇上一个人能像董军工那样爱看世界地图的，连高考的学生，连中学里教地理的老师们都没有他那么爱看世界地图。

你带着华沙去哪儿了？

书店。

买了什么书吗？

买了。

什么书？

我不想告诉他，他不会有兴趣的。我沉默。

买书以后呢？

我们去了阿珍家。

你和华沙一起去的吗？

是。

在阿珍家你们干什么了？

喝了青稞酒。

还有呢？

我沉默。

你在阿珍家时，华沙中间有没有出去？

他出去撒尿了。

多长时间？

两分钟。

你一个人在阿珍房间里？

还有阿珍的猫。

然后呢？

阿珍带我们去帐篷里喝了酥油茶。

还有呢？

没有了。

董军工看着我，真的像是一个长者了，32岁的长者。他摇摇头，叹口气，终于忍不住了，他说：你知道阿珍这个女人作风不好吗？兵站杨站长告诉我说，她是破鞋，你为什么要到她家去？

我不说话，但是，董军工侮辱美丽的阿珍，让我内心充满愤怒，我的眼睛里一定显示出了那种对于董军工们的仇恨。只是我害怕眼前这个人，我不能骂他，更不可能打他，也不可能杀了他。可是，我真的想这样做。

董军工盯着我的眼睛，突然说：你在她家还做什么了？

我不吭气。

她有没有对你做什么？

我低着头就是不吭气。

他的声音突然提高了，他说：假如她突然在你面前把裤子脱了呢？

我那时愣住了，完全想不到对面这个力量无比强大的人，竟然会说出这样的话。

那时，我抬起了头，并站了起来，开始盯着董军工的眼睛，我是那么仇恨地看着他，而且，一直看着他。终于，董军工把目光从我的眼睛里移开了，从他当时的气息上我能感觉到他费了很大的力气。

有好几分钟的沉默，董军工终于说出了最后一句话：你这样下去，是要跌跤子的。

13

《变色龙》的小说里正散发出俄罗斯冰雪里的那一丝丝温暖的气息，契诃夫小说是我压抑的青春里最大的安慰。回忆青春时，那本灰色的书籍总是跳出来，在我的前方摇晃着，如果我被一本书励志过，那肯定就是这本书。

我躲在被窝里，用手电筒照亮那些文字，有时会忍不住地悄悄念着小说里的词句。其实，我渴望利用月光读书，青春期，当你的荷尔蒙总是超标时，你的眼睛非常明亮，借着月光也能看书。那时，月光从南边的窗户洒进来，照亮了我的书，我却害怕月光，因为，我怕影响别人。已经好几天了，我感觉到身边的战友们非常讨厌我看书，他们都像人一样地睡着了，我却像老鼠一样骚扰他们。我的被窝时时会露出缝隙，那时我的光会照出去，月亮的光会照进来。那个戴着夹鼻眼镜的外国男人总是让我笑，他说的每一句话都让我想笑。我有时马上笑了，有时会想一会儿，才慢慢地笑起来。当我笑的时候，我还不知道自己很快就要挨打了，是好人打坏人，还是坏人打好人？是为民除害，还是欺负弱小？不知道，真的不知道。我这一生总是对于即将要到来的危险没有感觉，我一点也不傻，只是在这方面迟钝没有感觉。

我的笑声让龙泽终于受不了，他把自己的头从被窝里拿出来，然后，他开始盯着着我，希望我意识到自己已经影响了别人。那时，我已经把蒙在头上的被子移开，可以边笑边体会房间内凉爽的空气。小说为什么那么有意思，可以让人在黑暗里想起那个俄罗斯作家的语言，它挑逗着你，你望着黑暗也止不住笑。你虽然不再笑出声，但是你的身体在发抖着。也就是在那时，龙泽用他的眼神触碰到了我的眼神。我再次把脑袋钻进了被窝，尽量忘记他的眼睛，我再次用电筒照射那本小说，契诃夫的语言和声音又把移动的画面从黑影里推过来。

突然间天就亮了，似乎周围所有的光亮都朝我击打。我用了几秒钟才反应过来，是自己的被子让人彻底拉开了。我光着身子躺在床上，像是一个被剥皮的猫。手电筒的光还照在书上，可是，月光更加强大，照耀在屋子里，让我有些睁不开眼睛。

我的身体被人推了一下，然后，听见有人在月光里大声说：起来，起来。我本能地睁开眼睛，看见了老兵龙泽的脸，他正看着我，从他的眼睛里我看到了愤怒，甚至还有几分杀气。

龙泽的叫喊声让房间里其他人也都醒过来，也许他们刚才并没有睡着。大家都坐起来，有人站在床上，有人靠在枕头上开始抽烟，就像要开一次班务会之前那样。

龙泽又说：你让大家都没有办法睡觉。

我渐渐有些清醒了，开始反驳他：你们睡觉，我看书，怎么了？

我的声音也很大，华沙醒了，他开始揉眼睛，然后说：咋啦？

龙泽没有看华沙，他一直盯着我，说：怎么了，你说怎么了？

我说我不知道怎么了。这时，其他人都围过来，说我不停地笑，像神经病一样，害得大家都睡不着。

欧阳小宝轻轻拍拍我说：契诃夫小说？你能看懂吗？真看还是假看？书没有看进去，架势端得挺大。

有人已经把房间内的灯打开了。我说：我用被子蒙着头，用电筒看书，我已经做了最大的努力了，谁也没有权力不让我看书。

龙泽走到我面前，大声说：那为什么所有的人都睡不着？

我说：我哪儿知道，你们本来就睡不着，你们思想太复杂。

龙泽说：我们，思想复杂？你呢，你去书店找那个破鞋，你思想简单？你的思想意识是最坏的。

我当时急了，说：你才是思想意识最坏的人，人家阿珍怎么就是破鞋了，你才是破鞋呢……

龙泽又朝我这儿挪了一步，离我几乎是零距离了，他比我个头高，我感觉到很大的压力，我有些恐惧，预感到他可能会打我了。他指着我说：你再说一句？

我说：你再说一句。

他说：你还买书呢，你就是想去搞破鞋。

我说：你才是破鞋呢。

龙泽抬手就给了我一巴掌，我完全反应不过来。甚至感觉不到疼痛，挨过打的人可能都有过我的体验，其实被人打一巴掌往往是不疼的。但是，瞬间我就明白龙泽打我了，我本能地喊了一声，脑子里完全是一片空白，就朝他冲了过去，想反击他，无论怎么打，也要打他一下。

他只是朝后退了一步，完全没有我那种失控的样子，肯定他不像我，在成长时期，几乎没有跟别人打过架。我知道，我这样的人其实很不像是一个男孩子，在我们新疆乌鲁木齐，只要是儿娃子，他长着个球巴子，最少每年都得打几架吧。可是我真的很惭愧，从小到大都没有跟别人打过架。

我很快地就被身边的人拉住了，似乎身边也有人在谴责他。尽管我还在怒吼着，其实，我内心更加害怕，我就是冲过去也打不过他。可是，因为有人拉着我，也拉着他，这给了我虚张声势的勇气，也算是喊叫着申冤的勇气，但是，我能感觉到身边的人都向着龙泽，好像都认为我该挨打。我是一个自恋的人，从小就是那样，我喜欢像哲学家那样沉思，尽管我思考不出任何有价值的问题，无论是自己的出路，还是人类的出路。在一个人人都认为你该打的地方，肯定是你身上出毛病了。你看小说，你在笑，大家都睡不着了。可是华沙为什么睡着了呢？

我当时没有意识到自己注定要挨这一巴掌，因为那是组织需要。我带着华沙去见阿珍，华沙不过是我的一个挡箭牌，有这个孩子在，我能更方便地做坏事。我完全不知道，他们在后边，已经把我跟阿珍的事情变成了黄段子。龙泽为什么会打我呢，他是一个要求进步的人，组织上正在对他进行考验。当兵的人都知道，打架是犯大忌的。可是他就敢动手打我，那只能说明他打我是最没有风险的一件事情。只有在挨了打以后，我才意识到自己是一个那么让人讨厌的人，吃东西贪婪地发出声响，喜欢卖弄文学，喜欢到女生宿舍聊天，很少去抬道具箱，牢骚怪话很多，从早到晚不停地说话……

还好，我一直没有哭，我即使是感觉到绝望时，也没有在双方对峙时哭泣。记得在那个晚上，当一切都安静下来时，我仍然坚持着再次把被子蒙在了自己的头上，我仍然用手电筒照明看契诃夫的小说。周围安静极了，其实，我已经看不进去了，我一手拿着小说，一手拿着电筒，独自哭泣。眼泪流在脸上，感觉到深深的绝望。突然，我听到身边还有人在哭，仔细听，原来是华沙。从当兵到现在，我还从来没有见过他这样哭。他哭得很伤心，因为是陪着我哭。这让我很感动，他还是一个孩子，他是一个不爱哭的孩子，他父亲进监狱时他没有哭，出监狱时他也没有哭，这次我挨了打，他却陪着我一起哭了很长时间。

14

此时此刻，《亚麻色头发的少女》又从遥远的阿里草滩上传来，是我跟华沙的合奏吧，当然是一支长笛与手风琴的合奏。前边好像说过，那时许多人都在演奏这首作品。长笛、小提琴、大提琴、手风琴、圆号，甚至长号都在演奏。那是一个在许多方面都无比枯燥的时代，恰恰在我们这些热爱音乐的少男少女间，才会完全没有节制地重复那首德彪西的作品，那与我们身体的荷尔蒙有关。就这样，我们把《亚麻色头发的少女》从喀什噶尔带到叶城，又从叶城带到了阿克苏，又从阿克苏带到了阿里。现在狮泉河的草叶才8月就开始枯萎，枯黄的草滩上处处可以听到德彪西的音乐。

一个女人从河那边走过来，华沙首先认出了那是阿珍，她走到我们身边时，脸上的微笑非常单纯。她手里拿了一个包，她穿着一身军装。她说，我在很远就听到了你们的音乐。

我望着她，心里突然有些委屈，只是我不愿意让她看见我流泪。我内心悄悄说：阿珍，他们都说你是破鞋，只有我不说。

阿珍不知道我心里正在说话，她只是看着我和华沙笑。她穿军装也挺好看，只是她穿着她们藏族的服装，特别是裙子更加好看。午后的阳光把她的头发染成了黄色的，她的嘴唇很红，她的眼睛很亮。她把包递给我，说：听说你们要走了，这件军装是干部服，你们回到军区，看看能不能想个办法换成战士服，要大一点的。如果不行，你们也可以去找阿巴斯，他是维吾尔族，在这儿服过役，他就在军区……

　　我们点头，说一定替她想想办法。

　　她站在那儿，我也站在那儿，我们都不再说话了，只是感觉到那天阿里的午后非常暖和，太阳照在身上，照在心里，阳光抚慰着我们内心的语言。她说：书店又来了高尔基的书，你们要不要。我说高尔基的书我已经有了，不要了。她说，以后你们在军区如果什么书买不到，告诉我，我从阿里给你寄过去。我没有说话，只是望着她。那时，我突然发现她的头发在那个午后竟然就是亚麻色的了。阿珍走的时候，我看着她的后背，所有的人都告诉我她是破鞋，我是那么想抱住这个破鞋，不让她走。可是，她已经走了。我看着快要消失在草滩远方的阿珍，感觉到自己的身体要燃烧了，我知道自己是多么渴望热爱破鞋，渴望这个身上洒满阳光的破鞋。

　　阿珍终于消失了，我的心跟草滩一起渐渐平静了。我们反复演奏《亚麻色头发的少女》，它终于让我和华沙累了，那时，龙泽走到我的跟前，来向我道歉，他说我们都是一个革命队伍的阶级兄弟，我们应该比兄弟还亲。他走了，我跟华沙仍然坐在西藏阿里的草滩上，我们的目光越过新华书店那边，一直可以看到雪山上，直到太阳渐渐有些发红了，我才说：那天你也哭了，原来还没有看你哭过。

　　他笑起来，就好像他从远方的雪山上看到了青春喜剧一样，半天才说：我突然想起来，那天是你生日，我才哭的。

15

从阿里下来返回喀什噶尔时，我们又经过了康西瓦，你们可能已经忘记了这个地方，那你们也一定忘记了张包这个人。只是我还没有忘记他，他是我们的司机，是那个在界山达坂掉到山崖的司机。

康西瓦再次出现了，我又听到了周围的军车车队喇叭的哀鸣声，这回我一点也没有感到意外。我看着坐在我前边董军工身边的艾一兵，她正看着我，我回想起她曾经跟我说过的话：是康西瓦烈士陵园，知道吗？车队在向烈士志哀。

我们的车突然转向朝着烈士陵园开过去了，我有些意外。看艾一兵，一点也没有意外的表情。回想起当兵的那几年，我似乎每天都生活在梦里，周围的人都清醒，只有我像是一个完全脱离集体组织团队的梦游者。按照母亲的教导，你不了解组织的意图，别人把你卖了，你也不知道。他们为什么要卖我呢？我浑身上下没有丁点别人需要的东西。

车已经停在了陵园门口了，我刚从车上下来，发现艾一兵竟然站在车门边等我。她有话要对我说。阿里的青草让艾一兵的皮肤更白了，白得跟周围的雪山一样了，她没有看雪山，也没有看我，而是低着头，她像军区首长跟下边的参谋干事那样说话。

我听说了。

你听说什么了？

龙泽打你了，对吗？

我没有吭声，我朝前方看看，龙泽正跟董军工并排走在一起。

她想了想，说：他打人肯定不对，但是，你也要注意自己的一言一行了，你不能老是这样下去呀。

我本想说我咋样了，却什么也没有说。

我想了想，才故意转换话题，说：我们到康西瓦来干什么？

艾一兵说：南疆军区要授予张包革命烈士称号，中央军委已经批准了。

我说：英雄称号？

艾一兵看着雪山说：开始我也想不通，很快又想通了，组织既然这样决定，肯定有道理。

我已经懒得说任何话了，其实，我天生对这类事情没有任何兴趣，我的思维沉浸在契诃夫的故事里，我早已经把阿里的大山想象成安徒生童话里北欧的大海。我们并肩朝着烈士墓走去，她的肩膀偶尔会与我的肩膀相碰，那时，我们都看见了张包的墓碑。

我们望着张包的墓，想起了那个司机年轻的脸，这时，艾一兵突然问我：你的脸还疼吗？

我的心一下就被委屈和感动填满了，我没有看她，也没有回答，只是压抑住自己的情绪。仪式开始了，集合，列队，军旗，鸣枪，宣誓……

第十一章

1

　　她的那双脚正踩在煤灰里，踩在冰冷的正在浸泡煤灰和黄土的水里，她正在尽力用自己的双脚去搅拌，她纯净的脸沐浴在秋天冷淡的阳光里。你们北京人叫打煤球，我们那儿，我们在喀什噶尔说打煤饼，真的需要一个小女孩子跳进混合的、黑色的黑灰泥水里用自己的双脚去搅和它们吗？真的有人强迫她吗？回忆这个女孩子时，我的眼前总是会出现一些零碎的画面，那些记忆构成的视频总是把她的欢笑和这样的人物动作联系在一起。她们真的是那样的女孩子吗？她们把自己青春的笑脸献给敬爱的各级领导，献给厕所，献给煤灰和黄土，她们青春的长发总是搅和着所有这些复杂的声像，让我经常看不清她们的脸，还有她们的表情。

　　喀什噶尔的秋天来了，喀什噶尔的深秋也来了。我们在西藏，应该说阿里游走了3个月之后，回到喀什疏勒县军区大院里，我靠在车上猛地睁开眼睛，才发现树叶都是金黄色的了。也许现在的秋天，可以让一个年轻人充满野心，可是在我18岁那年，每当看到金灿灿的黄叶和喀什噶尔的任何一片蓝天时，请你们相信我的表达，我真的很伤心。我坐在车里，看着窗外的秋天，回忆起有一个手风琴曲子似乎就叫《秋天》，我无数次地要华沙拉过，现在也只

250

记得中段那种抒情了。是圆舞曲的节拍吧，簧片奏出的和弦让你在任何季节都看到了树叶从天空里往下面掉落，一直洒在了你的眼前，让你感觉到暖暖的阳光在脸上。因为秋天真的来了，因为青春真的又失去了一年，因为我们的车已经进了军区大门，并且在里边黄色的树荫下拐了一个弯了。

那时，每个人都看见前边有一个不到40岁的女人正走着，当我们的车经过她身边时，车上的一个女兵探出头去，有些激动，却很短促地叫了一声：妈。

那女人还没有回头，我们的车就过去了。那时，车里"轰"的一声都笑起来。叫一声妈，有什么可笑的呢，可是，我们全车的人就是要笑，把那个女兵幸福的脸笑红了。

欧阳小宝也学着她，叫了一声妈，他在追求幽默，可是，竟然没有人笑。刚才大家已经都笑过了，现在他们沉默了。这些青春的男兵女兵们也都有自己的妈，可是，她们已经很久都没有那么短促地叫妈了。

手风琴的"秋天"又响起来，还是第二段，我多么想给你们唱一下那旋律，让华沙从美国回来，用他的右手为你们按键盘，两个手指一起按，发出和声的那种按法。他与我视频说，他买了一架意大利的手风琴，是二手的，是在亿贝上买的。他说他还能凭着记忆演奏那首《秋天》，第二段，金色的，暖洋洋的和声。

看呀，树叶子又开始随风一片片地落下来了，秋天呀，我们又过了一个秋天。

2

那天下午，听见小院里有汽车轰鸣声，透过窗户看到拉来了几车煤，喀什这边的煤与乌鲁木齐的不太一样，是碎末煤，它们被卸在小院子里，如同堆起的小山坡。

全体集合，董军工已经站在了院子中央，宣布命令。冬天就要到了，我们要把这些煤做成煤饼。每一个房间都要有火炉子，然后点燃那些煤饼，让我们青春的身体暖和起来。

我的内心无比紧张，从当兵到现在每天都要经受体力劳动的考验。我虽然生在偏远的乌鲁木齐，而且赶上那种饥饿压抑的年代，却产生了一个很奇怪的想法，以为自己天生不是干体力活的。我可以动脑子，可以写字，可以吹奏乐器，可以作曲，甚至可以学着安徒生和契诃夫那样，去写诗歌、写小说，但是，我不是一个要去打扫厕所、在田地里插秧、在舞台上装台卸台、在院子里扫地……我不是这样的人，我是一个脑力劳动者。

对了，我从小就认为自己不是一个体力劳动者，而是一个脑力劳动者。可是，这种想法是说不出口的，在那个时代说不出口，在任何时代也说不出口。在中国说不出口，在任何一个国家都说不出口。回想起来，我们在喀什噶尔，有许多人也许都跟我一样有这样的想法，可是，他们不说。欧阳小宝也不说，很多老兵也不说。只有我说了，还当众说。你想想那后果。你说，你是一个脑力劳动者，你不是一个体力劳动者，你该不该经受更多体力劳动的考验？

3

煤灰和黄土掺和在一起了，那么一大堆，如同一座小小的山丘。我们有工具，铁锨、坎土曼。我们用工具把那堆煤灰和黄土中间刨出一个大坑，然后用自己的脸盆去接来水，倒进那坑里，剩下的事情就是搅拌了。煤堆很大，我们把铁锨伸出去，尽量把煤灰和黄土拌得均匀些，许多老兵都很有经验了，他们用坎土曼搅拌，他们边劳动边唱歌，他们喜欢模仿着李双江唱歌：春风吹遍了黎明的家乡，太阳照亮了维吾尔的心房，毛主席给了我悠扬的歌喉，哦呀嘞——唱得彩云轻轻飘荡彩云轻轻飘荡……

那个女孩子就是在那个时候跳进去的，她穿着军装那么美丽，她是什么时候脱的鞋，什么时候脱的袜子，什么时候挽起了自己的裤腿，已经很少有人能回忆了。她走上煤灰小山，如同跨过了山岳；她踩踏着煤土时，像是越过了丛林。她下水时眉头也微微地皱着，让她的表情有些调皮。喀什噶尔的阳光在那时不仅仅照亮了维吾尔族人的心房，也照亮了她的脸。已经不用猜了，她就是艾一兵，那个从小就学习舞蹈和大提琴的女孩子，我们八一中学宣传队的台柱子。她在初中一年级时，只要是从军区歌舞团的院子里走出来，就穿连衣裙，那时内地已经很少有人穿这种布拉吉了。我们在新疆乌鲁木齐，我们离苏联特别近，我们即使是在"文化大革命"时也穿那样的东西。人们在那个时候可以杀人，但是，没有人去阻止一个从军区歌舞团院内走出来的初中女生穿连衣裙。

她迈进那个煤堆中央的大坑，用双脚不停地搅拌着煤灰和黄土。她的头发晃动着，节奏与悠扬歌声完全一样：

> 彩云下面百花开放，玫瑰花是共产党灌溉培养，就是就是横隔千山万岭，哦呀嘞，就是横隔千山万岭也能闻到家乡花香……

阳光仍然在她的脸上，还洒在她身后的房顶上，天空里有鸽子飞翔，它们和云彩一样白。鸽子越飞越欢乐。她是一个舞蹈素质很好的女孩子，当年在学校里时，有一个舞蹈是说维吾尔女孩子们在沙漠里为解放军送水的，她曾经跳过独舞。现在她仍然在跳着独舞，只是她跳在冰冷的水里。许多男兵们也跳下去了。她让他们站不住了。于是，她身边像所有的舞台一样，围绕着那些青春男孩子们。他们有的真是老兵了，可是，他们最大的也不过22岁吧。

那是一座载歌载舞的煤山，她在最中间，他们在她的身边。他们都唱着歌，因为劳动，特别是体力劳动让他们无比欢乐。

董军工肯定无限愉悦地欣赏着这个劳动的场面，他当时用的工具是坎土曼，30多岁的他已经像是老人那样老成持重了。他劳动的节奏非常稳，像当时的中央领导人在电影纪录片里走路一样，在稳定中给了中国人民许多希望。那时，歌声渐渐弱下来，董军工豪迈地说：再唱一首，唱！

4

一个四五岁的小男孩儿从东边的大门那儿跑了过来，他的出现吸引了许多人的注意，他们认出他就是董军工的儿子董星星。他从家属区跑到了我们这儿的军事管理区。他的小豆角眼很亮很亮，真的像是两颗小星星，明亮的小星星。

很多人放下了自己手中的工具，拥到小星星的身旁，开始以极强烈的欢笑逗弄他。这些青春的男兵女兵们簇拥着董军工的后代，把明亮的小星星抱着，举得很高很高。

艾一兵从煤堆水里跑出来，一直跑到了小星星的身边，她从口袋里掏出了一粒上海出的大白兔奶糖，小星星接过糖，笑起来，两个小洞洞一样的眼睛随着笑容消失了。她脸上带着静美的微笑，帮小星星把糖缓缓地送进了嘴里。

董军工走过来，他的目光严肃，只有在严肃的最后边，才透出了温暖博大的父爱，他问自己的儿子：谁让你到这儿来的？

小星星吓得不敢说话了。

董军工对他们说：把他放下来，让他快快回家。

几乎所有人都为小星星求情，说他们喜欢他，真的喜欢他。

董军工摇头，仍然严肃地看着大家。这时，艾一兵把要哭的小星星再次抱起来，她完全不顾自己的腿上沾满了煤灰泥水。她看着董军工，恳切的目光里全是真情，她肩负着我们中国人民解放军南疆军区政治部文工团所有女兵男兵们的愿望，她说：就让他在这儿玩会儿吧，好吗？

　　董军工的脸上有一丝柔情，立即又消失了。他说：抓紧时间。艾一兵还要说什么，她正要张嘴。董军工大声说：服从命令！把他放下来！

　　她把小星星放下来了，脸上充满委屈。董军工伸手领着自己的儿子，在大家的注目中，走到了院子东边的大门口，他为儿子指了路，看着儿子跑了。回到煤堆旁，他没看重新跳进煤坑的艾一兵，也没有看任何人，而是看着喀什噶尔的天空，声音里含着父亲一样的柔情说：深秋了，冬天很快要来了，抓紧把煤饼打出来。

　　然后，他看着一直低头的艾一兵，说：大家继续唱首歌，来，我给大家起头。

　　我就在那时看到了艾一兵的眼睛，记忆真是出了问题，似乎有泪水，似乎又没有泪水，那对美丽的眼睛在记忆里模糊了。但是，歌声再次起来了，是进行曲：向前，向前，向前，我们的队伍向太阳……

　　在歌声中，喀什噶尔的秋天更加金灿烂，银灿烂，阳光落叶洒在一起。突然，那个孩子，董军工的儿子又跑了回来，他兴奋的脸上也是那么灿烂，他手里拿着一个吹大了的气球。仔细看又不是气球，是一个透明的，充气柔软的像小葫芦一样大的东西。许光华是干部，他已经结婚了，他勇敢地笑起来，因为他最快地认出了那是一个避孕套，被吹得很大很大。孩子欢笑地拿着它乱跑，边跑边说：我爸爸的，我爸爸的……

　　男兵们很快地笑起来，我和华沙反应慢些，也笑了。最后连女兵们都压抑不住自己，开始像唱歌那样笑了，她们的笑声是美声唱法一样的笑。

董军工脸红了，他冲过去踢了自己儿子一脚，然后抱起儿子和避孕套，冲出了院子。

5

阿巴斯就站在那儿，那天的那个时候，司令部食堂的窗户里透过了阳光，我先是看见了阳光下的树叶，然后才看见了阳光，最后我才看见了魁梧的阿巴斯。阿巴斯，我可不是随便地从记忆深处又叫出来一个你们不认识的角色，他的出现与两个女人有关。一个是艾一兵，一个是阿珍。你们可能忘记了阿巴斯是谁，我想你们不该忘记阿珍。我们答应了阿珍帮助她把那套军装从干部服换成大一号的战士服，可是我们办不到，我们在喀什噶尔没有朋友，我们去了十二医院找那儿的女护士卓娅。她就会对我们说谈恋爱一点意思也没有。我们去了炮团，找了华沙的朋友黄明，他说自己也是个战士，不能穿干部服。那天在草滩上，阿珍说，实在不行，你们就找阿巴斯。

阿巴斯是个维吾尔族，他的脸是红颜色的，跟土耳其人很像。那时我没有见过土耳其人，我是以后才想起来这点的。他满脸的络腮胡子在阳光下看得清清楚楚，他说：我知道你们要来，阿珍来信了。

我们与他一起走出军区司令部食堂，他的声音突然变得小了，说：你们是不是会餐了？

我跟华沙与他走在军区的林荫路上，远远地我看见了周小都骑着车，还有她连衣裙的身影。已经是秋天了，她还穿连衣裙吗？我觉得我可能想念她了，因为我看错了，那不是她。

阿巴斯又说：我在阿里天天和阿珍泡一起，她太漂亮了，太温柔了。

阿巴斯带着我和华沙从司令部食堂走到了后花园，那里晾着他洗过的衣服，他从树枝上收回那套偏大的战士服，递给我说：就把这套给阿珍吧，塞提妮莎刚洗过，看，多干净。

我拿着这套军装，跟阿巴斯一起走在后花园里。那儿有泉水，哗哗啦啦流着，很享受。我们如同走在丛林里，树叶金黄，连地上的草也是金黄的。他突然回头对华沙说：哎，你咋不说话，你是个哑巴吗？

华沙说：你才是个哑巴。

阿巴斯笑了，说：你们想不想看电影，过几天要演《画皮》了。香港的，听说太吓人了。

6

我和华沙把阿珍的军装寄走了，从邮局回来的路上，我们买了20个烤包子。你们可能不知道什么是烤包子，维吾尔人的食品，里边的馅是羊肉和洋葱，外边被烤得金黄，就像喀什噶尔满地的落叶一样。我跟华沙又来到了那个后花园里，听着流水声，吃着烤包子。那时，我突然想起了阿巴斯说的塞提妮莎，我说：对了，想起来了，就是那个疏勒县电影院里卖票的。那个维吾尔族女孩儿。

华沙只是听着我说，他其实对疏勒县卖票的维吾尔族女孩儿没有印象。

我又说：那次我跟踪周小都你还记得吧，塞提妮莎帮了我，她故意让我和周小都坐在了一起。

我们享受着最后的秋天和烤包子，看着喀什噶尔，华沙说：周小都是谁？

我说：你他妈的连周小都是谁都不知道了？就是那个穿着连衣

裙、骑着自行车、总是在军区院子里来来回回的女人，她丈夫是曾副参谋长呀……

华沙想起来了，笑了，说：外江（维吾尔语感叹词）——

我说：以后，咱们吃烤包子就来这儿吧，悄悄把包子吃光，要不，还要给他们吃。

华沙又笑起来，眼睛再次眯起来。

那天晚上，我们给军区会议演出，是什么会议完全忘记了，只记得在华沙手风琴独奏时，后台发生了一件事。当时我正在舞台最后边徘徊，那里有一道紫色的幕布。虽然我是第一批捉奸队员，却一直没有为这个叫作捉奸队的组织做过贡献。我也不想做什么贡献，只是好奇欧阳小宝下一次的幻觉对象是谁。上一次他描绘的高个子，总让我想到周小都的丈夫曾副参谋长。这让我困惑了很久，欧阳小宝为什么会幻想曾副参谋长偷窥女厕所？那天欧阳小宝对我说：咱们的组织几乎瘫痪了。那时候，欧阳小宝在候场，还有两个节目大约10分钟就到他的山东快书了。我看着他油亮的大背头，就忍不住伸手摸了摸。他说：你以为那是亚麻色头发的少女的屁股？他连续用了两个"的"，却极其流畅。他像所有那些上惯了舞台的人一样，此时内心紧张而又兴奋。这时，我发现最后边一排的幕布在蠕动，仿佛是地下的蚯蚓已经把泥土松动一样，幕布蠕动的速度一直在加快。我感觉到很奇怪，就拼命盯着那儿。欧阳小宝那时并没有注意到我的眼神已经发生了变化，他仍然在候场。好奇心让我渴望上前拉开幕布，却又有些腿软，就轻轻推了欧阳小宝一下，让他看那儿。

欧阳小宝的眼睛有些近视，他上台时从不戴眼镜，完全看不清楚。

欧阳小宝嘲讽我说：是不是狼来了？

说话时，他已经戴上了眼镜，朝着我手指的方向看。突然他兴奋起来，说：不会是叫春的猫，发情的狗，肯定是偷情的人。

他当时想立即冲过去拉幕布，我拦住他，要他去多叫两个人来。他的眼睛在镜片后边闪亮，说就我们两个也够了。我突然变得异常坚持，非要他去叫人。他跑向后台休息室时，我看着晃动的幕布，真心希望它停止晃动。听欧阳小宝说肯定是偷情的人以后，我就开始了后悔。似乎那时候我就有了预感，我会为这事遭受报应。

欧阳小宝很快就叫来了马群、马明，而那幕布，依然在晃动。

那时，我发现欧阳小宝的眼睛都有些发红了。突袭开始了，他们三人像猫一样无声无息走过去，我跟在后面。幕布拉开后，我们都惊呆了，一句话也说不出来。老兵龙泽正在与舞蹈队的乔静扬接吻，两人紧紧搂抱着，闭着眼睛，进入了接吻的忘我境界。即使感觉到捉奸队惊诧的目光，他们睁开了眼睛分开了嘴唇，也没有分开身体。虽然目瞪口呆，惊慌失措，相互都还是紧紧搂抱着，直到董军工严肃而愤怒的脸出现在他们眼前。

消息总是传播得很快，连华沙这样糊涂的小孩儿都在演出返场时抱着手风琴过来看热闹。观众仍然在为他鼓掌，他不得不再次回到前台。转身时还回头朝我竖大拇指，用今天的词，就是给了我一个点赞。那意思围观的人都看懂了：老兵龙泽在阿里狮泉河打过我，恭喜我报仇了。

前台华沙的演出还在进行，后边的人几乎全都围拢在一团。人人都知道战士不能谈恋爱。龙泽和乔静扬是快6年的老兵，两人都已经入党，听说今年很有希望提干。很不幸，被我盯上了，他俩都完了。

就听董军工低声喝叫大家散开，各就各位，该演出的演出，该预备的预备。

然后，董军工狠狠盯了我一眼，眼神让我恐惧。我敢肯定，他刚才盯偷情的龙泽和乔静扬时，眼神都没这么严厉。让我感到委屈：难道偷情的是我，而不是他和她？

现在回忆，我才想起围观的男兵、女兵都不怎么兴奋，许多人在那时就表现出忧伤。

华沙那时终于下台了，他已经演奏了5首曲子，他受欢迎的程度超过今天的任何明星。

他之后隔一个节目，是乔静扬和马群的舞蹈。乔静扬犹豫着是不是该离开，就听董军工说：快去准备吧，不要有思想包袱，首先要完成军区首长交给我们的政治任务。我看不见董军工的眼睛，就听他那声音，就知道他投向乔静扬的目光比投向我的目光要温柔一万倍。

没多久，熟悉的音乐响起来，舞蹈《刑场上的婚礼》开始了，乔静扬和马群主跳。那是一个感人的故事：一对革命先烈，在国民党的刑场上，在生命的最后一刻，自己为自己举行了婚礼。

我和华沙都看着乔静扬，她跳得真好，女革命者在刑场上那种大义凛然的感觉表现得淋漓尽致。当她在空中一个大跳稳稳地落在地上之后，尽管她的呼吸有些急促，她的眼睛里充满了共产主义的美好未来。那时，歌声响起来：

> 生命诚可贵，爱情价更高，若为革命故，二者皆可抛，若为革命故，二者皆可抛……

录音机和喇叭里的音乐达到高潮，让我和华沙都感受到了激动。看着她下场，我和华沙才想起她不仅是舞蹈主角，还是偷吻被抓现行的主角。我们俩面面相觑：乔静扬，她怎么能做到？她怎么还能有那么完美的演出？就在这时候，我内心突然感觉到羞愧，甚至有些恶心。这个舞蹈跳得那么专业的女兵，她做过什么对不起我的事情吗？没有，从来没有，她曾经为我和华沙洗过衣服，她总是喜欢说，别客气，有事就跟大姐说吧。

我沉浸在自责的情绪中，别人看来，我就是在发呆。唤醒我的是华沙，他拍拍我的肩膀，示意有朋友来了，我回头一看，竟然是阿巴斯。

阿巴斯笑着，他显得特别高兴，眼睛都笑眯了。他说：我给你们两个送票来了，明天晚上的《画皮》，塞提妮莎想了好多办法才搞上的。阿巴斯说着从口袋里掏出了两张票。我接过票，犹豫了一下，说：能不能再给我一张？

阿巴斯说：再给你，我就看不上了。

我说：那算了吧。

他说：好吧，给你吧，是不是请女兵？

我点头。阿巴斯又给了我一张票，离开了后台。

晚上，吃夜餐时，我故意吃得很慢，我等待着艾一兵，因为她总是要在最后，义务收拾食堂的桌子，她这样坚持做好事已经很久了。一个人做一件好事并不难，难的是一辈子做好事。

人都走光了，只剩下我和华沙，当艾一兵去洗碗时，我像地下工作者那样，故作轻松无事的样子，走到她的身边与她一起洗碗，悄悄对她说：明天晚上，县电影院演《画皮》，看不看？

却不料，艾一兵有些愤怒地看着我。她的脸更加苍白了。她是一个皮肤很白的女孩儿，脸上很少有红色，此时此刻，她内心一定有狂风暴雨，惊涛骇浪。她的呼吸显然急促了，肯定她的灵魂里都充满了矛盾，充满了自我斗争。

她过了很长时间，才悄悄说我：你为什么要那样做？你不知道别人会恨你吗？

我知道她说的是什么，突然有些不好意思看她了，就低下头，说我没有想到，乔静扬会那么伤心。

艾一兵说：他们两个人都完了，你这么一搞，他们两个都完了。

我的委屈又来了，我说：不是我搞他们，是他俩自己搞自己！

她想了想，大约承认我说得有道理，就叹口气，算是结束了那个致命的话题。然后问我：哪来的票？听他们军区政治部的干事说，军区不同意在礼堂放《画皮》，只能在县电影院看，票特别难搞，你怎么会有票？

华沙敲着自己的碗，很有节奏地说：你就回答我们，看不看吧？

她再次沉默了，她洗完自己的碗，又开始擦食堂的桌子，我跟华沙就那么看着她。

华沙突然说：再问你一遍，你看不看？

艾一兵抬头看着我，缓缓的声调里有惋惜的色彩，她说：咱们是战士，去县电影院看《画皮》，违反组织纪律，我不看了。

我没有说话，转身就走了，内心有内疚有失望，甚至有些绝望。华沙跟在身后，说：要不，咱们把一张票还给阿巴斯吧？

我说：好吧，明天还给他。不看算了。

第二天早上，我很早就醒了，虽然是周末，我知道她一定在打扫厕所。仔细一听，果然扫帚在响动。我走出了空气污浊的宿舍，来到了空气清新的厕所，看见艾一兵和她的扫帚在清晨的阳光下闪光。她穿着绿色的军裤，白色的粗布衬衫，用一条淡蓝色的手绢扎着长长的头发，她正在扫厕所外边的院子。我像没事一样从她身边经过，我知道昨天晚上她已经拒绝我了，我不能主动再问了，那样就显得我太贱了。她正在哼着歌，回忆起来是一首波兰歌曲：小杜鹃叫咕咕，少年把新娘挑，看她鼻孔朝天，怎么也挑不着，咕咕，咕咕……

我从她的扫帚跟前走过，没看她，也没招呼问候。经过她身边时，感觉到她身上充满了香皂的气息。我朝厕所里边走，她没有跟我说话。我进了厕所，突然有些失望，我撒了尿就朝外走。经过她身边时，才听见她轻声说：8点半在疏勒县电影院门口见面。

我突然感觉到天空里一片片白云都在欢乐地游荡起来，我跳起来，像要跑步的运动员做准备活动。她看我这样，也笑起来，说：其实，我昨天晚上都没有睡好觉。

7

喀什噶尔的疏勒县有许多毛驴子，它们总是站在电影院前边。人是来看电影的，毛驴子呢？我这些年经常会碰见从喀什出来的朋友，他们喜欢拿毛驴子开玩笑。他们高兴时也喜欢把自己嘲笑的人比喻成毛驴子。

我和华沙就站在毛驴子之间，听着维吾尔族人做买卖的叫卖声。阿巴斯就是在那个时候来的。他总是突然从我的后方出现，先拍拍我的肩膀，然后又摸摸华沙的脑袋。对了，我想起来了，阿巴斯在上个星期天，还带着我和华沙到他们维吾尔族人的军营里去演奏过乐器，那是我们军区的民族连队，他们维吾尔族人周末喜欢在军营里组织舞会，他们会炒一点菜，里边放了羊肉，弄些白酒、新疆葡萄酒。然后，我和华沙演奏维吾尔族民歌，或者俄罗斯歌曲，他们就开始跳舞。他们的激情感染我和华沙，我吹着长笛，他拉着手风琴，我们会很疯狂。我们与他们完全融化在一起，大家都会吼叫着狂欢。那时我能意识到，他们非常喜欢我和华沙。可惜，我们那时很不情愿喝酒，不能跟他们醉倒在一起。有时，他们喝多了，会许多人一起笑，也会许多人一起哭，不知道他们为什么会那样高兴，也不知道他们为什么会那样伤心。

那首我唱了一辈子的《塔里木》就是在那儿学的，是阿巴斯一边唱，我们一边学的：

啊，塔里木，无人烟，茫茫的沙漠，戈壁滩，我离开家乡去远方，情人的眼里泪汪汪，噢，塔里木，塔里木，情人的眼里泪汪汪。

你们简直不知道我在民族军营里第一次听到他们上百人唱起这首民歌时的情景，我们都被震撼了。

阿巴斯悄悄对我说：阿珍来信了，那军装她很喜欢。然后，阿巴斯用更小的声音对我说：一会儿塞提妮莎来了，你不要说阿珍，她不高兴。

那个女孩子一定是塞提妮莎，她从电影院里走出来，一直朝着我们这边微笑。然后，她走到了阿巴斯的身边，有些害羞地继续微笑着，阿巴斯说：她就是塞提妮莎。

我和华沙都点点头。

我心里对这个维吾尔女孩儿充满感激，就是她在去年看《简·爱》时，把我和周小都安排在了一起，让我能感受到那个女人的气息。

塞提妮莎看着我，突然问：你以后去找过她吗？

我知道她问的就是周小都，却装着不知道是谁，说：谁？

塞提妮莎笑了，说：装着不知道，没有意思。

我的脸红了，边摇头，边说没有，没有去找过她。

塞提妮莎说：你们这些汉族的男的，不是个男的，喜欢她，又不去找她，那她咋知道呢？

我的脸更红了。塞提妮莎又说：我那天一看，就知道你一直在屁股后边跟着别人呢。

阿巴斯说：你叫的女兵是不是她？

塞提妮莎连忙摇头，说：那个女的比他大，可能快30岁了吧。你忘了，上次咱们还见她了，穿个连衣裙，骑永久吧，还是凤

264

凰自行车。

阿巴斯笑了，说：你是不是说那个，曾协理员他家属？

塞提妮莎点头说：对，对，就是她。

阿巴斯说：哎，卖沟子的，你可不要破坏军婚噢——

我有些不想再延续这个话题，就问《画皮》好不好看。

塞提妮莎说：太害怕了。

阿巴斯笑了：把我哈（吓）球子的，我已经看了两遍了，晚上走在外边都能看见那个鬼。那是你们汉族人的鬼。然后，他想了想，又说，你看完这个电影，敢沿着疏勒县的老城墙绕一圈，我可以送你一只羊。

塞提妮莎大声笑起来，说：他连个女的都不敢找，还敢看鬼吗？

就在那时，艾一兵来了，她穿着黄军裤，上边穿着白衬衫。不过这件不是部队发的，而是她在中学时经常穿的那件。她在长长的头发上扎了一条蓝色的手绢。她的头发还有些湿，她可能刚刚洗过澡。说洗澡那时太奢侈，其实她们都是从很远的地方提回来开水，倒在脸盆里擦洗，她们总是那么干净。

我对阿巴斯说她是艾一兵，我的中学同学，我们是一个宣传队的。

艾一兵笑了，阿巴斯的脸红了，塞提妮莎也不说话了，我们都沉默了。

那天那时，我的整个身心都沉浸在幸福里。以后许多年都不断地有人问你，什么是幸福，人生的幸福是什么？回答总是复杂，答案其实简单：你约一个女孩子看电影，她来了，她很美丽。这就是幸福，还能有什么别的幸福呢？

那是傍晚了，喀什的落日又渐渐变得暗红了，晚霞也出来了，树有些红了，塞提妮莎的脸变红了，艾一兵的脸由苍白变得洁白了，连毛驴子的脸都变得有些红了。我真的被幸福包围了。可是，我不知道，我被另一种可怕的阴影也包围了。因为，欧阳小宝的捉奸队还在工作。我说是欧阳小宝的捉奸队，意思是成员已经不包括我。抓了龙泽和乔静扬的现行，我就厌恶了捉奸。理所当然，既然不是捉奸队成员，就可能是捉奸队目标。不知道我前边说清楚了没有，我们是战士，不能到县影院看电影，那个年代，看电影是恋爱的标志，和幕布里偷吻性质相同，都可以说是作风问题。

被夕阳染红的华沙说：进去吧，站着那么累，你看那边毛驴子都坐下了。

我们就一起走进了影院。艾一兵挨着我坐，她真的就坐在我的旁边。灯慢慢黑下来的时候，我感觉到她身上的香皂味道更加浓郁了。这让我特别感动，都快要哭了。从中学时，直到我们在同一个学校宣传队，到来到了喀什噶尔，我还从来都没有与她这么近的距离坐在一起。我的肩膀时不时与她的肩膀蹭着，似乎我们的胳膊也有几次挨在了一起，女孩子的胳膊好凉呀，像是秋天里早晨的微风吧，像秋天里树上的露水吧，像秋天晚上天上遥远的星光吧，像喀什噶尔原野上从村庄里袅袅升起的炊烟吧……

电影开始了，《画皮》这个电影可能是从《聊斋》故事里飞出来的，鬼、仙、清秀的女孩儿，是不是还有狐狸我都记不清了，只是记得没那么可怕。就是那个变形的脸突然出来时，我也没有感觉到恐惧。她似乎有些害怕，但也没有那么夸张，她没有像别人那样大惊小怪地尖叫，也没有借着害怕往我怀里靠。但这只能让她更有吸引力，只能让她身上的气息更加自然，她的呼吸里似乎都有天山泉水的味道。

原谅我，《画皮》的故事真的想不起来了，在电影院里，故事真的有那么重要吗？是一个女孩子的呼吸、她的气息对你更重要，还是故事重要？是她的身体与你经常挨擦重要，还是故事重要？是

266

看电影的仪式感更加重要，还是故事重要？那故事我真的想不起来了，我从小就不喜欢鬼的故事，我不太相信有鬼。那时，别人都说毛主席能活200岁，我就不信，别人都死，他凭什么就不死呢，只是我不敢把这个想法告诉我的中学同学，我没有那么傻，我还算聪明。在开始学习的时代，我的数学一直很好，数学好的人，往往不那么喜欢看鬼的故事，也不相信有的人可以不死。

我那天完全没有被电影吸引，就像是看《简·爱》时也没有被一个女孩子要求与贵族平等的故事吸引一样，我只是被身边的女人吸引了。

黑暗的电影院里，我在那个晚上与艾一兵在一起，从银幕上不断发出的光照亮了她的脸，还是那么苍白的脸，真的比《聊斋》里狐狸精的脸都要苍白。唉，看电影的时候我在想，什么时候，艾一兵的脸能不那么苍白，能有些从内朝外生长的红色就好了。

如果她再长大些，她的脸能变成充满青春的红色吗？

8

我们终于走出了影院，我们站在疏勒县秋天夜晚清凉的风里，看着人群渐渐散去。

阿巴斯突然又说：你敢不敢现在沿着城墙自己走一圈，你敢不敢？我给你一只羊。

华沙看着我，塞提妮莎看着我，阿巴斯说完也看着我，当然，最重要的是，艾一兵也看着我。她苍白的脸在月光下很干净，这刺激了我的胆识。

我转身就朝城墙的方向走去，我听见华沙说：我操，你回来。

我没有说话，心想，你操，你那么小，你拿什么操。

身后的阿巴斯笑起来，他的声音有些沙哑。

艾一兵也喊我了：你别去了。

我也没有回头，内心热浪汹涌，我是多么的渴望你，我的同学，我的战友，我的女人，我就是为了你，才在黑夜里游荡，在看完鬼故事电影以后，我朝最黑暗的地方走，就是为了让你高兴，让你笑一笑呀。

那时喀什噶尔的疏勒县，分城内城外。据说千年来都是屯兵的地方，它有另一个名字叫汉城。这个汉字有两个解释，一个是汉朝的汉，一个是汉人的汉。所以，它有城墙，那时新疆还没有人拆城墙，疏勒县的城墙可分东南西北，在城墙外边，就是田野、涝坝、古树和通向村落的道路。

我走向了黑暗，走向了更加黑暗的地方，没有最黑暗，只有更黑暗。月亮出来了，刚才在电影院的门口完全没有注意到今天有这么明亮的月亮，就跟艾一兵的眼睛一样明亮。而且月光下边有风，风吹拂着身边田野边上的老榆树，那些不知道有多么古老的老榆树，它们像人一样站在我的身边，它们的树叶在颤动，就像是人的头发一样，就跟刚才那个鬼的头发一样。不知道为什么，头发这样的东西让我突然相信这个世界上也许真的有鬼，如果没有鬼，那为什么人会长头发，而且，头发是黑的。

这种突然出现的念头让我开始恐惧了，我加快了脚步，那时，我又注意到了星星，它们闪在天上，它们跟我一起走。我想躲开它们，却被它们追得更紧了。不知道为什么，我的脑子已经不太听我的命令了，因为我开始回忆刚才电影里的鬼故事。越是恐惧，就越是要回忆。越是回忆，就越是恐惧。

我开始跑起来，我对自己说，不是因为害怕，而是因为突然渴望见到她，我是那么想看到她，因为在她表面的后边，还有那些对于一个男孩子特别重要的东西，那就是她的柔情。

前方看到了一片片小水洼，我那时喜欢说那是一个个小湖。我那时还在湖边背诵过海涅的诗歌，老兵们渐渐地有些讨厌我了，说这个傻逼怎么故意在人多的地方背诵诗歌，而不去没有人的地方背诵呢？他们不叫湖，叫鱼池。他们也很不喜欢我称呼这片水为湖。他们有的时候嘲笑我，就说：去，到你的湖边去背诵诗歌去吧。我现在就来到了我的湖边了，我必须经过这些小小的湖泊。我一点也不想背诵海涅的诗歌，因为，我在水里看到了自己的倒影，是一个如同老年人的造型，头发因为害怕有些竖立起来，脸部的轮廓有些模糊不清。因为跑得太快，连水都有些晃动。

我已经有些后悔了，她今天就是来看电影的，她只是渴望尽快看到关于鬼的故事而已。

我跑得更加快了，从小到大从来没跑这样快过。那句话怎么说，夜黑风高？夜高风黑？反正是一个形容这种黑夜的成语。突然，我的鞋掉了，鞋带系紧了，为什么鞋会掉呢？我穿的是最丢人的部队发的黄球鞋，最多穿一天，就会发出臭味的球鞋，就是那些新疆军区歌舞团的人，总政歌舞团的人，北京军区战友文工团的人绝对不会穿的黄球鞋，它就掉下来了。

我回头找掉落的球鞋时，就像牛顿那样抬头看了看天空。我好像看见了爸爸和妈妈，他们正在期望地看着我，似乎在说：儿子，为什么总是胡闹？总是喜欢沾染资产阶级的那一套？

湖水里有鱼在蹦跳着，溅起了很大的水花。这儿过去真的是古老的湖，里边可能有很大的鱼吧，也许有水怪，它会在我爸爸妈妈还在上边看着我的时候，突然从水里冲出来，把我这个思想意识不好的小兵娃子、新兵蛋子在瞬间里就吃掉了。

我渐渐地离开了水，朝东方跑去，我的方向是从西向南，再向东，最后再朝西一直跑回出发的地方。

我经过了小小的维吾尔族的村落，听见了毛驴子的叫声，它们发情了吗？几月是毛驴子发情的时候？它们是不是跟人一样，在任何时候都能发情？只要是它活着，无论春夏秋冬都能发情？我现在走在黑夜里，是因为我跟喀什噶尔的毛驴子一样发情了吗？我在月亮后面又看到了悲伤的父母，我对他们说：妈，入党提干太难了呀，真的是太难了。

我渐渐慢下来，我知道母亲会说：难，你这个孩子就知道难，谁不难？

月亮突然没有了，一片乌云遮住了它。我感觉到自己出了很多汗，不是因为恐惧出的冷汗，也未必是因为跑步出的热汗。我内心燃烧着荷尔蒙的烈火，她在电影院的门前等待我，见面的那一刻她会干什么？会像老外那样拥抱吗？她会拥抱我吗？

我从东面的城墙朝西面拐了，过不了多久，我就会看见她，她就会看见我了。

就看到华沙迎面跑过来，他嘴里像含着糖那样说话：那么长时间，我以为你死了呢。

我笑起来，世界上只有华沙对我最好。

他冲过来，从后边搂着我的脖子，让我背他，又说：你没死，太好了。

我说：她呢？

华沙故意：谁？

我说：你不知道我说谁？

华沙说：阿巴斯？

我说：还塞提妮莎呢，她呢？

华沙说：她——艾一兵归队了。

那时，天空中明月皎洁，灿烂无比，我看着阿巴斯从西边缓缓走过来，笑着说：你那个女朋友怎么回去了，你怎么回事？她不好好等你，她咋走了噻？

我内心一片黑暗，我能成功地在看完《画皮》后沿着千年古城墙走完黑暗的一圈，全靠对于她的渴望，可是，她没有等我，她没有看到我凯旋归来，我对阿巴斯说：她归队了。

球嘛，归我的球嘛，她知不知道你是为她走的这一圈？

说完，阿巴斯笑起来，说：哎，朋友，你咋把人给看错了嘛？

阿巴斯跟塞提妮莎走了，他们消失的时候，我很懊恼，问华沙，今天晚上阿巴斯和塞提妮莎会不会那样。没等华沙回答，就后悔这个提问更破坏了自己的情绪。

我们走到自己的小院时，那门早已经锁上了，我们绕到西边从厕所那边翻墙。借着天空里的星光，我看见了一个人影在晃动，似乎是一个女孩子，华沙说：看见没有，好像有个狐狸精。

我们都紧张起来，这时，却看到那狐狸精从树后边绕出来，朝我们走过来。

我感觉好像要小便失禁了，《画皮》里所有那些恐怖场景都朝我奔涌过来，我拉着华沙就要跑。却听见了那个狐狸精说话了，她叫我的名字，又叫华沙的名字。瞬间，我的内心就变得柔软了，那个女孩子的身影也变得美丽而婀娜，月亮也明亮起来，我看清了她的脸，艾一兵的脸，月光里美丽而又苍白的脸。

她说：我害怕，我回来时，大门已经关上了，我绕了好多圈了，发现只有这儿翻墙最好，可是，我就是害怕，不敢翻。

我说：害怕摔下来？

华沙笑了，说：害怕捉奸队吧？

我踢了华沙屁股一脚，说：她心里又没鬼，怕什么捉奸队？

艾一兵声音变得更加小了：我就是害怕碰上捉奸队。

我想起一句经典名句，我说：你是不是害怕跳进黄河也洗不清了？

她声音有些颤抖：你还有心思开玩笑！

我说：来，你踩着我的肩膀，我们扶着你，你先爬上去。

华沙像小狗一样，跑到了墙下边，已经蹲下了，他等待着艾一兵来踩。我笑了，他才14岁，别把骨头啃断了。我拉开他，自己蹲在了墙根的地上。

艾一兵没有说话，只是拼命摇头，说：还是你们先上吧。

我想了想，对华沙说：还是咱们两个先上去，万一真有捉奸队的人，咱们也能对付。

华沙懂事地看看艾一兵。艾一兵像哑巴那样又拼命地点头。

我先朝上爬，华沙在我的身后，我们借着月光的闪亮，爬到了厕所侧面的墙上，我对华沙说：我先下去，你稍等会儿。说完，我朝院内一片草地跳下去，刚落地，手电筒就直接照花了我的眼睛。那时，我听到华沙也跳下来了，我闭着眼睛去扶华沙，可是，他比我机灵，早就爬了起来，拍打身上的土。这时，欧阳小宝走到我身边，拍拍我的肩头，说：捉奸成双，没想到是两个男的。

我故意大声地说话，好让墙那边的艾一兵听到，我说：去你妈的，别照了，什么也看不见。

欧阳小宝说：准备好组织找你谈话，恐怕你要倒霉了。

我说：捉奸队怎么就你一个人，他们呢？

欧阳小宝小声说：他们都睡了。我不是来捉奸的，是来提醒你的，我要捉的是别人。

我紧张起来，说：谁？

他说：反正不是你，鲁迅先生说不打落水狗，你都是一条死狗了，捉你的奸有球用。

华沙说：我刚看过那篇课文，鲁迅说要痛打落水狗。不是不打落水狗。

欧阳小宝支吾了，却坚持说：是吗？鲁迅肯定要打落水狗，我不过是想试试你们。

我们想拉着欧阳小宝一起走，可是，他却学着快板书的节奏说：战士不能离开自己的岗位，雄鹰不能离开蓝色的天空。

我跟华沙无奈地站在他身边，不知道怎么办。

欧阳小宝看看我们，说：你们在等谁？

我的脸红了，只好拉着华沙回宿舍。我们在宿舍门口回头看，欧阳小宝果然像战士一样守望在那儿。这时，董军工从队部出来上厕所，我和华沙吓得连忙进了宿舍。

那天晚上，喀什噶尔下雨了，秋天快要结束了，冬天就要来了。西蒙诺夫的诗歌和着窗外细密的雨水不断在我的头发上吹拂着，就像是艾一兵光着洁白的脚踩在煤炭和尘灰的泥水里。我就在那种委屈与不安中睡着了，《画皮》是什么东西，我完全忘记了，欧阳小宝和他的捉奸队似乎是跟东方的朝霞一起出现的，那时天边一片火红，欧阳小宝站在红太阳身边拼命向我招手⋯⋯

早晨又听见了扫帚声，那是一种音乐，一种乡愁，那是让我醒来后就内心紧缩的柔情，她是什么时候回到宿舍的，她睡觉了吗？

那是星期天，我悄悄穿衣出了宿舍，竟然是个阴天。在那个年代，想有个阴天，没有太阳和蓝天好难呀。我到了厕所外边的圆形门内时，看见她正在扫地，我青春的恋情永远是在厕所里外展开，所有重要的对话、旁白、内心独白都要在那儿出现，你们不会笑话我吧？

尽管我渴望立刻知道昨晚分手后她的遭遇，为了故作轻松，我装没看见她，朝前走着，脖子有些僵硬。她轻声叫我，我立即就回头看她了。她的眼睛有些肿，脸色竟然有些黄，一夜间她有些老了，我的心立刻哆嗦了。

她的眼泪出来了，从中学到现在，我从来没有见她哭过。

她说：我完了。

9

　　董军工站在喀什噶尔突然又变得火热的太阳下，他的眼睛比猫眼更像猫眼，他就用这双眼睛盯着我，那真是不寒而栗，他是在6天以后才找我谈话的，这6天里，喀什噶尔的气候不但没有朝着冬天发展，突然开始转暖。人们传说这个古老的小镇要发生大地震了，似乎肝炎也开始在喀什噶尔周围流行。那些天在我们小院周围，放着许多脸盆，里边装着从十二医院领取的药水，我们当时叫它来苏水，每个人经过时，都要把手伸进水里消毒。记忆里那些天，连厕所周围都充满了医院的气息。我是带着无比巨大的恐惧度过这6天的，我知道自己犯罪了，但是，不知道他们怎么惩罚，什么时候惩罚。艾一兵那天在厕所外边说我完了，那种声音比深夜哭泣的猫还要惨，一个人做一件好事并不难，难的是一辈子做好事。她就是主席说的那种一辈子都坚持做好事的人。她每天早晨都比别人起得早，开始坚守在厕所里外，那可是她的青春岁月。她永远跟男兵一起抬着很大的道具箱，她永远帮着男兵一起装台、卸台，她永远把脚伸进冰水里去搅和那些煤灰和尘土。她永远带着欢笑，像葵花一样围绕在董军工的身边，她……她说：我完了。

　　董军工先是走到一盆来苏水跟前，缓慢地把手伸到了脸盆里，他洗手的姿势有些矜持，然后，他甩甩手站在太阳的方向盯着我，更是刺眼。我有些睁不开眼睛，更感觉自己是一个犯人。已经6天了，我等待着宣判，可是，他仅仅是看了我一会儿，就走了，并没有对我说什么。

　　我变得失魂落魄，华沙陪着我，他知道我害怕了，他说：你脸上的疙瘩少多了，你是不是瘦了？

　　我说：睡不着觉。

他说：晚上撒尿，看你睡得比猪还香。

中午在食堂里看见艾一兵，她不理我，我一直看着她，她也不理我。我只好不去看她，却仍然用余光看着她。我发现她完全变了，她不说话，也不唱歌，脸色也更加苍白了。

现在想想，都很难理解那种恐惧，我们没做什么呀，为什么会那么害怕？我是不是把自己当时的那点害怕过分夸大了？因为我们那么恐惧无论如何都没有道理呀。

晚上熄灯很久了，我脑子里出现了一个词：自首。我自首去。

我起身，穿上衣服，刚要出门，老兵龙泽突然从我身后抓住了我的肩膀，他说：不许出去。

我没有看他，只是低着头，自从我们捉了他的奸之后，我一直有些害怕他。

他说：要相信组织，一不能想不开，二不能报复社会。

老兵龙泽的话语至今都在耳边回响，他说得很全面。放心吧，我不会想不开，我更不会报复社会。只是当时我完全没有想到龙泽的话竟然成为他自己的咒语，构成了他未来的命运，如同魔鬼早就在我主动去自首的那个晚上就已经潜伏到了他的身上。

我说：我去队部，找领导坦白。我要自首。

老兵龙泽看着我，突然狠狠地把我搂了一下，然后他拉着我，出了宿舍门，以免吵醒其他战友。他悄悄说：你用词不当，组织上又没有拿你当犯人，你说自首，这不对。

那时，我们都看到了从董军工办公室里映出了灯光。龙泽陪着我，一直到了门口，他喊了一声报告，董军工说进来。

我跟着他走进去，看见董军工仍然站在世界地图前边。他手里拿着放大镜，正在仔细地看着莫斯科的方向。

老兵龙泽看着我，说：有什么话，对组织说吧。

我突然有些结巴起来，支吾了片刻，突然内心再次发狠，就说：我、我、我是来自首的。

董军工没有回头，他仍然在看着莫斯科，甚至连肩膀都没有晃动一下。

我说：我是想彻底坦白。

董军工回过头来，他看看老兵龙泽，说：你回去吧，我单独和他谈谈。

龙泽似乎不想出去，他也充满好奇，但是组织已经说话了，他出门了。

那是旧的房屋，有可能是当年国民党统治喀什噶尔时留下的，屋顶是木头的，透过破旧的糊在顶上的报纸甚至可以看到很粗的松木房梁，窗户在东边，窗前有张老式的桌子。我所说的老式其实就是俄罗斯式，油漆已经剥落了，上边堆满了《战胜报》。那是我们新疆军区的报纸。我当时很难明白，为什么世界上已经有了安徒生的童话、契诃夫的小说，却还要办这样无趣的报纸，他们难道真的不知道这是浪费吗？但是，董军工看这些报纸很认真，他绝对不会看《安徒生童话》。有一天，他把我手里的书拿过去，随便翻了翻，说：一定要分清糟粕，你认不清里边的糟粕你就会满脑子资产阶级的糟粕，那你就会犯很大的错误。我当时不太懂糟粕这个词，更不明白他为什么会在一句话里说三个糟粕。房间的西边有一张床，床前摆着一双皮鞋，他是我们这个部队文艺团体唯一穿皮鞋的人，那是一双三接头的皮鞋，我想自己这一生都喜欢买三接头的皮鞋说不定就与董军工那双皮鞋有关。那时，有一只很大的老鼠在他床底下站立着，并看着我，似乎等待观赏一场人类的戏剧，似乎它很想知道那个青年人的下场。

董军工让我坐下，他坐在了我的对面，看着我，说：你已经是战士了，当了一年多兵了，要在连队里，也算半个老兵了，说任何话，特别是对组织说话，要负责任。

我没有继续看那个老鼠的眼睛，更不敢看董军工的眼睛，而是低下头，像所有的罪犯认识到自己的罪行一样，我知道这是必须有的态度。面对组织，你首先要有一个能让组织感觉到你已经从灵魂深处认识到自己错误的形象，只有这样，你才能彻底解脱。

我听到床下有响动，就忍不住地又看看那老鼠，发现它仍然在看着我，而且似乎有些同情我。不知道为什么，老鼠的温情和关怀让我内心产生了一股暖流，让我感觉到自己的生命也许有价值了，我说：那天晚上看电影，是我把艾一兵骗到电影院去的。

你为什么要骗她？

因为我想勾引她。

勾引这个词把董军工吓了一跳，我其实是从契诃夫小说里学到的，我当时并不完全知道这个词汇的罪恶部分，只是感觉到那是一个幽默的词。

董军工忍不住笑了，说：还中学生呢，用词不当，你这么小小的年纪，勾引什么勾引？继续说，你是怎么骗她的？

我跟她说，我们中学宣传队的崔老师来了。

崔老师？嗯，招兵的时候我见过，继续说。

她很尊敬老师，就被我骗到了电影院。她发现我骗她，生气了，坚决要归队，我死皮赖脸地拉着她，不让她走。我们好几个人，她实在走不了就只好坐下了。

董军工看着我，黄色的眼球转着，显然，他没有想到我会这样说话。他沉默了一会儿，又说：你与她是什么关系？

那时，我朝床上的老鼠看了看，发现它已经悄悄走了，显然，老鼠对我有些失望。

我说：我和她任何关系也没有，我们是老同学，中学在一个宣传队，同年级……

董军工突然大声说：没有问你这个！然后，他盯着我说：你和她有没有亲嘴？

我低下了头，沉默了，思想深处在激烈斗争，屋内的安静让我几乎要崩溃了。如果没有记错的话，好像我当时戴着一块上海表，那是母亲在我离家之前，专门为我买的。那表的响动让我心里难过，真是对不起我妈，她那么希望我在部队能提干入党。现在完了，我不承认追求她，董军工不会放过我们。我完了，她也完了。如果我承认，那她没完，可是，我也完了。想起来艾一兵明显变黄的脸，她跳进煤灰水里的腿和脚，我突然很可怜她，我完了，可是，她不应该完，她付出太多了。我说：我想亲她，被她打了一巴掌。

董军工眼睛突然比灯还亮，而且，松了一口气，露出了微笑：你说了什么，对她说了什么？

我用特别文艺的语气，就像私下里朗诵诗歌一样，又抬着头，看着董军工说：我那天对她说，咱们确定恋爱关系吧。

董军工的脸已经完全是僵硬的，他就像是在中国的小城市里做了脸部手术一样，皮肤都成了完全没有生命的白纸，甚至拿水杯的手都有些颤抖了，他声音有些微弱，问我：那、那她对你说什么了？

我完全没有想到董军工会有这么强烈的反应，内心突然有些轻松了，说：她都打我了，还能说什么？当时她对我很生气，她说，咱们年龄小，都应该把心思放在革命工作上，不应该想这些。

她真是这么说的吗？就是，她就是这么说的。她还批评我了，说我思想太复杂。

突然，董军工完全笑了，不是微笑，而是笑了起来，而且，他笑得很轻松。我以为当我坦白完了，他会吃掉我，可是现在看他的表情，不但不会吃掉我，而且还会给我一条生路。

董军工拿水杯的手也不发抖了，他平静而又享受地喝了一口，对我说：自己拿桌上的茶杯，自己倒杯水喝。

我突然感觉到了幸福，连忙起身去为自己倒水，然后，又懂事地为董军工的杯子里加了些水。

董军工开始说话，有些语重心长：你们年纪还小，本来就不该考虑这类问题。再说，你们是战士，更不能违反纪律谈恋爱。艾一兵同志做得对，她拒绝你说明她的思想觉悟高。她打你，说明她这个同志思想单纯。不像乔静扬，虽然是6年的老兵，还没有提干，非要坚持说她那是爱情。龙泽同志都揭发了她，说她缠着龙泽。她还执迷不悟，不理解组织对她的帮助和挽救。我们只能严肃处理乔静扬。必须严肃处理！！！你这个同志，虽然年龄小，不过承认错误的勇气还是有的，对组织的态度也很老实，组织也一定会给你出路。

我突然说：我对不起乔静扬。

董军工看着我，想了一会儿，才说：唉，你对不起组织，你给组织出了难题。

我悬着的心开始落下来，看来组织不会处理我复员了。那时我们最怕的是处理复员离开部队，那是所有处分中最重的。军队是天堂，其他人都在农村撅着他们的腚干大活，你在军队什么也没有得到，灰溜溜地又回来了，那你怎么有脸去见自己的爸爸妈妈？我忍不住说：那，那你们不会把我处理复员吧？

这是组织上的事情，你不用多问。

董军工说完又站在了地图跟前，可是，我内心已经被巨大的幸福感包围，从他面部的舒展，我能感觉到自己已经没有太大的危险了。我用了勾引这样的词汇，他却没有因为勾引而更加恨我，相反，我似乎得到了解脱，化解了他心里的愤怒。也许我这一生喜欢自己骂自己就是受到了这件往事的鼓励。自己批判自己，自己恶心自己，自己污蔑自己，对于别人来说都那么难，对我却那么容易，这一切都因为我那天成功地在自己身上运用了"勾引"这个单词。董军工房间灯光昏黄，我眼前却一片明亮，我有些轻浮地喝着领导暖瓶里的热水，内心充满了温暖，竟然不愿意离开领导办公室，竟然想多待一会儿。我坐在那儿没有走，而是像一个立了功的士兵一样，心中充满感动，对自己感动，对组织感动。我就那样坐着，希望能与董军工再说说话，可是他已经转移了自己的兴趣，他看着世界地图上的苏联版图，拿着一支铅笔，一点点地画着中苏边境线，自言自语地说：

中越打起来了，中苏边境一定不会太平……

他好像完全忘记了我，我悄悄地走出去时，他也没有回头看我。

第十二章

1

冬天很快就来了，喀什噶尔的冬天与乌鲁木齐完全不一样，很温暖。这儿几乎不太下雪，只是树叶飘落之后，树枝的颜色渐渐变成了褐色，它们在清冷灰色的天空里颤抖。我们每个房间的窗户上都伸出了烟筒，它冒着烟，把天空和砖墙都熏黄了。

我跟艾一兵不再说话，也没有更多地交流了。我真的没有受到任何处分，内心竟然很平静、轻松，甚至有了几分进步青年的感觉。她从对面走过来时，几乎从不看我，而是平视前方。她有时会对华沙点点头。她又恢复了自信，因为她总是围在董军工身边高声地笑着，她在我们领导面前非常欢乐，她让我们领导也非常欢乐。她更加美丽了，因为她的头发比以前更浓更密更长，一个女孩子的长发有时像岁月一样让我忧伤，有时像森林一样让我向往。她好像长个儿了，一个女孩子过了18岁还会长吗？这可能是个有争议的问题，我不想和你们争论，我可以在那个灰色的冬天里负责任地说：她肯定长个儿了。在那些天，我总是默默地与她擦肩而过，在政治部食堂，在菜地里，在厕所外边，在军区礼堂、十二医院礼堂、炮团礼堂、阿图什市礼堂、喀什地区礼堂、乌恰县礼堂，在清晨黄昏傍晚、在有星星和没有星星的夜晚、有阳光和没有阳光的早晨，我们都没有放慢脚步。年轻的朋友们我们来相会，每天晚上在舞台上的灯光下都要演唱这首歌，我们即使在歌声里也不会看对方的眼睛。

2

乌什县礼堂在记忆里充满维吾尔贵族气息。也许我这样说有些不太确切，什么叫维吾尔贵族气息？那就是说充满了巴依老爷的气息了？我没有见过巴依老爷，他们在解放以后都被贫苦的维吾尔兄弟们踩在了脚下，他们消失了，那个阶层消失了。但是我真的见过高贵的维吾尔人，他们穿戴都很讲究，他们的胡须也很讲究。我在乌什县就见过，他们从清真寺里走出来时，我真的感觉到了庄重、神圣。所以，我的意思你们应该明白了，乌什县的老旧礼堂里有种庄重、神圣的宗教气息。那个礼堂据说已经有50年的历史了，那是1979年，它建成于1930年，我们在里边演出的时候，我能感觉到那种木头的香味。这种古旧木头的香味我以后在美国的哈德逊也感受过，那是一座百年的歌剧院，里边有架破旧的钢琴。乌什县的老剧场里竟然也有一架旧式的俄国钢琴，我的历史回忆经常重叠，古老的钢琴画面也会经常重叠。

不说剧场了，还是说艾一兵吧，我之所以那么详细地描述了乌什县礼堂古旧舞台上的颜色、味道和钢琴，还是因为它与对艾一兵的记忆联系在一起。

艾一兵那晚上在跳《刑场上的婚礼》。因为老兵乔静扬就要被处理了，她要回故乡了，她必须离开舞台。剧场很古典，所以连那个舞蹈本身似乎都有了古典意义。柔情的弦乐弥漫着整个舞台和整个剧场，她像俄罗斯舞剧里的天鹅一样在灯光下飘荡。我们没有这么大的乐队，我们只有录音机，音响旋律动人而又饱满。我感觉艾

　　　　　　　　　　　　　　　　　　　王刚作品

一兵跳得非常好，她在大跳时有一种鸟儿要飞过来的感觉。她平转时有些像是在冰场上花样滑冰，似乎转了很多圈，似乎把我的头都转晕了。她有激情，她是主角，她终于在舞台上跳独舞了。那天，我一直在看着她跳独舞，不知道她是不是能够注意到我的目光。反正如果我在台上演奏，只要她的眼光朝我这儿瞟一下，我就能立即感受到。她的脚在落地时，显得很轻，舞台真是很享受，我是说她很享受，那种古旧的木头很有弹性，让她的每一个芭蕾动作都有着艺术的深刻含意。我看着她，感觉到自己仿佛置身于美丽的俄罗斯，不，是美丽的苏联，在契诃夫和列夫·托尔斯泰、普希金他们那样的原野上，少女的衣裙在闪亮。

我无法形容那天是多么为她高兴，她跳独舞了，她是白天鹅了，所有的灯光、服装、音乐，所有的舞台效果都是为她存在的，我忍不住要看着舞台，有她的舞台，灯光如同浪花一样飞溅充满泡沫的舞台。

那天是为县委演出，我们住在县委招待所里，夜餐后她一直没有离开餐厅。华沙吃饭总是很慢，我早就吃完了，却不得不等待他。桌子都收拾完了，那时，我看见艾一兵坐在那儿，与平时不太一样，她没有要走的意思。她似乎在等待，她在等待谁呢？

我跟华沙去洗碗的时候，一直坐在那儿的艾一兵也到了洗碗池旁，她本来可以站在华沙那边的，那样我和她之间正好可以隔着个华沙。可是，她竟然走到了我这边，紧挨着我，我没有想跟她说话的意愿，从那次影院事件之后，我们真的没有再说过话。可是，我感觉到她的呼吸有些急促，即使有流水声也挡不住她的异常。我慢慢地洗着碗，似乎有了预感，我不敢期待她先说话，但是，我真的在期待她能说话。

她沉默着，很慢地、很仔细地在洗她白色的碗，屋顶的灯光映照在那碗上，让她手中的碗也显得很精致，和她的手一样精致。

突然，她开口说话了，尽管没有看我，可是，我知道她是对我说的：总支已经通过我的入党申请了。

她说话声音虽然不大，但是我听得清清楚楚，真是特大喜讯，她要入党了。

那时，她已经抬起了自己的脸，朝我看着，奇迹总是在少女们的脸上发生，那种记忆太深刻了，太强烈了。她平时总是苍白的脸上竟然充满少女的红色，可以用红晕来形容吗？她当时看我的表情，以为我没有听清楚，就重复说：支部已经通过了我的入党请求，我要入党了！

我被她的脸色迷住了，仿佛仍然没有听清楚她话语的内容，而是被一个女孩儿的容颜震慑，她的眼睫毛很长，她的眼睛很深，她的皮肤白里透红，她的胸部已经成熟地发育了，正在和她的气息共同起伏。用维吾尔语来形容，她的眉毛像弯月，她的笑容像石榴……

"你不高兴？不为我高兴？"她有些失望地说。

我摇头，说：高、高兴。

你好像很勉强。

她更加失望了，又说：你是不是有些恨我？

我那时才笑起来，可惜当时没有人录下视频，回忆那时的影像，肯定是一个18岁男青年最明朗的笑容。

我说：我心里没有恨，只有爱。

华沙终于忍不住地笑起来，说：你爱个球呀。

我当时也感觉到自己太不自然了，都不会正常地说句人话了，我就又补充说：爱是不会忘记的。我刚说完，感觉更做作，因为那话出自当时的流行小说。我的脸红了，华沙又笑了半天。我想了想，才说：我也不知道为什么，一句人话都不会说了。

她也笑了，说：春节有到北京学习的机会，我要去，你也要好好争取。

我们那时走在乌什县招待所的小院里，远方有山的轮廓，白天看到山上有字：远迈汉唐。他们说那叫燕子山，我昨天曾经在山上捡过贝壳，现在什么都看不见了，只能看见星星很明亮。树上的叶子已经没有了，冬天更近了，可是，我们心里都很温暖。支部已经通过了她的入党申请，她从此就是一个中国共产党党员了，那个时候有没有候补我已经忘记了，反正她已经是个共产党员了。

第二天清晨，天空还黑着，我兴奋得睡不着觉了，我为她看着我的眼神而冲动，我也为她已经成为党员而激动。因为我深信，她入党也有我一分功劳，如果我不给自己的情感抹黑，她不会这么快吧？

我走在树林旁边，没有几步路就到了九眼泉。真的有泉水，在月光照耀下的几个水坑，里边的泉水闪闪发光。我在泉水里又看到了艾一兵脸上的红晕，那说不定就是人们常说的共产主义理想吧？所以，从那时起直到现在，只要是人们说到共产主义理想，我就想起艾一兵脸上的红光，那是一个少女的红颜色，当时任何红歌歌词里都有这样的意象，少女脸上的红光里蕴含着共产主义的光芒，颜值很高很高。

3

在我们青春的歌声里，那个叫乔静扬的老兵被处理复员了，她走的时候很凄惨地哭过，我在男生宿舍里都听到了她的哭声，她们拉着的小提琴声都没有遮盖住她的哭声。我和艾一兵那天在乔静扬的哭声里擦肩而过，她也仍然没有看我。

我不敢看乔静扬，这个已经当了6年兵的女孩子，她曾经为我洗过衣服，我却害她被处理复原了。我是一个多么可怕的人，这个人如果他18岁，那他就是一个18岁的可怕的人，如果他已经20岁了，那他就是20岁的可怕的人。我是那么害怕乔静扬的眼睛，那里边比湖水还要深远的哀伤全是我造成的。

我无法为她做任何有用的事情，除了内心挣扎而外，我没有力量对她说什么。我看着她从水房回来，她两手提了两个暖水瓶，戴着圆形的草绿军帽，她原来总是唱着歌的，现在不唱了。

我躲在一棵树后边，看着她，一直看着她，那几天我总是在她打水回来时悄悄看着她，寻找一个道歉的机会。可是，恐惧征服了我，她不会原谅我的，我总是这样为自己开脱，最终也没有走到她的跟前。我相信她会来找我的，她会骂我、啐我，会打我的。

她一直没有来找过我，直到她离开喀什噶尔，也没有来找我。所以我这一生都在等待着一个叫乔静扬的女兵来找我，却永远没有等到。

古尔邦节来了，在新疆还叫宰牲节。我们新疆人跟你们不一样，你们过春节、元旦，我们除了春节、元旦，还过古尔邦节与肉孜节。那年的古尔邦节印象特别深刻，因为我们上午远远看着乔静扬就要离开喀什噶尔了，她正要上一辆大卡车，这辆卡车会把她拉到乌鲁木齐，然后，她再坐火车回到故乡南京。她当了6年兵，可是，她却在后台与老兵龙泽接吻。她不承认自己错了，老兵龙泽承认了错误还揭发了她。她现在就要上车了，在那个古尔邦节的早晨，她手里提着一个包，是黄色的。她走到车跟前时，就像在舞台上跳着《刑场上的婚礼》一样，在灯光下做了一个大跳的动作跨了上去。她的腿好长呀，简直就像我们从军区到十二医院的路那么长，比那还长，就像是喀什噶尔到帕米尔的路那么长。这样长长的腿我还没有看够呢，怎么就离开喀什噶尔了呢？

我忍不住了，不顾一切地朝乔静扬那辆车跑过去，她如果骂我就骂我吧，即使她打我，我也会舒服一些。

我们全都围在那辆卡车旁边，看着乔静扬。我突然意识到当兵以来，好像还没有跟这个女人说过几句话。当兵头几天，在后台看她化妆，她反复照着镜子看着自己的脸，显然她十分欣赏自己的脸。突然，她问我：我的妆漂亮吗？我说你画的眉毛太粗了。她有好几天没有对我说话。我当时真傻，不知道她是等待着我夸她。如果时光倒流，回到刚当兵刚到喀什噶尔的日子，我一定会说你化妆很美，你不化妆也很美丽。

现在她已经坐在那辆解放牌的卡车里，透过开启的窗户我能看见她的脸。有哪个女人不欣赏自己的脸呢？我看着这张已经在喀什噶尔化了6年妆的脸，突然感觉到她的脸很好看，回忆中喀什噶尔那一张张少女的脸，又有哪个不好看呢？

我们许多人都围在她和车的旁边，像参加葬礼一样地沉默着。

她看着我们大家，好像也看了我，但是我没有从她的眼睛里看到对我的仇恨，相反，她流着眼泪微笑地看着我们每一个送她的人，她像看着所有人一样地看着我，她真的忘记了我是捉奸队的元凶？

车开走了，我看到老兵龙泽从宿舍里冲出来，朝车的方向望过去，他身披阳光，只是背有些弯了。

4

阿巴斯和塞提妮莎就是在那时朝我和华沙走过来的，卡车刚出了大门，他们就进来了，像是电影剪辑师故意安排的镜头一样。阿巴斯的红脸上有欢乐的笑容，他用力地拍着我的肩膀，说：你们是不是又会餐了？身上有红烧肉的味道。他说完自己就先笑起来。

塞提妮莎狠狠地打了他一下。阿巴斯是来邀请我和华沙去塞提妮莎家做客的，他说：塞提妮莎家抓饭特别好吃，比饭馆的都好吃。

我和华沙都高兴得合不拢嘴，我说：我们带上乐器吧？到你们家演奏音乐。

阿巴斯欢乐地说：卖沟子的你太聪明了。

塞提妮莎看着我，说：你不把她叫上吗？

我说谁呀？是手风琴和长笛吗？

阿巴斯说：你女朋友嘛，哎，就是看电影那个嘛。

我摇头。华沙说：我去问问她。说完，就朝女兵宿舍那边跑去，在我跟阿巴斯说话的时候，华沙又跑回来了，说：朱医生在她房间里呢，她说她不去了。

朱医生三个字让我内心沉重起来，阿巴斯又狠狠地拍了我一下，说：走，自行车都在司令部楼下呢。

5

我们每个人都骑着自行车，阿巴斯背着华沙的手风琴，我自己背着长笛。塞提妮莎穿得很漂亮，她的大衣是呢子的，她的头上编了很多辫子。邓小平那时候好像说过，我这个人是维吾尔族姑娘，辫子特别多。我在古尔邦节那天突然发现，小平同志说的自己头上的辫子其实就是塞提妮莎头上那样的辫子。她身上好像有香料的味道，我们朝着喀什骑着车，一路上都听到音乐，唢呐声、鼓声、热瓦甫的声音，还有歌唱声，那时阿巴斯突然对我说：我可能要到前线去了。

我没有听清楚，说：你说啥？

他说：以后再告诉你。

我们沿着马路朝西，两边是高高的白杨树，它们的枝干伸进云里了，我们那时骑着车，好像要飘起来。我知道要骑9公里，那是很享受的时光。世界就是这么简单，她——艾一兵和朱医生在一起享受，我和塞提妮莎、华沙、阿巴斯也在一起享受，青春就是这样。你才新交的朋友，你们没有那么长的历史，你却仍然很快乐。你们才认识没有多久，你们在一起就是快活。

我们进了喀什，我们走在吾斯塘博依街上，我们走在古旧的小巷里，我眼前有许多陶罐和馕坑，飘过来的香味是烤包子的味道，是洋葱和烤肉的味道。那时，塞提妮莎指着前方的一个蓝色的木头门说，那就是我们家。

6

塞提妮莎家的小院很干净，像所有那些在喀什噶尔的小院一样，里边充满了人流。他们跟我们汉族过春节一样，拜年之风盛行。似乎她的爸爸妈妈来跟我们见了面，行了礼，说了句祝福的话，也说了敬神的话。然后，阿巴斯让我们拿出乐器，我跟华沙开始演奏欢快的音乐。我们用的不是唢呐，我们用的是长笛和手风琴，那时在喀什噶尔都非常难得一见西洋乐器，所以，我们立即就被他们家那些亲友包围了。阿巴斯和塞提妮莎开始跳舞，所有那些亲友无论男女老少，他们也都开始跳舞，场面非常欢乐。

一曲结束，塞提妮莎开始唱歌了，我跟华沙完全没有想到她的歌声那么动听。她的嗓子很高，她先是唱《维吾尔世世代代热爱毛主席》，又唱《天山青松根连根》，歌词是天山上的青松根连着根，各族人民亲又亲哎，高唱赞歌向北京，毛主席和我们心连心哎……她那天还唱了《奶茶献给华主席》。我边为她伴奏，边想，塞提妮莎是喀什噶尔长大的女孩子，我以为她只会唱喀什民歌呢，结果她只会唱革命歌曲。她唱着那些歌颂毛主席和华主席的歌，充满了一个少女的感动，好像跟我们南疆军区文工团女独唱演员唱的完全不是一首歌。她的歌声里充满了沙枣花香，还有艾提尕广场上那种尘土和着白云的味道。尽管我已经感觉到饥饿了，而且越来越饿，但是，我仍然能被她的歌声深深打动。

小院终于静了下来，我看看华沙，他显然也饿得够呛，从他的眼睛里我就能发现他正盼着抓饭上来。我们的青春需要大吃一顿。

可是，仍然没有上来，我们只能再吃一点点摆在面前桌上的"馓子"，那是用油炸的小点心。我跟华沙不停地吃着这些小点心，真是越吃越饿，饿得我的眼前都开始冒起了金星，似乎眼前的阳光下总是有金色的小虫子飞过。

我不好意思问塞提妮莎，不仅仅是害怕破坏民族团结和军民团结，更重要的是那时我们正在发育的身体里充满青春的激情，那种少年人的自尊不让我们主动找人要抓饭吃。阿巴斯已经出去很长时间都没有回来了，我知道他去亲戚家拜年了。塞提妮莎是一个女孩儿，她父母我们都很陌生，我内心完全被吃抓饭的渴望填满了，就眼看着塞提妮莎走进里屋，又空着手出来。每当她走进去，我们的眼睛就盯着她出来，每当她出来，我们就盯着她的手。失望让我们完全丧失了劳动力，似乎喀什噶尔的天空都变灰了，塞提妮莎的脸都变黑了，她们家的小院子也变得那么零乱，我和华沙的心情越来越坏了。

这时，阿巴斯进来了，他手里提着一个布袋子，那时还没有塑料袋，人们用筐，用布袋子，用陶罐，而不会用可怕的塑料袋。塑料袋是美国人发明的？还是中国人发明的？发明这种东西的人应该去死。阿巴斯的脸上仍然都是笑，他把布袋子里边的抓饭（果然是抓饭！）倒在我们面前的土陶盘子里，虽然太少了些，我跟华沙仍然狂喜，开始真的用手抓着吃。我们当然会吃抓饭，喀什噶尔教会了我们吃抓饭。我们把抓饭用手指刨到自己的面前，让它成型，然后，我们学着维吾尔人优雅地把抓饭用手指撮起来，轻轻地放在嘴里。

抓饭太少了，太少了，尽管我们吃相古典，如同柴可夫斯基在吃抓饭，仍然很快就吃完了，我们才填了肚子的十分之一，如果不用病句说话，我们只是吃了自己饭量的十分之一。那天我们太饿了，饭量比平时大很多吧？我看看空盘子，又看看华沙，他也正看着我，小眼睛比平时大很多。这说明他不但没有吃饱，而且更饿了，这说明吃这点抓饭，还不如不吃。

阿巴斯坐在了我的身边，悄悄对我说：唉，她们家太穷了，做不起抓饭。

塞提妮莎脸红了，她没有哭，只是脸色变红了，仿佛和田那边的石榴花一样红。

阿巴斯又说：她们家没有人在组织上工作，乡下亲戚太多，她在电影院还是临时工，她妹妹已经去乌鲁木齐给别人家当保姆了……

我不知道该对阿巴斯说什么，就说：我跟华沙都吃饱了，吃饱了。

阿巴斯充满怜悯地盯着我和华沙的眼睛：今天饭馆都不开门，我请不了你们。他想想，看看低着头的塞提妮莎，说：走，咱们出去，塞提妮莎的叔叔家有钱，他在东方红公社当社长，到他们家去吃抓饭。

我们走进塞提妮莎叔叔家时，看见院子里摆满了鲜花食品水果，她叔叔艾则孜（也许我记错了，应该叫艾尔肯）看见有三个解放军来到自己家，高兴得要命。阿巴斯让我们演奏乐器，我们虽然很饿，已经不愿意演奏也演奏不动了，还是挣扎着给了阿巴斯面子。

我们演奏了喀什噶尔民歌：

喀什噶尔城里巴扎大，巴扎大，喀什噶尔城里绸布多，绸布多，我的情人歌声美……

他们又跳舞了，最后，我跟华沙演奏得疯狂，我知道饥饿的我们是像人快死了一样回光返照，可是场面上却非常欢乐，完全是节日里的大歌舞。

奇迹总是在绝望中出现，我们永远不能丧失生活的信心：抓饭端出来了，大盘子端出来的，那是一个褐色的大盘子，我永远记得那个颜色。我跟华沙还在挣扎着演奏呢，抓饭已经端上来了。这说明人跟人就是有差别，比如说塞提妮莎爸爸和她的叔叔就是有差别。

我跟华沙突然变得沉着了，我们并不慌乱，我们继续演奏着，让他们跳舞唱歌，让他们尽兴。抓饭就在我们眼前，我们为什么要着急？以后，别人告诉我中国没有贵族，培养一个贵族要几辈子，我总是说你把一大盘抓饭放到他们跟前，告诉他们这抓饭永远属于他们，那他们都是贵族。

终于可以吃抓饭了，我突然发现塞提妮莎的叔叔家有树，长在小院里，像社会主义的花朵一样在冬日的蓝天下，沐浴着阳光雨露。那树还留着果实，只是我不太认识，我欣赏小院子，吃了很多抓饭，只是还没有彻底饱。那时，她婶婶吧，我估计那是她婶婶，她又端出来一大盆抓饭。米是一粒粒的，金黄色的，油亮亮的，胡萝卜消失了，洋葱消失了，只有一块块羊腿肉和骨头显现出来，就像是那些年渐渐显露出党的好政策一样。我们充分领会政策。我跟华沙主要的任务是吃肉了。我们低着头，一块块地吃，我们越吃越像贵族一样矜持，终于吃饱了，阿巴斯端来了茶，他说砖茶是刮油的。

7

午后的阳光照耀着喀什噶尔那条河，我们把自行车放在了河边，开始沿着河散步，当时还不知道那河叫吐曼河。为什么要知道河流的名字呢，非要知道一条河的名字，那叫作学问，如果你不是一个学者型的动物，你如果喜欢它，享受它就得了。我在享受，华沙也在享受，只是塞提妮莎有些不开心，老是想哭的样子。我以为她是因为自己家穷，我看着她，她沐浴在冬天正午的阳光下，很忧伤，想起她美丽的歌声，我觉得她不该忧伤。

我们坐下了，就在河岸边上。古尔邦节那天河水里有很强烈的羊肉味儿，我觉得自己身上也有股强烈的羊肉味儿。阿巴斯仔细地嗅嗅我的肩膀，说我喜欢你今天身上的味道。我们望着河水，感觉到后背温暖，前脸凉爽，我可以看到华沙在水里的倒影，他说也可以看见我的倒影。我们又看着塞提妮莎的倒影，她的倒影如同河边的橡树，晃动着，忧伤着。

那时，阿巴斯才对我们说：我要到中苏前线去了，中越已经打仗了，中苏边界很紧张。我写了血书，要求到中苏边界去，组织上批准了。我去跟苏联打仗去，如果打得好，我回来可以提拔得快些，老子今后也能弄个团长当当。我要让他们相信我，让他们信任我。

阿巴斯搂过塞提妮莎，对我们说：以后，你们去疏勒县电影院，就去看看她，我也会给你们写信。

我和华沙在那时也开始忧伤了，我们的眼睛一下子就没有刚才明亮。午后的阳光照耀在河里，我们的倒影更加清楚了，只是我内心里开始模糊。我那时还不知道华沙是怎么想的，反正我很害怕打仗，我怕死，怕看见流血。人家苏联搞得那么好，哨所里有很多花和树，还能打排球，老兵说有时还会有妓女。他们多幸福，我们为什么要跟那些比我们幸福的人打仗呢？我们也应该学他们渐渐幸福起来。河水一直流着，塞提妮莎开始哭了，那个午后和下午都充满了喀什噶尔的太阳味道。

8

那年的春节来得有些突然，我才开始沉浸在冬天的寒冷里，春节就要到了。

对于喀什噶尔的我来说，那是一个特别寂寞的春节，我没有想到自己会那么孤独。我以为自己最起码可以回乌鲁木齐，他们可以不让我去北京学习，但是他们应该让我回到乌鲁木齐。可是，他们不让我回乌鲁木齐。我有些心酸，在那个周末的傍晚，我到了董军工的办公室里，他没有站在世界地图前，而是躺在床上睡觉。我等了很久，终于他醒了，看见我，有些惊讶。

我说：春节快到了，他们都走了，我为什么不能回家？

他严肃起来，说：你忘记了自己犯的错误？

我愣了，我还犯过错误？是呀，我是犯了错误的人。艾一兵已经入党了，去北京学习了，快提干了，而我还背着那些错误，我喃喃说：我忘记了。

他的声音提高了，说：忘记自己的错误，就会犯更大的错误！

我立即明白了，面对组织我不应该忘记自己的错误。我当时就害怕了，习惯性低下了头。

他严厉地说：出去！永远记住，任何时候都不要对组织要小孩脾气。

回到宿舍，我再次拿出来华沙昨天的来信，他在信上说广州特别暖和，他在跟手风琴演奏家曾健学习，又学了几支新曲子《桥》《我为祖国守大桥》《毛主席关怀山里人》，他还说有一条很宽阔的河叫珠江……

我很寂寞，突然想起塞提妮莎，很久没有看见她了。我想起了阿巴斯的嘱托，就去了疏勒县电影院。到了卖票窗口，朝里一看，塞提妮莎正坐在那儿。她也看见了我，只是我感觉到她一点也不兴奋，好像有事。

她出来了，才两个月吧，她为什么就变得如此苍老？她穿着一件黑色的大衣，眉毛描得比过去长了，似乎还戴了戒指，还有耳环，她还穿着长筒皮靴，只是她的脸跟艾一兵的脸一样苍白，那种微微有点凉的气息就像是喀什噶尔的冬天。不知道为什么她的感觉让我觉得自己像是被放逐的俄罗斯十二月党人了，那些天我正在看车尔尼雪夫斯基的《怎么办》。我看着她，等待她先说话。

她没有看我，只是站在那儿。我看她眼睛有些红了，忍不住说：咋了，你咋了？阿巴斯来信了吗？

她说：阿巴斯死了。

我愣了，死了，咋死的？

他们在山上，给领导修指挥所，要挖山洞，垮了，死了。

阿巴斯死了，你为什么不来找我和华沙？

塞提妮莎没有说话，是呀，阿巴斯死了，她来找我跟华沙有个球用呢？

天空更灰了，路边几乎没有汉族人了，明天就是大年三十，他们都在家准备年货了。

我问：那你咋办？

塞提妮莎平静地说：我快要结婚了。

我当时头皮有些发麻，阿巴斯死了，才几天，她就要结婚了，她不但没有跟阿巴斯一起去死，竟然要结婚了。

我和我表哥结婚，他爸爸妈妈都在市委工作。

那时，我看着塞提妮莎感觉到她的美丽完全成熟了，她为什么那么快就成熟了？青春就不能多停留一会儿？

我离开塞提妮莎的时候脑子里一片空白，喀什噶尔的民歌一直在内心里唱着，那是阿巴斯教给我的歌：啊，塔里木，无人烟，茫茫的沙漠戈壁滩，我离开家乡去远方，情人的眼里泪汪汪，噢，塔里木——

我的眼睛里全是泪水了，它们是从哪里来的呢，是喀什噶尔的冬天让我流泪吗？是因为想念阿巴斯了吗？是因为心疼阿巴斯了吗？我心疼他有球用啊，他已经死了。

9

我走进军区政治部食堂，发现艾一兵竟然在那儿吃饭，她不是已经去北京学习了吗？为什么还没有走呢？要知道能够去北京是多么地幸福。她也看见了我，但她又把目光移开了。幸福的人都是一样的幸福，不幸的人都有不同的不幸。那时我已经读了托尔斯泰的《安娜·卡列尼娜》，我已经可以任意改变他的句型了，我深知人与人之间的不平等。

政治部食堂已经没有几个人了，过年让大家都回家了。只有我像个没有家的人一样。快过年了，食堂里竟然增加了两个菜。过年了，食堂的老田竟然都冲着我笑了，在给我打菜的时候，他说：一年过去了，大家有意见可以给食堂提。我就说：你炒菜太咸了。他一听我这么说，就狠狠地皱起了眉头，顺便从桌上一个盒子里舀起一勺子盐，猛地就放到了菜盆里，说，我让你们吃，我让你们吃。

我没有想到提这么点意见他就会生气，我以为只有我才不喜欢别人给自己提意见呢。那一年里，几乎人人都给我提意见，我都麻木了。没有想到一个人民的炊事员老田这么脆弱，就端着还没有加盐的菜，正犹豫着是不是走到艾一兵跟前时，发现她已经走了，刚才的座位已经空了。

我也没有看见她的背影，她究竟怎么了？发生什么事情了？我吃着过年前增加的好菜，突然又想起了阿巴斯，他喜欢说：你们汉语难懂得很，好菜（火柴）也是好菜，火柴（好菜）也是火柴。

10

我们的小院里已经彻底安静了，他们都走了，连董军工都回家了，按照要求我应该待在领导办公室接电话。军人就是这样，一旦苏修打过来，命令肯定要通过电话下达。所以，在领导办公室里守候电话是非常严肃的事情。

我坐在董军工的办公室里，突然有了一种太监当上皇帝的感动。没有回家也好，我可以在这间办公室里想干什么就干什么。

我先是学着他的样子在世界地图前站着，仔细地看，发现一个地方名叫委内瑞拉，就想，竟然还有这么奇怪的名字。我又看着苏联板块，我知道契诃夫就生长在那儿，也死在那儿。想到他的死，更觉得人生很奇怪，人为什么还会死呢？

我离开了世界地图，回到了喀什噶尔，我拿起领导的暖瓶，用董军工抽屉里的茶叶为自己泡了一大杯浓茶，然后不慌不忙地坐在董军工的桌前。一时有些不知所措，就抓起了桌上黑色的电话，想听听里边有什么动静。喂，里边一个女孩子的声音，很好听，以后多年我都奇怪，为什么咱们中国人，只要一拿起电话就喂呢，这是谁规定的？喂，因为我的沉默，里边的女孩子又喂了一声。当时我想，不光是我无聊，里边的女孩子也无聊，要不她为什么总是喂喂喂的。我说喂喂喂，有什么好喂的。我想不出来该跟这个女接线员再说什么，就把电话挂了。没有想到刚放下电话，铃就响起来。我以为是刚才那个女兵接线员找我算账，就没有接。

那电话铃声响个不停，我等了快一分钟，终于接了电话。里边是一个甘肃口音的老男人，他说要找龙泽。我说龙泽不在，他出去了。甘肃老头说：你告诉龙泽，他父亲死了。

我没有听清楚，就说：谁死了？他父亲死了？

那边已经挂了电话，可以理解，那时长途电话非常贵，如果不是最重要的人死了，人们是不会打长途电话的。

我心情复杂，龙泽打了我，我抓了他的奸，他又揭发了乔静扬，可是，他的"父亲"死了。他跟乔静扬恋爱，还没有结婚，那他只有一个父亲。他唯一的父亲——他爸爸死了。他想到过报应吗？龙泽的爸爸是因为龙泽打我而死的吗？是因为龙泽揭发自己的女友乔静扬死的吗？

我开始大口地喝着董军工的茶叶水，我拉开抽屉，里边竟然还有一大袋白糖。那可是营养品，我就抓了很多白糖放进茶里。我小的时候非常喜欢喝糖茶水，新疆的回族人喜欢这样，他们总是在迎接贵客时，往茶水里加白糖。很甜的糖茶，我当时感觉到人间最美好的享受不过如此了。

我开始看书了，那是我第二遍读《安娜·卡列尼娜》，我喜欢托尔斯泰描写女人，在这么寂寞的年关，他笔下的女人鲜活地走到了我的面前，我甚至都能感受到安娜的呼吸。在我的想象中，安娜的形象跟那个总是穿着连衣裙，骑着自行车的周小都一样。安娜是孤独的，周小都也一定是孤独的，不知道是为什么，我在那时就明白了一个道理：女人其实都是孤独的，特别是美丽的女人，她们更加孤独。

有安娜和周小都这种类型的女人陪着我，我能听见她们说话，看见她们的曲线，特别是她们的腰和臀那儿的曲线，我甚至都有些冲动了。我看着安娜，总是在想周小都，她在哪儿？她是不是已经回北京过年了？今天晚上，我要不要去她家那儿看看？

我就像是一条寂寞孤独的狗，但是已经19岁的我一定是条冲动而又富于理性的狗，我内心激动，外表却很平静。我是不会今晚去周小都家骚情的，过年了，她肯定与自己的丈夫、父母在一起。她是军中贵族，不会受到我这样的惩罚：过年了，都不让回乌鲁木齐，不让我看到我的父母。我想念父母吗？似乎想，又不太想，如此落寞时，我想念谁呢？我想念安娜·卡列尼娜，对了，我想念那个智慧、平静、宽容、丰满、美好的俄罗斯女人。她肯定比我大，可是，她身上充满香味，一个接近30岁的女人，如果她是贵族，那她身上一定充满香味，不光是法国香水的味道，还有俄罗斯原野上松树脂的味道。

天已经完全黑了，喀什噶尔已经冷了，炉子还没有灭，我朝里边加了几块煤饼。那时我似乎又看到了艾一兵那双伸进了煤灰水里的脚。煤饼很不好烧，炉火不红，这让屋子更加灰暗。我把壶加满了水放在炉子上时，龙泽回来了。他走进小院时，我就透过窗户看见了，他那时走到树下，猛地朝上跳起来。他喜欢打篮球，弹跳力特别好。他能用手够着特别高的那个树枝，上边还有秋天残存的最后一片树叶。

他直接朝办公室走过来，他要接我的班了，他已经入了党就要提干了。他为此已经伤害了自己的女朋友乔静扬。现在是考验他最关键的时刻。他进来时，并没有看我，而是走到世界地图那儿，像董军工一样地看着地图，说：有重要电话吗？

我说：有，对你很重要的电话。

他的身体愣了一下，回头看着我，重要电话？

我说：我说了，你千万不能太难过了，也不要太着急。我刚才接到电话，找你有急事，我问他有什么急事——

说到这儿，我突然咳嗽起来，我有些不愿意告诉他噩耗。

龙泽已经紧张得浑身僵硬了，23岁的他在当时的我们看来已经很老了。他的眼光像灯一样闪亮，他已经没有耐心再听我啰嗦了，他紧张得呼吸都出现了老人那样的声音，他渴望最后的那句话。

我只好说：你爸爸死了。

龙泽彻底僵硬了，他的脸色已经变得跟艾一兵一样苍白，他的嘴唇颤抖，一句话也说不出来了。

龙泽看着我，脸上出现了复杂的、矛盾的表情。他转过脸去，好像要哭，但是又不能肯定该不该哭。他像河南人一样蹲在了地上，抱着头，沉默着过了两分多钟。他起身，拿起了电话。他决定给兰州打长途电话了。

我有些不忍心看着他痛苦，就出了门，站在了外边。那时，董军工从院门走进来，他看我站在办公室前，就说，有重要电话吗？

我说：龙泽他爸爸死了。

董军工进了办公室，他先是对龙泽说要坚强，革命军人会碰到各种各样的事情。然后，他从龙泽手里拿过电话，开始通过军区总机帮着龙泽接通新疆军区的总机，又通过新疆军区总机，再帮着接通兰州军区总机，再让他们帮着接通地方线路。

龙泽再次像河南人一样地蹲在了地上，他双手抱着头，像一块黑色的石头一样沉默。

那时，艾一兵竟然也从外边回来了，她看见董军工时，还不知道发生了什么事情，感觉到场面非常肃穆，就安静地站在那儿。董军工悄悄对她说：龙泽的爸爸去世了，我们现在正在落实情况。

艾一兵有些手足无措，她想把龙泽拉起来，让他坐到床上，但是，龙泽甩开了她的手。

我只好再次走出了办公室，回到了自己的房间，突然，我也有些想念自己的爸爸妈妈了。他们一定要好好活着，可千万别死了。

过了一个多小时，我突然想起来那本《安娜·卡列尼娜》放在办公室了，就又朝办公室走过去。到了门口，看见龙泽仍然蹲在地上，双手抱着头。那时，电话铃响起来，兰州地方线接通了，董军工把电话给了龙泽。

龙泽接过电话，就哭起来，他一米八二个头的男人真哭起来，那哭声就有些壮阔、粗野，像是一辆大汽车发动机突然出了故障，吼声震撼我们南疆军区大院。他尽量压抑住哭泣，认真听电话，但是他无法控制自己的悲痛，还是咧着嘴哭个不停。但是，忽然他的哭声就停了，他的脸上像出了太阳一样，突然就明亮起来，他在我们充满疑惑时，大声说：什么，我岳父死了，死的不是我爸爸？死的是我岳父？真的是我岳父？

龙泽砰把电话扔在了桌子上，猛地蹲在了地上，又拼命朝天上跳去，他跳得非常高，脑袋几乎都要撞上了屋顶。随着弹跳的爆发力，他高声笑起来，大声说：乌拉——乌拉——

我们都听明白了，死的是他岳父，不是他父亲。所以他喊乌拉。

艾一兵先笑起来，我也笑得没有办法，连董军工都忍不住地笑起来。然后，他上前狠狠地打了龙泽的屁股一下，大声说：别闹了，还闹，你岳父就不是人了？岳父死了也应该伤心，你们这些没有良心的东西，娶了人家的女儿就狼心狗肺了……

那个时候龙泽完全没有听见董军工说了什么，他也忘记了我的存在，是我错误地说他爸爸死了，他应该恨我再打我一巴掌才对呀。可是，他才23岁竟然就有岳父了，他既然有岳父为什么又跟乔静扬好，他是流氓吗？老兵龙泽完全忘记了一切，冲出办公室的门，又冲出了小院的门，朝着夜色深处跑去，最后，他的身影和脚步声完全消失了。

11

很晚了，我都睡不着，宿舍里只有我一个人，透过身边的木头窗户，我能看到外边的树木。月亮照在白墙上，显得夜晚很光辉。我心里想着艾一兵，她为什么会在这儿待着不走呢？当时分明宣布了，她是去北京学习的，那是最有运气的人了。她要在这儿干什么呢？我翻身起来，走出门，在院子里像是执行任务的哨兵一样，朝她那边走了走。我看到她宿舍的灯光竟然亮着，她在干什么？写日记？为战友缝补衣裳？还是在学习华主席送给我们边防战士的毛选五卷？当然，我有些开玩笑了，即使那时最傻逼的人，也不会在大年三十前学习毛选五卷的。她的灯光让我内心很难平静，可是，我有些不敢去她那儿看看，因为董军工的办公室里也亮着灯。龙泽经过了内心动荡，可能已经无力值班了。想到龙泽，我心里有些惶惶，我为什么把岳父听成父亲呢？我为什么不能想到他有两个父亲呢？如果龙泽再来打我，我又该怎么办？我必须对他说，没有想到你在家结过婚了，我只知道你与乔静扬谈恋爱，哪里知道你已经有岳父了，哪知道你有两个父亲。

月光和灯光在那个晚上都照亮了我的心，后来，艾一兵屋子的灯光灭了，整个院子一下就黑暗下来，我立即感觉到困了。

我躺在床上想再看看外边的树木和月光，可是还什么都没有看清楚，就睡着了。睡吧，我对自己说，明天就是大年三十了。

12

喀什噶尔从来没有听到过鞭炮声，蓝天白云非常温暖，这就是年三十吗？董军工对我说，我可以到他家去吃年夜饭。真是把我吓坏了，我如果真去了他们家，我会窒息而死的。他爱兵如子，当然是对的，不过像我这样的自由主义战士自由惯了，平常在他身边经过时才几秒钟都感觉到快要憋死了，还要在他们家待一晚上？

我说不用了，我，我值班。

他看我吓成这样，自己都笑起来，说：办公室有糖，有花生，有军棋。

那时，我们是站在小院大门说话的，他说完先走了，我像重新获得了自由的劳改新生人员一样地跳起来，然后开始跑步。我那天就像是一只小兔子跑在喀什噶尔的原野上，微风只能是我的伴奏音乐。我突然意识到不怕孤独，真的，孤独一点也不可怕，真正可怕的是跟董军工他们这类人一起吃饭。我不停地在院子里跑着，然后又跑出了小院子，在高高的白杨树下，我朝周小都她们那排国民党盛世、三区革命时期留下的房子跑去。所有的门都紧闭着，只有房屋东面那排树在风中轻微晃动。

我跑步经过了周小都家，门上的玻璃窗里边糊着的旧报纸似乎被重新换成了画报，那上边有华主席访问南斯拉夫。华主席很年轻，他走在如同花园一样美丽的南斯拉夫，处处洋溢着科学化、机械化、现代化，那也许就是我们未来的四个现代化。我继续跑着，今天是大年三十，我不怕孤独了，董军工的邀请让我终于明白了一个人过春节都比去领导家好。想想那些天天陪着领导的人，我真是可怜他们，我从那时就可怜他们一直可怜到现在。

当我跑进了我们政治部食堂时，看到里边其实还是有不少人，他们都跟我一样，过年不回家，坚守岗位。我甚至还看见了老兵龙泽，他和政治部后勤的人坐在一起。

8个菜摆在那儿，还有汤，还有酒，还有饺子。我知道，伟大的会餐就要开始了。

政治部联络处的干事们在招呼我，我就和他们坐在一起。我内心不安，还想着艾一兵，再一次环顾四周，也没有发现她，这说明她已经离开了，去北京了。

联络处的蓝干事说：那次你们小合唱，你为什么在台上忍不住偷笑？最后，人家在台上继续唱歌，你站在那儿不唱歌，哈哈大笑。全场人都笑你，你咋啦？

我说：我看马明缩了个脖子，特别可笑。

张干事笑了，他说：你们是文工团，可是，你们那儿的女兵没有几个长得像样的，你看看人家新疆军区，舞蹈队的女兵个个长得跟天仙一样，为什么？

蓝干事又说：你们文工团的上士小谷，他老是给政治部领导家送罐头、白糖，听说他要调到政治部了。

我一一回答这些问题，心里很羡慕他们已经是干部了。他们都穿着4个口袋的军装，穿着皮鞋，如果没有入党，他们是不可能提干的。所以他们既是党员，又是干部，人生最重要的任务他们都完成了，他们已经是人上人了，他们应该感觉幸福了。

我与他们碰杯，那天有白酒，有葡萄酒。我不爱喝酒，甚至反感喝酒，稍微沾点酒，脸就红了。

这时，老兵龙泽端着酒杯走到我们桌子前，他先是与大家碰杯，他好像跟每个人都喝，最后，他走到了我的跟前。我以为他要问我为什么要和欧阳小宝捉他的奸，还把岳父说成父亲。我以为他又要打我，就朝后挪着自己的椅子。他却坐在了刚才张干事的位置上要跟我喝一杯，显然，他已经喝多了。

他的眼睛已经红了，说：我这个人咋样？

我犹豫着，不知道说什么才好，就说：好呀。

他说：我当兵6年了，任何时候都冲在前边。组织让我去烧炭，我就是张思德；组织让我炸碉堡，我就是黄继光；组织让我堵枪眼，我就是董存瑞；组织让我给你看病，我就是老愚公；组织让我搬大山，我就是白求恩。我完全可以说，我把青春汗水，我把自己的一切，都献给党了，献给壮丽的共产主义事业了……

我听着有些糊涂，仔细分辨，才知道他把所有那些英雄人物的身份都颠倒了，错位了。炸碉堡的是董存瑞，而堵枪眼的才是黄继光，老愚公不是医生，白求恩才是医生。这说明狗日的老兵确实喝多了。

这时，警卫连的人来跟他喝酒，把他给拽走了。

我继续吃着那一道道好菜，过年了，我要好好地给自己过过年。我的确能吃，不停地吃，挑肉吃，挑鸡吃，挑鱼吃，一直吃到自己都有些头晕了，吃到自己弯不下腰了，吃到我们这张桌子上就只有我一个人了，我才开始坐在那儿发愣。

我有些想家了，一个19岁的青年人想念自己的家了，想念爸爸妈妈了。我从怀里掏出了昨天收到的信，又看了一遍，感觉压力很大。妈妈总是问我什么时候能入党，她说别的孩子能做得到的事情，你也应该做到。那时我特别委屈，别的孩子做到了，我就是做不到呢？我爸爸为什么没有成为我党我军和我国领导人呢？别说那些了，他混了快一辈子了，不是连个厅局级还没有混上吗？

我离开政治部食堂时，天已经完全黑了。那么纯净的天空，没有一丝云彩。那时还没有月亮，只有星星闪耀着理想主义和共产主义的光芒。我独自走在军区大院里，青春的美感让我选择走在树下。尽管冬天的树木很干枯，但是，星光映照在老树干上让夜晚很奇妙。我浑身烧灼，美酒和食物让我内心充满力量，我又走到了周小都家门口，明明知道里边没有人，还故意敲门，并幻想着女神为我开门，并对我微笑。

那时，月亮出来了，它跟周小都一样美丽，我对着月亮微笑着，因为皎洁的月亮和周小都一样皎洁。

这时，突然一个黑影从树后蹿出来，吓得我从陶醉中猛醒过来，原来是老兵龙泽，他已经喝得烂醉了，他一把抓住我，看着我，说：我完全可以说，我把青春、汗水，我把自己的一切，都献给党了，献给壮丽的共产主义事业了……

我只好点头，本想说，我也把自己的一切都献了，又怕他说我嘲笑他，怕他再打我，就忍住没有说。

突然，老兵龙泽哭起来，他说：两年了，每次提干我都通不过，这次又没有通过。

我想起了乔静扬，就说：我错了，不该捉你们的奸，你也错了，不应该去揭发乔静扬。

老兵龙泽完全没有听见我的话，他的眼睛突然变绿了，他双手做出了端着冲锋枪的姿势，好像在对着暗影中的房屋说话：他们整我，不让我提干，明年上半年，他们还不让我提干，我就弄把枪，把那几个专门整我的人，全部都干掉，把他们消灭光……

我那时突然浑身上下都起了鸡皮疙瘩，像在黑夜里看见了真正的死人一样，吓得完全失控了，我怕今天晚上就被老兵龙泽消灭掉，他好像还在说着什么话，我一句也没有听清楚，转身就跑了。那个晚上，我比兔子跑得快。他没有追我。月亮像音乐一样，声音渐渐强起来，天空一片雪白，我很远就看见了我们小院的大门敞开着，我拼命朝那个方向跑去。

13

喀什噶尔没有鞭炮声，在那个明亮的夜晚我只是感觉到寂静。我坐在领导办公室有些不知所措，有些坐立不安，仿佛要发生大事，能怎么样呢，莫非中国和苏联就是在那个晚上开战？

有些发愣地站在世界地图前边，把自己想象成许世友或者林彪，据说他们都是整天站在地图前边，他们与我的唯一差别是他们站在中国地图前，而我是站在世界地图前。太安静了，电话像是死了一样，我想是不是线断了，就拿起电话，喂，里边有个总机女兵的声音。

我听到女孩子的声音就无比兴奋，就说：新年快乐。

电话那头女孩子沉默着，突然，我听见她在电话里边的抽泣声，我们没有见过面，仅仅是问了一句新年快乐，她为什么哭呢？我一时不知道该说什么了，就喘着气听着她哭。

那个从没有见过面的接线女兵抽泣了一会儿，像昆虫那样喃喃地说：新年快乐。

我还想说什么，老兵龙泽进来了，他开始严厉地赶我走，他说：让我值班，你们全都放假吧，我就是张思德、白求恩、董存瑞、黄继光、邱少云、刘胡兰……

他说他是刘胡兰时，我忍不住笑了，电话里的女孩子也笑了，说：你为什么那么高兴？

老兵龙泽冲过来，抢过电话，大声唱着：数九那个寒天下大雪……

这时，我听见女兵把电话挂断了，里边出现了持续的金属簧片声音。

老兵龙泽说：你走吧，走吧。

我说：那我把军棋也拿走了。

他没有再理我，而是仔细地听着电话听筒里的声音。我离开了领导办公室，离开了电话，我走在外边，我又跟月亮在一起了。我能背诵屠格涅夫对于月亮的描写：

……月亮在暗蓝的天空上照耀，月光好像无所不在——它能穿过裂缝穿过你的眼底，射进卧室并照亮你的衣柜，射进所有生命的巢穴，射到池塘的深处，让鱼儿眯上双眼，一边儿游着，一边儿张开圆圆的嘴去触摸水面。就在那天夜里，月亮高悬在脚印杂沓的池塘岸上——像一片光明的翅膀，从沃尔考夫花园的丛树间弥漫开……

我喜欢弥漫开这样的动作，光明的翅膀真的出现了，艾一兵从小院的门口走进来了，她手里提着一个挺大的旅行包。那时这种旅行包还很少见，充满洋味儿。她今天甚至穿着皮鞋，我在背诵屠格涅夫月亮的时候，就听到远远地传来了皮鞋跟踩着地面发出的声音。我看着她走进来，朝我走过来，她如果要回宿舍，必须从我的身边经过。

我犹豫着是不是该主动跟她打招呼，她这两天有点神经病，也有些神秘，她不太正常，我还是别自找没趣了吧。

能陪我待一会儿吗？

她说这话时并没有看我，而是看着前方，仿佛我的脸没有长在自己的脸上，而是长在前方。

我来不及说什么，就跟着她走了。

她穿着皮鞋，比平时高了许多，跟我差不多高了，甚至比我还高了。她在前边走，我跟着她。她的军装好像也剪裁过，把她的腰身完全显出来了。朦胧的白光似乎重新粉刷了我们那排平房，墙面比平时白许多。

她说：今天疏勒县有电影吗？

我说：月亮照白墙。

我们走进了她的宿舍，我下意识地把门随手一关，她立即说：不要关门。

我又把门打开了。

她坐在自己床前的木头箱子旁边，似乎很累很累。在她床边有一个很大的窗户，那儿透进了大片的月光。我在门口站了一会儿，见她低着头也不说话，就走到电灯开关那儿，正想开灯时，又听到她坐在暗影里说：不要开灯。

我站也不是，坐也不是，只好眯着眼睛越过她的身影，看着窗外的月亮。

她说：你坐吧。

我不知道应该坐在哪儿，她们是集体宿舍，里边住了6个人，围着墙边摆了6张床，桌子就在她的床边上，那是一间挺大的房子，我如果坐在别人的床上，离她太远，但是，我总不该也坐在她的床上吧？我想了想，就坐到了她床边桌子的对面。

她不说话，我也不知道说什么。

那时月光从大窗子的玻璃上照耀进来，让整个屋子里都明亮了。她开始朝外看着那半片月亮，让她的脸有点像是雷诺阿画里的那个女人。

我不好意思一直盯着她的脸看，所以，也跟着她一起看月亮和树枝。

我们就那样沉默着，感觉到屋子里更加明亮了，世界上本是不需要电的，人类发明了电，人类的眼睛就瞎了一半，人类发明了电，人类就看不清月亮和星星了。

她突然说：你能看清吗？

我说：看清什么？

她说：看清这个世界。

我说：只要不开灯，晚上的世界更清楚。

她似乎感觉到我话里充满哲理，说：你知道大家讨厌你，就是因为你老是这样说话。

我说：是你先说看清这个世界的。

她突然笑了，说：什么话到了你嘴里，就跟别人不一样。

我说：华沙也总爱说，我不说人话。

艾一兵又笑了，说：你手里拿的是军棋吗？

我点头，说：咱们下军棋吧。

我们就在她床边的桌子上把塑料布棋盘铺开，把棋子都翻过来，让背面冲着我们，然后又来回搅和。我是红，她是蓝。说好三盘两胜，我们开始比赛了。

月光无比明亮，照耀在棋盘棋子上，蓝颜色发绿，红颜色发黄，非常清晰。不知道为什么，我下军棋运气总是非常好。从小学到中学，我曾经给自己起了外号——军棋大王。

而且，我有一个毛病，赢别人的时候喜欢笑，一点也不掩饰，完全不顾别人的感受。

那个晚上，我的棋运好得简直让我不好意思，我刚翻开一个军长，她就会在我旁边翻开一个师长，我就立即把她的师长吃掉。她刚翻开一个军长，我就会在她的旁边翻开一个司令。第二盘时，她刚翻开司令，我在她旁边就会翻开炸弹。她的司令炸掉时，我还故意"轰"的一声。三盘两胜，赢了她两盘，就没有必要下第三盘了，她有些不高兴，非要再下第三盘。

　　我看她的犟劲出来了，就陪着她下。我翻开的第一个棋子是炸弹，她在我旁边一翻就是她的司令。我嘴里再次发出轰的一声。

　　艾一兵急了，看我不停地笑，把棋盘猛地弄乱了，说要重新来一盘。

　　我说，没必要下了，你肯定是手下败将了。如果我是共产党，你就是国民党，如果我是国民党，你就是北洋军阀。

　　她执意要下。第四盘刚摆好，我说：你先还是我先？她说：你先。我一翻，竟然是我自己的司令。她一翻，又是她的军长。我当时真的有些同情她了，我真想让她赢。可是，她的棋运就是不好，最后，她突然哭了。她边哭边把棋盘推开了。

　　那是一间没有亮灯的屋子，借着星光和月光我和她坐在桌旁，一切看得很清楚，墙上的报纸上边的每一个字都很清楚，她的眼泪也很清楚。没有灯光，她哭泣的声音更加清楚，我说：今天过年，别哭了。

　　她哭得更加厉害，声音虽然不大，却让我也感觉到伤感。她说：我想家，我想我爸爸，想我妈妈，想我弟弟……

　　没有想到艾一兵其实一点也不坚强。她平时多么勇敢，多么能吃苦耐劳啊。她在边防哨所里为战士洗衣服时，经常砸开冰，就在冰水里洗。她在边防食堂为战士帮厨切菜，把手指切破了，用冰水冲冲，还撒点盐再继续。她在练功时，摔倒了，腿破了，继续练。她帮着战士站岗时，穿个皮大衣，脚上也是大头鞋，在寒冬里呵着热气，眼睛上、眉毛上、头发上全是冰霜……

　　可是，我下军棋把她下输了，下哭了，而且哭得那么伤心。

　　现在回想起来，当时应该在月亮的照耀下绕过桌子，坐在她身边，帮着她擦眼泪，或许也应该摸摸她的头发。那时这是完全不可能的。我根本不敢过去与她一起坐在床沿上，我只能看着她哭。

　　　　　　　　　　　　　　　　　　　　　　　　　| 王刚作品

她慢慢地平静下来了，我才说：你为什么不去北京？

她不说话，只是起身把刚才手里提的那个包拿到桌子旁边的椅子上。

我又说：你为什么不回家，你应该回家。那样，你就不会哭了。

她仍然没有说话，只是从那个大包里拿出两个小包，摆到桌子上。然后，她又去拿毛巾，经过我身边时她的身体挨了我一下，那一瞬间我像是被电了一样。

她完全没有意识到我的敏感，只是用毛巾擦擦脸，说：你饿了吧？我这儿有吃的。

我还真的饿了，晚餐吃得那么饱，这么快就饿了，真是饥饿的青春年代。

她把刚才提的那个旅行袋打开，从里边拿出了吃的，竟然还有酒，是喀什噶尔维吾尔人自酿的葡萄酒，喀什人叫它穆塞莱斯，那时候商品经济还不发达，她竟然有葡萄酒。

其实，她的哭也让我特别想家，其实，我也有些想哭。

她突然说：咱们喝酒吧，你喝醉过吗？

我说：没有，我不爱喝酒。

她说：听别人说喝醉以后晕晕的，什么都忘了，特别舒服……

我打开了葡萄酒，倒在了她喝水的白色大茶缸里，她说：你先喝吧。

我说：你先喝。

她笑了，说：你怕什么，这又不是毒药。

我先喝了一口，很浓烈，有玫瑰香味，有甘草、苹果的味道，甚至还有点肉的味道。

她也喝了一口，说：有点甜。你说，世界上的葡萄酒都是甜的吗？

我说：那你得去问董军工。

为什么？她看着我。

因为他天天站在世界地图面前。

我说完先笑了，她也笑了，但似乎并不欣赏我的玩笑，说：你应该吃些东西。

我打开了那几个纸包，里边是各种凉菜，都是平常见不着的，烧鸡、牛肉、骆驼肉、马肉、香肠……那个时代还没有塑料袋，没有塑料袋的时代是最好的时代，我在最好时代的年三十的晚上与艾一兵喝酒，我们把纸包一个个地打开，让那些好吃的东西都充分地展示在我们面前。

我有些惊讶：你哪来这么多好东西？

她没有吭气，独自又喝了一口穆塞莱斯，说：快吃吧，好东西还堵不住你的嘴？

以后我知道了，这些东西都是朱司令员家的，是他们送给自己儿子——就是那个朱医生的女朋友的。她没有去北京，是要在喀什噶尔等待从南京军事学院回来的朱医生。可是，朱医生却没有回来，把她孤独地留在了喀什噶尔我们南疆军区小院里。那时，我似乎也猜出来了，我是一个粗心的男青年，对这类事情想得不是很多，再说我也并没有真的和她谈恋爱，并没有每天盯着她，对她每天在做什么一点也不了解。

我说：烧鸡是世界上最好吃的东西。

她看着我，装着很严肃的样子，说：你又没有天天站在世界地图前边，你怎么知道？

我立即笑了，说：没有想到你也敢开玩笑。

她说：我为什么就不能开玩笑。

我说：你入党了。

她说：入党了也要团结、紧张、严肃、活泼呀。

那个时代从来没有品味过这句话，今天仔细琢磨，感觉到毛主席真是有水平。

那时我们两个人的眼睛已经完全适应了没有电灯的状态，一切都很明亮，月光让我们能看到彼此的眼睛，穆塞莱斯让我们能看到对方心中的温暖。

她突然说：来，你看看我的录音机，她说着从旅行包里拿出了一个盒子，又打开了盒子，她把一个精巧的录音机递到我的手里。我拿着录音机，心情过于激动，还没有好好看呢，竟然颤抖着手把录音机掉到了地上。只听到啪的一声，感觉到那录音机似乎摔坏了。

她连忙蹲下去捡，我也跟着她一起蹲下了，一个开关被摔掉了，月光下我看她拿起了被损坏的录音机和那个掉下来的开关。她缓缓站了起来，看着录音机，然后，她长时间地不说话，渐渐地，她的眼泪流了下来。在月光下她的眼睫毛显得很长很长。我那时特别内疚，完全不知道要跟她说什么，我非常恨自己。过了很久，她一直没有说话，我走也不敢走，留在她身边又觉得非常羞愧。沉默了很久，我说：我每月只花两元钱，存6块钱赔你的录音机，两年时间就能赔你一个新的，好吗？

她没有再说什么，而是把录音机装回了盒子里，又放进了那个旅行袋，然后，她坐在了床上。

那是喀什噶尔最寒冷最孤独的晚上，可以这么说吗？我被全世界抛弃了，她被朱医生抛弃了？也许应该这么说，世界让我陷入孤独，朱医生让她陷入孤独。朱医生为什么没有回来，让她独自待在朱司令员家，他去干什么了？这对我永远是个谜，当时没有问她，以后一辈子就没有机会了。

我和她在一起度过那个晚上，世界就是那么奇妙，你开始完全不知道会有这样的晚上，你会喝穆塞莱斯葡萄酒，会吃她从朱医生家里拿来的烧鸡、骆驼肉，你会喝点酒，就看着她的眼睛。那时你会发现她的眼睛真的很美丽，和中学宣传队时一样美丽，比中学宣传队时更加美丽。

她说：我有些头晕，你是不是把我灌醉了？

我一时有些反应不过来，说：是你自己把自己灌醉了。

那时，她再次哭泣，边哭边说：今天晚上特别冷，特别冷。

不知道为什么，仅仅她这句很普通的话竟然让我冲动起来，我开始从桌子对面起身，挪过去坐在了她的身边。她似乎完全没有意识到我的举动，只是自言自语：我、我从小，就、就不喜欢新疆，我喜欢南方，上地理课时，我就喜欢看南方的地图。热带、亚热带、热带雨林……

那时，我甚至没有特别地犹豫，就把她搂在了我的怀里，她仍然没有理会我，只是继续说着：我们真是倒霉，生在了新疆，每年冬天都那么冷，我从小就特别怕冷。我学舞蹈、练功，我弹跳特别好，每年运动会，你记得吗，每年运动会我跳高在咱们年级，都是第5名，有一次还是第3名。我特别瘦，双脚总是凉的，晚上在被子里总是不热，我讨厌冬天……

她就那么说着，我搂着她陷入尴尬，我搂得不舒服，我本能地觉着应该跟她一起躺在床上听她说。可是，我不敢，我不知道下一步该怎么办了，所以，我只好把她抱得更紧了。

那个时候，房间突然暗了，月光没有了，我感觉到舞台上的灯光灭了，失落渐渐地包围了我，那时她也停止了说话，她仿佛挨我更近了。我不知道自己哪来的胆量，竟然开始吻她的脸，然后，慢慢地把自己的嘴滑到了她的嘴唇上。她没有任何反抗。与女孩儿接吻竟然是那种感觉，我完全没有想到她的嘴唇会那么湿润。我们就那么吻着，很长时间都吻着。当月光再次照耀着屋内，明亮得让我睁不开眼睛时，我突然感觉到浑身发软，我看她先闭上了眼睛，然后，我也闭上了眼睛，我们一起躺在了床上。

我们都穿着棉衣棉裤，她穿着皮靴，我还穿着大头鞋，我们躺

　　　　　　　　　　　　　　　　　　　　　王刚作品

着也不舒服。但是，我们就那样躺着、抱着、吻着，直到月光又消失了，房间内又暗了。我开始脱她的衣服，她开始反对，我想把她的手拉开，可是，我发现自己的力量并没有比她大多少。

我不得不安静下来，我们平静地躺在她的床上，从窗户朝外一起看着月亮，她说：我爸我妈在看我。

我觉得这是很无聊的话题，即使是年三十的晚上，也非常无聊。我总是想侧过身子与她接吻，只要我一动，她就立即制止我，让我动弹不得。我当时想，也好，就这样度过一个晚上。

我们看着喀什噶尔的月亮、树，还有深蓝色的天空、白色的云彩，突然都有些忧伤，我觉得她似乎又想哭了，就把手伸过她的肩膀，平躺着搂她，这次她没有反对我。我搂着她之后，缓缓起身，再次与她接吻，她也回应着我，让我又激动起来了。我开始脱她的衣服，她竟然也没有反对，我脱得有些急，她一直没有看我，而是把眼睛闭上了。她没有穿毛衣，而是穿着一件军队发的绒衣，我又开始解她绒衣上的扣子，她说：太冷了。

我就转身把被子接过来，为她盖上了。

她绒衣里边是部队发的军绿色衬衫，我有些不好意思继续去脱她的衬衫，就自己把衣服脱了，我也穿着军绿色的衬衫，再次与她平躺在一起了。我们都还穿着鞋，现在是侧着躺在床上，我又起身帮着她把皮靴脱下来，然后，我开始脱我自己的大头鞋。

这时，她突然说：去把门关上，插上门。

那时，我已经把自己的大头棉鞋脱下来了，我就光着脚，踩着冰冷的砖地面，跑过去，插上了门。

当我回来再搂上她时，她说：你刚才走路为什么没有声音？

我不说话，只是搂着她，那时我感觉到自己浑身上下有些发抖，似乎是因为冷，但我一点也没有感觉到冷。

我们先是搂着闭了一会儿眼睛，然后又看着外边的半个月亮，我突然用力搂着她，想把她拉进我的怀里，她在月光里说：哎哟，我的头发。

我们新疆人最早发现了半个月亮特别明亮，他们一直在唱半个月亮爬上来，喔耶，爬上来。那时，我发现在外边的树梢上有许多大鸟在动，我明明知道它们叫乌鸦，但仍然喜欢称它们大鸟。也许那个晚上天空过于明亮，它们和我们一样睡不着。我看到那些大鸟一直在动，飞起来又落下，它们在树枝间跳来跳去。

她说：我不喜欢这些乌鸦。

我没有吭气，只是用劲搂着她，我知道她下边还穿着军队发的棉裤，我现在想把她的棉裤脱下来，我渴望尽可能地接近她那个地方。

在那些大鸟来回跳动时，我开始解她的腰带，她抓着我的手，不让我动，我更加用力地拉开她的手。渐渐地，她的力量小多了，腰带解开了，我脱掉她的棉裤时，感觉到自己热得快要出汗了。

我们都穿着部队发的粗棉布的衬裤，静静地看着树枝间的大鸟，我当时完全不敢说话，我怕任何语言都会提醒她，让她把我从她的身边，从她的床上温暖的被窝里赶出去。她也没有说话，她好像已经睡着了，特别安宁，就好像身边没有我一样。

我说：我想，我想……

她睁开眼睛，看着被月光照耀得特别明亮的天花板，说：不行，不行，我要把它留到结婚以后，要给那个和我结婚的人。

我有些泄气了，谁是那个要和她结婚的人呢？是我吗？我当时还伏在她的身体上，我看看她有些严肃的脸。她在月光下很白，大概洁白就是这个意思。如果形容一个女孩儿洁白的脸，应该就是她那样的脸，我忍不住地再次把她抱得很紧，让她喘不过气来，她又说：哎哟，我的头发。

我放开了她，那时，她说：你太重了，下来吧。

我非常听话，立即就下来了。我们再次平躺着，现在那股热流消失了，我突然很想跟她说话了。

我说：你是想留给朱医生吧？

她身体颤抖了一下。又把头扭向了一边，眼泪从她的眼角渗露出来，缓缓地从脸上流下来。

我说：你哭，我的心脏就会疼痛。

她的感觉又好些了，因为她微笑了，说：来，让我看看你的心脏在哪儿。她摸着我心的部位，说：这儿吧，是疼还是痛呢？

我又不知道该说什么了，因为我又说不清，什么是疼，什么是痛。大家天天说疼痛，大家真的知道疼和痛吗？

她脸上露出了欢乐的表情，说：不知道了吧，我问过好多人了，她们都不知道。

那时，我们听见了脚步声，有人敲门，声音很轻，而且还在外边小声呼唤，我把被子拉起来盖在了两个人的脸上，静静地与她躺在一起，听见了熟悉的声音：艾一兵，开门，我是龙泽，开门好吗？我是龙泽呀。

她紧张起来，刹那间我感觉到她的身体有些僵硬了，我们都屏住呼吸，听着外边的敲门声。龙泽很能坚持，他一直站在门口，继续敲门，我把她搂得更紧了，听她对我耳语：闭上眼睛，睡觉。

我们听着自己的呼吸声，像平时睡觉一样平静下来。龙泽停止了敲门，他走了，他的脚步声渐渐远了，她起来透过窗户朝外看着，她的身影挡住了月光。

月光又亮了，她再次躺进了被子，与我挨得很紧。我一直闭着眼睛，我才睁开眼睛，看着树枝上那些也安静下来的大鸟，说：每次见到龙泽，我就想起乔静扬。我很后悔捉他们的奸。

她说：你是好奇心，对吗？

我说：反正我后悔，当时就后悔了，我一辈子再也不干那样的事情了。

她听我说完那句话，就把我搂得更紧了。

我不知道自己什么时候睡着的，等我醒来时，发现她正在看着我。天已经有些灰白了，大年初一很快就要来了，月亮消失了，星星好像还有几颗，她的眼睛里闪着星光。

她说：我一直在看你。

我也看着她，她的脸很干净，眼睛也很亮，她与我的目光相对时，说：你走吧。

那时，竟然又听见了脚步声，敲门声又响起来，龙泽在外边喊：艾一兵，长途电话，朱医生打来的，快点。长途电话，南京打来的……

龙泽的脚步声渐渐远了。

艾一兵如同听到了神的召唤，她很快地穿上了绒衣绒裤，套上了棉衣，就朝门口跑去，

她开了门，不顾一切地朝领导办公室的电话机奔跑，直到那时，我才意识到自己还躺在她的床上，在她的被子里，我意识到自己完全像是一个真正的白痴，19岁的白痴。

第十三章

1

　　欧阳小宝是最早归队回到喀什噶尔的，他提着行李刚进院子时，我正在桌前写信：中央军委领导及总政领导，您们好……那时，我听到了欧阳小宝的脚步声，我突然兴奋起来，把信夹在书里，又把书夹身上就朝外跑去。欧阳小宝看见了我，也看见了书。我忘记了是什么书，反正不是契诃夫，就是托尔斯泰，春节前后的寂寞让我看到他就像见到了亲人一样，我马上跑步迎上前。但是，他显然不那么兴奋，他说：没想到第一个见到的是你。

　　我愣了一下，不太明白他的意思，他说：你这个人很背运、很晦气，这是不是预示着我今年要倒大霉？

　　他说着，从口袋里掏出了几块像喀什噶尔杏干一样的东西，说：吃果脯，我爸爸到北京出差了，他现在是新疆歌舞剧院总导演，正在排练维吾尔大型歌舞《紧跟华主席》。

　　我吃着果脯，真的很好吃。说明北京太好了，我这辈子一定要到北京去几次。欧阳小宝说我晦气，可是我认为我内心充满阳光，喀什噶尔那些清纯、温暖的阳光总是每天早上就开始照耀在我年轻的内心，我那时喜欢对别人说太阳每天都是新的，病树前头万木春，我们像千帆竞发的一叶。你想，华主席都访问南斯拉夫了，他都亲口说要让中国每个地方都像南斯拉夫的花园一样。

欧阳小宝把自己最大的包让我拿着，因为我已经吃了他的果脯，我们一起朝他宿舍走去。他突然悄悄问我：怎么样，有没有发生什么事？

我故意挤挤眼说：哪方面的？

他也故意挤挤眼说：那方面的。

我说：有，再给我两块果脯。

他犹豫一了下说：都快没了。又掏了两片给我，然后说：谁？

我对他悄悄耳语：你看吧，在礼堂后边是不是法院？在法院后边是不是食堂？在食堂后边是不是监狱？在监狱后边是不是猪圈？在我们南疆军区猪圈里边是谁？我那天看见两头猪在那儿那样……

欧阳小宝的眼睛突然睁大了，说：你当时球胀了？

我以为欧阳小宝会生气骂我，没有想到他这么认真地对猪感兴趣，就说：唉，猪比人好，它们想日就日。你会捉猪的奸吗？

欧阳小宝的军装刚洗过，显得很新鲜，领章和帽徽格外醒目，他的大背头像《泰坦尼克号》里的男主角迪卡普里奥那样梳得光光的，一丝不苟。他脸上的皮肤白里透红，充分地迎接着阳光。他说：你这话告上去，恐怕10年徒刑都不够，得15年，跟破坏军婚一样严重。然后，他把书从我手里拿过去，翻着看了看，说：你以后别拿本书晃来晃去，要看自己在宿舍看，生怕别人不知道你在看书呀，人家都讨厌你，就是你爱装。

我说：我只有在阳光下才看书，才有思想。

那时，欧阳小宝看见了我正在写的信，他拿起来一看，说：中央军委及总政领导，你想干什么？

我犹豫了一下，说：咱们的待遇太差了，我想给中央军委和总政领导写信，让他们派人到下边来，看看我们就像鲁迅说的一样，吃的是草吐的是血。

欧阳小宝笑了，说：鲁迅先生什么时候说过这样的话？你吃的是草，还吐的是奶呢，几天不见，你快了，快了，随便越级写信？当心杀身之祸……

2

喀什噶尔的春天很早就来了，这是不以乌鲁木齐人的意志为转移的。这儿真的不一样，才3月，花儿也开了，树也绿了，土地早就变得松软了。如果你现在去一趟乌鲁木齐，那儿3月下旬还是冰天雪地，抬头看见的天山只能让你感觉到寒冷。人们骑着自行车走在路上，还会在大大小小的冰面摔倒。可是，现在是喀什噶尔，春天肯定来了，你看看头顶上的阳光，已经温暖得让人想睡觉了。

我孤独地确认春天无疑是来了，那是公元1979年3月28号午后，我仍然拿着一本书，走在我们军区院内高高的白杨树下，我先是看见军区政治部的领导又拿着苍蝇拍在打苍蝇，他们总是在午饭后干这件事。牛副主任打苍蝇，于副主任打苍蝇，就连刚从北疆七师那边调来的乌拉泰也夫（他是维吾尔族）副主任，也在午后打苍蝇。显然，打苍蝇能让他们心明眼亮，身心强健。我拿本书看，他们有意见，这些领导天天拿着苍蝇拍，他们却没有意见。

苍蝇来了，春天也来了。

我一直抬头看着高高的树梢，它们在有些微微发暖的风里摇摆。我改造了那首诗歌之后，开始平视前方，那时我看见了华沙，他正从军区大门那边的路口朝这边走过来。

我已经3个多月没有见他了，我开始朝他跑过去，他也看见了我，也朝我跑过来。

我们在曾副参谋长家那排平房前站住时，互相看着对方，他的个子高了，我却没有长，我还没有想好对他说什么，他先说话了：

你个卖逼的，怎么不给我写信？

我兴奋地帮他拿上了行李，说：别人都回来了，昨天，党总支已经召开扩大会议了，发展了新党员，又有几个人新提干了，你为什么不回来？

华沙高兴地眯着眼睛笑着，说：我爸我妈离婚了，我奶奶让我多待几天，我请过假了。

我说：你爸你妈离婚，又不是你离婚，你为什么不早回来？

他还在笑，说：又不是你入党提干，那你卖沟子的还不给我写信？

我们俩并排走着，真是大喜的日子，我不仅仅是兴奋，简直是亢奋。华沙回来了，又有人愿意听我说话了。想起来真是有些伤心，那么大的喀什噶尔，为什么只有华沙一个人愿意听我说话呢？

我们刚到小院的大门口，突然听见救命声连成了一片，喀什噶尔的蓝天白云下充满暴力和恐怖，那画面让我终生难忘。老兵龙泽手里拿着一把枪，正在追着那些男兵女兵们，他们高声尖叫着抱头鼠窜，像是春天里的麻雀。突然，他开了枪，那些战友全都趴下了。枪的声音很小，比我想象中的枪声要小多了。他拿的不是步枪，而是手枪，枪的型号我完全想不起来了，也许是五四式（我也就知道个五四式）。可是，在我开始的想象中，龙泽拿的应该是冲锋枪。大年三十的那个晚上，醉酒的老兵龙泽对我说，他要用冲锋枪把那些人全都杀了。老兵龙泽拿枪的姿势很专业，我这个人记不住枪的型号，很厌恶枪，这从童年时期就开始了。但是，我们下炮团锻炼时，老兵龙泽就是我们的教官。他小提琴拉得不怎么样，不光音不准，节奏也经常有些乱。我曾经在背后叫他烂眼儿，这是当时小地方文艺单位的流行语，如果觉得谁业务不行就叫他烂眼儿。可是，就是这个老兵龙泽，就是这个烂眼儿，他的军事动作却极其标准。整理内务时，大家都会参观龙泽的床，他的被子叠得如同精密切割机裁制的豆腐一样，方方正正，规规矩矩，棱角线条极其分明，永远是我们做人的楷模。他射击总是最高分，每发必中。今天他要杀死哪些人呢？当然应该是那些不让他提干的人，肯定与华沙无关。可是，肯定与我有关。我当时想起了报应……

老兵龙泽朝我们跑过来，我和华沙都吓得要命，手中的包掉到了地上。华沙急中生智，对我说，赶快卧倒。他说着就匍匐在小院大门外的地上，我没有听华沙的，转身就躲到了离我最近的一棵老杨树后边。老兵龙泽那时已经来到了华沙身边，他没有理会华沙，而是端着枪朝我这边瞄了一下。但是他没有射击，而是把小院的大门拉上，又从怀里掏出一把锁把大门锁上了。那时欧阳小宝刚从厕所里出来，他拿着枪朝欧阳小宝跑过去，欧阳小宝和我曾经在舞台后面发现了老兵龙泽与乔静扬亲嘴，看到老兵龙泽朝自己冲过来，吓得站在那儿呆若木鸡。老兵龙泽照着他就打了一枪，欧阳小宝命大，他在枪响之前竟然反身朝厕所里钻，老兵龙泽那枪打得晚了，欧阳小宝已经像个狐狸一样溜进了厕所。龙泽并没有继续追欧阳小宝，而是朝领导办公室冲锋。我突然明白了，老兵龙泽最恨的还不是我和欧阳小宝，而是那些不通过他提干的人。我回到了大门外边和华沙一起匍匐，抬头看着厕所那边，发现欧阳小宝正躲在厕所里把头探出来狂笑，想不到他还能笑。他平时总是梳得一丝不苟的大背头仍然平整，只是他笑时脸有些歪斜。

我和华沙隔着大门的铁栅栏看着里边的一切，我们因为已经被老兵龙泽锁在了外边，应该是彻底安全了。我们站起来，像观看演出那样继续看着里边的情景，许多战友仍然趴在地上，女兵们继续尖叫，那时龙泽又开了一枪，是朝着总支委员黄有劲打的。有劲随着枪声倒在了地上，他那时刚从领导办公室出来，他们正在开会时，黄有劲就在他们党总支办公室的门口倒在了自己战友的枪口下。

老兵龙泽继续朝领导办公室门前冲过去，那时，董军工已经从里边走到了外边。看见了从里边走出来的董军工，老兵龙泽的脚步放慢了，董军工没有躲避，他朝龙泽走过去。那时，老兵龙泽的脚步停下来。

董军工那时大声喊着：放下枪。

老兵龙泽看着董军工，手里仍然拿着枪对着他。

董军工继续走向龙泽。龙泽大声说：你别动，动我开枪。

董军工停下了脚步，他看着龙泽，又开始朝前走，他说：把枪放下，你现在还有退路。

龙泽仍然端着枪，对着董军工，说：别动，枪不认人！

董军工继续朝前走着，只是步子很慢，他看着龙泽，说：你看着我的眼睛。

龙泽似乎不敢看他的眼睛，只是挣扎着吼叫：我的枪不长眼睛！

董军工回头看看倒在血泊里的黄有劲，说：龙泽，枪不能对准战友，只能对准敌人。

龙泽大声说：他们是我的敌人。

董军工继续朝前，和龙泽面对面了。龙泽说：你躲开，让我进办公室！显然，龙泽的意思很清楚，办公室里支部那些人是决定我们大家命运的人，是他们没有通过龙泽提干，办公室里全都是他的敌人。

董军工站住了，他看着龙泽，说：把枪给我，给我！

龙泽说：你别护着他们，我要把他们消灭干净！

董军工说：龙泽，你还年轻，不要走绝路。

我今年8月就23了！龙泽说着，大声哭起来，我17岁当兵，已经6年了，我把组织当成自己的爹妈，我做事先做人……

龙泽号啕着，有许多话我都没有听清楚。

董军工看着龙泽哭，他的像猫一样的黄眼珠子那时有了几分悲凉，他说：你6年来所做的一切，组织都知道。

324

龙泽大声喊着：不知道，组织瞎了眼睛。他说着，想绕过董军工朝领导办公室冲过去，但是，董军工用自己的身体挡着他。龙泽把枪对着董军工说：你想死！

董军工用胸膛顶住龙泽的枪口。他的眼光往龙泽的眼睛深处看。他伸出手指，往自己心脏位置指点。他说：开枪吧，就打我这儿。你的问题，跟同志们无关，都是我的责任，你要想人死，就让我死！

那时候，空气完全窒息了，大门铁栅栏外面的我们和大门里面趴在地上的干部们，都停止了呼吸。那时候，我用双手捂住耳朵，我忽然怕听见枪响。我忽然不希望那个总让我害怕的人倒在自己战友的枪下。

突然，空气炸裂开来，我松开双手，我听见的不是枪声，是号啕大哭。

我看见董军工用手狠狠地打了龙泽的胳膊，那枪掉在了地上。接下来，董军工没有像以前和以后的英雄那样，抓住罪犯的胳膊拧在身后，再用膝盖顶罪犯的腿弯。是的，大义凛然的董军工没有给我们展现那个标准的制服动作，他在我们对英雄的期待中，突然变成了一个婆婆妈妈，他上前紧紧地把龙泽抱住。那不是在制服一个罪犯，而是在安慰一个孩子。他们都是高个子男人，比曾副参谋长稍矮一些。董军工抱着有些瘫软的龙泽，不让他倒下，像是一个强壮的父亲抱着自己的儿子。在喀什噶尔那个春天里，不光是高高的白杨树发芽了，不光是天空里有那种让人忧伤的温暖，而且，还有董军工对老兵龙泽很深的情感。

那时，董军工扶着龙泽，其他总支成员也都出来了，不光是党支部的，就连团支部的委员们也出来了，他们刚才还趴在地下，现在他们与董军工一起扶着龙泽。董军工这时又恢复了他往日的神采，他大声命令道：快，快把有劲送医院！

男兵女兵们抬着黄有劲，打开了小院的门朝外边跑，军区卫生所就在西门外边。

我和华沙走进了小院里边，看着董军工他们把老兵龙泽扶着，走进了领导办公室，就是那个有一张巨大世界地图的房间，从那个房间里传出来龙泽的哭喊声，他的忏悔人人都听见了：

乔静扬，我对不起你，乔静扬，我想你啊——

老兵龙泽刚喊出乔静扬三个字，就好像闪电打击了我的心脏，脑子里刹那间就变成一片暗色，我感觉到与龙泽相比，我更像是一个罪犯，那时我被自己内心里的沉重负罪感压迫得完全走不动路了。

我跟华沙只好站在小院里的白杨树下，听见老兵龙泽那么委屈的哭声，从那个春天过后，又有过许多春天，我都听见过不同的人在哭。谁的哭声都没有老兵龙泽委屈。因为，他的哭声把喀什噶尔的春天都毁灭了。

3

华沙把那份总谱递给我时，灯光突然灭了，喀什噶尔又停电了。我的眼睛一时适应不了黑暗，手里拿着那份谱子等待着亮光，在模糊的光线里，我看见了华沙手写的几个字：福雷《佩利亚斯与梅丽桑德》。

华沙说：我爸爸找人借的总谱，他帮我分析里边的和声，还有配器。一共有四段，我抄不完，就只抄了第三段《西西里》，我专门为你抄的。

那时听见外边有喧闹的声音，我们出了宿舍门，看见了老兵龙泽被政治部保卫处的人押着从领导办公室里出来。喀什噶尔春天的晚上总是有风，树梢在动。我们看着老兵龙泽已经被戴上了手铐，他低着头走过来，经过我身边时朝我看了一眼，吓了我一跳，他曾经打过我，我也坑害过他，老兵龙泽成了这样，心里又有说不出的难过悔恨。

我们的小院再一次站满了人，男兵女兵都出来了，他们站在春天里的星光下很像是舞台上的道具，乐队有一个拉琴的女兵哭了，她平时与老兵龙泽共用一个谱架，在阿里过冰河时应该是龙泽背的她。好几个女兵都哭了。我跟华沙没有哭，我们原来都不喜欢龙泽，他在乐队里太笨了，我在后边叫他烂眼儿，他不应该拉小提琴，应该去当张思德烧木炭。可是，我们现在很压抑，就跟被铐着的老兵龙泽一样压抑，我不光是同情他，更同情自己也恨自己。眼看着龙泽走出小院的大门，那时月亮出来了，那是阴历的十五吗？月光很亮，照耀着领导办公室的台阶。台阶上站着董军工，他一直目送着龙泽。当他就要走出文工团小院的大门时，董军工突然身体后仰，最后歪歪扭扭地倒下去了。

4

华沙只上过几天小学，总谱上英文字母抄得有些歪歪扭扭，但是他用电筒照耀着那份总谱，我渐渐看清了：Pelleas and Melisande。翻译过来就是佩利亚斯与梅丽桑德。看着总谱，我不知道该怎样表达对华沙的感激。他抄了那么多，他不但抄了长笛声部，还抄了钢琴曲谱，如果你也懂音乐，你就明白了，钢琴谱可是多声部。

我拿起长笛，试奏着这首让我一辈子都再也离不开的曲子。华沙帮着我翻谱子，他说这儿应该渐弱。我怎么才能对你们说清自己对于福雷的感情呢，他毕竟不是贝多芬。你们当然知道贝多芬？因为你们喜欢分一流、二流、三流。我不知道福雷是几流，我只知道，在我19岁多的那个晚上，在老兵龙泽被戴上手铐抓走的那个晚上，从广州学习回来的华沙在喀什噶尔让我知道了福雷。

我们来到了军区政治部礼堂后台，我曾经说过，只有那儿才有我们军区唯一一架钢琴。后台是当时苏联人帮助修建的，所以不是石头就是木头。特别是后台，充满着旧式木头的味道，两边的幕布在我们当时的感觉总像是沙皇皇宫的感觉。

我们用手电照耀着《西西里》的谱子，那是福雷专门为长笛写的，现在华沙为我用钢琴伴奏。真的很美好，此时此刻，我内心涌动着那种声音。中文有个词汇叫天籁，那就是天籁了吗？在喀什噶尔那个春天里的晚上，当老兵龙泽被抓走了，当董军工也倒下了，我跟华沙却意外地感受到了天籁。许多年来，当夜深人静月光皎洁的时候，最好应该是春天里，我就会看到喀什噶尔的树林，在那儿有福雷为我们写的《西西里》，那就是喀什噶尔的天籁。我自己用嗓子哼唱着天籁，没有人听到，也不会让人听到。因为用嗓子形容长笛和钢琴发出的声音，似乎是特别丢人的事情。特别是在喀什噶尔那个舞台后台上的长笛和钢琴，它们伴随着华沙和我站在充满古旧木头味道的后台上，在被幕布包围着的晚上，我们演奏福雷的作品，我们一生中再也没有听到过那样的声音了。唉，求你们了，音乐是无法形容的，你们今天就从网上找来福雷作曲的《西西里》听听吧，长笛演奏的，你们会明白我说的是什么，你们就能体验出此时此刻我内心哼唱着的究竟是多么美好的人间情感了。

演奏休息时，华沙突然说：过几天咱们就去监狱看龙泽吧？

我说：给他买些什么？

华沙说：烤包子吧。

5

一束电筒强烈的光照在我的脸上，让我眼前的谱子变得迷茫，身前身后的幕布开始变幻色彩，甚至开始摇晃。然后，那光又移动到华沙的脸上，让他很像是庙里的小童。然后，就是穿着皮鞋的脚步声。艾一兵走到了剧场后台，我感觉她天天都穿着皮鞋，感觉她已经变了。她的皮鞋声告诉我，她可能已经有了后台，不再需要拼了。她显得比过去高多了，因为皮鞋的后跟高，她的身影比过去性感，走路时也很有弹性，这说明她有些骄傲了。虚心使人进步，骄傲使人落后，这是一句狗屁不如的话。艾一兵已经骄傲了，可是，她仍然在进步，她天天都在进步。她已经入了党，又有了批准她提干的消息传来。她从后台大门口朝我和华沙走过来，让我又一次觉得那个大年三十的晚上是自己虚构的。我真的和她躺在床上吗？其实本来就没有那样的晚上吧？她是两天前回来的，我以为她会主动到我的宿舍来看看，因为我们都曾经那样了，我甚至想象她也会把从北京带来的果脯给我拿来几块，甚至会拿一盒过来，可是她没有。上厕所时，她正好从里边出来，我迎接她的眼神可能是热辣辣的，可是，她避开了我的目光。在政治部食堂吃饭，她当时就在我前边排队，也不过是简单对我笑笑，就好像我们之间没有任何事情。她的冷淡也让我冷却下来。

剧场后台多了一束光，也开始照在了谱子上，那是艾一兵手中电筒的光。她照着我们时，我跟华沙谁都没有说话，我们仍然尽兴地演奏着。好不容易来了一个听众，在这样的黑暗里，在舞台幕布肃穆柔软的情调里，有一个女孩子正在听你们演奏《西西里》。她是专门来参加音乐会的，那长笛和钢琴的声音真的飘逸了，我们的眼前亮了，因为我们的目光照亮了谱子。长笛声音很通透，我的气息舒服极了。我们演奏给她听，她应该感动，她有音乐感觉。因为她从小不光是练习舞蹈，她还拉大提琴……

她的脚步声很大，这说明我们的福雷没有影响她的节奏，她像没有听见任何声响一样，大声说：大家都去了十二医院，你们也应该去。

我说：是去看董军工吗？

她显然不喜欢我这样直接叫领导的名字，说：走吧，我是专门来叫你们的。

我真的不想去，我害怕董军工，每次见到这个人时，我总是很紧张，他生来就是让我害怕的。可是，我更害怕让董军工发现只有我才没有去医院看他，那会让我陷入更大的恐惧。我看看华沙，华沙显然不像是我那么害怕董军工，他显得无所谓。

我们都没有心情再演奏了，看着艾一兵用手摇动着身边的侧幕条，我对华沙说：走吧。

6

董军工躺在医院的病床上，他的眼珠子还是有些黄，艾一兵早已经走到了他的跟前，站在一旁帮着他整被子，倒水，然后，又拿起床边柜子上的药瓶仔细看着。我跟华沙站得离他比较远，在身边的都是亲信，团支部的亲信，党总支的亲信，董军工的亲信。其实都是一回事，因为在我们那里董军工就是党，党就是董军工。

那是陆军第十二医院的病房，董军工躺着的姿势让我很不习惯。他应该始终像领袖那样站着，他应该是一个铸铁的形象，就像当时很多广场上毛主席的塑像一样。可是，他现在躺着，而且，有些疲倦地躺着。

那时已经是晚上了，从玻璃里映出了室内的画面，许多像葵花一样要求进步的青年人围绕在他们的组织领导人旁边，关切着领导的身体。董军工默默地望着天花板，也许他真累了，缓缓闭上了眼睛。但是可以看见他的眼皮在颤动，像高压锅上的压力阀被炽热的气体推动着，它们颤动的频率真是太快了。突然，华沙轻轻捅捅我，我朝他示意的方向看，发现有一滴眼泪从董军工的眼角处慢慢流出，像蜗牛爬在木头上一样，艰难地下滑着。接着又是一滴眼泪流出来。我有些惊呆了，董军工竟然还会哭，我看看华沙，发现他跟我一样，也惊呆了。

7

艾一兵的命令下来了——南疆军区政治部的命令，也许我错了，应该是中央军委的命令，最起码也应该是新疆军区的命令，但是我模糊的记忆里就是我们南疆军区政治部的命令：她和我们那儿几个6年的老兵竟然同一批提干了。

在宣布艾一兵提干命令之前的一天，军区政治部文化处李平原处长来宣布了关于董军工处分的命令或者决定：董军工被降了半级，从原来的文工队队长变成副队长，仍然主持工作。这是天大的坏事情，晴天霹雳，对于有的人来说，这是天大的好事情，喜从天降，对于我这样害怕他的人来说。他原来跟毛主席一样，是统帅，现在跟林副主席一样，是副统帅了。

李平原到达我们小院的那天（就是宣布艾一兵提干之前的一天），没有直接进队部（就是那个有电话、有世界地图的领导办公室），而是像朱德总司令那样，走进了我们这些战士的宿舍，但是无论你在做什么事情，他似乎总是会说一句话：伙食不错？

他是陕甘边区的人，就是刘志丹、高岗他们那儿的人。他问伙食不错，是不需要我们回答的，里边蕴含的意义就是伙食不错，肯定不错。

李平原召集大家开会时，我头一次看见董军工低着头。我们小小的排练室里那天庄严肃穆，像是八宝山正在举办葬礼。所有人都显得悲哀，这说明董军工的威信很高。老兵龙泽的事情牵连了他，3个月才宣布这样的决定，说明我们这个部队基层的文艺单位不能没有他。

现在我们的副统帅坚定地站在我们前方，我们所有人都站在他的对面。立正——稍息！

董军工的声音似乎比过去细长了一点，如果他不是甘肃人，那他的声调多少有点像王震，他宣布完了关于艾一兵的命令后，似乎有些犹豫，停顿了一会儿，在我们默默地注视下，他声音微弱地说：龙泽同志，不，冯龙泽，他犯了严重错误，不，他是犯了罪，军事法庭会审判他。我，我也犯了严重错误，没有提前发现龙泽同志，不，冯龙泽的野心。没有能够提前制止他。我当兵13年了，从第一天起，就认真学习毛主席著作，想当一个毛主席的好学生。我们不够格，但是，我想朝那个方向努力，没有想到新长征开始了，我在新长征途中，掉队了……

女兵们哭了，不是一个女兵，所以我用了复数，她们哭泣不仅仅是董军工的冤枉，更是因为自己没有进步。

那时，喀什噶尔的初夏又到了，如果没有记错的话，那应该是在喀什噶尔过的第三个夏天吧？

艾一兵的脸上有如夏日里第一朵玫瑰，也许她在苍白的皮肤上化了浅浅的妆，要不为什么花儿那样红呢。为什么那样红？

喀什噶尔的阳光照耀着我们女兵们的脸和头发，让她们像花儿一样朵朵绽放开了。艾一兵脸上的笑容已经说明了一切，那时正看着天空里的白云，蓝天让她喜悦，她和所有的女孩子一样喜欢蓝天，她也和所有男孩子一样喜欢蓝天。在董军工沉痛无比的时候，她却无比幸福。我关于喀什噶尔的记忆总是那么靠不住，为什么是无论董军工犯错误时，还是我犯错误时，喀什噶尔的阳光都是那么明媚，就像是美国的旧金山一样。

刚刚散会，欧阳小宝就用他穿着球鞋的脚踢了我一下，说：她早就穿上了皮鞋，她的军装改过了。

欧阳小宝说着朝艾一兵的后背努努嘴，那时她正挺拔地朝前走着，她没看任何人，只是独自朝前走。

欧阳小宝突然拉着我，小声说：你跟艾一兵上床了，对吧？

我的脸红了，说：胡扯八道。

欧阳小宝严肃了，说：春节，大年三十晚上，不要以为我探家在乌鲁木齐，我的捉奸队就解散了。警卫连那些西安兵一直盯着她呢。若要人不知，除非己莫为。

我愣愣地看着他，表面强硬，内心已经垮了。

欧阳小宝继续说：捉奸队永远在行动。

突然，艾一兵转身朝我这边走来，欧阳小宝看着她说：你的裤型没有改好。

艾一兵没有理他，只是冷冷地对我说：明天，我要去新疆军区学习《葡萄架下》，这次学习3个月呢，我想回八一中学宣传队看看，你要不要给崔老师写封信？

我看着她，发现她已经穿上了4个兜的军装，那是人人渴望的干部服，就说：不想写信。

那你会不会给我写信？

我没有看她，而是故意把目光移向喀什噶尔的天空。

她转身走了，没有多说任何话。

欧阳小宝看着她渐渐走远了，突然小声说：你吃她的奶了吗？很小吧？

我感觉到欧阳小宝身上有股臭味，是猪圈的臭味，他离我太近，让我发现了他球鞋底下的猪粪，我本能地推开他。

欧阳小宝笑了，说：她现在已经是司令员家的人了，朱医生跟她很般配。按照斯坦尼体系四堵墙的概念……

我打断欧阳小宝说：你身上有股猪圈的味道，你脚上好像有猪屎吧，你是不是总爱去猪圈？

我又朝艾一兵的背影望去，发现喀什噶尔玫瑰盛开了，幸福的花朵正对着她们开放。玫瑰花开放时，充满女兵们的香味，还有蓝天下阳光的味道。

8

艾一兵走了，她要在乌鲁木齐待3个月，说不定她还要去南京，去北京。朱医生在哪儿，她就像温暖的风一样跑到哪儿。她已经是干部了，穿着4个兜的干部服，她已经开始拿一个月60多元钱的工资了，她跟朱医生一起走在北京的街道上，他们很可能会经过天安门，一直走到西单、西四，又走到了护城河边。他们从海军大院出来，走进空军大院，又走进了总参，又走进了北京军区。因为到处都是朱司令员的战友，还有朱医生的同学。她会跟朱医生上床吗？她和他如果上床了，会干些什么呢？

艾一兵走了，喀什噶尔仍然照耀着阳光，我们南疆军区院内的每一棵树木，每一片草丛都依旧沐浴着阳光。只是到了晚上，好像总是看不见月亮，我就是趴在窗户上，朝外拼命看。那时我就知道了，有的女孩子，只要你失去了，那就会看不见晚上的月亮。看见了也像没有看见一样。

华沙说：你咋了？

我不说话，只是看着黑夜里的天空。

他说：要不我教你拉手风琴吧？

我就是从看不见天空中的月亮那天开始拉手风琴的。先拉了几首练习曲，其中有华沙改编钢琴《车尔尼599》里边的两首，那是专门为左右手配合的。然后，我就不顾华沙老师的反对，开始练习手风琴曲《秋天》了，我每天都在疯狂地练习这同一首曲子，无论我们当时演出在阿图什，还是在麦盖提、英吉沙，或者我们去了帕米尔高原，一直走到了红旗拉甫边防检查站，我都会在后台、在田野里练习这首手风琴曲。

在我天天演奏《秋天》的时候，秋天真的来了，喀什噶尔的秋天真的又来了。

我好像前边说过这首乐曲有金灿灿的颜色，特别是它的中段里，仿佛有人专门画出了那种阳光已经变得有些懒洋洋的感觉。光线里仍然能体会到温暖，天空依旧蔚蓝，只是那些金黄的树叶不停地从天空里朝着我们的脸上落下来。

终于我们乐队的很多女兵听烦了，她们开始讨厌这部苏联作曲家写的作品。一个年轻人他如此疯狂地重复同一首作品，那他不是傻了，就是呆了。现在乐队里那些女兵男兵都是这么看我的。甚至连舞蹈队那些与我们在音乐感觉上有距离的人，也开始烦了。只要我开始拉这首曲子，她们就捂上耳朵。女兵们甚至会在白天拉上窗帘。

终于华沙走到我们小院里高高的白杨树下，那时我正坐在金黄的树叶里拉着手风琴，他说：别拉了，你再拉，乐队、舞蹈队，他们都说要打你了。

我的琴声戛然而止，我当然害怕挨打。我看着华沙，半天才说：她为什么还没有回来，不是说学习3个月吗，都快半年了，夏天没有回来，秋天也不回来吗？

华沙似乎很理解我的痛苦，他说不出什么安慰我的话，只是说：要不你换首曲子，我帮你把《少女的祈祷》改成手风琴的？

我还没来得及说什么，就听到了紧急集合的哨音。

那时，喀什噶尔开始吹起微风，我跟华沙头顶的树叶摇动，又有一片片金黄色的树叶从上边落下来，像雨水一样落在了我们的脸上。

9

李平原站在我们面前，董军工站在他的身边，我们全体列队面向着文化处处长。

他先说：伙食不错？！

欧阳小宝竟然敢开玩笑，他学着陕西口音，大声说：首长，伙食不错。

欧阳小宝是说相声的，他学得太像了，我们都笑起来，连李平原都笑了。只有董军工一个人没有笑。

李平原说：有一项政治任务，号召我们写歌词，这不是普通的歌词，这是我们国歌的词，是我们中华人民共和国的歌词，我们的国歌要重新填词，你们这儿都是文化人，都天天与文化打交道，要努力完成任务。

那天晚上，我跟华沙撒完尿，在小院里晃悠，我说：我想她想得心都疼了。

他说：艾一兵是朱医生的女朋友了，为什么还想她？

我说我忍不住。他说：你不是说，要成为和车尔尼雪夫斯基一样的人吗？

想起来了，那些日子里，我天天给华沙说着《怎么办》里边的情节，我总是喜欢说：我要成为和车尔尼雪夫斯基一样的人！

华沙那时开始学着我的腔调：嗯，我要成为和车尔尼雪夫斯基一样的人！嗯。

我说：谁他妈嗯啦？

那时，月亮升起来了，一轮满月，比中秋节的月亮还要大，我对华沙说：我看见月亮了，看见了。

华沙没有理我，他的目光正被从厕所里走出来的欧阳小宝吸引，平时欧阳小宝的大背头总是像迪卡普里奥那样梳得油光光的，很齐整，连苍蝇落上去都会掉下来，今天却有些零乱。而且，欧阳小宝完全陷落在沉思里，就像是因为创作走火入魔了，他嘴里反复念着什么，走三步，退两步，彻底不正常了。

我跟华沙朝欧阳小宝走过去，他完全没有注意到我们，仍然念念有词。说时迟，那时非常非常快，我跟华沙突然冲他耳朵大叫一声：动！！

几乎把欧阳小宝吓瘫了，他回头看看我们，半天才醒过来，他大声说：我成功了，成功了，我创作出了我们中华人民共和国的新国歌！

说着，他开始唱起来：群星，永远向着北斗，伟大的华主席，带领我们新的长征，中华民族……

秋天的夜空很透明，跟欧阳小宝当时的眼睛一样，像清澈的湖水，那是一个微微有些凉爽的夜晚，在我的记忆里，围绕着那些个夜晚，我们南疆军区文工队的文艺战士们已经掀起了一个创作国歌的高潮。以后我听说不光是我们，从总政歌舞团开始，到北京军区、新疆军区、八大军区，还有各个师的宣传队员们，只要是有创作能力有创作激情的人，都在写着新的中华人民共和国的国歌。原来的国歌挺好的，为什么要重新写，我和华沙想不通，想不通？慢慢想去。

10

艾一兵回来了，她走在金色的秋天里，像是刚从北京回到乌鲁木齐、又回到喀什噶尔的天使。她穿着军装，里边却穿了一件花衬衣，我从来没有见过那么古典雅致的花色，就如同一个画家的画布一样。

她看见我第一句话就说：你为什么不给我回信？

难道她在外边还给我写信了？我当时被感动忧伤狠狠打击了一下，连心脏都有些疼痛了，我竟然有些委屈，我说：我从来也没有收到你的来信。

她有些不信，看着我，眼睛像喀什噶尔天空一样明媚，她说：你真的没有收到我的信？

我拼命摇头，说：我不信你会给我写信。我语气里非常强调那个"我"字。这一个"我"字，就充分表达了，她只会给那个人写信。

她的眼睛变得像阴天里的湖水一样了，她没有再看我，就朝队部办公室走去。

我站在那儿没有动，一直看着办公室里边。不知道过了多久，她从里边出来了，走到我跟前，说：你肯定是收到信了，又装着没有收到！

我说：我真的没有收到。

她说：你骗人！

我说：信里说什么了？

她说：没说什么。说完，她走了，朝小院大门外边走了。

我仍然站在原地，内心很委屈，我就是没有收到她的信，我是那么渴望她的信。那时，手风琴曲《秋天》再次在喀什噶尔的树下枝头零碎的树叶间响起，她竟然给我写信了。她是那么美好，她就是朱医生的女朋友那又怎么样？那是她自己的选择，我一点也不恨她了。我还有可能祝福他们。我当时完全没有想到，有一天，我真的会收到她的那封信，请你们记住这封信，那是一封最终让我伤心欲绝的信。

我就那样让内心充满了乱八七糟想法，追随着她的背影，带着那么忧伤的情感双手扶在小院的大门上，看着她走在通往曾副参谋长和周小都家那排白杨树下。树叶已经很少了，我觉得她似乎比白杨树还要高。她又出去了，她去干什么呢？干部与战士完全生活在不同的世界，她已经穿着皮鞋和干部服了，她说出去就出去了，再也不用翻墙头回宿舍。她走得更远了，我努力看着她腰部的曲线，看着她更加柔和柔情的臀部的曲线，那时候有一个一直不太明白的词汇终于明白了：感伤。

天空里有风，有那种让你更加感伤的云彩。它们互相致敬的样子很像是契诃夫笔下那些俄罗斯少女的裙子，也像艾一兵穿着的有花色的衬衣。它们都随风飞扬，与音乐一起飘过来。是谁在演奏《秋天》了？不是手风琴，而是巴松。我是不是可以介绍一下巴松这个乐器，它神秘的声音好有灵感。巴松开始吹奏中段部分了，三拍子节奏若舞若吟，让喀什噶尔的那个秋天被渲染得云碧天青，让已经19岁的我喘不过气来⋯⋯

11

马明在吹巴松，是马明让我重温那个苏联的《秋天》。马明来了，我不知道我前边有没有说过这个人，如果前边说过了，那可以不算数，因为这是回忆小说，由于我的脑子现在越来越不好了，所以，可能我说错话了。我可能说过马群，他是舞蹈队的，但是，我没有说过马明吧，他吹巴松。他们两个都姓马，却不是回族，这在新疆有些不可思议，十马九回，姓马的怎么不是回族？

他们就不是回族。

马群我肯定说过，刚来喀什噶尔第二天开公判大会，就是美丽苍白的王蓝蓝站在台上的那天，我没有军装，马群把自己的新军装借给了我，我穿上后一直没有还他，还的时候还没有给他洗干净，让他恨了我一辈子吧？马明呢，其实，我们从阿里下来以后，马明才来。他穿着那身草绿色的、非常高贵的军装，确实有些小了，也许是太大了，反正特别不合适。他走在我们南疆军区的小路上，像是一个从国统区出来的逃兵一样，完全没有样子。

可是，他是一个吹巴松的人，巴松是什么，是大管，大管也许你们从来没有注意过，那是低音乐器。在我小的时候，只要是这个乐器在管弦乐队出现，那一定是坏人来了。现在马明来了，坏人来了。他穿着不合适的军装，他是一个坏人，一看你就知道他是一个坏人。他好像从小就挨了很多打，被别人打怕了。所以，他走路的姿态就天生是一个软弱的人，他遇见谁都有些躲闪谦让。

可是，今天巴松不是反面的，而是正面的，完全是抒情的。马明此时此刻吹奏的巴松让秋天无限感伤。巴松都能塑造出那么美好的形象，这个世界会有彻底的坏人吗？我在喀什噶尔就开始思考这样的问题了。巴松很坏，但是它能像《秋天》那么好，董军工让我害怕，可是，他真的是坏人吗？

马明是什么时候开始与我住在同一个宿舍的？华沙搬出去了，他进来了。华沙为什么要搬出去，他为什么要搬进来，一切都是组织定的。对了，想起来了，他是吹管乐的，管乐是一个班的，要住在一起，容易集合。那时，我们随时要准备打仗，想打中国的人，想灭亡我们中国的人太多了。你们准备打仗，别人肯定就要打你。所以，马明住进了我们的宿舍，华沙走了。

喀什噶尔的天空下每日每时都在发生着这样的小事情，回忆是零乱的。其实，在那年那月那时，我每天见到艾一兵很少。她已经是干部了，她的地位很高了。我不喜欢像别人那样说，她是朱司令员的儿媳妇，这是多么可怕多么庸俗的说法，太缺少乡愁的感觉了。那时我们是一群天天都在体验着乡愁的孩子，我是因为看不见艾一兵，只能看见马明这样的人产生乡愁。她有乡愁吗？朱医生那时在南京，也许是在北京，她也总是看不见他，她也会有乡愁吗？喀什噶尔的空气清新凉爽，我们就是呼吸着这样青春跳动的空气开始感受乡愁的。我发誓我从来没有在大门口专门等她回来，她出去时在哪儿度过她的时光，这是一个谜。但是我在看着喀什噶尔的蓝天时，也没有特别猜测过。马明的巴松声音伴随着我，他还在抒情，他吹奏《秋天》时几乎不太换气吧，秋天让我感动。

那时，我还真不知道他有一天要偷我的军装，那是我最爱的、最新的一身军装，我平时都舍不得穿，可是被他偷走了。

12

我完全没有想到艾一兵那么快就回来了，当马明又一次开始吹奏《秋天》中段的时候，我站在大门口朝着周小都她们那排平房看，那儿有树，有画报（在我回忆的回忆里），还有周小都的脚印。

她正从东边的树下朝我们西边走，我站在小院的大门口有些不知所措，我甚至想对她解释我没有在这儿等她，更不会追踪她，去打探她的秘密。

她远远看见了我，就潇洒地对我招手。她招手时整个身体轻松的感觉有些像刘翔顺利跨栏的时候，我完全没有任何犹豫，就朝她跑过去了。

我站在她面前喘气，等待着她对我宣布命令。

她看着我，说：就算你真的没有收到我给你写的信吧，你为什么不练功？

我说：我在看小说。

她有些生气，丝毫没有想问我看什么书的意思。

我对她说：宣传处唐干事推荐我看卡夫卡的《变形记》，人好可怜，一个人睡了觉后变成了甲虫，所有人都害怕他，讨厌他，只有他妹妹对他好，最后他妹妹都讨厌他了，他就死了。

艾一兵听我说完，就摇头，轻声说：别关心那只甲虫了，先关心你自己吧。你能不能以后看书回自己的房间去看，我觉得学习不是坏事，学习并不是让别人看，而是提高自己。你呢，看本书，总是故意想让别人知道你是在看书。你这样多丢人，周围人都讨厌你，说你装腔作势。他们骂的话很难听，我都羞愧。

我说：那我也变成甲虫了？

她笑了，说：我和那个人的妹妹不一样，我永远也不会讨厌你。

我也笑了，说：那我就永远也不会死。

她突然变得特别严肃地说：知道吗，王蓝蓝出狱了。

不知道为什么，她说出王蓝蓝三个字时，我的内心瞬间变得疯狂如大海，卷起了海上风暴。刚来到喀什噶尔第一个上午，对于那个女孩子的宣判永远定格在眼前，那是一个有阳光的日子，周围议论的声音充满我的耳膜。王蓝蓝是一个罪犯，王蓝蓝是一个破鞋，对呀，那个美丽的破鞋，她真的回来了？

艾一兵认真地对我说：她的问题查清楚了，没有参与杀人，为她平反了。

我当时有些感动，天变了，变天了？我从来就不相信一个美丽的女孩子会杀人。

她继续说：王蓝蓝就住在军区招待所。

我说：你见她了？

她说：我刚从王蓝蓝那儿回来，她现在等着彻底落实政策。

我问她：你怎么会去王蓝蓝那儿？她跟你是什么关系？

她有些不高兴，立即回复我说：我的任何事都要向你汇报吗？你是组织吗？

我虽然被噎了一下，但仍然兴奋，我为王蓝蓝高兴。是呀，她能有什么问题呢，这些年还需要查清什么呢？

我说：她是一个女孩子，只是想跟那个38岁的老男人结婚。

艾一兵立即说：她还是个女孩吗？她都快22岁了，她想了想，又说，王蓝蓝渴望结婚，她给了袁德方这个男人压力，但是，她并没有让他去杀她。她因为无法结婚而痛苦，哪有一个女孩子不想结婚呢？

我重复艾一兵的话，只是真的变成了问句：哪有一个女孩子不想结婚呢？

艾一兵有些痴情地说：她说她根本没有逼他，更不会让他杀死自己的老婆。

我说：我正在写第一篇小说，叫《王蓝蓝》。我开始背诵：她甚至都没有想过让另一个女人去死，因为，她的全部注意力都在自己身上，她会责怪自己命苦，反省自己倒霉，她不会去杀人。

她笑了，说：你这个人怎么越来越像女人了？

我没有听见艾一兵说什么，只是继续对她说自己的构思：许多年过去了，也可能我们那时候都三十六七岁了吧，袁德方成了痴呆，他老婆把他从监狱里领出来，带回家，并让他坐上了早就为他准备好的轮椅。

艾一兵抬头看着天空，说：那王蓝蓝呢？

我说：王蓝蓝死了，因为她一直爱着那个男人，即使他是一个老男人，他甚至可以当她的叔叔了。

艾一兵脸上有了微笑：怎么说呢，我觉得你挺聪明的，就是挺让人担心的。你太会编了，很多人听说过没有亲眼见过，你刚才让我亲眼见过了。

我说：你刚才看见王蓝蓝的时候，她哭了没有？

她说：没有。

我说：你呢？

艾一兵：我为什么要哭？

她想了想又对我说：她让我告诉你，让你有空的时候一定到她那儿去一下，她就住在军区招待所……

我不明白为什么王蓝蓝会让我去她那儿，尽管我渴望以这个女兵为素材写我的第一篇小说，但是，我和她甚至都没有说过一句话，那她找我会有什么事情呢？

艾一兵又在说着什么，我还没有听完，就兴奋地跑了起来。我当然有空，我什么时候都有空，我像小鸟一样有空。因为整个天空都是我们这些张着翅膀的人在飞翔，我就是张着翅膀朝着军区招待所的方向飞，仿佛那儿有清澈的泉水。

13

军区招待所是一座老旧的苏联样式的建筑，那时这类建筑不光是在故乡乌鲁木齐，就连我的第二故乡喀什噶尔也遍地都是，可见俄罗斯或者苏联对新疆产生的巨大影响。我走在长长的过道里，很暗的走廊，似乎有灯光，却看不清自己的脚。我几乎是跑着到了那个门口，王蓝蓝的门口。门没有关上，是虚掩的。我轻敲了半天门，没有人来开门。我缓慢地像推开历史一样把那扇门小心翼翼地打开了，两年多的军旅生涯渐渐地朝我涌动，强烈的阳光猛地向我冲击过来，让我闭上了眼睛，然后又睁开了眼睛。那时我看见了一个穿着长长的草绿色军裤的女孩子，她好像在洗头，因为她回头看我时就连脸上都是肥皂泡沫。她好像知道是我，她说：你怎么进来的，我没有关门吗？

我有些紧张，说：没有。

她笑了，就好像刚从监狱里出来的不是她，而是我，她说：求你一件事，能帮我浇浇头吗？

当然可以，我在心里响亮回答，嘴却不那么利索。我走到她身边，拿起放在椅子上的那小盆水，试了试水温，才开始慢慢地朝她短短的头发上浇，她说：多一点，再多一点，要把泡沫冲干净……

我们离窗户非常近，强烈的阳光照耀在她的头发上、脖子上、肩膀上，让我强烈地渴望自己也应该洗头了。我很可能已经有两个多月没有洗头了，我的头皮当时特别干燥。看着她低着头，让自己的头发和头皮充分沐浴阳光，心里感叹她们女兵真是很会享受。当她用一条部队发的毛巾认真擦拭自己的头发时，我终于完全看见了她的脸，被温水和阳光抚摸过的脸，红润光鲜。她的眼睛很平静也很亮，她比过去要丰满了，似乎她从来没有去过监狱。当然，也许相反，排楼农场那儿无比清新的空气、果园里的芳香、林带下的小草和小路让她内心得到了抚慰，让她的身体在人与自然最和谐的关系里成长。如果我没有记错的话，她应该21岁多了吧？她17岁当兵，18岁入党举手宣誓要为共产主义奋斗终生，19岁被宣判，现在过了两年，就是21岁。

她终于擦完了头发，坐在了我对面的床上，看着我说：刚才我看见你还为我试了试水温，你是一个挺细心的人。

我的脸红了，我完全不知道自己是一个心细的人。

她笑起来，说：一个男人心细，有什么好脸红的？

我想对她说我正在写第一部小说，名字就是你王蓝蓝，我当然不会告诉她，因为我并不傻。

我说：听说你给中央军委写信了？

她说：我妈妈给中央军委写信了。

王蓝蓝说着站起来，然后走过去把窗户打开了，外边的风和阳光一下就吹了进来，她的头发随风飘动。我突然感到屋子里瞬间就充满了秋天太阳的味道，我知道自己对于阳光特殊的情感是非理性的，我更知道此时此刻我仍然在描写阳光，更是非理性的。可是，我完全不能没有那天充满秋天阳光的味道，那味道有些凉意，却仍然明亮温暖。她一直站在窗前，有些像是一只被笼子关了很长时间的鸟。她就像是一个正在学习表演的学生一样，不太自然，却很真诚。我看着她在窗前的阳光下做出那些充满渴望的动作，回想起契诃夫对于那些俄罗斯女人的嘲讽，就有些坐不住了。我站起来，也走到了窗前她的身边，和她一起看着窗外：有一片树林，那是沙枣树，它们早已过了花期，却仍然让我感觉到了阵阵香气。我知道那是错觉，那是王蓝蓝身上有香气，她身上有香皂的味道。我从来没有闻到这么舒服的香皂味，就说：你身上香皂味儿真好闻。

她笑了，说：我妈妈从香港带回来的。

我们当时谁也不再想谈论她那些与犯罪有关的事情，而是一起看着窗外，事实上是我陪着她一起看窗外。在那个充满亮光的午后，我不仅仅是窗前的影子。我内心没有任何疑虑，按理说我应该有疑虑，她为什么叫我来，这之前她没有对我说过任何话，她好像都没有认真看过我，可是，她竟然让艾一兵叫我来。而且我就来了，跑来了，现在就站在她的身边，仿佛她跟艾一兵一样，我们从小就认识：

"我那天，就在那天，我、我当时其实看你了，你的领章是用大别针固定的，那银色的针都露出来了。"

"那天？哪天？"

"你是真傻还是装傻？你说哪天？"

我当然知道是哪天，就是开公判大会那天。我的脸又红了，我为自己明知故问而后悔。宣判王蓝蓝有罪那天，整个南疆军区的人都叫她破鞋的那天，她脸色苍白、无比绝望那天，其实是我当兵的第一个早晨。我还没有发军装，我穿着马群的军装去参加公判大会。在那之前我还从来没有想过一个女杀人犯会长得那么凄美，我从来没有想过自己会被一个女破鞋深深吸引，并对她充满同情，我完全没有想到喀什噶尔的那个夏天那么寒冷。

"你们那会儿老是演奏的那个曲子叫什么？"

"什么曲子？"我更加羞愧，发现自己除了内心涌动思绪外，嘴里只能像傻瓜一样提问。

"陈想、江奇用琴拉，周小都用钢琴弹，郝胜军用圆号也吹过，那时你还没有来，我去你们院子里，听见那个小孩儿拉手风琴，那个脸上长满疙瘩的、吹黑管的也在吹，那曲子特别好听，他们当时告诉过我，我忘了。"

"你说的是不是《亚麻色头发的少女》?"

又是个傻瓜问题。她笑了："可能吧，我很喜欢音乐，可是我不懂。"

"我也很久没有再吹了。"

"真的好听，是谁写的?"

"德彪西。"

她又笑了，说：没有想到你还懂得怪多的。说着，她转身走到桌子跟前，我这才发现那儿放着一个录音机，竟然跟朱医生的那个一样，她轻轻按了一下，音乐起来了，似乎是很遥远的音乐，她回头对我说：《红河谷》。

我们仔细地听了一会儿，在以后的时光里，我无数次地听过这首曲子，有时在中国，有时在美国。我说：你也有这么好的录音机?

她说：我妈妈在日本给我买的。

王蓝蓝穿着草绿色军裤，上身穿着绿色军装，里边是军绿色的衬衣，部队里发的那种衬衣，跟那年在舞台上受审判时一样没有领章。她沐浴在红河谷的颜色里，把垂下来的头发用手捋了上去，她突然说：录音机可以借给你听。

我当时就愣了，张着嘴说不出话。

她说：你不要搞坏了。

我说：几天?

她笑了，说：我在等朱司令员从北京回来，我要他为我落实政策。10天行吗?

我的心几乎都要从嘴里跳出来了，冲过去仔细拿着那个录音机看，好像已经忘记了王蓝蓝的存在，眼睛里只有那个录音机。

　　《红河谷》终于演奏完了，我仍然在看着那个录音机，这时，王蓝蓝说：知道我为什么要把录音机借给你听吗？

　　我说：知道，你是不是想让我和华沙好好学习，当一个真正的新长征的突击手？

　　王蓝蓝这次没有笑，她甚至都没有理会我的幽默，她只是走到放在墙角的箱子跟前，打开它，然后从里边拿出一个东西。然后，她挥手一抖，那条手绢在空中完全展开了，像是一只在天空里飞翔的鸽子。

　　我先是有些迷惘，看着那只鸽子手绢，接着心里一颤动，认出了那是我的手绢，那天在监狱农场我掏出来让王蓝蓝擦眼泪，然后忘记了，遗失了，我和华沙专门回去都找不着了。我以为它会永远丢失在排楼农场，没有想到王蓝蓝把它保存了。在王蓝蓝把那条手绢递给我时，她的手竟然有些颤抖，她哭了，眼泪流出来。我从来还没有见过世界上的哪个女孩子哭泣时会流出那么多的眼泪，她似乎想说什么，却一点也说不出来。

　　我把手绢接过来后，就感觉到雪花膏的甜味，我把手绢放在面前仔细体会，那香甜的气息渐渐强烈起来。看着王蓝蓝的泪水像钢琴下行时的音阶一样无休无止，我的眼睛也被那手绢的香味熏得有些酸疼了，让我特别不好意思的是，我一点也不想哭，眼泪却也流了出来，而且，因为那录音机，我希望她能看见我的眼泪。

第十四章

1

树叶丛里钻出口哨声，那是两层口哨的声音，一层是华沙吹的，另一层是我吹的。说起来不好意思，我们没有吹欧洲那些古典大师（巴赫、勃拉姆斯、瓦格纳）的任何作品，只是吹着苏联歌曲《山楂树》。新疆人不叫山楂，而是叫三楂，三楂树。其实，我们的年龄对于苏联歌曲没有太多的感情，我们又不是李鹏、江泽民那代人，是留苏的，我们也不是林立果、叶京那样的人，是军区大院的后代。可是，我们是部队基层文艺工作者，我们从小学习乐器，所以我们无法逃出苏联歌曲的阴影。我们不得不在中学就听会那些歌，因为我们是学习乐器的，所以我们不光能唱最高音部分的旋律，我们也能唱低音声部，我们甚至能哼唱钢琴的第一个声部，华沙甚至能背诵当时中央乐团作曲家的总谱。真是不好意思，没有背诵里姆斯基–科萨科夫的总谱，没有背诵鲍罗丁的总谱，却背诵了苏联歌曲的总谱，怪谁呢？还是怪"四人帮"吧，怪"四人帮"把一切都搞乱了。

口哨声在交织，树叶和树枝在舞动，就像是我跟华沙的友情在喀什噶尔的青春时代经常重合，就像《山楂树》的副歌，高声部与低声部的重合。如果会唱这首歌，你们回忆一下，然后想象一下两层口哨吹出的和声吧，啊，茂密的山楂树呀，白花满树开放，啊你山楂树呀，为何要悲伤。沿着歌词，就像沿着一条从俄罗斯一直流淌过来的河流，你们把目光一直朝向那些水，那些树林，最后你们会听见我和华沙的口哨声来自于监狱高墙一边的厕所。

我是自由主义战士，在那个时代，这肯定是骂人的话。华沙因为我而受难。董军工让我来监狱的厕所掏粪，他没有让华沙来，是华沙自己要陪着我来的。为此我一辈子都要感激这个孩子，当时快要15岁的孩子。我们朝一辆毛驴车上装粪，在那个早晨，我们要装10车左右。为什么要让我们装粪呢？这个问题直到现在我都想不通，如果你要惩罚一个人，你可以让他在专业上下功夫，直到让他累死在自己的专业上。可是，他们让我来装粪。

据说那些民歌都是在劳动中产生的，我跟华沙现在虽然没有创造民歌，可是我们却在重复伟大的苏联歌曲。啊，你山楂树呀，为何要悲伤？

2

监狱的墙很高，我们现在就靠在墙下边，像俄罗斯的十二月党人一样，懒洋洋地吹着口哨。每拉完一车粪，我们就会靠在墙边休息，我们就吹口哨。别以为我们是颓废的年轻人，没有，我们充满朝气，我们是渴望当一个走向四个现代化的新长征的突击手。其实，青春怎么可能颓废呢，那些指责青春颓废的知识分子们，你们真是没有感觉了。

我跟华沙依靠在监狱的高墙边吹着激情的口哨，他说你又错了，如果是这个音，那就是平行五度了。

他把那个小红本完全背诵了，他爸爸没有白白为他抄这些作曲理论，和声、配器都在上边，只是那时没有唱片听这些谱例，比如

350

鲍罗丁的《伊格尔王》，如果当年能听到真实效果，那我们写的那首交响诗一定会更好听一些。

监狱旁边，确切说东边就是南疆军区政治部猪圈，我们文工队属于政治部，连猪圈都属于政治部。当然，我们这些人和猪圈里的猪都属于政治部。

我和华沙又休息20多分钟了，下一车快到了，我们站起来了，华沙从身上的背包里取出王蓝蓝的录音机，说：听听《红河谷》。那时听见了猪叫，我说走，看看猪是不是又乱搞了，猪要是通奸，那……

华沙笑了，把录音机仔细地装回去，说：猪又不会通奸，它们自由。

我说：你错了，猪怎么会自由呢？它们是咱们政治部的猪。

我们爬到监狱和猪圈中间的废墟上，朝东方望着，那边不光是太阳升起，那边还有朝霞呢。

可是，最吸引我们的不是朝霞，而是欧阳小宝。他背着手，现在他一点也不像是那个捉奸队队长欧阳小宝，而是像一个梦游者，他完全沉浸在对于猪们的关爱和体贴里。他面带微笑，站在高台上，隔墙望着那些猪，他的嘴嘟起来，像是一个假装生气其实是在撒娇的女孩子一样，说着"球，球，球，球，球……"

那些猪显然很熟悉他了，它们没有感到任何来自人类的威胁，有时看看他，有时不看他。当时阳光照在欧阳小宝身上，也照在猪的身上，他们人猪互动，很是温暖。

我悄悄对华沙说：从小我在乌鲁木齐就喜欢看猪通奸。没有想到欧阳小宝和我完全一样。

华沙小声笑了：你怎么知道它们是通奸，他们就像你爸你妈一样是两口子呢？

像你爸妈一样！打比方都不会，没文化。一个大黑猪，它今天跟大花猪，明天跟乌克兰大母猪，快看，欧阳小宝就要跳下去了！

我们都躲在石墙的后边，那儿有很高的薰衣草遮住了我们，我们的身边充满着草香和猪臭。眼看着欧阳小宝爬到了墙上，他像男神一样，站得高看得远，像是正在主持什么庄重的仪式，不一会儿，奇迹发生了，它们中有两对交配起来。两只白猪互相交配，两只黑猪互相交配，猪圈里发出了男欢女爱的声音。

我忍不住大笑起来，我的笑声有点像北京电影学院表演系的学生做练习，是哈哈哈哈，华沙也笑起来，比我更欢乐，而且，他还大声喊起来：欧阳小宝——

欧阳小宝听到了华沙的声音，他肯定也听到了我的笑声，猛地颤抖了一下，说时迟，那时很快很快，欧阳小宝一脚踩空，就掉到了猪圈里。

我跟华沙跑出去，一直跑到了欧阳小宝站着的那个高台上，看着掉进猪圈的欧阳小宝。

他站在猪粪上，仿佛站在泥泞中，看着我们，他的脸色比前年艾一兵的脸还要苍白。

我说：欧阳小宝，你给猪说山东快书呀？

华沙：你有病吗？

我说：你经常来看猪？

华沙：你知不知道你脚上的猪屎味儿把舞台上搞臭了？

欧阳小宝看着我们，脸上的表情渐渐从僵硬到松弛，从惊恐变成狡黠，他笑起来，嘴咧着露出很白的牙齿，他走到墙边上，伸出手来，说：幸亏你们来了，拉我上去。

我和华沙先不拉他，我说：你没事跑猪圈干什么？

他站在下边，抬头望着我们，那时阳光耀眼，他不得不眯上眼睛看我们，他说：你们来猪圈干什么？

华沙抢着说：看猪通奸呀。

欧阳小宝笑了，说：流氓。他指指我，又对华沙说：他把你带坏了，猪轻易不通奸，跟人不一样，它们特别忠诚。欧阳小宝边说边把手伸得更高了，华沙想拉他，我把华沙的手拉回来，欧阳小宝继续说：它们跟烈士一样……

我打断他：你为什么经常跑到猪圈来？

欧阳小宝在下边朝上看着我，他眨巴着眼睛，说：我体验生活，斯坦尼体系有一项规则，要求艺术家们一定要有四堵墙……

华沙突然打开了录音机，里边嘹亮地奏响了《红河谷》，欧阳小宝的斯坦尼理论完全被淹没了。

那时，我听见监狱里有人喊我和华沙，拉大粪的车又回来了。我拉着华沙就跑，边跑边说：你跟猪去说你的斯坦尼吧——

我们听见欧阳小宝在身后喊叫，《红河谷》的声音仍然在持续，我们大笑着跑向监狱，仿佛那是我们的家。

3

还王蓝蓝录音机那天华沙也想去，他舍不得离开那个录音机。我没有让他去，我想独自见王蓝蓝。

你怎么有那么多私心杂念？华沙看着我，把手里拿着的录音机递给我。

我没有理她，一个人朝军区招待所走去。我想象着在那个房间，她穿着衬衫，最好她仍然在洗头，而且让我帮她浇水，她的身上有股温暖的气息。

房间里没有人，门也没有开。我的眼睛渐渐适应了黑暗，看见了门上留了一张条，上边写着：今天有急事，我的事情就要彻底解决了，你把录音机放到一楼服务员那儿吧，我已经交代了。明天一早就要回乌鲁木齐了，再见。王蓝蓝。

我把录音机放到了一楼，就像是把自己的亲人留在那儿一样，内心充满对于华沙的愧疚，还不如带他一起来呢。我这个人就是私心杂念多，王蓝蓝没有见着，录音机也离开我们了。最重要的是王蓝蓝明天清早就离开喀什噶尔了，《红河谷》再也听不到了。

晚上10点钟熄灯之前，我拉着华沙又到了军区招待所，我们沿着漫长的昏暗过道走着，到了王蓝蓝的房间时，我紧张得连手都有些抬不起来，我沉重地敲门，仍然没有动静。看起来我在喀什噶尔无法见到她了，她走了，我知道她走了就不会再回来。

4

我已经完全适应了喀什噶尔，仿佛我天生就活在那儿，从小就熟悉沙枣花的味道。我从军区大门出来，往西走，到了南疆军区照相馆路口就朝北走，经过那个小书店，继续朝北，就看见了那些维吾尔族的纺织女工。她们在窗户里的房间，我站在窗外看着她们纺织。我跟华沙写过一首歌《纺织女工》，其实还是应该叫《维吾尔纺织女工》。然后再往北走，就到了河边，那桩河边杀人事件已经成了历史，王蓝蓝走了，袁德方还在监狱里。然后，我可能朝东走，那儿是中国人民解放军陆军十二医院，那里有许多女兵长得虽然一般，可是个个心眼好，她们都认识华沙，把他当作天才，我跟华沙一起去喝过她们用晒干的西红柿煮的汤……那个小城即使今天闭上眼睛，我也不会迷路，可惜离开了我就没有再回去。时间过得真快，在猪圈里听欧阳小宝说斯坦尼还是深秋，现在冬天又快过去了，春天又快来了。我都已经很难回忆那个冬天里艾一兵在干什么，好像她经常戴着一条毛茸茸的围巾，战士不让戴，只有干部才行。那条围巾是红色和蓝色的，很厚重，每当她穿着军大衣、皮鞋，围着毛织围巾走在我对面时，我都会很紧张，不知道该不该看她，因为是否打招呼的权力在她那儿。她如果想跟我说话，那就说了，如果她不想说话，就不说。她在那个冬天的尾巴里走过来，似乎想跟我说话，我就站住了。她看着我，半天没有出声。我看她脸上比平时更阴沉，以为她家里出事了。那时我们文工队很多战友家里都会出不同的事情，有的人爸爸报病危，有的人爸爸干脆就死了，我看着她那么沉重，就说：出事了？

她说：出什么事了？

我说：你们家？

她说：你们家才出事了呢。

我松了一口气，喀什噶尔是阴天，乌云密布的时候发生悲伤的事情总是在电影里才有的，天空里有云朵翻滚着，很像是俄罗斯巡回画派的作品，茫茫草原上云层很厚。

她的脸色跟天空一样阴沉，她说：我早就想提醒你了，别老没事就往女兵宿舍跑，你看看其他男兵谁像你一样，老是往女兵宿舍跑？大家都在后边议论你，说你作风有问题。

我说：我去江奇、娄宜她们宿舍，她们都很高兴呀。

她又说：而且，你屁股那么沉，坐下就不走，别人也不好意思把你赶出去呀。

我的脸有些红了，我非常喜欢到女兵宿舍和她们谈文学、讲故事。最近我仔细地看了当时编译参考上关于南斯拉夫的介绍，特别喜欢对她们说铁托的改革。有一天我正在乐队女兵宿舍里说着南斯拉夫是一个美丽的花园，她们都爱听，我说再过20年中国也会像南斯拉夫那么好，因为新长征已经开始了，四个现代化肯定能在我们这代年轻人身上实现，伟大祖国那时会非常美，天也新，地也新，春光惹人醉……

艾一兵皱着眉头看着我，那时天空里的云层变薄了，她脸上恨铁不成钢的表情充满青春的光亮，她说：你是不是很反感我对你说这些?

我点点头,说:就是很反感。

她转身走了,走了几步又回来了,说:除了我以外,还有人愿意提醒你吗?大家对你失望了,组织也对你失望了,上回在乌鲁木齐见到你妈,她拉着我的手,让我一定要帮助你进步。

我说:你明明没有给我写过信,还说写过,你骗我呢。

她看看我,眼睛里充满气愤。

我又说:其实,你写不写信,我都无所谓。

她盯着我,半天没有说任何话。

白色的云层里透出了阳光,照耀在她红色的毛织围巾上,让她的脸衬托得有些成熟了,她说:我的信,你收到了,也说没有收到,我无所谓,但是,我说的话你能记住吗?

我当时心里恨不得立即忘记。但是此时此刻,我知道我记住了她当时说的话,而且完全记住了,而且还有她说话的声音、表情,还有她看着我的目光。我当时以为她对我除了反感就没有别的了,现在我可以清楚地在她的脸上看见珍惜,看见她对于我的珍惜。

她走了,我看着她的背影,那条红色的毛织围巾即使在身后也能看见,围巾像是树影在摇晃。乌云又变厚了,光线很暗。她走在军区大院里的路上,就像是十二月党人的情人一样走在俄罗斯的原野上。你在列宾的画里能看见那样的女人,你在苏里科夫的画里也能看见那样的女人。那时,我内心里充满诗歌的感觉,别人在后边骂我已经不能影响我的心情了,我是一个破罐破摔的年轻人,我相信祖国一天会比一天好,你就跟着祖国一起向前吧,你只要是进入了这种境界,就总是会有诵读诗歌的渴望:

　　冬天流着泪走了,春耕季节已来临,大地处处春光明
媚。唯几片残雪还躲在阴暗角落,那是冬天流泪的脸,那

样悲伤，那样憔悴。它是流着泪走的。也许，离别对它是很痛苦的，不然，它怎能轻易下泪？

那是克里木·霍加的诗歌，它们在喀什噶尔冬天最后的日子里温暖我，照亮我，让我对于冬天充满感情，对于春天也充满感情。

5

春天真的来了，喀什噶尔那个春天经常下小雨，每当小雨落下来，我都会和华沙一起走到外边，张大嘴渴望让水滋润舌头、喉咙，当然还有嘴唇。

董军工被降职使用后，管理上似乎更加严格了，尽管我们每个人都是两年以上的兵了，迟早要提干。我们文工队有45个干部指标，才有42个人。我们已经走遍了南疆的边防哨所，我们是全军最艰苦的文艺工作者了，我们是专业团队却完全按照业余单位管理。我们无论男女，只要是战士，就只能穿着球鞋，像是土鳖那样走在喀什噶尔的路上，我们每个人都感觉到丢人，却不敢说什么。

雨雾弥漫着周围的田野，我和华沙又悄悄地跑出去了，我们走在维吾尔族老乡的果园里，看着那雨像是水汽一样，把身边的许多东西都染成了淡淡的白色。我们的脚踩在沙土上，有些湿，一点也不滑，我们看着维吾尔族民居，他们的院门经常被刷成天蓝色，我们对那些雨中走过来的维吾尔族老乡笑，他们也对我们笑。

走在小雨里是那么舒服，我和华沙身上的荷尔蒙可以把落在身上的水沫立即蒸发，那些细密的雨水落在我们充满青春火焰的身上，就像是今天那些聪明善良的小股民们把钱投到了股市上一样，瞬间就消失了，消失在喀什噶尔的空气中、田野上、树丛里，消失在风起云涌的天空。

华沙的球鞋破了，他说水已经进到他的鞋子里边，很凉，像是吃了冰棍一样。

我说：是水果冰棍，还是牛奶冰棍？

他说：冰棍就是冰棍嘛。

我说：我小时候，还有牛奶冰棍呢。

他把脚抬起来，让我看他已经很旧的球鞋，我看看自己的球鞋，也快要破了，他们妈了个逼的，连球鞋都不让我们穿双新的。

我当时像牛顿那样看着天空沉默着，想了很久，我说：有件事，我没有想好。

他说：哎哟，我的球鞋进水了。

我说：我给总政领导写信了，还没有写完，告诉他们我们有多么艰苦，告诉他们新疆军区有白砂糖，我们没有。告诉他们我们连演出鞋都是球鞋，告诉他们我们明明是干部编制，又当作战士管理，告诉他们我们每年演出200多天，我们已经跑遍了阿里、帕米尔高原、昆仑山……

华沙笑了：你说得不对，我们还没有去5042，不能说跑遍了昆仑山。

我说：昆仑山的许多哨所我们都去过了，5042、神仙湾……

他说：反正你夸大了，你有夸大的毛病。

我也笑了，我承认自己有夸大事实的毛病，我说：你说这信写不写？

他有些焦虑地看着我，说：那你被抓起来怎么办？

我说：就是因为怕被抓起来，写了几次，都没有写下去。

雨水渐渐大起来，有些像我平时缓缓夸大的语言，我想了想又说：你说，我讲的是不是事实吧？

他点头，想想又说：你刚才骂"他们妈了个逼的"，你的他们是说谁？

我说：天天说下基层，也不下，又看不见我们天天在基层，看不见我们穿着破球鞋。

华沙又笑了，眼睛眯得更细了，他说：皮鞋还没有球鞋结实呢。

我也笑了，说：你要提醒我，还有营养费，新疆军区歌舞团天天在乌鲁木齐，他们还经常去北京，可是他们有营养费，你知道吗，他们的营养费每个月有10块钱，比咱们7块钱的津贴都多。

华沙笑着说：他们妈了个逼的。

晚上，我跟华沙悄悄地趴在桌子上给总政领导写信，我已经忘记了那年的总政主任是谁，反正写了两三个人的名字，其中好像还有刘白羽，他是当时总政文化部的部长。

欧阳小宝过来说：搞创作呢，这么严肃。

我说：对，写国歌呢，搞创作呢。

欧阳小宝开始嘲笑了：搞创作需要深入生活，你们有生活吗？

我不理他，继续写信。华沙说：你创作的国歌有消息了吗？

我也说：是呀，中华人民共和国今后要唱你的国歌啦？

欧阳小宝生气了，他说：不服，你们也写出那样的国歌歌词试试！

我跟华沙同时唱起来：群星，永远向着北斗，伟大的华主席，带领我们新的长征……

欧阳小宝振奋了，说：让你们背诵毛主席五卷，怎么都背不下来，我的国歌，不用背诵，就记得这么清楚。这说明什么，这说明它具有人民性！

我和华沙异口同声问：什么叫人民性？

欧阳小宝没有回答我，他和陈想有家传，他们是知识分子的后代，具有知识分子的特点，那就是他们懂得什么是人民性。

我们的信是3天以后发出去的，因为要把中国人民解放军总政治部地址弄清楚费了很大的劲，文化处和秘书处的干事总是怀疑地

喀什噶尔

看着我们，问我们想干什么，最后还是陈想帮助我们要来了地址。陈想看了我们的信，她晃动着胖大的身躯，思索着说：还不够狠。

我说：怎么狠？骂他们？

她摇头，说：你们没有受过高等教育，语言功力不行。

我说：什么叫语言功力？

她说：你还故意坐在树下看雨果《悲惨世界》呢，连什么叫语言功力都不懂。你老实说，你为什么总是喜欢在树下看书？是希望别人知道你在读书吗？这儿没人关心你读书，这儿只有一种人——农民，只关心入党提干，她们扫着厕所踩着别人往上爬，这儿是农民的封建庄园。

陈想的深刻性不容怀疑，只是一个女孩嘴里吐出了这样的语言，让人惊讶。尽管她是一个胖大的女孩子，也还是个女孩子，她当时比我还小，不到19岁。

因为陈想给我们弄来了总政的地址，我和华沙就请她吃了烤包子，考虑到陈想的饭量，我们咬牙买了20个，她才吃了两个就不吃了，我和华沙内心喜悦，嘴上还客气。

陈想说：别装了，看你们为大家请命，饶了你们，我真要吃，全能吃完。意思一下吧。

我问她：什么叫请命？

她说：懒得理你。

那天又是小雨，我在最后一刻再次检查那封信，华沙说：把我的名字也加上吧。我说，如果被枪毙呢？他笑了，说：那就一起死。我也笑了，说：如果被判刑呢？华沙眯着眼睛说：那就一起去排楼吧，这次一定要带上《约翰·克利斯朵夫》。我继续笑着，说：如果受了处分，复员回家呢？华沙的脸上突然就严肃起来，他想了半天，才说：几年白干了？

我看着喀什噶尔细密的春雨，感觉到它们那么凉爽地涂抹在我的脸上，真的很舒服，我又看着华沙，我们那时竟然都在严肃地点头。

我把信放进了信封，用胶水糊上，我没有看华沙，只是看着信封上的字体，说：你就不要把名字加上了，没有那么严重。

华沙看着我，我一直不看他，我开始再次看着天空。云层在翻动，像蒸汽一样的雨里竟然还有云雀在飞翔，它们在喀什噶尔灰色的天空下，移动得非常有节奏。一会儿是三十二分音符，一会儿是八分音符，最后它们突然在天空里停止了运动，像是夜晚的星星停留在天空里一样，完全是长音，是小号加上弱音器的长音。

华沙突然说：你到哪儿，我都跟着你，你死我也死，你复员，我也复员……

我那时心跳得没有办法，似乎听到了华沙的话，也似乎没有听到。我把信投到了信箱里，内心更加害怕，我看着华沙湿湿的脸安慰他说：不会枪毙的，老兵龙泽用枪想杀人，都没有枪毙。

华沙又说：听见没有，你复员，我也复员。

我忽然说：我真是自私，我还真该加你的名字，说不定总政回信表扬我，给我立功，让我一步登天直接入党提干了呢，那就没你一份了。

华沙笑了，说：做梦吧你，你连入党申请都没写。

一个星期后，艾一兵从乌鲁木齐回来了，从她提干以后，我们就成了两个阶级的人，我那么渴望乌鲁木齐，却一年多都没有回去了。她是那么自由，她每次回去都是什么理由？她还需要撒谎吗？她这次回来穿了件天蓝色的衬衫，蓝色的领子衬托着草绿色的军装，还有她洁白的脖颈非常别致，我当时认为的典雅就是那种感觉：这么大的事情为什么不跟我商量？

我说：什么事情？

她说：你给总政写信的事情，为什么不跟我商量？

我说：你已经穿皮鞋了。

她竟然脸红了，不得不承认，她脸红的时候真的很好看，像是喀什噶尔夏日里的玫瑰花。有维吾尔民歌唱：玫瑰花，开放在，深夜的花园里……

她说：那你也应该先告诉我呀。

我不吭气了。

她说：你就等着进监狱吧。

我说：你会送饭吗？

她犹豫了一下，眼泪竟然流出来了。

6

在盼望总政回信的那两三个月里，我们又去了一次帕米尔高原，这次经过慕士塔格峰时，我和华沙没有睡着，他当时拍拍我，我也拍拍他，我说：看起来我们人类很渺小。

陈想坐在一旁听见了，说：这是我认识你以来，你说过的……最有价值的话。

我当时受到了陈想的鼓励，我是一个那么缺少鼓励的人，从小到大，几乎没有人表扬过我，我当时还不知道人是需要表扬的。那一瞬间，我突然明白我为什么要给总政写信了，我内心深处，是多么渴望获得一次表扬，一次天大的表扬。

欧阳小宝一直在睡，这时睁开了眼睛，眼白已经占领了全部眼眶，没有黑眼球了，他用眼白看着我，以回味无穷的表情和口气对我说：但是，你不要忘记，人类是自然之尊。

我无法说清慕士塔格峰突然从天上掉到眼前时是什么样的内心感觉，当时说不清，现在也说不清，语言形容不了音乐，语言也形容不了大自然。现在依稀回忆起当天晚上皓月当空，我跟华沙还写了一首歌，第一句就是：慕士塔格峰呀——其他的全都想不起来了。也可能是另一种情况，我和华沙在塔什库尔干收集了当地的民歌。柴可夫斯基好像说过，一个人只要掌握到百首民歌，那他就有可能成为伟大的作曲家，我当时以为柴氏说的是真的呢，就和华沙四处搜集民歌。那首民歌好像就叫《慕士塔格颂》，我们把它改编成了一首交响诗，好像也叫《慕士塔格颂》。

从帕米尔下山时，我的内心突然像失恋者紧缩起来，我想起了给总政写的信，应该有回音了吧？快到喀什噶尔了，当时我已经把这儿当作自己的第二故乡了。车内其他人都在睡觉，我望着喀什噶尔的原野，望着炊烟袅袅下土色的屋舍，还有白杨树梢淡淡的绿色，内心更加忐忑。

在政治部食堂时，我想和艾一兵说说心里话，可是，她经过我身边时，没有理我，而是打了饭走了。我一直看她消失在黑夜里，才感觉到自己孤独压抑，没有人拿你当英雄。艾一兵的态度让我冷静下来，处分是迟早的事情，欧阳小宝经过我身边时，脸上有冷笑，说：你不懂政治。

7

国庆节到了，我们要在喀什噶尔政府礼堂演出，军爱民鱼水情晚会。在那天上午，我突然想换上自己那件穿了半年的新军装，虽然领子上的油污已经洗不掉了，可那的的确确是一件新军装，我翻遍了床铺、包裹、箱子都找不着。

马明跟我一个宿舍，当时在吹巴松，好像是莫扎特的协奏曲，他的手指很快，吐音也很利索，在那个明朗的早晨他为我呈现了流畅的莫扎特。他知道我找不着自己的军装时，眼睛只是很快地闪了一下，就说：我也帮你找。

他竟然爬到了床底下，仔细地为我搜寻。当时看他的脑袋在床下，腰身和屁股在外边，我内心有些感动，早就忘记了他眼睛那一下闪烁。我当时完全没有想到他会偷我的军装，然后寄回乌鲁木齐，而且最终会在乌鲁木齐让我再次看到。

马明脑袋上全是尘土，他的眼睛里充满焦虑，他身上也全是土，摇着头说：你再好好想想。

我拿着自己的毛巾为他拍打尘灰，我对他充满感激，他像立功的人表示谦虚一样说：不用了不用了。

晚上在喀什噶尔政府礼堂演出，后台非常热，我在后台为《兄妹开荒》伴奏时，就把身上的军装脱了，舞台上的演员们穿着陕北农民无袖褡裢露出臂膀，他们在金灿灿的舞台上正过着夏天：雄鸡雄鸡，高呀么高声叫，叫得呀太阳呀暖又暖，什么字呀认得清，学——习——学习二字咱认得清，哎咳呀咳咦咳呀……

马群和艾一兵两人扮演兄妹，这个节目是从延安传下来的，几十年了长盛不衰。边区边区，实呀嘛实在强。他们两人唱得来劲，我却热得实在不行。

我记得我把自己的演出服脱在幕布后边那个长条桌子上，就回到了侧幕旁伴奏，舞台上充满欢乐，向劳动模范学习，哪哈咳哟，呀哈咳哟，马群和艾一兵走着秧歌步，他们一男一女把长长的红绸带扛在肩膀上，进一步退两步地从舞台上下来了。观众里的掌声还很热烈。看着艾一兵和马群兴奋地从我身边经过，我也不再去看艾一兵，我知道她对我彻底失望了，她不理我，我更不会去污染她。我也受不了这两年她对我不停地教育，连我妈都没有那么数落我。她从我身边经过时也没有看我，而是兴奋地继续对马群说：刚才最后那下，你踩我脚了。

我就是那时想起了军装，因为陈想她们小提琴四重奏之后，就是我们男声小合唱了，我要穿着军装上台。还有神仙湾（5042）组歌，虽然我们没能上神仙湾去为哨所演出，但是，我们把神仙湾的精神带到南疆各地，我们整个乐队都要上台，坐在前边为后边的合唱、独唱、重唱伴奏，那当然也要穿军装了。

可是，我的军装竟然没有了，我记得刚才放在那个桌子上了，我在那些花花绿绿的演出服里翻腾着，人们都在忙乱着，演出就是战斗，可是，我的另一件军装——演出服又丢了，我连续丢了两件军装，现在只有身上这件最旧的了。男声小合唱开始了，董军工知道我找不着军装了，非常愤怒，大声呵斥我：战士上战场丢军装！我要处分你！

马上就要上台了，他命令马群把自己的军装给我穿上，因为他的军装要新一些，因为他的军装跟我的一样大小。

那天，演出结束后，我们坐大轿子车回军区，路边的白杨树、小水塘都在月亮下闪现。我看着自己身上已经破旧的军绿色绒衣自言自语：完了，我没有军装了。马上又要下边防，我得穿着别人的军装了。

我们的车进了军区大院，然后又进了文工队小院，我几乎完全忘记了自己曾经给总政领导写过信，只是感觉小院子里的树叶又开始沙沙响了，我们刚停车就听到了紧急集合的哨音。

院子里像是有探照灯一样，很强烈的光朝着我们射过来，我当时以为苏军真打过来了，拉着华沙就朝车下跑。

院子里竟然停了两辆北京吉普212，这是从来没有过的事情，是212吗？它的光线为什么那么强烈？4盏大灯的光线刺破天空。我不太懂北京吉普的型号，反正就是"文化大革命"后期你只能看见的那种小汽车。它尊贵、完美，充满了我对于权贵们最高级的想象。

乌拉泰耶夫副主任、李平原处长、文化处乔干事、董军工他们都站在领导办公室外边，我当时感觉到他们的身影无比高大，似乎比一直伸向天空云彩的白杨树还要高大。

董军工先是上前与那些领导们商讨了很长时间，然后，我们全体队列，然后，我们进了大排练室。里边专门为领导们摆放了椅子，他们却不愿意坐下，而是像军人那样站立着，这让我更加感觉到庄严肃穆。看起来中苏之间不打仗是完全不可能了，战争不可避免。

董军工宣布说：接到了军区的命令，我们单位有个别人，擅自越级给总政领导写信，现在，信已经被转回来了，而且，还做了特别批示，军区领导让我们好好检讨、检查，特别要帮助那个擅自写信的同志……

我听着特别批示几个字，内心已经彻底垮了，然后脑子里"轰"的一声，眼前就金灿灿的一片闪亮。如果当时不是19岁，而是39岁的话，我想，那我一定会中风了。最后听到同志两个字，感觉心脏舒服多了，既然还叫我同志，那说明还不是敌我矛盾，还是人民内部矛盾。

李平原代表政治部领导讲话，他这次没有问候伙食不错，也没有笑，脸色阴沉地说：你们都是老兵了，军队纪律不要我强调，可是，我必须强调。我们组建起你们这支文艺演出队多么不容易，把十二医院的名额、炮团的名额、通讯营的名额……挤出来一些，争取了10多年才批，我为你们打各种报告，把手都写出泡了……

我那时突然感觉到尿憋，恐惧让我几乎瘫痪。我当时坐在窗前，能感觉到从外边吹来的凉风，已经看不见太阳了，只能看见东边的蓝天，像王蓝蓝那样蓝的天空好像充满冰冷，就在那时我突然意识到自己和那些俄罗斯的十二月党人完全不一样。我好像才清楚地知道自己是一个彻头彻尾的胆小鬼，以后我渐渐发现不光我是胆小鬼，那些知识分子们好像都特别胆小，只是他们不知道自己是胆小鬼，有时还喜欢壮着胆子说些大话。

乌拉泰耶夫是政治部副主任，他只是说了一句话：军区要求严肃查处。

舞蹈队马群代表大家发言，他说：不能因为一颗老鼠屎坏一锅汤啊，而且，这封信并没有经过大家的讨论，是他私自发出去的。

马群比政治部领导们还要愤怒，他看着我，眼睛里甚至都含着泪水。这让我更加害怕，他们在这儿努力拼命了三四年，也许就让我这封信，把他们的青春、前途彻底毁灭。

整个会场充满了渐渐燃烧起来的怒火，我浑身上下已经被汗水湿透了。

董军工拿出了那封我写的信，不是原件是一份打印件，说明了总政和军区对于这个事件的重视。董军工看了看信，突然大声命令我站起来，我站起来了。他命令我立正，然后出列面对大家，然后，他把信递给我，让我先念给大家听。

几个政治部领导好像都没有想到会有让我读信这个环节，他们完全没有想到董军工这么安排有什么意义。他们相互看了看，没有人起身终止这个环节。多年后，我真成了作家，我才想，也许他们内心深处，也都有和董军工一样的波澜？

我拿着自己写的信，随便扫了一眼，开始像罪犯那样小声读，渐渐地，我有点激动了。我被自己的语言文字打动，内心产生了巨大的委屈。我是一个相当自恋的人，我在几个月之后的今天，重新看着自己写的信，除了欣赏，竟然还产生了慷慨就义的感觉。我开始高声朗诵自己的信了，所有人都在静静地听着。原谅我已经忘记了信的原文，只是记得当时已经是喀什噶尔的4月了，那是春天的尾声，夏天的开始，满地都出现了青草的嫩芽，我们的排练室没有关上门，外边不断地有微风的气息涌进来，让我情绪更加激动。我记得当我念道：我们一年有200多天都奔波在边防哨所，我们走遍了南疆的山山水水，我们的足迹留在了帕米尔高原、阿里高原、昆仑山脉、和田河两岸……我们步行，骑骆驼、骑马到最边远的哨所，我们一直穿着黄球鞋演出，甚至球鞋破了，也要穿着上台。我们舞蹈队、乐队管乐从来都没有发过营养费，有的老兵已经当兵6

年了，还无法提干谈恋爱。我们有许多女兵，在冰凉刺骨的水里为哨所的战士洗衣服，她们帮厨洗菜，长年累月手指都变形了……

我念到这些时，我被自己深深感动了，我继续念着，希望能听到周围的回应。

比死亡还寂静，没有任何人像我那样激动，仿佛大家在听人念悼词。我的激情没有了，我的感动也消失了，从童年时代起的那种天天追逐着我的感觉又来了。我总是一个与周围不合拍的人，我很小的时候，就总是感觉到自己是一个有罪的人。老师几乎没有表扬过我，我好像永远与进步无缘。我刚才念着自己的信，充满委屈，我内心深处隐约意识到大家应该和我一样委屈。我表达了她们的委屈，我是替她们那些女兵们在哭泣的。可是，现在整个屋内的安静让我连哭泣都没有了冲动。我知道自己不仅仅是闯祸了，我还犯罪了。

周围真的很压抑，天空里明明有星星呀，我们刚才从喀什噶尔演出回来时，不光看见了喀什噶尔的星星，还看见了喀什噶尔的月亮，路过鱼池的时候，我还看见了湖泊上空的云彩，是夜晚深蓝色天空里的云彩。

我不敢朝窗外看了，紧张和恐惧让我已经无法呼吸了。没有人说话，没有人要求发言，大家只是沉默着。他们绷着脸，非常严肃，那种场面让每个人都窒息了。

我是一个胆小的人，现在我已经被压垮了，许多外国小说里喜欢说神情恍惚，我那时就是神情恍惚。渐渐地，我耳朵聋了，周围任何人说话，我都听不见了。而且，我的眼睛似乎也像是一个老人那样，开始花了，模糊了，身边的灯光也越来越暗。

仿佛那个晚上的声音和画面都仅仅在我的脑子里游动，几个领导好像都说着什么，态度非常严肃，李平原处长的话我听到了，那是他的结束语：一定要严肃处理，上报军区。一定要认真讨论，肃清这种……毒素。毒素，毒素，真的有毒素吗？

散会了，所有的人都默默低着头，目送领导们上车。车灯雪亮，比喀什噶尔天空里的星星还亮，因为有雪亮的车灯，我们那天晚上看不见喀什噶尔的月亮。

车灯渐渐远了，那两辆吉普车开走了，大家在沉默里散了，走了，我的耳朵真的聋了吗？

在那个晚上，我没有听见任何人说话。

8

我和华沙走在军区院子里，在那些天只有华沙陪着我，我们总是走在南疆军区的院子里。我感觉到自己已经完全崩溃了，连契诃夫都帮不了我，他小说里的幽默那么遥远，比《北京颂歌》里的灿烂朝霞还要遥远。

我对华沙说：一个月过去了吧？他们为什么还不来抓我？

我们坐在后花园的泉水边看着水的颜色五彩斑斓，我们看着高高的白杨树沐浴着喀什噶尔的微风。

我又看见了周小都骑车从前方树林下经过，她好像穿着长长的风衣，似乎是深红色的，那时我们都没有见过风衣，现在只能通过回忆认定那就是风衣。

华沙说：你的身体怎么突然热了？

我说：你没有看见她？

他说：看见谁？

我说：唉，小几岁就是不一样，我要是小几岁也没有这么难受。

华沙说：你看见谁了吗？

周小都。

突然，天空里发出巨响，打雷了，然后是闪电。我跟华沙朝小院子跑去，我的心不知道为什么，开始猛地跳动起来，我说：你先回去，我有事。

华沙说：你要去找周小都？

我点头，我说：我想找人说说话。除你以外的人。

华沙却拽住了我的胳膊，他显得那么紧张，他说：我不让你去，你球巴子胀了！

9

时间在缓慢地流逝，给我的处分没来，似乎永远也不会来了，似乎大家都把我遗忘了。我走在院子里，似乎都只是一个隐身人，没人看得见我，更没人和我说话，除了华沙。

但是，文工队的排练和演出更频繁了。喀什噶尔的树叶已经由嫩绿渐渐变成浓烈的绿色，然后又渐渐变成了黑绿色。我们肯定去了皮山、麦盖提（多浪人的故乡），好像我们在那儿还跳了麦西来普。我们还去了英吉沙，我又买了一把小刀，这把小刀现在好像还放在乌鲁木齐的老房子里。我们一直在为昆仑山的5042排练，我们时刻准备着要去神仙湾哨所，尽管那儿一年四季都有可能、甚至在你们那儿最炎热的夏天也会突然大雪封山，但是，只要是那儿有站岗的边防士兵，我们就要去。我们没理由不去，自从我写了那封信，给我们文工队抹了黑，就更没有理由不去了。专门歌颂神仙湾哨所的组歌都排练好了，好像歌词分几段，第一段是马干事创作的：神仙湾，神仙湾，压不弯……其他的就想不起来了，第二段是我和华沙创作的，叫我爱我的迫击炮：我爱我的迫击炮，它的威力实在强，一炮手呀，二炮手，三炮手呀，四炮手，联合起来……连自己创作的歌词都想不起来了。

我们军区那时已经是秋天了，喀什噶尔的秋天又到了，军区大院里的白杨树似乎有些淡淡的黄色了，我们进了军区院，隔着很远就看到了周小都她们那排房子，我的心又开始抽动起来，记忆真的出问题了，在那几天，喀什噶尔的树木都已经开始发芽了，就连后花园里那些残留在泥土小溪里的雪都已经融化了，消失了。永远无法忘记那个夜晚，董军工从外边回来后突然要求紧急集合，我们全体列队站在了小院里。

董军工显得很沉重，几天里就苍老了许多，他没有看天空里的星星，也完全不去注意喀什噶尔的月亮，他只是盯着我们看，半天才缓缓地说：虽然政治部领导很理解我们，但是军区领导仍然对我们提出了严厉批评，特别是总政文化部，对我们更是提出了严格要求。我们这些年虽然很辛苦，由于这封信，给了上级另外一种印象，我们的工作作风不踏实，还伸手向上级要待遇，军区文化处、政治部的领导为我们做了很多解释，可能个别同志要接受处分，我们的许多工作比如说同志们的入党、提干等工作，可能都要延迟一下，所以，我们自己的行动也要跟上。你们大家一定要相信我，我既然把你们接到喀什噶尔来，就一定要让你们在这儿很好地成长……

马群突然要求发言，他显得那么激动：我们要拿出实际行动，力争改变总政领导、军区领导对我们不好的印象，我坚决要求去神仙湾……

董军工突然有些粗暴地打断了马群的发言，他说：不要那么着急去神仙湾，以后有你们去的时间，最重要的是，认真检查自己，树立为哨所服务、为兵服务的思想。我们要深刻反省，做出深刻检讨，挽回上级领导对我们的看法……

马群竟然坚持说：那最好的办法不就是要去神仙湾吗？

就在那时，艾一兵突然举起手，要求当众发言，她说的话在那个黑夜里，让月光更加灿烂，喀什噶尔的春风吹动着前排女兵们的头发，也吹动着她的头发，她的军装更加合体了，她的语气与过去相比多了让我今天无法对你们描述的自信，她的声音里有着让我永生难忘的质感，她的手仍然举在天空里，她的话语就已经传到了我们每一个人的耳朵里，她说：

我本来今年5月要去北京结婚的，我也打算离开这儿了，你们可能都听说了，我就要调到北京去了。可是，我现在决定先不走了，我要求，我们应该立即去5042，去神仙湾哨所，我们要以自己的实际行动，让全军看看，我们是一支不可战胜的力量……

艾一兵的话还没有说完，掌声就响起来，在那样寂静的夜晚，由那些青春激荡的女兵男兵们发出的掌声真的很有回响，艾一兵的话似乎不是由一个女孩子说出来的，似乎是毛泽东说出来的，最起码也是他的好战士、好学生说出来的，那是从天空对地面说出的语言，在那种语言里，你能够感觉到在这个世界上除了荷尔蒙以外，还有许许多多你不知道的荷尔蒙。

在掌声中，我是最难堪、最尴尬的人，我伸出双手，却没有鼓掌，我不知道我有没有资格。我也很不情愿大家去神仙湾，因为我知道神仙湾比死人沟还要危险，我实在不希望我们去冒险。我想我应该站起来，说大家都不用去，就我一个人去。我给大家抹黑了，我去神仙湾向领导证明，我们文工队一不怕苦二不怕死。

但是，我一动不动，只是在大家情绪激昂的掌声中低着头。那掌声就像是对我的审判。

那是一个喀什噶尔的不眠之夜，似乎3年前那些新兵们的激动又回到了喀什疏勒县那个小院里，10点半没有熄灯，直到12点也没有熄灯，每个人都在写请战书，他们中有些人甚至又开始写血书了，他们都说当兵好几年了，不能白干。

那就是说我的这封信有可能让他们都白干了？恐惧袭上了我的心脏，是我害了大家？真的如同得了心脏病的人一样，感觉到身体里特别缺血，周围沸腾的热情虽然在不断地烧灼着我的脸、我的骨头、我的五脏六腑，但是，害怕让我感觉不到那些火热的灵魂在燃烧，我感觉到自己混在这群人里边跟老鼠一样，如果我毁灭了他们几年的奋斗，那他们也会毁灭我的。

我和华沙坐在宿舍里那张桌子前，半天写不出一行字，我说：大家都写血书了，你说，我要不要写？

华沙看着我，说：你害怕了？

我摇摇头说：我不害怕。但我就是不想写血书。可是你知道，我是最该写血书上神仙湾的人。我毁了大家的前途。也许上边早就想解散我们这支可怜的小小的边防文工团。明明是一个非常业余的文工队，却被我们虚荣地自称为文工团。只是他们事太多，经常把我们忘记了，现在我这封信提醒了他们，让他们想起了我们。

华沙说：那就写吧，我陪你写。那封信就是我陪你写的。

那天晚上，我心慌意乱，写不出一行完整的句子。早上醒来，就听到一个晴天霹雳，从政治部又传来了可怕的消息：裁军很快要开始了，我们文工队最有可能会被解散。

那个春天的喀什噶尔几乎天天阳光明媚，和那些女兵们的眼睛一样透明，我那天从政治部食堂回小院的路上遇见文化处的乔干事，他大约看我孤单行走，心生怜悯，主动和我同行。我有些受宠若惊，给了他一个笑脸，我当然知道自己笑得很扭曲。

乔干事的说话是以一声叹息开始的。

唉——你说你——招你们来是咱们军区自己决定的，你们的编制本来是没有的，你们本来说白了是黑兵，没有户口的兵，军委和总政都不知道的，新疆军区也睁一只眼，闭一只眼。边防哨卡需要嘛，如果没有那封信讲吃讲穿要待遇，即使裁军也不会那么快轮到你们。本来就没户口嘛，当然也不用销户。你那一封信，都晒光天化日之下了，想跑也跑不掉了。幸亏你们请战求去神仙湾，能不能起死回生就看神仙湾了。说不定领导都被你们真不怕苦真不怕死的精神感动了呢？董军工还拖着，说季节不合适。现在什么时候，还讲季节，现在要讲政治。我告诉你，要扭转败局，必须要做出牺牲。说句不该说的话，你们想要感动领导，先要感天动地！

我一直低着头听他说，现在抬起头想问他，怎么样才能感天动地。却没说出口。乔干事大约明白了我的意思，却没有回答我。因为要回答感天动地，必须要涉及不祥的词语，即使喜欢滔滔不绝的文化干事，也不想说出口。

分道时，乔干事摇摇头，长声叹息。那意思我明白：你呀你这个同志，给领导带来多大的麻烦，给战友们带来多大的危险。

乔干事的叹息声远去了，喀什噶尔春天的阳光把我的阴影留在地上。那时候，那些被流放被绞死的十二月党人的形象浮现在我眼前。我知道，如果写一部关于神仙湾的小说，我必须是第一号主人公，感天动地然后感动领导的主角，应该是我。你们知道，我是多么自恋的人。那时候，我眼前甚至有了康西瓦烈士陵园的场景：白雪飘飘，文工队的男兵女兵们在青松翠柏的怀抱中列队行礼，向英雄的战友致敬。响彻云霄的，是高原路上车队鸣响的长笛……

10

在喀什噶尔春天的微风中，我写请战书了，我说我愿意去神仙湾，我说我必须去神仙湾，我说在党和人民的哺育下，在领导和同志们的帮助教育下，我大大提高了政治觉悟，我必须要用一不怕苦二不怕死的牺牲精神去感天动地，挽回我给组织和同志带来的恶劣影响。

你们都知道，我是多么讨厌那些话，佢我在请战书里，却把它们都用上了，而且自我感觉还很真诚。其实，我这一生都是这样的，说真话时，以为自己真诚，说假话时也能隐约意识到自己的真诚，在危难关头，我总是发现我会为自己的假话而流泪：我甚至在结尾还不忘抒情，我说，假如我光荣牺牲了，请把我埋在康西瓦陵园……

我把我感动得哭起来，华沙当时在一边看着我，说：我最讨厌别人哭的时候发出声音。

现在，只需要扎破手指，用鲜血写下请战书三个大字，就成血书了。

你们都还记得我在前面说到血书时的口气吧，尽管是艾一兵写血书，我也是那么不屑那么不恭。我以为我到死也不会用这种粗俗野蛮的方式表达思想和感情。如果你的心足够真诚，如果你的文字足够有力，你为什么至少要把请战书三个字变成红色？就算必须要红色，为什么不能用红墨水？就算必须要用鲜血，为什么不能用鸡血、鸭血、猪血？为什么非要用人血？

现在，轮到我扎手指放血了。我找了根针，却不知该拿在右手还是左手，也就是不知道该扎左手还是右手。到这时我才发现，自己从来没有见过别人写血书，那场景我无法想象，他们的心境我更无法体会。我为左手右手困扰了很久，实际是在拖延扎手的时间。我怕疼，你们都知道，我是一个胆小的人。

终于是右手拿起了针，去扎左手，又为选择哪根指头思考很久。

终于选择了食指，扎了十几针才扎出血来。右手握着它去纸上写，那点血不够写"请"字的那一"点"。

我不知道华沙是什么时候进屋的，也不知道他在我身后站了多久。我先看见的是他的手指，流着他15岁少年鲜血的右手食指，然后我才看见了他那张脸，笑得像一个——傻波一。

我捏着他的血指去写字，手却非常不稳。华沙用他的左手狠狠拍打我的手背，骂我说：疼的是我，你手抖个球啊！

11

写血书需要勇气，交血书更需要勇气。

那天，我和华沙在董军工的队部外徘徊了很久，从午后一直徘徊到黄昏。我们不是去献血书的吗？怎么跟做贼一样心虚呢。说徘徊是好听的，我们其实是隐藏在小树林里，等待潜入队部的时机。喀什噶尔春天的阳光没能让我们的心阳光起来，穿越树林间和煦的春风，也没能吹去我们心中的阴影。那天的队部是那么的繁忙，去请战的男兵女兵川流不息。大院上空弥漫着躁动不安，还有一<u>丝丝血腥</u>味道，那都是一封封血书给喀什噶尔留下的气息。

终于，我们进入了队部。董军工刚送走几个送血书的女兵，正靠在椅子后背上闭目养神。进门的第一眼，我看见的不是那个30出头的董军工，而是一个真正的老兵。毫不夸张地说，纪念抗战胜利70周年的大阅兵式上那些个抗战老兵也没他显老。老态是一种神态，许多年里，董军工当时的神态都是我对于老态的标准注解。

很多细节记不清了，但我记得我的虔诚。我虔诚得像捧哈达一样，双手把血书献给董军工。我当然没有期待董军工像接受哈达一样虔诚地接过血书，我更不会期待他把血书放在鼻子下闻一闻，检验它是不是用我们的鲜血写成。我哆哆嗦嗦，把血书放在董军工身前的桌面上，然后就笔直地站立——不对，不可能笔直地站立，即使我心中是标准的立正姿势，站在董军工眼前的，也只能是驼背——论身形，我可能比董军工还要显老。

以后的记忆都模糊了。董军工有没有看我们的血书，他看得是否仔细，他有没有被我一腔的热血感动，我都不记得了。不是因为时间久远岁月销蚀，不是。是因为那都不重要了，重要的是在我们书写血书的时候，我们的命运就已经被组织决定了，无论我们用红

376   王刚作品

墨水还是鸡血鸭血猪血，都不可更改。

我已经不可能去神仙湾上5042了，我已经没有机会去感天动地了。不，不是没有机会，而是没有资格，因为组织已经决定我复员。董军工正为怎么宣读组织决定而烦恼，既然我送上门去，就不用当众宣布。在董军工有气无力说出复员两个字那一刻，我就不再是兵，不再是文工队成员，文工队今后的存亡，就和我无关了，那些男兵女兵的前途，也与我无关了。

也就是说，我想学苏联小说主人公实现自我救赎，也是痴心妄想。

你们可能明白，给我一个复员的处理，还不放入档案，严格说，连处分都不算，已经是组织给我的最宽大处理。可是如果你们能体会我的心情，这却是对我的最严厉惩罚。十二月党人被流放到西伯利亚，还能获得耶稣受难般的悲壮感觉，我被复员，连受难的资格也失去了。

12

喀什噶尔很少下雨，它在塔克拉玛干沙漠边缘，它总是蓝天白云，我说过了那种蓝天让人伤心欲绝，可是那个晚上雨水就像春天里冰雪消融的河流一样，一直朝着我的身体冲击着，还有电闪雷鸣长久地持续着，让我坚信自己已经无可挽回地衰老了，因为我的耳朵就是一个老人的耳朵，除了能感受到雨水的打击，什么也听不见了。

董军工留下华沙，让我独自离开队部。那以后发生的事，我都失忆了。碰上了谁，遇见了什么眼神，说过什么话，都失忆了。连我怎么穿过夜雨吹打的白杨树林，怎么到了她家那排平房，怎么敲（推？撞？）开她的家门，我都失忆了。

那间屋子里的灯光朝我脸上射过来，所有的记忆都从那一刻恢复了，她开了门，站在我面前。我当时不是落水狗也是落水狗，我的莽撞和狼狈都没有使她惊讶，她甚至连一声"找我吗？""有事吗？"也没有问，就平静地把我让进屋内。就好像她早就知道这个场景，早准备好了迎接这一刻的到来——怎么可能呢？

总之，我像被太阳从寒冷的山谷里温暖后又带进了山坡上光明的草地一样，走进了她温暖的房间。

周小都在我今天的记忆里几乎是一个完美的女人，我真的相信这样的女人就是到了50岁、60岁也与其他的女人不一样，她肯定也是美丽的，可是，在那天晚上，她才二十七八岁吧，也许她还更年轻？

她当时走在自己的屋子里，很活泼，很优雅。她似乎不怕冷，就穿一件衬衫，纱绸质地，显得很华丽，颜色是淡淡的黄。她的脸上充满了灯光暖和的色彩，如果这时候她问我一句你有事情吗？你来我家究竟有什么事情，那我就完了，我会不知道对她说什么。我除了羞愧而外，真的说不出任何正当的理由。

你是不是很冷？你可以坐到火炉跟前。

我这才注意到她的屋子里生火了，铸铁的火炉里边有亮光在闪，细细看那炉盖已经有些发红了，刹那间我就感觉到很热了。

火炉的光亮和屋内温柔的光线让我想起了普希金的诗歌，那些俄罗斯诗人们总是面对火炉朗诵他们新写的诗作。

她说：你想喝红茶还是龙井？

我不知道该怎么回答她，好像无论是红茶 还是龙井我都没有喝过，就是喝过了，也想不起来了。我不知道自己平时是不是一个羞怯的青年人，应该不是。可是，在那个晚上，我坐在火炉边，不敢看她，而是把目光移向窗外，那儿正下着雨，我应该是一个羞怯的青年，面对她的平静和华贵，我更加不知所措。

她已经为我倒好了茶，是棕红色的茶，现在回忆应该是红茶了。

378

热气从茶杯里冒出来，那是玻璃茶杯，似乎上边还有花纹，我只在维吾尔人开的小商店里见过这样的茶杯。那个年代我们几乎没有见过如此精美的茶具，一股茶叶浓郁香味弥漫了房间，我本来对于这样的晚上是有想象的，可是现在我的思维停止了，我内心有许多话要对她说，我的委屈和压抑似乎都找着了要求倾诉的地方。但是，我更加紧张了，这种情绪让我除了感觉到热，就是感觉到特别热。

她说你的军装湿了，可以脱下来在这边烤烤。

我摇摇头。她把红茶端过来，递到我的手里，然后，坐在我的对面看着我喝。

我轻轻喝了一口，那种温暖和透彻的香味让我的眼睛里猛地一下就充满了泪水。我继续喝着，眼泪却止不住地流下来。

她看着我流泪，没有说话。我想忍住眼泪，却完全不可能，这段时间里的窒息已经让我没有眼泪了，为什么在她这儿，竟然又有那么多？我的眼睛模糊了，我的眼前出现了温暖灿烂的金黄色，似乎是炎热的秋天，那种热和无边宽广的麦田只有喀什噶尔才有，她微风一样的呼吸也只有喀什噶尔才有。

她为我递过一条毛巾，那上边有香皂的清香，似乎那就是她皮肤的味道。

我擦着不断涌出的眼泪，却永远擦不干净，她缓缓走到了我的身边，一边为我擦眼泪，一边轻轻抚摸我的头发。那时候，我像个孩子，忽然说出了堆积在心中被成倍压缩的委屈：我复员了。

如果她惊讶，如果她问一句为什么，我就会从给总政的信开始述说，不，是从龙泽，从乔静扬，从艾一兵扫厕所、踩煤饼开始述说。不，是从我爹我妈，从我妈给我一块手表，每时每刻提醒我记住她的叮嘱开始述说。一直说到血书，说到复员。

但是她没有惊讶，也没有问为什么，隔着眼泪看过去，依稀是一张美丽但遥远的脸。是啊，跟她有什么关系，为什么值得她关心呢？

她是谁？一个可以骑着自行车穿着连衣裙自由地穿越军区大院的美女，她能吸引整个大院羡慕嫉妒的目光。她不需要像艾一兵那样每天清晨扫厕所，更不需要在冬天来临之际，跳进刺骨的煤水坑中踩煤饼。她还有英俊高大的曾副参谋长做丈夫，他能骑马飞奔能开汽车开坦克传说还能开飞机，还能在喀什噶尔的杨树林里把她抱在怀里，然后举到天空，让她迎着喀什噶尔春天温暖的阳光和融融的春风幸福地咯咯笑。

　　是的，贵族，她一家都是军中贵族，她是俄罗斯小说里那类客厅里的贵妇。我这个满脸青春痘的小兵，连同我们文工队这一群来喀什噶尔奔前程的文艺小兵，顶多是他们贵族客厅里喝茶聊天的话题，无论我们喜怒哀乐悲欢离合生生死死，都只会给他们带去社交的愉悦和快乐。

　　我该离开这地方了，虽然我还不知道走出这扇门以后，还能去什么地方，虽然我不知道喀什噶尔辽阔的天空中，哪一片云彩是我的天。但我知道，无论生死，都和这个客厅这个贵妇没有关系了。

　　我进门的时候，胸中堆积的是委屈，我渴望倾诉。现在我胸中堆积的是愤怒，我渴望像一个飘动在喀什噶尔蓝天里的气球那样爆炸。我走出这扇门，我愿意承受门外的疾风暴雨，愿意承受惊天霹雳，最好我就在喀什噶尔这个初夏的夜晚的电闪雷鸣中让自己粉身碎骨了。

　　我抬起头，直起腰，挺起胸来，我努力微笑，我要学十二月党人那些年轻的俄罗斯知识分子，有尊严地离开贵妇的客厅。我伸出手把她给我擦泪的手绢拨开，然后双手捧起她纤细柔软的手，放到眼前轻吻。在我永远离开她的时候，给她一个不仅有尊严，而且有礼貌的告别仪式。

　　最可怕的事情还是发生了，在我的嘴唇，碰上了她暖和的手，她充满玫瑰气息的脸，头发和额头的那一瞬间，我完全失去控制了，我像一个被自己的激动捅破了的气球那样——爆炸了，似乎我听到了那种混合着雨水洒落的响声……那以后的记忆，是个空白。我不愿意讲述？对，我就是不愿意讲述了，那以后的情节过了几十年我也不愿意对任何人讲述，我无数次对别人表达，我是一个特别愿意袒露自己的人，那是我写作上的优势，其实，我有时对于自己的描述是那么的不彻底，让我回忆那天晚上与她在一起的细节，我真的胆怯，有罪恶感。其实，我是一个虚伪的人，因为自己无力描述，就总是渴望你们自己去想象那些细节。

记忆恢复清晰时，我已经平静了。我不知道在我完全混乱的时候，周小都是怎么承受的，也不知道她在承受我的疯狂时，用了什么办法让我恢复平静。在我能够清醒地看着她的时候，她的衣着和神态都明确地告诉我，一切都发生了，一切都已经成为昨天晚上的事情。

窗外喀什噶尔初夏的雨仍然下着，依然有电闪雷鸣，但我已经安静下来，像经历了脱胎换骨，我甚至能够体会到自己内心深处的羞怯。那是一个对于自己青春充满怀疑的，已经在喀什噶尔度过了几年的，将要退役的老兵的羞怯。

我就那样羞怯地，安静地坐在火炉边，看着她到那个高高的柜子跟前，打开了录音机。

她竟然也有录音机，当然，她应该有，她们都有。音乐声很小地响起来，是莫扎特的作品。我听着小提琴协奏曲，这是那个时代最流行的，陈想拉过，江奇拉过，娄宜也拉过，甚至老兵龙泽也在练习，几乎每个拉小提琴的人都演奏过。窗外的雨一直在下着，雨声和莫扎特的声音交织在一起。

就在喀什噶尔的雨声和莫扎特的音乐声交织的背景声中，我安静地听周小都说话。

我感觉到了阳光的温暖，感觉到了清风吹拂。昆仑山上的冰川融化了，一滴一滴，汇成涓涓细流，流向河谷，流向原野，浇灌着喀什噶尔的青草、庄稼、果木。我用的词是浇灌，因为我心田里，有东西在生根在发芽在拔节在开花。我知道，正在我心中生长的，有一个青春痘少年的自信，当然，还有羞怯。

周小都说，这些天，她一直想找机会和我说话。

周小都说，我那封给北京的信，有了手抄本，正在全军区流传。有成千上万的干部和战士在关注我的命运，也关注文工队的命运。我被处理复员、文工队请战去神仙湾5042，都在忧心忡忡的战友们的视线中。

周小都说，文工队的女兵们，艾一兵、陈想她们，都留有一份手抄的我的信，每一次阅读，都会泪流满面。董军工让我当众读信那天晚上，女兵宿舍被眼泪浸泡了一整夜。

周小都说，几乎所有的女兵都在她这儿流过泪。她们从来没经过如此大的风波，从来没受过如此大的压力，她们惊慌失措、无所适从，她们不知道该怎么面对我这个肇事者，更不知道该怎么安慰我这个奇怪的家伙。她们都认为我崇拜她，都希望她转告我，她们不怨我，更不恨我。

周小都说，董军工那人，已经不习惯用另一种方式和文工队员说话。但是董军工刚找她聊过，说我有文学天赋。董军工看世界地图，最深切的不是地理感受，而是时间感受。这是1979年的初夏了，这已经是可以听邓丽君唱歌，可以读卡夫卡小说，可以写伤痕小说的时代了。董军工说我的天地可以比喀什噶尔大，他希望她转告我，复员是他给我的最有想象空间的选择。

周小都说，无论是董军工，还是艾一兵、陈想这些女兵，还是那些陌生的干部战士，在谈论我的时候，都用了一个词：勇敢。

你们不难体会我内心的感动吧，你们已经看见我心中的田野里的生长吧。我自认为（甚至是坚信）是个胆小怯懦的人。从我生下来的那天起，就没听人说过我勇敢。但是在今天，在喀什噶尔军区，在天山下，在昆仑山下，人人都在说我勇敢。

重要的是连她也说：我也想告诉你，你真的很勇敢。

那个时候，窗外的雨真的停了，真的有一片月光洒在房间里，洒在莫扎特的音乐里，洒在周小都脸上。

13

是不是想让雨后的月光洒满安静的房间？周小都起身打开房门。

门外站着一个人。奇怪的是周小都没有惊叫，没有后退，仿佛她早就知道这个人在门外，并且坚信他对她不构成伤害。她对他说：外面冷，进屋来吧。

我上前一步，把周小都护到身后，把那个人堵在门口。

我一眼就认出这个人是捉奸队队长欧阳小宝，但是我不怕他，我已经是勇敢的人了，何况我已经复员，我只能更勇敢了。我说：你滚！

但是，周小都伸手把我拉开，她自己迎在欧阳小宝面前，迎着他的目光。她轻轻说：你有什么话想对我说吗？你都说出来，我听着。

这时候，她的冷静让我也冷静下来，我看清了欧阳小宝的脸，和我一样长满青春痘的脸，我感觉到他的胸中，也装满了什么，已经处在爆炸的关口。我把心提到嗓子眼，我准备好随时挺身而出。

欧阳小宝真要说话了，却说不出口，脸憋得通红。

周小都微微笑了，说：真是来捉奸的？

欧阳小宝终于说出口来：5042，神仙湾——

他说得惊心动魄，话一出口，他就哭了。那是我从没有见过的欧阳小宝，以前我知道他博学，知道他尖刻，知道他捉奸，知道他幻觉，还知道他的荷尔蒙跟我一样多。却不知道他会哭。看见他流泪哭泣的样子，我像在镜子里看见了流泪的自己，我第一次真切感受到自己曾经是这样的软弱无助。

几乎是一种本能，周小都伸手去欧阳小宝脸上擦眼泪，然后，轻轻把他揽在怀里。

周小都的个子，怎么可能把高她半头的欧阳小宝揽在怀里呢？但是，记忆是如此清晰，欧阳小宝就在那时候爆发了，他的手在乱摸，他的嘴在乱拱，他让我看见了我刚才的疯狂。也许我刚才比他疯狂十倍！

我内心无比痛苦，我要上前制止他，被周小都坚定的眼神制止了。周小都脸上的表情告诉我，她能够处理，他伤害不了她。她没有拒绝，也没有迎合，她只是坚定地站着，坚定地搂紧了欧阳小宝，一双手坚持在他的后脑后背上轻轻抚摸。同时嘴里轻声说：都知道你们要去神仙湾，全大院、全军区都知道，都替你们揪着心……

奇迹出现了，欧阳小宝在她抚摸下安静下来，他抬起头，好像才知道自己在周小都怀里，有些慌乱地推开她。我惊奇地看见，他脸上也出现了羞怯。

周小都说：你还是孩子。

周小都又说：你们都还是孩子。

然后，眼泪在她脸上流淌开来。

14

你们不能让王迪化复员，我要跟他一起去5042——

华沙这个孩子几乎对每一个喀什噶尔的军人都说着同一句话。无论领导和战友们怎么对他解释都没有用。

他说的第二句话就是：

把王迪化留下来，要不我也走。

董军工——组织上也没有批准他上神仙湾5042哨所。理由很简单，如果遭遇上次去阿里路上的险情，15岁的他，连一个女兵都背不动。当然，他们更不会同意让我和华沙一起上神仙湾哨所。

没有人理他了，连我都开始劝说华沙，他愤怒了，他开始以罢工威胁他们。

华沙弹钢琴，每天上午在舞蹈队练功时都要为他们伴奏，那天华沙在舞蹈队全体站在把杆前练功时，开始为他们弹哀乐，他们舞蹈动作正需要缓慢的四拍子，哀乐正好与他们合拍，他们逼迫华沙换曲子，华沙说我只会弹这一首曲子，舞蹈队的人就换成了欢乐三拍子的动作，心想看你华沙怎么办？华沙立即就把哀乐演奏成三拍子，而且，是华尔兹的节奏，他弹奏着像《蓝色多瑙河》一样节奏的哀乐，舞蹈队又换成欢快的二拍子，华沙又把哀乐变成十六分音符的四二快节奏，完全是哀乐进行曲，他让所有的人哭笑不得，他边弹着钢琴，边大声说：除非你们不让王迪化同志复员。

那时，我们经常听到哀乐响彻祖国大地，老一代党和国家领导人经常去世，哀乐就会响起来。

舞蹈队的人都在原谅华沙，他们还没有见到过这么讲情意的孩子，为了自己的朋友不要复员，不要离开喀什噶尔，他把一切都搭上了。他们喜欢这个孩子，喜欢他的胡作非为，但是他们真的讨厌我，讨厌这个把华沙带坏的思想意识极其复杂的19岁的男人。

终于有一天，我对华沙说别闹了，我走吧，咱们永别了，消灭法西斯，胜利属于人民。

华沙说：你走了，我也复员，我们不是说好了吗？

我说：那你也白干了？我白干了没有什么，我的思想意识差，你和我不一样，大家对你印象好。你要不是跟我天天都在一起，他们每个人都会喜欢你。

华沙固执地继续说：

他们不让我走，怎么办？

我笑了，开玩笑说：在军区演出时，你在台上手风琴独奏时，突然冲着台下的军区领导和司政后各界脱个光屁股，你把屁股对着他们，那他们第二天就让你复员了。最多背个处分。

华沙笑了，他眯着小眼睛，乐观地看着喀什噶尔的天空，然后笑起来，眼睛就在脸上消失了。

华沙真的在喀什噶尔创造了奇迹，那个秋日里，天空已经暗下来，舞台上下，如同没有灯光的夜空，月亮成了唯一的风景，树梢和微风从他们的眼前，耳边，头发丛中吹过，整个南疆军区的礼堂里都有风，有沉默，有呼吸，有忧伤和兴奋，那时，所有这些穿着军装，还有那些不穿军装的人们和他们的妻子和儿女们都看着突然停止演奏的华沙。

华沙独立地站在舞台上，仍然是他的手风琴独奏，当时奏的是哈恰图良的《马刀舞》吗？忘记了，只是记得节奏激烈，华沙在台上演奏，突然，他在应该产生高潮的时候停下来，就如同闪电雷鸣之后，没有下雨，而是突然安静了，他也像是一个少女，比如说艾一兵，她在狂乱地咳嗽之后，突然沉默了。华沙没有拉琴，也没有说话，他甚至没有用明亮的小眼睛看着你，华沙开始把手风琴从身上卸下来，像小马脱下马鞍，他仔细地把琴放在了舞台上的地板上，然后，他开始脱裤子。

所有人都没反应过来，只是感觉到奇怪，这个音乐小天才几年来一直为他们演奏，他们很喜欢他，今天他想干什么？

华沙继续脱裤子，只是没有脱完，一条军裤里边是他的红裤衩，那条我非常熟悉的红裤衩，那天我与他第一次建交时，他穿的，是他母亲在他本命年时，专门从长沙为他带来的，也是在阿里时，我和他怕迷路，挂在树上的那个红裤衩，华沙把脱下来的军裤抓在手上，他面对着后台上的幕布，那上边是喀什噶尔的天空，他真的用屁股对着所有那些政治部的领导们，只是他没有光着屁股，他还穿着那条红裤衩，他站在舞台上大声说：那封信是我和王迪化一起写的——

15

董军工请我和华沙去他家。那天，我和华沙都已经是非常正式的退伍老兵了。我没记错，不是去他办公室，文工队队部，是他们家。我理解，是要给我和华沙来一次告别演说的，他很有可能会最后再教育我们一次。

但是，记忆中在董军工家说的话很少，倒是他给我们倒糖茶，一杯一杯又一杯。真的很甜。

他说，华沙是个好孩子，都被我带坏了。他说华沙是个小天才，回家可以考大学，上音乐学院。还可以——他起身去看墙，没瞧见世界地图，大约想起这不是在队部办公室，自己笑了。他没再说下去，我们都理解，他要找的是美国，是茱莉亚或者别的什么音乐学院。

他对我的说话围绕着军装。

你们还记得吗？我在宿舍丢了军装，在喀什噶尔最后一次演出时，丢了演出服，按照组织规定，我为演出服赔了40元钱。40元，那个年代就是天价了。所以，我对军装怀有很复杂的情感。

在董军工家，董军工拿出了一套新军装，送给我。我说，我回乌鲁木齐了，回到地方了，我已经不需要军装了，我永远也不会穿军装了。34岁的董军工像一个真正的老人那样慈祥地笑了，他没有多说什么，更没有说烈士的鲜血那一类话。他只是说，离开部队了，总得带一套军装回去。

然后，他闭上了眼睛，像是去了很远的地方。他说：以后，你当作家以后，会想念军装的。

16

　　离开喀什噶尔是一件无比伤心的事情，至今想起来都能回忆起当时内心深处的疼痛。我和华沙不愿意承认这种心碎的感觉，我们总是装着让我们走，我们特别高兴的样子。我们总是装着对他们说，我们早就想走了。我和华沙每天都在等待着汽车团的便车把我们拉到乌鲁木齐。喀什噶尔的树叶已经完全绿了，春天里的空气暖和而又忧愁，阳光温暖地洒在了小院里，照耀在我和华沙失落的脸上。只有那排很高的白杨树，枝叶充满青春，让这个小院特别像是一个舞台。背景是蓝色的，天空的灯光聚焦在大树下，已经变成了青色的树叶里充满着微风，所有的男兵女兵们都在大口地呼吸着新鲜空气。为了告别这个小院子，我和华沙拿着乐器，一首首地演奏着那些小品：《亚麻色头发的少女》《重归苏莲托》《秋天》莫扎特《小步舞曲》，还有《塔里木》《燕子》……

　　那个特别的日子被浸泡在我和华沙演奏的音乐里。那天他们就要上山了，上神仙湾了，去5042了。我和华沙仍然像往常一样在演奏，突然响起了紧急的哨音。军区来车了，两辆卡车，一辆大轿子车，不是来接我和华沙这两个复员兵去乌鲁木齐的，而是送他们去神仙湾的。一会儿连横幅都挂起来了，上边的大字我今天已经想不起来了，只是那块红布如同从天空里直接落到地上的彩虹。紧接着，又来了几辆领导们坐的小车，我前边说过了，就是那种北京吉普，首长们从车上下来了。

　　我和华沙眼看着艾一兵、欧阳小宝、陈想、马群、马明他们在忙碌着，董军工指挥着大家装车，装行李。而我们两个已经成为局外人，是已经复员的人，我们虽然也被喀什噶尔的阳光照耀着，却感觉到无比的孤独。好几年了，与他们天天生活在一起，真的就要分别了？喀什噶尔仍然是他们的，却已经不属于我们了。他们在开会，领导们在讲话，好几个领导都先后讲了话，他们围合在一起，用今天的话来说，是一个团队的聚合，而我和华沙站在白杨树下，尽管手里拿着乐器，却真的已经不属于这个团队了。我看看华沙，发现他的脸色从来没有这么苍白过，他没有哭，却比哭还难看。突然，他朝他们跑过去，我先是犹豫了一下，然后，也跟着华沙一起朝他们跑过去。

那时，热烈的掌声传了过来，战前动员结束了，就要出发了。汽车马达轰鸣了，欢笑声、歌声、口哨声都响了起来。华沙从来没有那么激动过，他与每个人都握手、拥抱，那些男兵们总是会在拥抱华沙时就把他抱起来，不让他的腿落地……

那时，欧阳小宝朝我走过来。我忽然发现，他脸上的青春痘消失了很多。那一瞬间，我确信眼前这个文艺兵，今后不会再捉奸，不会再出现高个子男人偷窥女厕所的幻觉。他看着我，用北京话说：您先回乌鲁木齐探个路，哥们儿明年或者后年提了干就回去。

我羡慕地看着欧阳小宝梳着的大背头，他面色更加白里透红了，他像平时演出上舞台时一样，站在这个小院的中心，他昂着头，故意睁大眼睛，充分沐浴享受着小院上空的阳光，然后，他突然大声说：我一回到乌鲁木齐，就要演出话剧契诃夫的《海鸥》，让我爸爸亲自导演。欧阳小宝开始朗诵了：人们每天都过着貌似快乐的生活，但他们都在不停地欺骗自己，欺骗他人……

那时，手风琴响了，是华沙奏响了手风琴，我们眼看着大家都要上车了，欧阳小宝背诵的话剧台词我已经完全听不见了，我的耳朵里充满了华沙手风琴奏出的《海港之夜》，那是过门，是前奏，是序曲，是他们上山之前最好的再见——

欧阳小宝那时拉了拉我的衣袖，打断了我的《海港之夜》，他把嘴巴凑到我的耳朵跟前，悄悄说：别告诉我妈。看我迷惑，又补充说：神仙湾太危险，别告诉我妈。

　　然后，19岁的欧阳小宝朝大卡车走过去，所有的人都开始唱起了《海港之夜》，在小院里那排白杨树下，在树叶颤抖的树荫里，《海港之夜》那首苏联歌的曲调像阳光一样飘荡，我看着拉琴的华沙，他哭了，我看着唱歌的男兵女兵们，看着放声高唱的欧阳小宝，看着为华沙打着拍子的艾一兵，看着冲我做鬼脸的陈想，眼泪也止不住地流出来，那时艾一兵朝着我招手了，她微笑着看我，又故意冲我皱眉头，显然她不喜欢我在这个时候流泪，我也和欧阳小宝一样，高声唱起来：

　　　　唱吧 朋友们
　　　　明天要启航
　　　　驶向雾蒙蒙大海洋

　　欧阳小宝的声音很高，女兵们都在唱着高声部，华沙边拉琴边唱高声部，我和马群、马明、陈想为他们唱二声部，董军工虽然不会唱这首歌，却也停下了匆忙的脚步，他看着这些正在唱歌的，已经在喀什噶尔渐渐长大的孩子们，眼睛里充满了只有长辈们才有的那种光芒：

　　　　唱吧 唱的欢
　　　　白发老船长

　　　　快来同我们一起唱
　　　　再见吧 亲爱的海港
　　　　明天将启程远航
　　　　天色刚发亮

　　　　　　　　　　　　　　　　　　　　　　王刚作品

回看码头上

亲人的蓝头巾在挥扬

……

那种无比和谐的声音在喀什噶尔的蓝色天空里升起又回落，亲人的蓝头巾也一直在眼前飘扬，它就搭在艾一兵她们那些女兵的头发上，它也在欧阳小宝他们的眼前晃动，它一直在我眼前飘扬，几十年都在飘扬。

第十五章

1

我在乌鲁木齐闲逛，完全是一个游手好闲的人，我每天从北门走到南门，然后再走到二道桥，我在维吾尔族人那儿吃早饭，喝奶茶，吃油馕，然后，又在那儿吃中午饭，一大碗抓饭再加10个薄皮包子，然后，又在那儿吃晚饭，一大碗过油肉拌面再加上一大份加面。

我当然不会告诉别人，我是因为犯了错误才被处理复员的。

每当经过玻璃橱窗，都会照照自己，我发现唯一没有变的还是那身军装，董军工送给我的军装。一颗红星头上戴，革命的红旗挂两边。我仍然是一个军人的形象，强调一点，我那时穿着4个兜的干部军服，我穿着皮鞋，完全是一个年轻军官的样子，我还喜欢把军帽的后尾捏压得有些下坠，那是军队专业文工团最典型的标志，我们都叫"专业范儿"。走在大街上有时能看到哈密提，有时能看到江米拉，他们都是新疆军区独唱演员，我从小就崇拜他们，现在他们穿着4个兜的军装，我也是，我和他们一样了，只是心里有些虚，按照中央军委规定，一个军人复员了，他最多只能穿3个月的军装，然后，就必须脱下来。

我是一个那么不听约束的自由主义战士，却舍不得脱下这身军装。我对于自由的渴望和我的虚荣心紧紧联在一起，像鱼和水、阳光和蓝天、庄稼和土地、男性生殖器和女性生殖器一样……不可分离。

我不会告诉任何人我复员了，除了我们家的人知道以外，别人都以为我已经在军队里入党提干了。周围人似乎也不多问，他们任由我穿着这身军装招摇过市。我不承认自己是一个骗子，却穿着已经不属于自己的军装走在乌鲁木齐这座小小的城市里，从清晨到黑夜。有时看见不熟悉的女孩子，我就会把自行车骑得很快，还故意在她们身边疾速拐弯，以吸引她们的注意。我不回头看她们，但是会用余光尽可能地发现她们是不是在看我。世界真的变了，已经完全进入80年代，可是，我的思想却停留在70年代。因为，人们都开始戴大学校徽了，我还沉迷于这身已经不属于自己的军装。但是，我的荷尔蒙已经到了2000年以后，进入了一个新的世纪，就像他们那时候常常说的，我们又迎来了一个新的一千年。我那时接受了新的思潮，已经天天幻想着不用结婚，就能和不同的女人做爱。

2

华沙在乌鲁木齐住了一个月，我还是舍不得让他回长沙，我们一天到晚在乌鲁木齐四处游荡，打发着青春时光。回忆起来那时我和他真的很像亨利·米勒笔下的人，只是他们在巴黎和纽约，我们在乌鲁木齐。他跟我一起在早晨看着博格达雪峰，傍晚又一起看西公园湖水上那些落日红色的光，我们还那么年轻就有回忆了，关于喀什噶尔的那些往事，我们俩总是有说不完的喀什噶尔。

我带着他来到了二道桥，我平时总是喜欢在那儿转悠，因为那儿有几条街道非常像喀什噶尔，我在乌鲁木齐想念喀什噶尔，就像草原上的羊在冬牧场对于夏牧场的想念。

华沙望着满街的维吾尔手工制品，那些琳琅满目的陶罐、小刀、花帽、铁皮筒，热瓦甫奏出的音乐，说：这儿很像喀什噶尔。

就在那时，我的注意力转移了，因为好像看见了马明，他穿着军装，却没有戴领章帽徽。

就是那个用巴松吹《秋天》的马明，他正在维吾尔人群里晃悠，和我一样，他似乎也没有任何事情，只是在那儿闲逛。

我和华沙朝马明跑过去，在乌鲁木齐能见到马明让我们兴奋，我和他是一个宿舍的，奇怪的是当我们走到离他很近时，他仍然没有任何反应，就像完全不认识我们一样。

华沙说：他穿着你的军装。

我也一眼就认出了马明身上穿的军装是我丢失的那件，因为我军装的领子总是因为长时间不洗，所以无论如何也洗不干净，领子总有一半像是浸满了油的一样，痕迹非常明显。难怪他装着不认识我们，是因为他偷了我的军装。

我上前抓住了他，毫不犹豫地说：马明，你偷了我的军装！

他完全愣了，丝毫也没有认识我的感觉，他看着我，完全不知道我和华沙是谁。

我说：你装逼呀。

马明更装了，绷着脸说：你认错人了！

我紧紧抓着他，不让他跑了，我说：你身上还穿着偷我的军装。

马明的脸红了，说：我真的不是马明。

我说：不管你是谁，你身上军装是我的。说着，我把他军装的扣子解开，拉开了一半，在口袋内布上写着我的名字，那是我们上阿里之前要求人人都要写的，那个名字具有遗书的价值。

我和华沙把他像是一个真正的小偷那样紧紧地抓着，而且非常用力。

马明有些害怕了，终于说：这军装是我哥给寄回来的，我叫马亮，马明是我哥。我们双胞胎。

我说：你把我的军装脱下来，然后，有机会再找你哥对证。

马亮在一刹那眼泪竟然流了出来，他说：我哥失踪了，他们整个文工队的人都失踪了……

我和华沙愣了，松开了抓他的手，完全不知道他在说什么，我们只是看着他。

马亮没有看我们，他也跟马明一样，说话时一只眼睛看华沙、一只眼睛看我，他身上的军装已经散发出那种我特别熟悉、亲切、心酸的味道，他继续说：他们去一个叫神仙湾的地方——

5042！

我和华沙不约而同地说。

我当时只是感觉到眼前一片黑暗，仿佛夜晚就在那瞬间里来临了，我好像还听到了一声惨叫，是华沙嗓子里发出的嘶哑号叫。我们两个人完全没有商量，就朝军区四所跑去，因为军区四所是我们南疆军区招待所，它在火车站的方向。我们从乌鲁木齐二道桥跑到火车站需要经过团结路、长江路，还要经过喀什办事处。我们没有说任何话，一直跑到了火车站南侧的南疆军区招待所。

我们是到这儿来找车的，要搭便车，无论什么车，无论用什么办法，我们都要跨上一辆回喀什噶尔的车，那车一定要把我们拉回喀什噶尔！

楼道里很拥挤，许多人都在等待着，他们都是要回喀什噶尔的，通往南疆的道路大片翻浆了，我应该解释一下翻浆这个词汇，还是看百度吧：春雪融化时期由于土基强度急剧降低，在行车作用下，路面表面出现不均匀起伏、弹簧或破裂冒浆等现象，主要原因是地下水排除不好或水位发生变化。

宽大的停车场里人声嘈杂，军车、军人以及军人家属们都在等待着，每年春天通向喀什噶尔的翻浆路上都会这么拥挤，乌鲁木齐融化的雪水和喀什噶尔融化的雪水都会在这里像情人那样相会，我跟华沙毫不犹豫地加入了他们的行列……

3

喀什噶尔真的又在眼前了，在今天的回忆里一点点做梦的感觉都没有，我似乎猛然间又回到了多年前的那片沙枣花、杏花、桃花和那些女兵们共同散发出的芬芳里，那是一个充满芬芳的庄园，高高的白杨树下那条小道的尽头就是我们的小院，那辆为了我和华沙狂奔了7天7夜的军用卡车把我们放在了小院门口，那辆军用卡车上沾满了喀什噶尔黄色的尘土，我跟华沙的脸上、脖子上、军装上也都沾满了那么清新、充满了太阳味道的尘土。我们好像没有复员，没有真正告别这个小院子，我们仅仅是去了一趟帕米尔或者恰克马克苏约克很快就回来了，离开时我们完全没有想到这么快就会回来。

铁栅栏大门紧锁着，只开了一个小门，我和华沙走进去时，一切都凝固了，小院里边宁静、安详。队部的门好像开着，那门上还留着老兵龙泽打出的枪眼，那门内又传来了女孩子们夸张的笑声，真的吗？你听，从最南边的窗户里又飘出来大提琴声了——《亚麻色头发的少女》。

我和华沙刚走到队部跟前，那张世界地图就把全世界都拉回来了。我们看见文化处乔干事走出来，看见我们两个时，他愣了，他仔细地看着我们，半天才说：你们回来了？

我和华沙只说了一句：我们要去神仙湾。

乔干事迷惑地看了我们半天，摇头，说：没有任何意义了。

我们紧张得说不出任何话，只是期盼地望着他的脸，想听乔干事多说一点。尽管我和华沙的脸上布满了一路上的灰尘，或者说整个都被南疆的黄土覆盖，让他看不清楚我们的脸，但是我们的眼睛仍然在闪亮，让他知道我们那时内心深处有着钻心的疼痛，这种强烈的疼痛正在询问他。

乔干事叹了口气，说：都死了，尸体和乐器被洪水冲到了下面，是在一个湖里找着的……

4

我总是不相信她们都会死，因为她们还那么小，我总觉得那不过是一个故事，是传说。我听说在康西瓦的烈士陵园里，为他们建了一个共同的墓碑，那上边就有艾一兵她们的名字。我始终有些疑问，神仙湾和康西瓦是两个方向，他们怎么会进康西瓦呢？把她们从神仙湾运到康西瓦要走很远的路吧？

5

喀什噶尔的天空仍然那么蓝，白云在白杨树上方游动着，空气里已经可以嗅到初夏的味道。

我和华沙还跟过去一样就住在小院里，只是没有了大家的小院已经不是过去的小院了。那几天，我们仍然到政治部食堂去打饭，然后回到董军工的办公室里，就在那张世界地图前吃饭，就在我们要离开喀什噶尔的前一天中午，乔干事走了进来，他手里竟然拿着我的一封信。他把信交到我的手上时，说：每天都有他们的信，好多信，我不知道该交给谁了。今天有你的信，正好你还在。

我拿着这封奇怪的信，说奇怪是因为那上边的字体。我一看见那字迹，心跳就开始加快了。我颤抖着打开一看果然是艾一兵给我写的信，她的笔迹我太熟悉了，难道这信是从天国来的？从中学时代就熟悉她的笔迹，因为我们年级的墙报都是她写的，我们宣传队的通知也是她写的，怎么会是她的来信？原来所有人都在骗我，她们没有死在5042山下那片湖水里？

我仔细地看了看日期，竟然是一年前她给我写的信，是当时没有收到、我和她还互相怀疑的那封信。怎么一年后又收到了？而且命运竟然让我回到喀什噶尔才收到。那信纸透着喀什噶尔白杨树的颜色，我的感动无法表达。

……首先告诉你好消息，那个录音机修好了。那天大年初三去北京之前，看到你穿着军装在那儿练功，心里特别暖，就像走进了新疆军区歌舞团排练室里看到了暖气一样。你知道，咱们的排练室里没有暖气，冬天有多冷，你是知道的。

那天晚上，感觉你脸上的青春痘少多了，变得平滑了，跟我们舞蹈队马群他们一样了。你高兴吗？我听说明年要上5042，那是我几年的愿望，也特别希望你能在上5042时好好表现，我现在提干了，我也特别希望你能提干。咱们单位有指标，最好能在神仙湾火线入党。你要相信组织。

朱小南去了北京，不知道为什么，我特别尊重他们家，也尊重他，就是与他没有话说。不像和你在一起那么想说。我有时批评你多些，是希望你进步，你理解吗？你曾经骂我，说我把自己的日记给你看，也给领导看，说我是在骗你。不对，我其实只是想给你一个人看。我给别人看，是因为没有办法。我害怕得罪人，得罪他们，我就完了。其实，在看完《画皮》那个晚上，你为了我一个人在黑夜里沿着城墙走，我又感动，又为你担心，只是当时没有办法对你说……

我现在已经提干了，入党了，立了两次三等功了，我没有那么害怕了。我可能明年从神仙湾山上下来（我一定

要在走之前去一趟神仙湾），就要去北京结婚了。那时，
如果你也在乌鲁木齐，如果有时间，我就找你。你带我去
二道桥，吃一次面肺子。他们都说好吃，我还没有吃过。
这几天，总是想起你，想起你的声音。你说的每一句话，
都像在朗诵诗歌一样，很少有其他男人像你这样……

我寒冷的内心被火焰温暖了，她说我"说的每一句话，都像在
朗诵诗歌一样"。

那时，我心里充满诗歌的感觉，克里木·霍加像一只兔子在我
的心中乱跳，他的语言真是又青春又衰老。冬天流着泪走了——春
耕季节已来临，大地处处春光明媚。唯几片残雪还躲在阴暗角落，
那是冬天流泪的脸，那样悲伤，那样憔悴。它是流着泪走的。也
许，离别对它是很痛苦的，不然，它怎能轻易落泪？

我走在喀什噶尔的田野里，我真的像诗人克里木·霍加那样望
着天空，我的冬天也流着眼泪走了，她能给我写这样的信，说明她
也想念我。我开始只是知道我想念她，却不知道她也想念我。当时
没有收到她的信，现在却收到了，这封信从北京到喀什噶尔，又从
喀什噶尔到我手中，走了那么久。5042，神仙湾哨所，她当时就知
道要去那儿，她们一定要去那儿，因为她们的生命里就有神仙湾
5042。我知道，在山间的狭窄道路上行走，她们不会觉得危险，她
们会看着左边的那条在深谷里的河流。刚从国境线那边流进来时，
水是乳白色的，然后，就渐渐变得清澈了。水流很急，我跟她们一
起沿着山坡朝下，一直到了河边。当时她也学着陈想说，我喜欢这
水。她们都很奇怪，不说"我喜欢这河"，却说"我喜欢这水"。

然后，她们的尸体和乐器就顺着水一直朝下流，一直到了那个
绿色的湖里，水面上倒映着天空的云朵，湖的两岸全是绿色、红
色、浅黄色的灌木。山边有很大的石头，我仿佛看见她平时拉的大

提琴也和她一起漂在水里，还有很多人的乐器都漂浮在上边，巴松、小提琴、黑管、定音鼓、小号、长号、法国号，还有许多草绿色的军装，女兵们即使死了也很美丽，她们穿着军装和她们的长头发都永远地躺在湖面上……

尾 声

　　那年春天，乌鲁木齐雪化得很晚，明明是4月了，还能看见许多白色。它们和颤抖的树枝互相致意，让我很能体会出什么叫春意盎然。

　　我在乌鲁木齐没有朋友，他们都上了大学，80年代的新一辈。我是从喀什噶尔回来的老兵，我和他们那些朝气蓬勃的人没有共同语言。华沙走了，他来信说在长沙中药店里当学徒抓药很压抑。华沙还不知道6个月之后，他就会考上中央音乐学院作曲系，7年以后，他成为中国第一个作曲博士，9年以后他将考上美国芝加哥大学的作曲博士。他当时只是知道中药店不光是压抑还有让他受不了的味道。我给华沙回信说，我在乌鲁木齐也很压抑，工厂让我痛苦，高尔基说过底层生活是灰色的，就跟我现在的信纸一样灰。

　　我那天从北门儿童医院那儿朝右拐，看见远处一个女孩子从人民广场那边走过来。我的眼睛没有意识到她是谁，但是，我的内心一颤。我开始看着她，似乎有一阵风吹过她上边的屋顶，有雪花飘落下来，她没有躲那些白色、透明的碎片，而是一直朝着我走来。

　　我已经知道她是谁了，她是王蓝蓝。

　　她没有看见我。她也穿着一身黄军装，胳膊上戴着孝，只是没有领章帽徽。

　　我也穿着一身黄军装，也没有领章帽徽。我仔细地辨认着，是她，肯定是她。不知道为什么，我有些激动，像是看见了穿着军装的老朋友。不，是那些我熟悉的、穿着军装的女兵。

我站住了，那条路上的人行道很窄，她走不过去。她也停下脚步，看着我。

我激动地等待她认出我。

她看着我，眼睛里充满迷惑，又渐渐晴朗起来。

我就那样看着她，内心里全部充塞着对于女人的爱，对于那些女兵们的回忆几乎让我流出泪来。

她看着我说：你不是死了吗？她怕我不高兴，就补充说：我听说你们都死了。

我看着她，感觉自己非常渴望她，她比过去丰满了，24 岁，正是我这样 22 岁的人特别贪恋的年龄。她似乎能感觉到我内心的激动，脸有些红了。

她又说：你怎么活着？

我不好意思告诉她是我写的那封信，造成了他们的死亡，我想还在她面前保持一个青春单纯的形象，我看着她的眼睛说：我犯了作风错误。

噢，她点头，笑容从脸上消失，想了想才又沉默很久，又说：你也是作风问题？

我不吭气。她就沉默着陪着我。

我看着她胳膊上的孝，黑色的纱布上有几根丝线在迎风飘荡，就像是她的头发，她已经是长长的头发了，这让她有许多书卷气息。

我说：你妈？

她点头。

我说：Sorry。

她听见我的英文，就笑起来。

我说：英文可笑吗？

她说：是你可笑。

很久，我又说：好多年了，我一直很爱你。我渴望女人，我没有办法。

她说：那你娶我吗？

我说：其他人不敢娶你吗？

她笑了。

我停顿了一会儿，又说：当我的情人吧？

她说：你思想还挺解放的。说完又笑了。

她的笑中有对我明显的排斥，她的笑容让我无地自容。

突然，她又说：我昨天晚上梦见喀什噶尔了，我回去了，走在咱们军区的院子里，我还看见你们的大铁门了，你会跟我一样梦见喀什噶尔吗？

我的眼泪一下子就出来了，我没有看她，只是侧过脸去，用军装的衣袖擦泪，在模糊的视线里，接过了王蓝蓝递给我的手绢。

我擦了很长时间，才让自己的眼睛重新明亮清晰起来，那时，我的眼睛像镜头那样扫视蓝天，乌鲁木齐的蓝天。白云在游荡，从东朝西游荡。我悄悄看看她，发现她竟然也在看着天空，她的眼睛随着白云一起游荡。

2015年10月25日修改完成于新疆吉木萨尔新地沟

后　记

　　最后一次修改是回到新疆吉木萨尔的花儿沟去完成的，说起来真有些矫情，在哪儿不能完成一部长篇小说呢，偏偏要去天山北坡的山谷里？一月前刚到那条山谷时，赶上了下雪，一夜之间全都是白的了。雪停后，新疆的太阳出来了，那些本来还是绿色的树叶猛然间就变成了金黄色。整个山谷都成了金黄色的，那条大河仍然有水在流淌，天山融化的雪水很清澈，它不光映照着金黄色的树叶和银色的雪山，它也映照着我的脸，时隔三年终于完成了《喀什噶尔》的作家——他叫王刚。他的脸，是不是更加沧桑了？也没有，是不是又老了？也没有，是不是受难了？更没有，其实这三年正好是云游山水内心轻松的三年。可是，为什么在那个冬天，我独自来到花儿沟这个地方，也是在白茫茫的雪野里，却有些悲情呢？

　　"喀什噶尔，风把我带到了赭色的、土黄色的喀什噶尔。那时，我从窗外山下的雪野上看到了风。那时不叫喀什噶尔，我们只是叫它喀什。是天山把我们分开的，乌鲁木齐在北疆，喀什在南疆。你们这些口里人肯定想不到，我从乌鲁木齐到喀什走了七天。我从乌鲁木齐过乌拉泊，过干沟，从库米什到了库尔勒，然后是拜城、库车、阿克苏、阿图什。你看，我在说出这些地名时，都不需要看地图，它们如同音阶一样从远处传来，回响在我的骨头里。不是大调音阶，是小调音阶，而且是 e 小调。"独自在一条充满了白雪的山谷里写作长篇小说真的是很绝望吧，要不为什么回头看那几

　　　　　　　　　　　　　　　　　　　　　　　| 王刚作品

天首先完成的后记会有这种语气？作家这个职业是自己选择的呀，应该高高兴兴才对，却在那年的天山山谷里写下这段文字：

"我是被自己放逐的，还没有任何人与我过不去。自己已经绝望得躲到天山的一个角落里，那儿是我的故乡，有我许多童年的因素仍然活着。我在一片河谷里的草滩上恢复了一个老式的农民房，我把房子修理得与上世纪三四十年代新疆的统治者盛世才建的监狱一样，有木头的门窗，也有铁栅栏。我像犯人一样扶着冰凉的铁栅栏，透过玻璃，看到了南边的雪山。很大的一片地方，除了我以外，几乎没有别人。白天还有些放羊的牧家和去镇上买东西的哈萨克人从身边走过，晚上就只能看天上的星星了。

"月亮像灯光一样刺眼，星星近得吓人。

"我就在这样的环境里写出了《喀什噶尔》（那时刚动笔写开头），我真的有些娇气，如同那些不成功的思想者一样，软弱、苍白、缺少勇敢，却又在绝望中伤心落泪。不要对我这样的人要求过高，我只是在无法摆脱的寂寞中去寻找自己也从来没有弄清楚的自由。我在衰老中渐渐意识到自己从小到大都是那么边缘，而且，变得更加脆弱，在不断的回忆中发现，我这种脆弱是与生俱来的，它在我的青少年时代就伴随着心灵，越长越大，相信我——我这种人真的很脆弱。"

哟，三年多一晃就过去了，我发现自己其实没有那么脆弱，那么没有人看的长篇小说都写得完，怎么能说脆弱呢？责编周昌义说有不少地方竟然让他流泪了。等到小说出版后，他就要退休了，我们共同在《当代》的生活，就要结束了。